« Brittainy Cherry a le don, dans la même histoire, de nous briser le cœur et de le réparer tout à la fois. »

The Bookery Review

« Cette histoire n'est pas une simple romance ordinaire. Elle est totalement addictive et dévorante. Bouleversante de réalité de la première à la dernière page. »

Kitty Kats Crazy about Books

« Une histoire chargée de chagrins, de deuils et de douleur. Mais aussi d'amour, d'espoir et de moments de tendresse et de bonheur. J'ai adoré le moindre mot de ce livre ! »

BJ's Book Blog

« Comme toujours, Brittainy nous offre une histoire magnifique qui nous touche au cœur et ne nous quitte plus. »

Mel Reader Reviews

« La beauté de cette histoire me laisse sans voix et totalement submergée d'émotion. »

Two Unruly Girls

« Comme toujours, Brittainy Cherry nous vise droit au cœur et elle fait un carton ! »

Bistro Blog

« SUPERBE ! Une fois de plus, Brittainy Cherry m'a emportée avec cette nouvelle histoire magnifiquement écrite. Je suis convaincue que les lecteurs vont autant l'adorer que moi. »

Wrapped Up in Reading Book Blog

« Ce n'est pas vous qui lisez un roman de Brittainy Cherry – c'est le roman lui-même qui vous happe, ce sont ses mots qui vous dévorent. L'histoire de Landon et Shay est absolument magnifique, et ce qui me ravit au plus haut point, c'est que je n'en suis qu'à la moitié. »

Passionately Plotted

« Il y a tellement d'émotion du début à la fin, l'écriture est si belle que je n'en suis jamais rassasiée. J'ai ri, j'ai fondu en larmes et j'ai vibré avec les personnages. »

Bibliophile Ramblings

« Magnifique, douloureusement authentique. *Un des meilleurs romans que j'ai lus.* »

Book Blog

La FORCE de RENAÎTRE

DU MÊME AUTEUR

Série The Elements

The Air He Breathes
The Fire Between High & Lo
The Silent Waters
The Gravity of Us

Standalones et autres romans

Eleanor & Grey
Landon & Shay Parts 1 & 2
A Love Letter From the Girls Who Feel Everything
(en collaboration avec Kandi Steiner)
Disgrace
Behind the Bars
Art & Soul
Loving Mr. Daniels
Our Totally, Ridiculous, Made-Up Christmas Relationship
(novella)
The Space in Between

NEW ROMANCE®

BRITTAINY
CHERRY

La FORCE de RENAÎTRE

Roman

Traduit de l'anglais (États-Unis)
par Marie-Christine Tricottet

Hugo Roman

Titre de l'édition originale : *The Wreckage of Us*

Ouvrage dirigé par Isabelle Solal
Édition en langue française : *La Force de renaître*
Collection New Romance® créée par Hugues de Saint Vincent,
dirigée par Arthur de Saint Vincent
Photographie et design de couverture : © Hang Le
Mise en page intérieure : Christophe Petit / Studio Hugo

34-36, rue La Pérouse
75116 - Paris
wwwhugoetcie.fr

ISBN : 9782755689570
Dépôt légal : septembre 2021
Imprimé en France par Corlet
N° d'impression : 21050427

À tous ceux qui affrontent les difficultés
sans jamais renoncer à l'amour.

1
HAZEL

– Je crois que tu t'es trompée, dit Big Paw, alors que je me tenais assise en face de lui dans son bureau. Pour un emploi de serveuse, ce n'est pas ici, tu dois t'adresser au restaurant de la ferme.

En face d'un homme comme Big Paw, vous vous sentiez encore plus petit que petit. Big Paw, ce n'était pas son vrai nom, bien sûr, mais tout le monde en ville l'appelait comme ça. Impossible lorsqu'on habitait Eres de ne pas connaître Big Paw. Il portait bien son nom. Il devait avoir environ quatre-vingts ans, mais c'était une force de la nature, un homme imposant, en taille et en poids. Il mesurait au moins un mètre quatre-vingt-quinze, pour cent quinze kilos au bas mot. Pour son âge, il se tenait encore très droit, même s'il se déplaçait plutôt lentement. Il était toujours vêtu de la même façon, jour après jour. Une chemise à carreaux avec une salopette, des bottes de cow-boy et une casquette de camionneur. J'étais sûre qu'il possédait des centaines de chemises à carreaux et salopettes dans son placard, ou alors sa femme, Holly, passait son temps à faire la lessive.

Eres était un trou paumé dans le Nebraska. Les routes, ici, n'étaient que des chemins de terre et la plupart de ses habitants n'avaient pas un sou en poche. Si vous aviez un boulot à Eres, vous pouviez vous estimer heureux, même s'il ne vous rapportait probablement pas grand-chose. Avec un peu de chance, vous aviez un salaire régulier. Dans le cas contraire, vous preniez un emprunt auprès de Big Paw, qui ne s'attendait pas à ce que vous le remboursiez un jour, même s'il ne manquait pas de vous rappeler que vous étiez son débiteur. Le vieux Kenny qui tenait le garage lui devait toujours 50 000 $. Cette dette courait depuis 1987, et je doutais qu'il puisse un jour la rembourser. Pourtant, à chaque événement dans la ville, Big Paw remettait le sujet sur le tapis en prenant l'air grincheux.

Big Paw était en quelque sorte le parrain d'Eres. Il possédait le ranch, qui était le centre névralgique de toute la ville. Depuis ses champs jusqu'à son troupeau, Big Paw avait créé quelque chose qu'apparemment personne d'autre n'avait réussi à accomplir à Eres, il avait construit une chose qui durait.

Le ranch Eres était florissant depuis plus de soixante ans et la plupart des gens qui avaient un travail à Eres travaillaient pour Big Paw. Ils étaient employés soit au ranch soit au restaurant de la ferme.

Et moi, si j'étais venue le voir, ce n'était certainement pas dans l'espoir d'obtenir un emploi de serveuse, même si je ne donnais pas l'impression d'être faite pour travailler dans le ranch.

– Avec tout le respect que je vous dois, ... euh... Monsieur Big Paw...

– Big Paw. Pas de ces conneries de « Monsieur ». Big Paw, tout simplement. Pas la peine de me faire sentir plus vieux que je ne suis déjà.

Je déglutis avec difficulté.

– D'accord. Désolée. Big Paw, avec tout le respect que je vous dois, je ne suis pas intéressée par une place au restaurant. Je voudrais travailler au ranch.

Il me toisa de la tête aux pieds, en évaluant ma stature. Ok, je voulais bien croire que la plupart des filles de mon âge ne tenaient pas à se baisser et se salir dans les porcheries ou les écuries, mais moi, j'avais besoin de ce boulot et je ne partirais pas avant de l'avoir obtenu.

– On ne peut pas dire que tu ressembles aux gens que j'embauche habituellement.

Il souffla en faisant la grimace, mais je ne le pris pas mal parce que Big Paw soufflait tout le temps en faisant la grimace. Venant de lui, un sourire m'aurait fait l'effet d'une menace de mort.

– Je ne crois pas que tu sois taillée pour travailler dans les étables, dit-il en fouillant dans sa paperasse. Je suis sûr que Holly pourra te trouver un boulot sympa au restau...

– Je ne veux pas travailler au restaurant, protestai-je.

Puis je me rendis compte que j'avais coupé la parole à Big Paw et je déglutis péniblement. Personne ne coupait la parole à Big Paw. Ou alors ils n'étaient plus là pour le raconter.

– Excusez-moi, mais j'ai besoin de cette place au ranch.

– Et pourquoi ça ?

Son regard était si sombre que vous aviez l'impression d'être plongé dans un énorme trou noir quand il le posait sur vous.

– Tout le monde sait que les employés du ranch gagnent deux fois plus que ceux du restaurant. J'ai besoin de cet argent.

Il sortit un cigare du tiroir de son bureau, le plaça entre ses lèvres et s'appuya au dossier de son fauteuil. Il n'alluma pas le cigare, mais en mâchouilla l'extrémité. Il avait pratiquement en permanence un cigare aux lèvres, mais je ne l'avais jamais vu l'allumer. Sans doute une vieille habitude à laquelle il se raccrochait. Ou peut-être Holly l'avait-elle grondé et lui avait ordonné d'arrêter de fumer ? Elle était déterminée à le pousser à prendre soin de sa santé, même contre son gré, et une chose était sûre, cet homme aurait tout fait pour faire plaisir à sa femme. Holly était probablement le seul être humain à qui il destinait ses sourires.

– Tu habites au camp de mobile homes, c'est ça ?

Il se passa le pouce sur la lèvre supérieure.

– Oui, Monsieur.

Le mot *Monsieur* le fit tiquer. Je me raclai la gorge et me repris.

– Oui, Big Paw. C'est ça.

– C'est qui, tes parents ?

– Il n'y a que ma mère, Jean Stone.

– Jean Stone...

Ses sourcils se rapprochèrent et il se mit à pianoter sur son bureau.

– Elle est avec Charlie Riley, si je ne me trompe ?

Mon estomac se souleva un peu à la mention de Charlie.

– Oui, Mons... *Big Paw.*

L'espace d'une fraction de seconde, Big Paw perdit son air renfrogné. Il eut presque l'air triste. Il secoua la tête tout en mâchonnant son cigare.

– Ce gars est un bon à rien. Il crée beaucoup de problèmes dans notre ville en vendant cette saloperie qui bousille la tête et le corps des gens. Il n'y a pas de place chez moi pour une personne qui consommerait de la drogue. Je n'ai pas de temps à perdre avec ce genre de conneries.

– Je vous jure que je ne consomme pas de drogue. En fait, j'ai même profondément horreur de ça.

Presque autant que de Charlie lui-même.

Charlie était le mari de maman – ce cher vieux beau-père – et il partageait notre vie depuis aussi loin que je me souvienne. Je ne savais pas que les serpents pouvaient se transformer en humains jusqu'à ce que je sois assez grande pour découvrir quel genre de personne était Charlie. C'était le point noir d'Eres, une infection toxique qui se répandait dans la ville. C'était le plus gros trafiquant de drogue du coin et la cause principale de la consommation de méthamphétamine chez nous.

Charlie Riley était un voyou, mais il était beaucoup trop malin dans son boulot pour se faire prendre.

Il y avait beaucoup de raisons de détester cet homme, mais la principale, en ce qui me concernait, c'était les effets de son influence sur ma mère.

Maman disait toujours qu'elle aimait Charlie, mais elle ne l'estimait pas tant que ça. Du moins pas lorsqu'il était ivre, et s'il y avait une chose que Charlie savait faire, c'était se soûler. Parfois, il était tellement ivre et déchiré qu'il balançait des trucs dans tous les sens et frappait maman jusqu'à ce qu'elle finisse par lui demander pardon pour des choses qu'elle n'avait même pas commises.

Un jour, je lui avais demandé pourquoi elle ne le quittait pas et elle m'avait dit :

– Tout ce que nous avons, nous le devons à cet homme. Cette maison, les vêtements que tu portes, la nourriture que tu manges. Tu ne vois pas, Hazel ? Sans lui, nous ne sommes rien.

Je ne comprenais pas ça. Je ne voyais pas en quoi le fait qu'une personne vous donne des choses l'autorisait à vous faire du mal. Elle avait peut-être raison, Charlie nous donnait des trucs, mais si nous n'avions rien eu, elle n'aurait pas eu d'œil au beurre noir non plus.

Elle m'avait dit de laisser tomber le sujet et de ne plus jamais en reparler parce qu'elle aimait Charlie et qu'elle ne le quitterait jamais.

Cela faisait trois ans que nous avions eu cette conversation. J'avais dix-huit ans à présent, et j'avais l'impression qu'avec le temps maman avait de plus en plus tendance à prendre le parti de Charlie contre moi. Je savais que ce n'était pas vraiment ce qu'elle pensait, au fond. Mais Charlie avait tellement empoisonné son corps et son esprit qu'elle était complètement paumée. Elle était entièrement sous son emprise et celle de la drogue qu'il lui fournissait. Aujourd'hui, lorsque je la regardais dans les yeux, j'avais du mal à reconnaître le regard de ma mère.

J'aurais définitivement tourné la page si maman n'avait pas été enceinte de quatre mois. Quelque part, je me sentais responsable de cet enfant à naître. Dieu sait que Charlie ne se préoccupait guère du bien-être de ma mère.

J'avais besoin de ce boulot au ranch Eres afin de mettre de l'argent de côté pour ma petite sœur ou mon petit frère. J'avais besoin d'argent pour acheter des vitamines pour maman. D'argent pour m'assurer que le frigo était plein. D'argent pour faire en sorte que ce bébé vienne au monde avec un peu plus que ce que j'avais eu.

Puis, avec le reste de ce que j'aurais gagné, je m'achèterais un aller simple et quitterais Eres sans jamais me retourner. Je m'arrangerais, d'une façon ou d'une autre, pour convaincre maman de m'accompagner avec le nouveau-né. Elle ne pouvait décemment pas élever un enfant avec Charlie dans les parages.

Elle avait raison, nous avions effectivement un toit grâce à Charlie. Mais il ne suffit pas qu'une personne vous assure quatre murs pour que ceux-ci ne constituent pas une prison. J'étais impatiente de réunir suffisamment d'argent pour pouvoir m'offrir mes quatre murs à moi. Des murs qui abriteraient de l'amour et non des menaces. Du bonheur et non de la peur.

Et le nom de Charlie Riley ne serait plus qu'un lointain souvenir.

Big Paw se massa la nuque.

– Nous recherchons des travailleurs agricoles, pas une fille qui a probablement trop peur de se salir les mains.

– Cela ne me fait pas peur du tout. Je me salirai les mains comme les autres.

– Tu devras être capable de soulever des charges de plus de trente kilos.

– J'en soulèverai trente-cinq.

Il haussa un sourcil et se pencha vers moi.

– Tu devras être là avant le lever du soleil, et si tu n'as pas fini à temps, tu devras rester après le coucher du soleil, et nous ne payons pas d'heures supplémentaires. Tu seras payée à la tâche, une fois qu'elle sera accomplie, et non au nombre d'heures passées sur le terrain. Si tu finis de bonne heure, tu pourras partir de bonne heure. Si tu finis tard, tu sortiras tard. De plus, je ne crois pas à la règle des trois infractions. Pour moi, c'est une ou rien. Tu te plantes, tu te barres. C'est clair, fillette ?

N'importe qui d'autre m'aurait appelée « fillette », je lui aurais flanqué mon poing dans la figure, direct, pour lui montrer quelle fillette j'étais, mais venant de Big Paw, ce n'était pas une insulte. Il m'appelait comme ça parce qu'il me voyait comme ça, un point c'est tout. Il aurait aussi traité de « garçon » n'importe quel homme plus jeune que lui, parce qu'il pouvait se le permettre. J'étais sûre que les gens qui se voyaient autrement auraient été offensés par le titre que Big Paw leur donnait, mais il était trop vieux pour s'embêter à se corriger.

Les vieux singes et les grimaces, et tout ça.

– J'ai compris. Je vous promets que je serai la plus dure à la tâche.

Il grommela et se frotta la barbe.

– Bon, mais ne viens pas te plaindre quand tu auras bousillé ta paire de chaussures préférée dans l'enclos à cochons. Présente-toi aux écuries demain à midi pile pour commencer ton apprentissage. C'est Ian, mon petit-fils, qui sera chargé de te mettre au courant.

Mon estomac se serra et je me redressai sur mon siège.

– Attendez, c'est Ian qui va me former ?

Je fronçai les sourcils.

– Vous êtes sûr que Marcus ou James, ou quelqu'un d'autre ne pourrait pas s'occuper de moi ?

– Non. Ces garçons s'occupent déjà de former plusieurs autres ouvriers agricoles.

Il haussa de nouveau les sourcils.

– Tu ne vas pas commencer à faire la difficile, si ?

Je secouai la tête.

– Non, Monsieur... euh... Big Paw. C'est bon. Demain à midi. J'y serai.

L'idée d'être formée par Ian Parker me soulevait le cœur. Il était connu comme le rocker play-boy d'Eres.

Ian était sorti du lycée deux ans avant moi, et quand j'étais en seconde, j'avais eu la « chance » d'avoir mon casier à côté du sien. Ce qui veut dire que j'étais aux premières loges pour le voir échanger sa salive avec toutes les groupies provinciales qui sortaient avec lui à ce moment-là.

J'étais étonnée que Ian Parker et ses habitudes de dragueur n'aient pas provoqué une épidémie de mononucléose. C'est peu dire que je détestais avoir à me frayer un chemin entre lui et sa blonde de la semaine pour pouvoir accéder à mon casier. Et voilà qu'aujourd'hui c'était lui qui devait se charger de ma formation sur l'exploitation agricole.

Je doutais même qu'il sache qui j'étais, vu que j'avais passé le plus clair de mon temps au lycée à tout faire pour passer inaperçue. Ma garde-robe était essentiellement constituée de noir sur noir, rehaussé d'un peu de noir. Assortie à mes cheveux noir de jais et mes yeux vert foncé. Toute cette noirceur s'accordait à ma personnalité. J'étais une solitaire et je trouvais la vie un peu moins difficile comme ça. La plupart des gens m'appelaient la gothique solitaire d'Eres et ne me jugeaient pas digne de passer du temps avec moi. Toutefois, au cours de mes années de lycée, un bon nombre de filles avaient rassemblé suffisamment d'énergie pour me harceler, à croire que je constituais une mission pour les harceleurs. *Oh, regardez Hazel Stone toute seule dans son coin – si on l'aidait à se faire remarquer en la bombardant de nourriture pendant le déjeuner? Elle n'attend que ça.*

Si je disparaissais, je suppose que personne ne partirait à ma recherche. Sans vouloir paraître mélodramatique, c'était la vérité. Une fois, j'avais fugué pendant deux semaines et quand j'étais rentrée à la maison, maman m'avait demandé pourquoi je n'avais pas fait la vaisselle. Elle n'avait même pas remarqué mon absence, et si ma propre mère ne la remarquait pas, je doute que quiconque à Eres le fasse. Et surtout pas quelqu'un comme Ian.

Il était bien trop occupé soit à draguer les filles, soit à gratter sa guitare.

***

Le lendemain, je me pointai au ranch deux heures avant l'heure fixée pour mon rendez-vous avec Ian. Je traînai du côté des écuries, pour passer le temps en attendant de me mettre au travail. Je n'avais pas de voiture, alors j'avais mis près d'une demi-heure pour venir à pied depuis la maison de Charlie. Le soleil me brûlait la peau et la sueur perlait sur mon front. Shrek aurait adoré mes aisselles qui avaient tout du marécage. J'écartai les bras pour essayer d'éviter que les auréoles ne s'élargissent, mais le soleil estival d'Eres se montrait impitoyable envers les vulgaires humains.

Au bout de deux heures, je me dirigeai vers le bureau du ranch où j'étais censée retrouver Ian. Je poireautai pendant une demi-heure. Puis quarante-cinq minutes. Une heure passa.

Je n'avais pas la moindre idée de ce que je devais faire. J'avais consulté ma montre au moins dix fois, pour m'assurer que je n'avais pas perdu connaissance et manqué mon rendez-vous.

Après plus d'une heure d'attente, je résolus de faire le tour du ranch dans l'espoir de rencontrer Ian ou quelqu'un qui pourrait me mener à lui. À mesure que le temps passait, je devenais de plus en plus nerveuse. Je me disais que si Big Paw découvrait que je ne suivais pas ma formation, il allait me virer avant même que j'aie commencé mon boulot.

– Pardon, tu pourrais me renseigner ?

Le type à qui je m'adressai portait une meule de foin sur le dos. Il tourna vers moi un regard épuisé. Ce ballot de foin sur son dos devait peser dans les vingt kilos, et je me sentis coupable de l'interrompre, mais je ne pouvais pas risquer de perdre ce boulot.

– Ouais ? souffla-t-il, au bord de l'épuisement.

Lui aussi, je l'avais déjà vu au lycée. C'était James, le meilleur pote de Ian. Il était beaucoup moins dragueur que lui. Et beaucoup plus souriant, aussi, même avec cette charge de foin capable de lui briser le dos. Ils faisaient tous les deux partie d'un groupe appelé The Wreckage, et même si c'était Ian le leader du groupe, James était le cœur de leur musique. Alors que les gens adoraient Ian, ils rêvaient de devenir le meilleur pote de James. Tellement il était sympa. James portait un tee-shirt blanc aux manches coupées et une casquette de baseball avec la visière retournée. Son tee-shirt déchiré et crasseux avait l'air d'avoir connu des jours meilleurs, mais pourtant il trouva le moyen de me sourire.

– Je m'appelle Hazel et j'étais censée rencontrer Ian pour mon apprentissage. C'est mon premier jour.

James haussa un sourcil avant de laisser tomber sa botte de paille. Il se passa le dos de la main sur le front et se racla la gorge.

– Tu travailles ici ?

Le ton était plus perplexe que je ne l'aurais souhaité.

– Oui. C'est mon premier jour.

Il me jaugea du regard et secoua la tête, faisant remonter mes complexes à la surface. C'est curieux de voir la facilité avec laquelle un simple regard peut provoquer de la méfiance.

James dut remarquer mon inconfort, parce qu'il me fit un de ses fameux sourires et s'appuya contre le ballot de paille.

– Tu vas mourir de chaud, habillée comme ça. Un jean noir et un tee-shirt noir à manches longues ? (Il se mit à rire.) Tu es sûre que ce n'est pas plutôt au restaurant de la ferme que tu avais rendez-vous ?

Son rire n'était pas insultant. Il exprimait plutôt de l'étonnement, n'empêche, il ne me plut pas.

– On s'en fiche de ma tenue. Je veux juste me mettre au travail.

– Tu as tort de prendre ça à la légère, ici le soleil ne fait pas de cadeau. Le coup de chaleur, ça existe vraiment.

– Bon, est-ce que tu sais où je pourrais trouver Ian, oui ou non ?

Je serrai les dents. Je n'étais pas venue pour parler chiffons. J'étais là pour travailler.

– Le connaissant, il doit se trouver au bureau qui est devant les écuries. Mais autant te prévenir...

Je l'interrompis. Je n'avais pas de temps à perdre avec les avertissements. J'avais déjà près d'une heure et demie de retard.

– Merci.

Je me mis à courir vers le petit bureau attenant aux écuries. Est-ce que Big Paw avait mentionné que c'était là que je devais retrouver Ian ? Est-ce que j'avais mal compris ? Ah, zut. Je n'avais pas droit à l'erreur et j'avais déjà raté ça.

En arrivant au bureau, j'ouvris la porte à toute volée, mes excuses toutes prêtes sur le bout de la langue.

– Salut, Ian, je m'appelle Hazel et... *oh la vache !*

Je bafouillai en voyant une fille à genoux devant un Ian à moitié dévêtu. Il avait gardé son tee-shirt blanc, mais son blue-jean était baissé sur ses chevilles et la fille lui...

Oh, purée, c'était normal qu'elle soit si grosse ? Comment la fille ne s'étouffait-elle pas sur ce bâton de dynamite enfoncé dans sa bouche ? Les veines qui se gonflaient sur sa verge me donnaient l'impression que ce truc allait exploser d'une seconde à l'autre, mais la fille à genoux ne semblait pas s'inquiéter de ce qui allait se produire entre ses lèvres peintes en rouge.

Je me détournai, ahurie par cette vision.

– Pardon. Je suis désolée !

J'agitai les mains, saisie d'effroi.

– Fous le camp, bordel ! aboya Ian d'une voix rauque où se mêlaient la colère et le plaisir.

Qui aurait pu penser qu'on pouvait éprouver à la fois de la colère et du plaisir ? Un mec qu'on interrompt en plein milieu d'une pipe, sans doute.

– Désolée, désolée !

Je sortis précipitamment de la pièce et refermai vivement la porte derrière moi avant de prendre une profonde inspiration. J'avais les mains qui tremblaient et le cœur qui battait la chamade. Jamais je n'aurais imaginé qu'une telle chose puisse se produire dans le bureau des écuries un mercredi après-midi. C'était bien le genre de Ian de me donner un tel spectacle cet après-midi-là. Une image que j'aurais bien aimé effacer de ma mémoire.

Je restai plantée là comme une idiote encore quelques minutes avant de regarder ma montre.

Ils n'avaient pas encore fini ?

D'accord, je n'étais pas experte en matière de pipes, mais en tenant compte de la taille, des veines et de la détermination de la fille à genoux, Ian aurait dû approcher de l'instant final.

Et pourtant, je ne l'entendais pas pousser ce grognement révélateur de l'arrivée au septième ciel et le temps passait.

Je frappai à la porte.

– Dégage ! siffla la voix de Ian.

Toujours le gars charmant dont j'avais gardé le souvenir depuis le lycée.

– Je regrette, mais je ne peux pas. Tu es censé te charger de mon apprentissage aujourd'hui.

– Reviens demain.

– Impossible. Big Paw m'a dit que je devais commencer ma formation aujourd'hui avec toi, un point c'est tout. Et je refuse de laisser passer l'occasion. J'ai besoin de ce boulot.

– Garde tes jérémiades pour ceux que ça intéresse.

Je sentis la colère monter en moi. Il se prenait pour qui, ce type ? Le fait d'avoir dégoté un semblant de succès musical sur internet, et que toutes les filles – et quelques gars – à Eres fassent tout pour attirer son attention, ne lui donnait pas le droit de parler aux gens comme il le faisait. Je veux dire, bon sang, c'était qu'une rockstar dans un trou paumé du Nebraska. C'était pas Kurt Cobain ou Jimi Hendrix, non plus.

Je rouvris brutalement la porte pour les retrouver tous les deux toujours dans la même posture, et je posai les mains sur mes hanches.

– Désolée, mais tu dois me former, par conséquent je suppose que cette situation va devoir être reportée à plus tard.

Ian me regarda en haussant les sourcils plus haut que jamais et, soit dit en passant, je me donnai beaucoup de mal pour ne pas remarquer l'autre partie de son anatomie qui, elle aussi, se haussait à la vue de tous.

– T'es bouchée ou quoi, tu vois pas qu'il est déjà occupé avec moi ? railla la fille en s'écartant finalement de lui.

C'est bien. Temps pour toi de respirer un peu.

– Toi, je t'ai rien demandé. C'est mon premier jour ici, je répétai, les dents serrées en regardant Ian. Tu es mon formateur, alors j'attends que tu viennes me former.

Il me regarda d'un œil perçant.

– Tu sais qui je suis ?

Sérieux ? Il me sortait vraiment ce cliché ?

Tu sais qui je suis ?

Bah, pas Kurt Cobain, en tout cas, mon pote.

– Oui, je sais qui tu es. Mon formateur. Alors, si on pouvait...

– Je n'ai pas l'intention de m'occuper de toi. Alors, tu peux aller te faire voir.

– Ouais, c'est ça. Va te faire voir, dit la fille.

– Excuse-moi, c'est quoi cet écho pathétique ?

Je fusillai la fille du regard avant de me retourner ostensiblement vers Ian.

– Je ne partirai pas d'ici sans que tu me montres ce que je dois faire.

– Bon, ben, rince-toi l'œil.

Il prit la tête de la fille dans ses mains pour l'attirer vers son membre.

– D'accord. Je suis sûre que Big Paw sera content de savoir ce que tu faisais au lieu de t'occuper de ma formation, dis-je sur un ton menaçant.

La fille émit un gloussement moqueur.

– Comme si Ian en avait quelque chose à faire de ce que pense Big Paw !

Elle se pencha vers lui, mais Ian la repoussa.

– J'ai plus la tête à ça. On remettra ça plus tard.

Elle le regarda, suffoquée.

– Tu plaisantes, j'espère.

Il haussa les épaules.

– Je le sens plus, là, maintenant.

Ce qui pouvait se traduire par *J'ai une trouille bleue de mon grand-père et je ne veux pas le contrarier.* Même la rockstar de la ville avait ses propres craintes.

– Je peux remédier à ça, dit-elle en se penchant, mais de nouveau, il l'arrêta.

– T'es bouchée ou quoi, tu vois pas qu'il est déjà occupé avec moi ?

Je lui retournai ses mots d'un ton moqueur, atteignant mon degré d'insolence maximum. Je n'étais pas souvent insolente, à moins qu'on ne m'y pousse. Œil pour œil, et tout ça.

Elle se releva et lissa sa robe d'été. Elle passa devant moi en me poussant et fit à Ian un sourire aguicheur.

– Tu m'appelles, d'accord ?

– Bien sûr, Rachel.

Elle ouvrit des yeux ronds.

– Je m'appelle Laura.

– C'est ce que j'ai dit.

Ian l'envoya promener d'un geste de la main. Il avait tout du cliché du connard provincial, on aurait dit Jess dans *Gilmore Girls*[1]. Sûr de lui et arrogant, mais supersexy.

Avec sa personnalité révoltante, il ne m'attirait pas le moins du monde, mais il aurait été futile de prétendre

1. Série TV américaine. (NdT, ainsi que pour les notes suivantes)

qu'il n'était pas sexy. Ce type possédait un sex-appeal démoniaque. C'était comme s'il avait vendu son âme au diable pour être aussi beau. Des cheveux noir de jais, des tatouages sur tout le corps, des biceps qui pouvaient faire penser qu'il soulevait des bœufs à ses heures creuses. Et ce purée de sourire de rockstar. Vous voyez le sourire. Celui qui dit *Je pourrais probablement te convaincre de me tailler une pipe,* là tout de suite*, si je le voulais.* Le même sourire qu'il avait probablement fait à Laura un peu plus tôt dans la journée. On habitait la campagne, où la plupart des gens ne portaient que des chemises à carreaux et des jeans, des robes d'été et des bottes de cow-boys, mais alors que la plupart des gens avaient un physique plus ou moins banal, Ian, lui, avait l'air d'un demi-dieu qui se serait trompé d'univers.

Pendant qu'il remontait son boxer et son jean, je me retournai pour lui laisser un peu plus d'intimité que je n'en avais bénéficié quelques instants plus tôt. Une fois rhabillé, il se racla la gorge. Je me tournai vers lui. Il se frotta le nez. Les lèvres pincées, l'air mécontent, il ne me réservait carrément pas son sourire à provoquer une fellation.

– T'es qui, putain ?

Apparemment son ennemi juré.

– Hazel.

– Hazel qui ?

– Stone. Hazel Stone.

À l'instant où je prononçai mon nom de famille, il fronça les sourcils et un rictus moqueur déforma ses lèvres.

– T'es la fille de Jean Stone ?

Je déglutis difficilement. En général, les gens qui connaissaient ma mère ne la portaient pas dans leur cœur, parce qu'ils étaient au courant de sa relation avec Charlie, le grand méchant loup d'Eres.

– Oui, c'est ça.

Il serrait et desserrait les poings tout en digérant cette information.

– Et Big Paw est au courant ?

– Oui, je le lui ai dit. Je ne vois pas le rapport avec...

– Il le savait, dit-il en m'interrompant, et il a dit que je devais te former ?

– C'est ce qu'il a dit, en effet.

Il y eut un moment de silence pendant lequel Ian serra les poings.

– Une heure, gronda-t-il, semblant encore plus fâché maintenant que lorsque j'avais interrompu sa pipe.

Est-ce que ma relation à Charlie produisait tellement d'effet sur les gens ?

Pourquoi me mentir ? Bien sûr que oui.

– Ça veut dire quoi, une heure ?

Je ne tenais pas à l'énerver davantage.

– Je te donne une heure, pas plus, avant que tu partes d'ici en courant et en pleurant comme un bébé. Tu n'es pas taillée pour ce genre de boulot ni pour travailler sous ma supervision.

– Sans vouloir te vexer, tu n'en sais rien. Je suis tout à fait capable de travailler dans un ranch.

Est-ce que c'était vrai ? Je n'en savais rien moi-même. Je ne connaissais rien au travail agricole, mais je savais ce qu'était la motivation, et ça, j'en avais à la pelle. L'échec n'était pas une option pour moi.

– Ah, ma pauvre chérie, tu n'as pas idée de ce à quoi tu t'engages. Bienvenue en enfer !

Il me frôla en passant, ce qui me fit courir des frissons dans le dos. J'avais envie de lui flanquer mon poing dans la figure pour m'avoir appelée « ma pauvre chérie ». S'il y avait une chose que je détestais encore plus que les petits noms qu'on donnait aux femmes, c'était les petits noms condescendants. *Bébé. Mon cœur. Poupée. Chérie.* Que dirais-tu d'un bon *Je t'emmerde* ? J'allais le reprendre sur ce petit nom idiot et rabaissant, mais il ne me laissa pas l'occasion de rétorquer. Il était déjà en train de faire la liste interminable des tâches que nous allions devoir aborder pendant l'heure à venir jusqu'à ce que, soi-disant, je parte en courant et que je démissionne en sanglotant comme un bébé.

Porcheries. Écuries. Poulaillers.

Il continuait à énumérer les boulots de merde que j'allais devoir accomplir et qui allaient de pair avec sa personnalité de merde. Je sus qu'il ne plaisantait pas en disant que c'était l'enfer, et en l'entendant éructer son venin, je fus totalement convaincue que Ian Parker était le diable incarné.

2

IAN

Hazel Stone était la fille de Jean Stone, la belle-fille de Charlie Riley, et une personne que je n'avais fichtrement aucune envie de connaître, et encore moins de former. Je ne voulais avoir aucun rapport avec tout ce qui touchait de près ou de loin des individus comme Charlie Riley. Et Hazel en faisait partie.

Nous étions dans la porcherie et Hazel avait remonté le col de son tee-shirt noir à manches longues sur ses narines. Je lui avais demandé de commencer à nettoyer un des enclos, et elle avait du mal avec sa pelle, exactement comme je l'avais prévu. Elle n'avait pas encore eu le plaisir de devenir insensible aux arômes répugnants de la merde de cochon, et le tee-shirt qui lui recouvrait le nez en était la preuve. Elle aurait dû s'estimer heureuse. Le Vieux Eddie travaillait à la porcherie depuis tellement longtemps qu'il ne comprenait pas pourquoi les gens le regardaient de travers quand il arrivait en ville, auréolé d'une odeur de purin. Ce pauvre schnock ne se sentait plus lui-même.

De temps en temps, Hazel avait des haut-le-cœur, comme si elle allait vomir son déjeuner.

Bon sang, qu'est-ce qui avait bien pu passer par la tête de Big Paw lorsqu'il l'avait engagée pour travailler à la ferme ? L'âge devait commencer à affecter son discernement, parce que c'était complètement incohérent d'avoir engagé cette fille.

Elle avait l'air de sortir tout droit du cercueil d'un vampire, avec cette couche d'eye-liner noir. La tenue noire n'arrangeait pas les choses. Hazel Stone était la noirceur personnifiée. Ses vêtements étaient informes et trop grands, et elle était incapable de sourire. Encore que j'aurais eu mauvaise grâce de le lui reprocher. Je n'étais pas très souriant moi-même, mais là, en plus, elle avait interrompu mes ébats avec Erica… euh… Rachel ? Bref, la fille, peu importait son nom, qui tenait ma queue palpitante dans sa bouche. Maintenant, je me retrouvais avec les couilles pleines et ça me faisait un mal de chien. Ce n'était pas comme si j'avais décidé moi-même d'arrêter la pipe. Ce qui ne m'arrivait jamais, d'ailleurs, mais on n'en était qu'aux préliminaires, avant que je renverse la fille sur mon bureau et que je la baise jusqu'à ce que les vaches rentrent au bercail, c'est-à-dire vers six heures du soir.

Maintenant, au lieu de ça, je déambulais dans la ferme avec cette foutue fille Adams, à lui dire ce qu'on attendait d'un travailleur agricole au ranch Eres. Scoop : elle n'avait pas le profil. Elle en était même si éloignée que je trouvais complètement idiot de perdre mon après-midi à lui faire faire la visite.

– Va pas te faire des idées, hein, personne ici ne te facilitera la tâche parce que tu es une fille, lui dis-je en la regardant charrier de la paille souillée dans une brouette.

– Je ne suis pas une fille, aboya-t-elle en soulevant sa fourche avec difficulté, mais avec obstination.

Je me retournai et la reluquai de la tête aux pieds.

Sous les vêtements amples, je discernai une paire de globes rebondis qui parvenaient à culminer sous son tee-shirt. Avant que je puisse faire un commentaire, elle me fusilla du regard.

– Je suis une femme.

Je m'esclaffai.

– Tu parles ! T'as quoi, dix-huit ans ?

– Oui. Ce qui est précisément l'âge où l'on devient une femme. Je ne suis plus une gamine.

Je levai les yeux au ciel si haut que je risquai de perdre la vue.

– Femme, fille, nana, comme tu veux. Du moment que tu finis ton boulot. Tu vas devoir t'activer un peu plus que ça si tu veux travailler ici. Tu perds du temps, tu as trop traîné sur ce premier enclos. Tu en as encore sept de plus à nettoyer.

Elle resta bouche bée.

– Sept ? Ce n'est pas...

– Pas quoi ? Pas possible de faire sept enclos ?

Je levai un sourcil, ce qu'elle remarqua. Un rictus sinistre me tordit les lèvres. Cela faisait à peine quarante-cinq minutes et la p'tite Hazel avait déjà l'air prête à agiter le drapeau blanc.

Elle roula les épaules en arrière et se redressa.

– Je peux nettoyer sept enclos. Je *vais* nettoyer sept enclos. Même si je dois y passer la nuit.

C'est sûr qu'à la vitesse où elle allait, il lui faudrait toute la nuit. Moi, ça ne me dérangeait pas – j'avais une répétition dans la grange un peu plus tard dans la soirée, donc je serais présent sur la propriété de toute façon. Si Hazel ne voulait pas jeter l'éponge tout de suite, elle pouvait bien passer le reste de sa soirée dans les enclos si ça lui faisait plaisir.

Elle mit trois heures à finir deux enclos.

Trois longues heures, bon sang.

C'était beaucoup plus de temps qu'elle n'aurait dû y passer, mais je devais le reconnaître, elle s'était accrochée. C'est à peine si elle s'était arrêtée pour boire de l'eau, sauf lorsque je l'avais obligée à le faire.

– Il fait trente-cinq à l'ombre. Fais une pause, bon Dieu. Sinon je vais devoir t'emmener aux urgences en te tirant par les pieds.

À contrecœur, elle faisait une pause, mais revenait à la charge aussitôt, bossant comme une malade.

Vers dix-neuf heures, je ramassai mes affaires dans le bureau et allai voir Hazel une dernière fois.

– Il t'en reste combien ?

– Trois.

Elle avait l'air exaspérée.

– *Plus* que trois.

Je hochai la tête

– Je serai à la grange pour ma répète. Quand tu auras fini, appelle-moi pour que je vienne contrôler ton travail.

Elle ne répondit pas, mais je savais qu'elle m'avait entendu. Du moins, elle avait intérêt parce que je n'ai pas pour habitude de me répéter et si je ne contrôlais pas son travail avant la fin de la soirée, elle pourrait toujours s'accrocher pour continuer à bosser ici.

D'ailleurs, je me demandais bien pourquoi elle y tenait tant. Je ne comprenais pas pourquoi elle se mettait dans une situation pareille. Elle aurait pu tout simplement s'adresser à son connard de beau-père pour se faire embaucher dans l'entreprise familiale de trafic de drogue.

Devant son absence de réponse, je partis vers la grange où je devais retrouver les autres. Depuis cinq ans, je faisais partie du groupe The Wreckage, constitué de moi-même et de mes trois meilleurs potes. On s'était rapprochés plusieurs années auparavant, l'été de nos seize ans – à part Éric qui, lui, n'en avait que treize – lorsqu'on avait été obligés de travailler à la ferme. Big Paw ne m'avait pas laissé le choix, parce qu'il voulait m'éviter de faire des bêtises pendant l'été, et les autres avaient été forcés par leurs parents qui avaient besoin d'un revenu supplémentaire.

Quand vous aviez seize ans à Eres, il était plus que probable que vous ayez un petit boulot pour rapporter de l'argent à la maison. Le salaire des parents ne suffisait pas à nourrir toute la famille la plupart du temps.

Comme on glandait cet été-là, les gars et moi nous avions formé un groupe pour passer le temps. Dans une petite ville, on ferait n'importe quoi pour faire passer le temps plus vite. En été, les journées traînaient en longueur et les soirées étaient mortellement ennuyeuses. La musique avait changé notre vie. Très vite, nous avions pris les choses au sérieux et avec les années, nous avions obtenu un certain succès. Pas suffisant pour abandonner nos boulots, mais qui nous permettait quand même de rêver d'une vie en dehors d'Eres.

De plus, nous possédions tous assez de talent pour que notre groupe se fasse remarquer.

Tout d'abord, il y avait James qui avait le sens du contact. S'il y avait une âme en quête d'amour, James était toujours là pour lui en donner. Il jouait de la guitare basse et avait une personnalité tellement chaleureuse qu'il pouvait amener son pire ennemi à se pâmer à ses pieds. Non seulement il déchirait à la basse mais c'était lui le visage souriant de nos comptes sur les réseaux sociaux qui attirait les fans.

Marcus était un dieu de la batterie et le clown de la bande. Grâce à son humour, il désamorçait les tensions qui menaçaient d'apparaître entre nous – ce qui arrive régulièrement dans un groupe d'artistes qui ont parfois des divergences de vues sur la créativité.

Éric, aux claviers, était aussi le petit génie de nos réseaux sociaux. Je suis certain que son cerveau fonctionnait en code. Il était le maître d'œuvre du succès des Wreckage sur toutes les plateformes. Bien qu'il soit le plus jeune d'entre nous – c'était le frère de Marcus –, il était un membre clé du groupe. C'était en grande partie grâce à lui que nous avions récolté une telle base de fans. Plus de cinq cent mille followers sur Instagram, six mille cinq cents sur YouTube et un nombre incroyable sur TikTok. Éric était toujours à la recherche de nouvelles façons d'élargir notre influence, et cela signifiait un tas de *livestream* de nos répétitions, de nos vies et de notre boulot à la ferme.

Il s'avérait que ça plaisait aux gens de regarder des musiciens de rock qui menaient une vraie vie à la campagne. Je ne voyais pas trop l'intérêt, mais Éric était un vrai pro lorsqu'il s'agissait de donner aux gens ce qu'ils voulaient voir. Si je l'avais vu sans une caméra à la main ou installée à proximité, j'en aurais déduit qu'il était gravement malade. Même si vous ne pensiez pas qu'il enregistrait, vous deviez vous douter qu'il le faisait certainement.

Et puis, il y avait moi. Le chanteur qui écrivait les textes des chansons et qui assurait la partie vocale. J'étais celui qui avait la personnalité la plus faible et je savais que, sans le groupe, je n'aurais jamais eu le dixième du succès que j'avais. J'étais assez con dans l'ensemble. Je n'étais pas doué pour les contacts humains et encore moins pour les réseaux sociaux. Mais j'adorais la musique. La musique me révélait des parties de moi-même que la plupart des êtres humains, n'approchant jamais d'assez près, n'auraient pu découvrir. La musique m'avait sauvé de certains jours les plus pourris de ma vie. Je ne savais pas comment j'aurais tourné sans les Wreckage. Nos répétitions quotidiennes étaient ce qui me maintenait les pieds sur terre.

Lorsque je pénétrai dans la grange, les gars étaient déjà en pleine discussion au sujet des prochaines évolutions de notre musique.

– Il faut qu'on monte un concert localement et qu'on le diffuse en live sur Instagram, clamait Éric en passant ses mains dans ses cheveux roux. Si on ne donne pas à nos fans un avant-goût de notre nouvelle musique, on va se faire défoncer par des internautes super-actifs sur les réseaux sociaux. Si on veut être les prochains Shawn Mendes découverts en ligne, c'est à nous de prendre la main.

– Putain, détends-toi, E. Je ne voudrais pas que tu fasses une attaque à cause de ces conneries d'Instagram, grommela Marcus en sortant une bière de son pack de six. Et si on oubliait une seconde le côté réseaux sociaux pour faire un peu de musique qui déchire ?

Marcus avait toujours été comme ça, plus intéressé par la musique que par la célébrité.

– Oublier…

Éric se mit à aller et venir dans la grange en soufflant.

– Tu veux dire quoi, oublier les réseaux sociaux? Les réseaux sociaux, c'est notre seule chance de décoller, et toi, tu voudrais revenir à l'époque où on bidouillait entre nous dans la grange? Les vues de notre vidéo ont baissé de cinq pour cent ces dernières semaines, et toi tu fais comme si ce n'était pas l'Armageddon là-dehors!

Cette remarque de mon musicien, aussi passionné que geek, me fit sourire. S'il y avait un truc qui faisait bondir Éric, c'était quand Marcus lui disait que le côté réseaux sociaux n'avait pas d'importance. Alors ils se disputaient, comme les deux frères qu'ils étaient.

– Et bien justement, peut-être parce que ce n'est pas l'Armageddon, dit Marcus en haussant les épaules.

Éric déchaussa ses lunettes, se plia en deux comme ma grand-mère après avoir passé la journée à faire le ménage, et se pinça le nez.

– Trente-sept pour cent, dit-il.

– Ah, génial. Il remet ça avec ses statistiques, grogna Marcus.

– Oui, je remets ça avec les statistiques, parce que c'est vraiment important, putain. Trente-sept pour cent des citoyens des États-Unis sont sur Instagram. Nos plus grands followers sont aux États-Unis, et tu sais quel âge ils ont, en moyenne?

Je me joignis au groupe en m'asseyant au bord de la scène en bois, construite par Big Paw des années auparavant, pour écouter sachant qu'Éric allait faire la leçon à Marcus.

– Vas-y, dis-nous, dit James, visiblement intéressé.

– Quatre-vingt-dix pour cent ont moins de trente-cinq ans. Ce qui veut dire que nous touchons un public de milléniaux et de Génération Z, qui ont le pouvoir de concentration d'un chiot qui court après sa queue.

Si nous ne captons pas leur attention et que nous ne leur donnons pas une bonne raison de s'intéresser à notre groupe et à notre musique, ils passeront au suivant plus vite qu'une Kardashian avec une équipe de basket. Nous ne devons pas nous disperser. Nous devons penser plus grand. Sinon nous allons perdre la base que nous avons accumulée au fil des années.

Tout le monde garda le silence après ça, parce qu'il était clair qu'Éric savait de quoi il parlait. Moi, j'étais d'accord à cent pour cent. Dernièrement, je m'étais senti un peu ringard. Comme si notre musique n'allait pas dans le sens que j'espérais. J'avais des rêves et des objectifs grandioses, comme les autres, mais là, j'avais l'impression que nous étions bloqués. Je n'avais pas trouvé le moyen de passer à l'étape supérieure. Je savais qu'Éric avait raison au sujet des réseaux sociaux, mais si nous n'avions pas la musique, tout ce qu'on pourrait faire ne nous assurerait pas le succès.

Il nous fallait des tubes, pas seulement des sons médiocres.

– C'en est où, le dernier truc sur lequel tu travaillais, Ian ? On pourrait peut-être faire quelques pistes pour le livestream, proposa James.

Je me renfrognai. Rien de ce que j'avais travaillé n'était prêt à être exploré. J'étais à court d'idées, et quand on est à court d'idées...

– Je continue à explorer différents trucs.

– Mais en attendant, il faut qu'on avance. On jouera nos meilleurs morceaux pendant les semaines qui viennent. On va inviter tous les habitants de la ville et enregistrer. Ça aura au moins l'avantage de relancer la machine.

– Bon plan. Alors, si on faisait une liste des titres et qu'on les répète ? Faire un truc bien propre, soigné et tout ça.

Nous avions fini par tomber tous d'accord pour nous mettre à faire ce que nous adorions.

Jouer de la musique.

Les heures passèrent tandis que nous répétions, en ne faisant qu'une pause pour dîner, pendant laquelle Éric nous apprit que la pizza était le repas le plus instagrammé, les sushis et le poulet arrivant en deuxième et troisième positions.

Vraiment, la quantité d'informations que ce type avait dans la tête pourrait être utilisée sur *Jeopardy !* un jour. On ne pouvait pas connaître autant de choses sans finir sur un jeu télévisé un jour ou l'autre.

Lorsque les portes de la grange s'ouvrirent, je fus surpris en voyant entrer Hazel. Elle était dans un état lamentable. Les cheveux relevés en un chignon informe, les yeux reflétant son épuisement, les vêtements en lambeaux, littéralement couverts de merde. Ses rangers étaient bousillées, et elle avait visiblement le moral à zéro, mais elle était toujours debout. Abattue, mais pas vaincue.

– Désolée de vous interrompre, mais j'ai terminé les enclos des porcs, me dit-elle en hochant la tête. Si tu veux venir contrôler mon travail.

J'enfournai une bouchée de pain à l'ail et essuyai mes mains graisseuses sur mon jean.

– T'en as mis du temps. J'irai voir dans un instant.

Sans rien dire, elle tourna les talons et sortit.

James haussa un sourcil.

– Tu ne lui as quand même pas demandé de nettoyer toute la porcherie à elle toute seule, si ? Tu sais que Big Paw le fait faire par trois gars, en général.

– Ouais, ben si. Je me suis dit que si je la brisais tout de suite, ça m'éviterait de perdre mon temps tout le reste de l'été.

– Moi, j'aurais jeté l'éponge, commenta Marcus. J'ai l'impression qu'elle est bien plus courageuse que tu ne crois.

Si les difficultés sont assez nombreuses, le courage aura tendance à lâcher prise. Hazel avait tenu le coup pendant cette journée, mais avec le temps, je finirais par la faire craquer.

Je dis bonsoir aux gars et alors que je me dirigeais vers les enclos, James me rattrapa.

– Ian, attends.

Je me retournai vers lui et croisai les bras.

– Ouais ?

– Cette Hazel, c'est la belle-fille de Charlie, c'est ça ?

Je hochai la tête affirmativement.

– Yep.

James poussa un soupir et secoua la tête.

– Écoute, c'est pas une raison pour te comporter comme un con avec elle. Elle n'est pas Charlie. Tu ne peux pas lui faire payer ta rancœur contre ce connard.

– Quiconque appartient à la famille de cet homme est un ennemi pour moi.

– Mais ce n'est quand même pas Hazel qui a rendu tes parents accros. Elle n'est en rien responsable de ce qui leur est arrivé.

Je serrai les mâchoires et fis un signe de tête vers la grange.

– Et si t'allais vérifier que tout est bien fermé ? Ce que je fais avec Hazel, c'est mon affaire.

Il ne discuta pas parce qu'il savait que j'étais un connard borné et qu'il n'était pas facile de me faire changer d'avis.

Comme je le disais, James était le conciliateur. Moi, de mon côté ? Pas tellement.

J'allai jusqu'à la porcherie où je trouvai Hazel adossée à une barrière, l'air d'avoir soulevé le monde entier sur ses épaules ce soir-là.

Je fis le tour des enclos et, à ma grande surprise, ils étaient parfaits, putain. Elle avait accompli toutes les tâches que je lui avais ordonnées et s'était même arrangée pour le faire mieux que tous les gars qui s'occupaient généralement des étables.

Je n'en revenais pas.

Mais je n'avais pas l'intention de lui dire que son travail était bien fait. J'étais toujours convaincu qu'elle se planterait à un moment.

– C'est médiocre.

Elle resta bouche bée.

– Médiocre ? Je me suis cassé le cul pour le faire, et c'est super.

– Qu'est-ce que t'en sais ? Je doute que tu aies jamais mis les pieds dans une porcherie avant aujourd'hui.

– Ça ne veut pas dire que je ne sais pas reconnaître un travail bien fait. Cet endroit ne pourrait pas être plus propre.

Je haussai les épaules.

– Si tu le dis. Reviens demain au lever du jour pour continuer.

– C'est tout ? « Reviens demain au lever du jour », pas d'autre commentaire ? Pas de « bon travail » ni de « bravo Hazel » ?

– Désolé. Je ne savais pas que j'étais là pour décerner des compliments aux employés qui ne font que leur travail. Si tu as besoin d'être applaudie pour chaque tâche que tu accomplis, tu t'es trompée d'endroit. Maintenant, si tu pouvais bouger pour que je puisse fermer cet endroit et m'en aller.

Elle remonta la bandoulière de son sac sur son épaule et se dirigea vers la sortie.

– Huit heures.

– Pardon ?

Elle me regarda par-dessus son épaule.

– Huit heures. J'ai tenu huit heures de plus que ce que tu croyais.

Elle me fit un sourire qui voulait dire « je t'emmerde », suivi d'une petite révérence des plus sarcastiques avant de s'en aller.

Pourquoi avais-je le sentiment que cette fille allait vraiment me faire chier ?

3
HAZEL

Il n'y avait pas un centimètre carré de mon corps qui ne me fasse pas souffrir, et quand je disais un centimètre carré, ça voulait dire un centimètre carré, purée ! Du sommet de mon crâne jusqu'à la pointe de mes orteils. Je ne savais même pas qu'on pouvait avoir mal à l'extrémité des orteils avant d'avoir travaillé une journée au ranch. J'étais certaine qu'à la fin de la semaine mon corps allait se révolter contre toute forme de mouvement. Mais je m'accrochais, je m'endormais vers minuit et me réveillais avant l'aube pour faire le chemin à pied jusqu'à la ferme.

Ian non plus n'avait pas réduit la pression sur moi. J'étais certaine qu'il était déterminé à me faire craquer, et franchement, je me demandais bien pourquoi. Ce ne pouvait pas être à cause de cette histoire de pipe, parce que si c'était le cas, cela faisait de Ian le mec de plus mesquin de toute l'histoire de la planète.

J'étais convaincue que toute cette colère et cette mauvaise humeur venaient de quelque chose de plus profond. Je ne voyais pas du tout ce que ça pouvait être, mais en réalité, je me fichais un peu de le savoir. Tant que je faisais bien mon boulot, je n'avais pas de raison de m'inquiéter.

Il ne pouvait pas se débarrasser de moi si je ne lui donnais pas une bonne excuse pour le faire.

Un jour, en rentrant chez moi après une journée de travail particulièrement épuisante physiquement, je trouvai la maison sens dessus dessous. Depuis que j'avais commencé à travailler, maman ne s'était pas chargée des tâches ménagères qui m'incombaient habituellement. L'évier débordait de vaisselle sale et le linge sale s'accumulait. On trouvait des mégots de cigarettes dans tous les coins, comme si les êtres qui vivaient ici n'avaient jamais entendu parler d'un cendrier, et des cannettes de bière étaient éparpillées n'importe où.

Ma mère regardait la télé, assise sur le canapé. Elle s'y était endormie la veille au soir, et je ne pus m'empêcher de me demander si elle était restée dans la même position depuis ce moment-là.

– Ah te voilà, ben, c'est pas trop tôt. Charlie a dit que tu devais nettoyer la maison avant qu'il rentre.

Elle avait une cigarette à la bouche et cela me retourna l'estomac.

– Maman, je croyais qu'on allait faire ce qu'il faut pour que tu arrêtes de fumer, à cause du bébé.

– C'est ce que je fais. J'ai déjà réduit. Commence pas à me faire la morale.

– Je ne te fais pas la morale. Je m'assure juste que tu prends bien soin de toi.

Ce qu'elle ne faisait pas, bien sûr. Maman fumait un paquet par jour. C'était peu probable qu'elle réduise sa consommation.

– C'est ce que je fais. En plus, à l'époque où je t'attendais, je fumais comme une cheminée. Et tu n'as pas eu de problèmes.

– Eh bien, je te remercie, maman, dis-je en levant les yeux au ciel.

Je me remontai les manches et allai dans la cuisine pour faire la vaisselle. C'était pas normal que ce soit à moi qu'on demande de faire le ménage dans la maison alors que je n'avais rien dérangé. Mais je n'avais pas envie de me mettre Charlie à dos. Les choses se passaient mieux si je faisais les corvées et que je la bouclais. Cendrillon avait deux horribles demi-sœurs et une horrible belle-mère, moi je n'avais qu'un horrible beau-père et une mère indifférente. Cela aurait pu être pire.

Après avoir fait la vaisselle, je mis une lessive conséquente et retournai dans la cuisine. En ouvrant le frigo, je vis qu'il était vide. Apparemment, si je n'allais pas faire les courses à l'épicerie, personne ne le faisait. J'étais certaine que Charlie s'achetait à manger en route, pour lui tout seul, mais maman quittait rarement la maison. S'il n'y avait rien dans le frigo, elle ne mangeait probablement pas, ce qui était un problème. Surtout maintenant qu'elle était censée manger pour deux.

– Maman, tu as dîné ?

– Charlie a dit qu'il rapportait du chinois.

Je regardai la pendule sur le micro-ondes. Il était déjà plus de vingt-deux heures. Connaissant Charlie, il pouvait être dehors pendant des heures. Qui savait à quelle heure il rapporterait à manger pour maman ?

– Je peux te faire un croque-monsieur, si tu veux.

Elle accepta et, après l'avoir fait, j'allai la rejoindre sur le canapé dans le living. Elle était trop maigre pour qu'on voie qu'elle était enceinte. Elle était à presque cinq mois, mais ça se voyait à peine. Maman avait toujours eu un petit gabarit, mais je m'inquiétais en me demandant si elle se nourrissait suffisamment. Quand je recevrais ma première paye, ma priorité absolue serait de remplir le réfrigérateur.

– T'as fait le ménage ? demanda-t-elle en mordant dans son sandwich.

– Yep. Il me reste juste à mettre la lessive dans le sèche-linge, et tout sera nickel.

– Tant mieux. Cela veut dire que nous allons pouvoir parler avant que Charlie rentre.

Elle posa son assiette sur la table basse et prit mes mains dans les siennes.

– Charlie et moi pensons que ce serait mieux que tu t'en ailles.

Mon cœur vint se loger dans ma gorge.

– Pardon ?

– Il a dit que toutes tes affaires devaient avoir disparu dès aujourd'hui. Il n'aime pas ta façon de toujours juger notre mode de vie, et puis tu ne t'occupes pas bien de la maison. Tu es toujours en vadrouille, Dieu sait où...

– Je travaille, maman.

– J'ai surtout l'impression que c'est un prétexte. En tout cas, tu ne peux plus rester ici. Il n'y a pas assez de place, avec le bébé qui va arriver et tout ça. Fais tes valises et va-t'en.

– Mais où veux-tu que j'aille, maman ?

Elle m'avait vraiment fait faire tout le ménage avant de me foutre à la porte ? C'était ça, la femme que j'appelais ma mère ?

Elle sortit une nouvelle cigarette et l'alluma.

– Tu as eu dix-huit ans, Hazel. Il est temps que tu quittes le nid. On ne va pas t'entretenir jusqu'à la fin des temps. Alors, remue-toi.

J'aurais voulu lui répondre que depuis plusieurs années j'en faisais plus pour elle qu'elle pour moi. J'avais envie de crier et de hurler que s'il y avait quelqu'un ici qui était un vrai fardeau, c'était elle et Charlie. J'avais envie de pleurer.

Purée, je sentais que j'allais m'effondrer. Ma mère était tout ce que j'avais en ce monde, et elle me rejetait sans la moindre once de culpabilité ou de remords.

Elle avait recommencé à regarder la télé, en soufflant la fumée de sa cigarette.

Quand Charlie passa la porte d'entrée, mon estomac se serra. J'avais eu raison de faire un croque-monsieur pour maman, parce que le mec n'apportait pas le moindre plat chinois. Ni rien d'autre, d'ailleurs.

Il nous regarda alternativement, maman et moi.

– Je croyais t'avoir dit qu'elle devait être partie quand je rentrerais.

– Je le lui ai dit. Mais elle a la tête aussi dure que son père, bafouilla ma mère en soufflant un nuage de fumée.

Elle ne parlait pratiquement jamais de mon père. Je ne savais même pas son nom, mais chaque fois qu'elle le mentionnait, c'était pour l'insulter. Je ne pouvais pas vraiment le défendre, vu qu'il ne signifiait rien pour moi.

– Je n'ai nulle part où aller ce soir, dis-je en me levant du canapé.

– Tu trouveras bien. Quand j'ai eu dix-huit ans, mes parents m'ont mis à la porte, moi aussi. C'est ce qu'on appelle devenir adulte. Si je me suis débrouillé, tu le feras aussi. J'en ai marre de te voir profiter de nous sans contribuer à la marche de la maison. T'as une heure pour ramasser tes frusques et te tirer. Il faut qu'on transforme cette chambre en nurserie.

– Il est plus de minuit, déjà.

– J'en ai rien à foutre, rétorqua Charlie en allumant une cigarette. Barre-toi.

Maman ne dit pas un mot. Elle continuait à regarder la télé, apparemment indifférente au fait qu'elle me brisait le cœur.

La gorge serrée, je me dirigeai vers ma chambre. Tout ce que je savais, c'était qu'il fallait que je rassemble ma vie et que je parte. Il y avait quelque chose de très troublant à s'apercevoir que toute votre vie pouvait tenir dans deux sacs-poubelles.

Je sortis de la maison sans aucun adieu et luttai pour retenir les larmes qui me brouillaient la vue.

Ma première idée fut d'aller au mobile home de Garrett, mon petit ami intermittent. C'était aussi le neveu de Charlie et son bras droit dans les affaires de leur famille. Le grand rêve de Garrett était de succéder à Charlie à un moment donné. Il idolâtrait son oncle, ce qui constituait une faute majeure à mes yeux. Je ne pouvais pas imaginer pourquoi quelqu'un voudrait ressembler à Charlie. Ce n'était pas une personne qu'on pouvait admirer.

Ma relation avec Garrett était sur pause en ce moment, dû au fait qu'il avait tendance à coucher avec des filles qui n'étaient pas moi. Il disait que c'était de ma faute parce que je ne voulais pas coucher avec lui, mais c'était idiot. Je ne comprendrai jamais comment une personne infidèle peut reprocher ses infidélités à quelqu'un d'autre qu'elle-même, mais encore une fois, chaque fois je revenais vers lui comme une crétine.

C'est incroyable de voir comment un manque d'estime de soi peut vous faire tomber dans les mauvais bras.

En approchant de chez Garrett, je me rappelai un trait de caractère que j'avais hérité de ma mère, une tendance à sortir avec des connards.

– Si tu veux rester ici, il va falloir te mettre à genoux, dit Garrett en soufflant un nuage de fumée de sa cigarette.

Il portait une chemise à carreaux et un short en jean bien trop grand pour sa carrure fluette. Une vieille ceinture râpée le maintenait sur ses hanches.

– Ne sois pas vulgaire, Garrett. Écoute, Charlie m'a foutue à la porte. Je dois trouver un endroit où crécher, au moins pour cette nuit.

– Comme j'ai dit, à genoux, sinon, tu peux te chercher un autre endroit pour pieuter.

– C'est une blague ?

– J'ai l'air de rire ?

À ce moment-là, une fille se pointa derrière lui, et je la reconnus immédiatement. Megan Kilt, la fille dont Garrett m'avait dit qu'elle n'était rien de plus qu'une copine. À ce moment-là, je n'étais pas tombée dans le panneau.

Dès qu'elle me vit, un sourire mauvais apparut sur les lèvres de Megan.

– Ah, ben voilà la Barbie gothique, roucoula-t-elle. Pourquoi tu mets autant d'eye-liner, sérieux ? C'est vraiment *too much.*

Je l'ignorai et regardai Garrett.

–Laisse-moi pieuter sur ton canapé, juste pour cette nuit, et tu peux faire ce que bon te semble avec la Barbie bimbo. Je peux même mettre des boules Quies.

–Désolé, Hazel. Charlie m'a interdit de te laisser entrer. Il a dit qu'un peu d'amour vache te ferait du bien.

Il n'y avait rien d'aimant chez Charlie et ce qu'il me faisait, c'était de la pure cruauté.

–Il n'a pas besoin de le savoir.

–Charlie sait tout. Et même ce que tu crois qu'il ne sait pas. Je te le garantie.

C'était vrai et cela me gavait. On aurait dit que Charlie avait des yeux derrière la tête, ce qui lui permettait d'avoir toujours une longueur d'avance sur tout et sur tout le monde.

Garrett souffla un autre nuage de fumée et Megan lui passa les bras autour des épaules, comme pour me faire comprendre qu'il était maintenant son nouveau jouet. Pas de problème, en ce qui me concernait. J'avais toujours su que Garrett n'était pas un mec pour moi. C'était seulement celui qui était toujours là.

Sauf quand j'avais vraiment besoin de lui.

Garrett était le genre de bad boy que les romans sentimentaux vous font croire que vous recherchez, mais contrairement aux héros de romans, il n'avait pas de moment révélateur. À aucun moment il ne disait les choses qu'il fallait ou ne me parlait d'une façon suffisamment romantique pour que je tombe chaque jour un peu plus amoureuse de lui. Il ne faisait pas de sacrifice pour sauver notre couple et ne se soumettait pas à notre amour.

C'était juste Garrett, le garçon qui s'était trouvé là quand aucun autre ne me regardait. J'aurais aimé pouvoir dire que j'étais assez forte pour regarder ailleurs, mais parfois la solitude vous fait désirer n'importe quelle relation, même avec ceux qui vous sucent l'âme.

La seule différence entre Charlie et lui, c'était que Garrett ne lèverait jamais la main sur moi. C'était un connard, mais il n'était pas violent physiquement, contrairement à Charlie.

Malgré tout, cela ne le rendait pas digne d'adoration.

Parfois, j'aurais voulu que Garrett soit un personnage de fiction.

J'aurais adoré voir comment il évoluerait.

– Hazel, avant que tu partes, comment va ta mère ? Comme elle est enceinte et tout ça ? demanda-t-il en écrasant sa cigarette. Est-ce que Charlie la traite bien ? Il vérifie qu'elle mange et tout ça ?

Je secouai la tête.

– Tu sais que Charlie ne pense qu'à une chose à la fois. Et ce n'est pas à ma mère. C'était moi qui prenais soin d'elle, pas lui. Et, je ne sais pas trop comment, il a réussi à la retourner contre moi.

Il sortit une autre cigarette qu'il alluma. Ce type vraiment fumait comme un pompier.

– Je le ferai pour toi, pour être sûr qu'elle ne manque pas de vitamines, et tout ça.

Eh bien, ça, c'est gentil et totalement surprenant de ta part.

– Merci.

– De rien. Ma mère aussi voudra probablement s'assurer qu'elle va bien.

La mère de Garrett, Sadie, était la meilleure amie de ma mère et avait toujours été là dans les bons et les mauvais moments. Sadie n'était pas une mauvaise personne. Elle s'était seulement retrouvée dans de mauvaises circonstances.

Comme beaucoup de gens, je suppose.

Garrett allumait et éteignait son briquet de sa main libre.

– Tu ferais mieux de te barrer avant que Charlie te trouve ici et nous tombe dessus.

Je m'en allai et passai devant des ados tapageurs dans les rues et des adultes encore plus tapageurs à l'intérieur du Carl's Bar, parce qu'on était vendredi soir et qu'ils se sentaient libres.

Je continuais à avancer alors que j'avais les pieds en feu à force de marcher. Je ne pouvais plus mettre mes rangers parce que je les avais bousillées dans les enclos à cochons, alors j'étais obligée de marcher avec les claquettes nulles et inconfortables que j'avais chipées à ma mère sans qu'elle s'en aperçoive.

Sans vraiment réfléchir, je retournai au ranch. Je ne voyais pas d'autre endroit où aller, apparemment. La grange était éclairée et la musique donnait à fond, sans doute le groupe de Ian, et dans l'ensemble c'était extra, sauf les paroles, merdiques.

Je ne vais pas dire le contraire, Ian chantait bien, c'est juste les textes qui étaient bidon.

Derrière la grange, dans la partie boisée, il y avait une petite baraque abandonnée que j'avais découverte quelques jours auparavant alors que j'essayais de faire passer une crampe dans ma hanche. Je marchai dans cette direction et ouvris la porte.

Il n'y avait pas grand-chose à l'intérieur, sauf un vieux tapis que je roulai. Il me servirait de lit pour la nuit.

– Dis-toi que tu fais du camping, Hazel. Juste du camping.

Il y avait un gros trou dans le toit qui laissait voir le ciel étoilé. Chaque fois que je regardais le ciel, je me sentais en paix. La galaxie me faisait me sentir petite et, étrangement, je me sentais mieux. Comme si l'immensité du monde rendait ma situation actuelle moins grave. Les choses allaient s'arranger. Il le faudrait bien à un moment donné. La vie n'était pas censée être si triste, et j'étais sûre que je finirais par trouver un moyen de fuir cette ville maudite, tôt ou tard. J'avais espéré que maman partirait avec moi, mais clairement, elle avait choisi son camp et je ne faisais plus partie de son équipe.

Je posai mon sac chargé de mes vêtements sur le tapis et l'utilisai en guise d'oreiller. Je regardai le ciel par le trou du toit tout en écoutant les Wreckage produire des sons qui valaient le coup d'être entendus. J'avais beau détester leur chanteur, je devais bien reconnaître que dans l'ensemble leur musique était formidable.

Bien sûr, avec de meilleures paroles...

Ce soir-là, je fermai les yeux au son de la voix de Ian Parker et je fis de mon mieux pour oublier le reste.

Demain était un autre jour, et le soleil se lèverait de nouveau.

***

La Providence semblait être de mon côté, parce que le soleil s'est effectivement levé le lendemain matin. J'avais du mal à me débarrasser du sentiment de trahison causé par l'attitude de ma mère, mais au moins j'avais le travail pour m'occuper l'esprit. J'étais censée prendre mon jour de congé, mais je me présentai quand même à la ferme. Si je travaillais, cela m'empêcherait de penser à ma situation actuelle de sans-abri. Quand on pelletait du fumier, c'était difficile de penser à autre chose qu'à son envie de vomir. En plus, maintenant que je squattais la vieille baraque défoncée, je n'aurais plus besoin de marcher une demi-heure pour aller et revenir du boulot. Il faut voir le bon côté des choses.

– Non, mais tu fais quoi, là, bordel ?

La voix rauque résonna dans l'étable où j'étais en train de brosser Dottie, la plus belle jument que j'avais jamais vue. Dottie et moi avions partagé une pomme peu de temps auparavant et, depuis ce moment-là, nous avions pris l'habitude de bavarder entre filles, parce que j'en étais arrivée au point où je parlais aux animaux pour me sentir moins seule.

Génial.

En réalité, les animaux étaient beaucoup plus gentils que les humains, alors j'estimais que ma nouvelle amitié avec Dottie était une victoire inégalée.

– Je me suis dit que j'allais passer donner un coup de main aujourd'hui, répliquai-je au Monsieur Ian

Super Grincheux qui se tenait là, dans l'embrasure de la porte.

Je me demandai s'il connaissait le sens du mot sourire... j'étais certaine qu'il avait beaucoup plus de raisons que moi de sourire, et pourtant, moi au moins, je trouvais des raisons de le faire.

– T'es pas au tableau de présence, dit-il d'un air sévère.

– Je sais. Mais j'étais dans le coin.

– Eh ben, t'as rien à faire ici.

– Qu'est-ce que ça peut faire ? Les gars ne brossent pratiquement jamais Dottie et les autres chevaux comme il le faudrait. Tu devrais plutôt être content que je donne un coup de main.

Il haussa les sourcils.

– Tu ne seras pas payée pour ça.

– Je n'ai pas pointé. Je sais comment ça marche.

– Il faut croire que non, parce que venir travailler sur son jour de congé, ce n'est pas comme ça que ça marche.

J'arrêtai de brosser Dottie et laissai retomber mes mains sur mes genoux en regardant fixement Ian.

– Pourquoi t'es si désagréable avec moi ?

– Et pourquoi tu fais des choses idiotes qui me rendent désagréable ? aboya-t-il.

Il avait les cheveux ébouriffés et les bras croisés sur son torse musclé. Si ses biceps avaient pu onduler, ils m'auraient probablement fait signe de me barrer.

– Fais comme si j'étais pas là, c'est tout. Je ne dérange personne et Dottie apprécie ma compagnie.

– C'est une jument. Elle ne peut pas apprécier la compagnie des gens.

– C'est idiot de penser que parce qu'elle est un cheval, elle n'aurait pas de sentiments. Quand lui as-tu demandé pour la dernière fois comment elle allait ?

– Pour l'amour de... murmura-t-il avant de se passer la main dans les cheveux. Tu n'as rien à faire sur la propriété quand tu ne travailles pas. Cela s'appelle de l'effraction. C'est interdit par la loi.

– Quoi ? Tu vas appeler le shérif Cole pour qu'il vienne m'arrêter parce que je brosse Dottie ?

– Ne me cherche pas, Hazel, dit-il, les dents serrées. Tu essaies de me pousser à bout, ou cela te vient naturellement ?

– Aussi naturellement que de respirer.

Il continua à grommeler en se passant la main sur la joue.

– Si j'entends dire que tu déranges qui que ce soit, tu dégages. Et je ne veux pas dire seulement aujourd'hui, tu dégages pour de bon. Virée. C'est compris ?

– Je vous entends cinq sur cinq, coach.

– Oh c'est bon, les sarcasmes !

– Cela me vient aussi naturellement que de respirer, ça aussi.

Avant qu'il n'ait le temps de hurler à quel point je l'énervais, une jeune femme entra dans l'écurie et lui lança un regard.

– Tu viens, Ian ? Je n'ai pas beaucoup de temps pour déjeuner et si nous devons... tu sais.

Elle jeta un regard dans ma direction, puis détourna les yeux en rougissant légèrement.

Oh, ne t'inquiète pas, chérie, on est tous au courant.

Si j'avais un dollar pour chaque femme que j'avais vue approcher Ian ces derniers jours, je n'aurais même plus besoin de travailler à la ferme. Je serais au moins aussi riche que Kylie Jenner. Je pourrais probablement créer une palette de maquillage complète basée sur la couleur des yeux des personnes de sexe féminin qui avaient croisé son chemin et finissaient dans son bureau.

Vert émeraude. Bleu outremer. Ombres cendrées.

Ian me regarda comme s'il avait encore envie de me rabrouer, mais son désir d'emmener cette fille dans son enclos était plus grand que son envie de me donner des ordres. Je fus ravie qu'il me laisse tranquille. Dottie et moi avions encore plein de choses à nous raconter.

4
IAN

– Elle me casse vraiment les pieds, protestai-je auprès de Big Paw au bout de quelques semaines de travail avec Hazel.

Jour après jour, cette fille persistait à se pointer, avec son accoutrement noir et ses rangers bousillées, prête à travailler. Quelle que soit la tâche que je lui confiais, elle s'en acquittait. Parfois, elle restait tard dans la soirée pour finir, mais elle terminait toujours son travail, ne me donnant aucune raison de la virer. Pourtant, j'aurais vraiment voulu en trouver une.

En plus, même pendant ses jours de congé, elle traînait toujours dans le coin. C'était comme si elle n'avait aucune vie en dehors de la ferme, putain. Son passe-temps favori, c'était de parler avec les bêtes comme si un jour elles allaient lui répondre. Je connaissais assez bien Dottie pour savoir qu'elle se fichait pas mal de ce qu'Hazel lui disait – la seule chose qu'elle voulait, c'était ces foutues pommes.

Tous les autres à la ferme semblaient très bien s'accommoder de voir Hazel traîner dans le coin comme un chien perdu. James disait qu'elle ne dérangeait personne et même que c'était bien pratique lorsqu'il avait besoin d'un coup de main. Marcus et Éric trouvaient également qu'elle rendait bien service, et j'avais même vu le Vieux Eddie l'embrasser sur la joue lorsqu'elle lui avait proposé de l'aider au poulailler.

Apparemment, j'étais le seul abruti à ne pas vouloir d'elle, et je savais très bien que c'était à cause de raisons personnelles que j'avais de lui en vouloir, parce qu'elle était liée à Charlie.

Voir Hazel quotidiennement me faisait penser à Charlie, et penser à Charlie me faisait penser à mes parents. Je faisais tout mon possible pour ne pas penser à eux. Je faisais beaucoup d'efforts pour les garder enfouis au fond de ma mémoire, mais le fait de voir Hazel les rendait vains.

Je ne la connaissais pas, mais le goût que j'avais dans la bouche en la voyant me rendait malade. Si elle était apparentée à un serpent comme Charlie, sa présence au ranch ne pouvait rien apporter de bon. Elle venait d'un univers toxique.

– C'est toi qui me les casses, répliqua Big Paw, assis à son bureau dans sa maison.

Il gratta sa barbe trop longue que Grand-Mère avait essayé en vain de lui faire raser et bâilla sans mettre sa main devant sa bouche.

– Elle travaille plus dur que la moitié des abrutis là-bas. Chaque fois que je suis passé à la ferme, je l'ai vue qui bossait dur. Elle a du mal à le faire parfois, c'est sûr, mais elle le fait. Ce qui n'est pas le cas de la moitié des gars de ton équipe que je trouve toujours en train de glander et de se la couler douce.

– Ouais, mais...

Je savais que je n'avais aucun argument sur lequel m'appuyer, mais je voulais quand même avoir raison.

– Tu savais que c'est la belle-fille de Charlie ?

– Tu crois que je ne me renseigne pas avant d'embaucher du personnel ? Bien sûr que je le savais.

– Et tu l'as quand même acceptée ?

J'étais stupéfait.

– Tu sais que c'est à cause de Charlie que maman et papa...

– Ne commence pas avec ça, gamin, ricana Big Paw, l'air profondément agacé.

Il se passa un doigt sur l'arête du nez.

– J'ai pas de temps à perdre à t'écouter parler de cette histoire. Hazel Stone travaille à la ferme, et c'est toi qui supervises son travail. Point final.

– Mais...

– J'ai dit point final !

Comment pouvait-il l'oublier si rapidement ? Sans Charlie, maman et papa ne seraient pas devenus accros à la meth toutes ces années auparavant.

Ils n'auraient pas fui dans les brumes de la drogue, à la poursuite de leur prochaine dose. Ils seraient toujours les parents dont j'avais besoin dans ma vie.

Alors, Charlie pouvait aller se faire foutre, ainsi que toutes les personnes qui lui étaient apparentées.

Je regrettais d'avoir connu mes parents avant qu'ils ne tombent dans la drogue. J'aurais préféré ne pas les avoir vus sous leur bon jour, comme cela avait été le cas pendant treize ans de ma vie. Je gardais en mémoire une foule de souvenirs de ce que ma mère était avant la drogue. Je me rappelais combien elle aimait aider Grand-Mère au jardin. Je me rappelais son rire, son parfum à la rose, son sourire. Pendant l'été, papa me laissait l'accompagner à la casse et utiliser le chariot élévateur pour l'aider à déplacer des voitures accidentées.

Le pire lorsqu'on a des parents qui deviennent progressivement dépendants à la drogue, c'est de se rappeler qu'ils n'ont pas toujours été aussi bousillés. S'ils avaient toujours été des paumés tragiques, j'aurais été moins malheureux lorsqu'ils sont partis.

– Tu devrais envisager de la renvoyer. Ou, au moins, de désigner quelqu'un d'autre pour s'occuper d'elle. Ce serait moins embêtant pour moi, si je n'avais pas à m'occuper d'Hazel.

– Je ne peux pas la renvoyer. Je dois lui donner sa chance. Je le dois à quelqu'un qui lui est proche.

– Qui ? À qui est-ce que tu le dois ?

Il fronça les sourcils et éluda ma question.

– Combien tu payes de loyer pour habiter à la ferme ?

Sa question n'était pas neutre, et je savais exactement dans quel piège il m'entraînait.

– Big Paw...

– C'est une question simple, mon garçon. Alors, réponds.

Je m'enfonçai dans mon fauteuil.

– Je ne paye pas de loyer.

– Je discutais avec Tyler l'autre jour au marché, et il me disait que ce bâtiment d'habitation au ranch devait valoir facilement deux cent mille. Il m'a demandé si c'était à vendre. Je me demande si je ne devrais pas accepter son offre.

– Ok, j'ai compris le message.

– Non, je ne crois pas.

Il croisa les doigts.

– Je pourrais ramasser de l'argent avec cette maison, mais je ne le fais pas parce que tu es mon petit-fils et que je sais que, sans un coup de pouce, tu ne serais pas capable de te trouver un chouette endroit par toi-même. Je te prête la grange, à toi et tes copains musiciens, pour vos répétitions, alors que je pourrais faire un bénéfice en la louant à d'autres. Dans une ville où tant de gens rencontrent des difficultés, toi tu vis comme un prince et tu as le culot de venir dans mon bureau pleurnicher parce que tu n'aimes pas cette fille qui travaille plus dur que la plupart des gens ? Eh bien, c'est dommage. Si tu veux qu'elle change de formateur, alors démissionne. Mais Dieu m'est témoin que tu perdras tous les avantages de ta vie confortable.

Je ne répondis rien, parce que Big Paw avait raison. Je me conduisais comme un petit con qui piquait sa crise parce qu'il n'obtenait pas ce qu'il voulait.

– Tu as été bien loti au départ dans la vie, Ian. Tu as traversé des moments merdiques quand tes parents sont partis, mais dans l'ensemble, tu bénéficies de privilèges que la plupart des gens de cette ville seraient prêts à tuer pour avoir. Ne laisse pas ton ego enfler au point de ne pas croire que d'autres méritent d'avoir leur chance eux aussi. Hazel n'a rien fait qui puisse laisser penser qu'elle ressemble à Charlie. On lui a distribué des cartes merdiques, c'est tout. Laisse-la jouer ses cartes du mieux qu'elle peut et épargne-moi tes jérémiades d'enfant gâté.

On pouvait compter sur Big Paw pour vous faire comprendre que vous et vos opinions idiotes étiez nuls et non avenus.

– Maintenant que j'y pense, j'ai une meilleure idée, dit-il en se laissant aller dans son fauteuil. Cette chambre d'amis dans la maison, donne-la à Hazel.

Je m'étranglai.

– Excuse-moi ?

– J'ai l'impression qu'elle a besoin d'un endroit où loger.

– Qu'est-ce qui te fait penser ça ?

– Le fait que j'ai découvert que cela fait plusieurs nuits qu'elle dort dans cette vieille cabane défoncée. Depuis, je dors dans mon pick-up à proximité, pour m'assurer que personne ne vienne l'embêter. Je sais qu'il y a des voyous qui s'introduisent la nuit sur la propriété pour faire les cons quand ils s'ennuient, et je ne voudrais pas qu'ils importunent Hazel. Je lui aurais bien proposé de la loger, mais j'ai l'impression qu'elle aurait trop honte d'admettre ses difficultés, alors je veux que ce soit toi qui le lui proposes.

– Pfff, tu parles ! Elle n'acceptera jamais d'aide venant de moi.

– Elle le fera si tu lui présentes les choses dans un joli paquet avec un beau nœud sur le dessus.

– Et comment je suis censé faire ça ?

– Je ne sais pas, Ian. Fais preuve d'imagination.

Je plissai les yeux, conscient que mon grand-père était en train de me coincer et qu'il me serait impossible de ne pas proposer à Hazel la chambre à la ferme.

– Et si je ne le fais pas ?

– Eh bien – il mâchonnait le bout de son cigare comme si c'était un chewing-gum – dans ce cas, je suppose que je devrai voir avec Tyler combien il serait prêt à m'offrir pour la maison.

J'en étais sûr.

Je frottai mon menton recouvert d'une barbe légère et fis la grimace.

– Et puis d'abord, pourquoi elle dort dans cette baraque ?

– J'en sais rien. C'est pas mes affaires, mais j'ai l'impression que c'est probablement à cause de ce même sale con qui fait que tu la détestes. Deviens ami avec elle.

– *Son ami ?* je hurlai. J'ai rien en commun avec elle.

– Ne dis pas « j'ai rien » comme si tu n'avais pas d'instruction. Ça fait partie du deal. Propose-lui un logement et accueille-la gentiment. Deviens son ami. Elle a personne, alors tu pourrais aussi être la personne vers qui se tourner quand elle en a besoin.

J'aurais pu le reprendre parce qu'il avait dit « *elle a* personne », mais je savais que ça n'arrangerait pas mes affaires. J'aurais bonne mine si je me faisais botter le cul par un octogénaire.

Devenir pote avec Hazel Stone ?

Je n'avais pas la moindre idée de comment m'y prendre pour être pote avec une fille comme elle. Nous n'avions rien en commun à part le fait que nous travaillions tous les deux au ranch. Comment établir un lien avec une personne aussi différente de moi ?

Et puis, je n'étais pas tellement en manque d'une coloc, et encore moins d'une amie. Les musiciens de mon groupe étaient les seuls amis dont j'avais besoin, et même eux me semblaient encombrants, parfois.

Je me passai les mains dans les cheveux, sachant que je ne parviendrais jamais à le faire changer d'avis. Une fois que Big Paw avait pris une décision, rien ne pouvait le faire revenir dessus, à part si c'était Grand-Mère qui le voulait.

Je fis la grimace.

– Je verrai ce que je peux faire.

– Fais mieux que ça. Il devrait pleuvoir dans quelques jours, et je n'ai pas envie d'avoir une fille qui meurt de pneumonie dans ma ferme.

Avant que je puisse répondre, Grand-Mère pointa la tête dans le bureau. Elle avait ses maniques aux mains, et son éternel sourire chaleureux éclairait son visage.

– Vous avez bientôt fini de vous conduire comme des abrutis ? Le dîner est prêt, et ça ne me pose aucun problème de me mettre à table sans vous.

– Femme, tu ne vois pas que nous sommes en pleine discussion ? siffla Big Paw en la renvoyant d'un geste à ses fourneaux.

Ce qui eut pour effet de la faire entrer plus avant dans la pièce.

– Harry Aaron Parker, si tu me parles encore une fois sur ce ton, je te fourre cette manique dans la gorge si profond que tu ne pourras plus dire un mot. Maintenant, j'attends des excuses.

Ma grand-mère était une petite femme, mais elle n'avait peur de rien ni de personne, et surtout pas de Big Paw.

Et comme toujours, Big Paw baissa la tête, l'air confus.

– Désolé.

– Désolé qui ? gronda Grand-Mère.

– Désolé, mon chou.

Je m'efforçai de me retenir de rire en entendant ce petit nom. On pouvait compter sur Grand-Mère pour attendrir le vieil homme. Ces deux-là n'avaient pas leur langue dans leur poche et leurs rapports étaient intenses et très amoureux. Si jamais je trouvais le temps de tomber amoureux, je voulais vivre une histoire d'amour semblable à la leur.

– C'est bien ce que je pensais, dit Grand-Mère en s'approchant de Big Paw.

Elle lui donna une petite tape derrière la tête avec sa manique.

– Allez maintenant dans la salle à manger avant que je change d'avis et que j'emporte le repas à l'église pour la leçon de catéchisme de ce soir.

Cela suffit à nous faire bondir sur nos pieds. Ma conception de la cuisine se résumait à préparer des hamburgers. Parfois, je me surpassais en inventivité en toastant les petits pains, mais c'était le summum de mon expertise en cuisine. Ça et les nouilles chinoises. Je pouvais faire des tonnes de nouilles chinoises. Aromatisées au poulet, bien sûr.

Sorti de ça, je comptais sur les restes de Grand-Mère. Elle savait y faire pour que je ne meure pas de faim.

En se rendant dans la cuisine, Grand-Mère se plaignit du parquet qui grinçait.

– Il faut faire venir quelqu'un pour arranger ça, ronchonna-t-elle.

– Silence, femme. Je m'en occuperai quand j'aurai le temps, dit Big Paw.

– Tu dis ça depuis 1995. Je ne vais pas me taire.

– Si tu te taisais, ça nous éviterait tes impertinences.

Elle le fusilla du regard et Big Paw fit un petit sourire. Il en fallait beaucoup pour faire sourire cet homme-là, et seule Grand-Mère en était capable.

– Désolé, mon chou.

– Tu le seras encore plus ce soir quand tu devras dormir sur le canapé, rétorqua-t-elle.

Je ne pus me retenir de rire en entendant leur sketch. Le véritable amour ne manquait pas d'humour, et j'adorais voir que mes grands-parents ne se disputaient jamais sérieusement.

* * *

Après m'être empiffré chez mes grands-parents, je rentrai chez moi avec suffisamment de restes pour tenir plusieurs jours.

Dieu merci. Pas de hamburgers cette semaine.

En arrivant au ranch, j'avais un énorme nœud dans l'estomac. La cabane dans laquelle Hazel squattait apparemment était un vrai dépotoir. Et peu sûr en plus. Ça lui ressemblait bien de faire quelque chose d'aussi stupide.

Arrête d'être un connard. Tu ne la connais même pas.

Je ne pouvais pas faire abstraction du fait qu'elle était apparentée à Charlie, cependant, je savais que Big Paw avait raison. Alors, je continuai en ravalant mon orgueil, je me garai devant le cabanon et je frappai à la porte.

Pendant quelques secondes, je perçus des mouvements furtifs à l'intérieur, puis tout redevint silencieux. Je haussai un sourcil.

– Il y a quelqu'un ?

D'autres déplacements étouffés. Je frappai de nouveau à la porte.

– Ouvre, Stone. Je sais que tu es là.

Plus de silence. Moins de mouvements.

En poussant un soupir excédé, j'ouvris brutalement la porte et je vis Hazel assise tout au fond de la cabane, qui ouvrait tout grands ses yeux verts. Elle avait l'air de croire que je venais l'agresser, et c'était une raison de plus pour ne pas rester dans cette fichue cabane. Elle avait de la chance que ce soit moi et non quelque soûlard de la ville qui aurait croisé son chemin.

– Q... qu'est-ce que t... tu f... fais là ? demanda-t-elle d'une voix tremblante.

– Qu'est-ce que *je* fais là ?

Je dirigeai la lampe de mon téléphone sur elle.

– C'est plutôt qu'est-ce que *toi, tu* fais là ? Bon Dieu !

Elle se leva en clignant des yeux. Je n'avais pas la moindre idée de ce qu'elle avait fabriqué, mais elle avait les cheveux trempés comme si elle venait de prendre une douche. Quelques vêtements étaient suspendus aux étagères, y compris une culotte en coton imprimée de licornes. Elle se précipita pour décrocher la culotte de l'étagère et la planqua dans son dos.

– Tu vis ici ?

– Non, répliqua-t-elle vivement.

Je haussai un sourcil.

– Tu vis ici.

Cette fois, ce n'était plus une question. Elle soupira.

– C'est seulement temporaire.

– Tu ne peux pas habiter dans cette cabane.

– Pourquoi ? Ce n'est pas comme si elle servait à quelqu'un.

Je grognai.

– Ce n'est pas la question. La question, c'est que tu ne peux pas vivre dans cette foutue cabane, comme un animal. Il manque la moitié du toit, Hazel.

– J'aime regarder les étoiles.

– Il y a des courants d'air la nuit.

– J'aime sentir la brise.

– Tu es toujours aussi butée ?

– Tu es toujours aussi autoritaire ?

Elle répondait du tac au tac, et bordel de merde, je ne pouvais même pas m'imaginer vivant sous le même toit que quelqu'un d'aussi chiant que cette fille.

– Je ne suis autoritaire qu'avec les gens qui se conduisent comme des enfants.

– Je ne me conduis pas comme une enfant. Je me conduis comme une personne qui a eu besoin d'un endroit où loger pendant quelque temps.

– Ouais, ben, tu ne peux pas habiter ici. Ce n'est pas un foyer. C'est une cabane à moitié en ruine. Sur une propriété privée, je te rappelle. Tu ne peux pas squatter ici.

Pendant une fraction de seconde, la carapace d'Hazel se fissura et je vis un éclair d'inquiétude la traverser. La cuirasse qu'elle portait au quotidien était destinée à lui éviter les blessures, et pendant cette fraction de seconde, je vis sa vérité filtrer dans ses yeux.

Bon sang. Nous avions peut-être plus de choses en commun que je le croyais.

Ma carapace était faite du même matériau.

– Tu vas venir loger chez moi, dis-je d'une voix sévère.

Je croisai les bras et hochai la tête.

– Tu prendras la chambre d'amis.

– Il est hors de question que j'habite avec toi !

Elle était suffoquée que je lui propose une solution pour sortir de la cabane.

– Bien sûr que si. Tu ne peux pas rester ici, bordel. C'est stupide et dangereux. J'ai une chambre libre. Prends-la.

– Je ne veux pas de ta charité.

– Dixit la fille qui habite carrément dans une baraque.

– Je déteste quand les gens disent *carrément*. C'est un mot passe-partout que les gens utilisent quand ils ne trouvent pas d'expression plus précise.

– Carrément, carrément, carrément.

Je désignai de la main les sacs-poubelles contenant ses affaires.

– Ramasse tes petites culottes licornes, et allons-y.

– Je ne doute pas que tu sois habitué à ce que les femmes laissent tout tomber pour accéder à tes exigences, mais je ne suis pas comme ça. J'ai dit non et cela voulait dire non. Je n'ai pas l'intention d'accepter ta charité. Je ne veux pas de ton aide, et je n'en ai pas besoin.

Mais qu'est-ce qui ne tournait pas rond chez cette fille ? On lui proposait de l'héberger gratuitement et elle refusait à cause de son putain d'orgueil ? Comment étais-je censé obéir à Big Paw si elle refusait de bouger d'un pouce ? Je n'avais jamais rencontré une fille aussi butée de toute ma vie.

– Tu sais quoi ? Tu fais chier. Très bien, t'as qu'à rester là avec tes rats et tes araignées. Je ne vais pas perdre mon temps avec quelqu'un qui préfère souffrir. T'as qu'à faire ça.

5

HAZEL

Ian partit en faisant la tête. Il jura à mi-voix et claqua la porte de la cabane. Toute la structure en fut ébranlée, et j'avalai péniblement le nœud qui s'était formé dans ma gorge.

Purée. Cet homme était vraiment doué pour me mettre mal à l'aise. J'étais complètement paumée après cet échange entre nous. C'était comme si, sans se départir de son côté grossier et désagréable, il s'était montré... sympa ? Me proposer un logement semblait sympa, mais je ne pouvais pas m'empêcher de penser que ce ne serait pas sans contrepartie. Je m'étais juré de ne jamais accepter quoi que ce soit venant d'un homme. Comme ça, il ne pourrait jamais s'en servir contre moi. Pendant des années, j'avais vu Charlie nous balancer à la figure que, maman et moi, nous vivions dans sa maison. Que nous mangions sa nourriture. Que nous dormions dans ses lits. Rien de ce que nous avions n'était à nous et je détestais la façon dont il s'en servait pour nous donner le sentiment que nous n'étions rien sans lui.

À partir de maintenant, tout ce que je posséderais, je l'aurais acquis toute seule.

Bon, à part la cabane que je squattais. Il faudrait que je rembourse Big Paw d'une façon ou d'une autre pour le temps que j'aurais passé chez Betsy.

Yep. C'était vrai. J'avais appelé la cabane Betsy. Et, mon pote, si ces murs pouvaient parler, je parie qu'ils auraient un tas d'histoires à raconter.

Seigneur. J'étais tellement seule que je devenais copine non seulement avec des chevaux mais aussi avec des objets.

Il ne faudrait pas que cette solitude dure trop longtemps.

Je n'avais pas toujours été comme ça, solitaire. Quand j'étais plus jeune, ma meilleure amie s'appelait Riley – ce n'était ni une jument ni une cabane. C'était une vraie personne en chair et en os. Riley était la fille d'un client de Charlie. Parfois, ils venaient à la maison pour parler business, et les adultes nous envoyaient dans le jardin pour ne pas nous avoir dans les pattes. Parfois, à ces moments-là, Riley et moi on jouait à être des sorcières qui concoctaient des potions magiques pour se transporter dans des mondes magiques. D'autres fois, on disait qu'on était un girls band, et nous inventions des paroles de chanson que nous chantions aux écureuils.

J'étais bien avec Riley. C'était ma meilleure amie et la première personne qui me donnait le sentiment d'être chez moi à Eres. Lorsque son père a fini par décrocher définitivement de la drogue, ils ont déménagé. Riley m'écrivit pendant quelque temps, mais ses lettres se firent de plus en plus courtes jusqu'à cesser complètement. J'en avais déduit qu'elle avait trouvé un autre monde en dehors d'Eres, et je ne pouvais pas lui en vouloir. Une fois que je serais partie d'ici, je ne regarderais pas derrière moi, moi non plus.

Exceptionnelle.

C'était ce qu'avait été l'amitié de Riley pour moi. Je n'avais jamais retrouvé cette connexion avec personne d'autre, et cela me brisait le cœur de penser qu'une amitié comme la sienne était une situation unique.

J'étais certaine que je ne retrouverais jamais ce niveau d'intimité avec une autre personne, à part Garrett. Mais pour être honnête, ce qui nous reliait Garrett et moi n'était pas une amitié. D'accord, nous étions sortis ensemble pendant un moment, mais nous ne parlions de rien. En gros, on ne faisait que se peloter, et je le regardais planer et jouer aux jeux vidéo pendant des heures. On ne pouvait pas appeler ça une histoire d'amour.

Alors, je me retrouvais à parler aux murs en espérant que le bois soit assez épais pour conserver tous mes secrets.

Le lendemain matin, en sortant de la cabane, je trouvai un panier plein de petits cadeaux. Des bouteilles d'eau, une brosse à dents et du dentifrice, un paquet de céréales et une petite bouteille de lait accompagnés d'un bol et d'une cuiller. À côté, on avait posé un matelas gonflable deux places avec un jeu de draps et une couette.

Il y avait aussi un petit mot qui disait :

Si ça te plaît d'être têtue, ça te regarde. Mais ne dors pas comme ça à même le sol sans un lit.

Ian

PS : arrête de te conduire comme une idiote et accepte cette foutue chambre d'amis.

Jamais de la vie je n'aurais imaginé que ce serait Ian Parker qui viendrait à mon secours pendant une des pires périodes de ma vie.

J'avais encore un peu de temps avant de me rendre aux étables ce matin-là. Je m'assis en tailleur sur le matelas gonflable pour manger mon bol de céréales tout en écrivant dans mon journal. J'écrivais tous les jours depuis mes huit ans. Quand j'étais petite, je recopiais des formules magiques et d'autres trucs de gamines avec Riley, mais au fil des années, c'était juste devenu un recueil des pensées qui me venaient à l'esprit. En vers et en prose. Mes espoirs, mes souhaits et mes rêves étaient tous réunis dans un même endroit.

Un de mes plus grands rêves était d'aller à l'université. C'était mon rêve d'accomplir une vie qui serait totalement à l'opposé de celle que j'avais connue dans mon enfance, et l'université semblait être la première étape vers cet avenir. J'avais bien l'intention de faire tout ce qui était en mon pouvoir pour que ce rêve se réalise.

Je ne peux pas devenir comme ma mère. Je ne peux pas devenir comme ma mère.

Je ne voulais pas devenir la personne que ma mère était devenue. J'aspirais à quelque chose de plus grand. Je voulais tellement partir que l'idée de rester à Eres pour toujours me faisait souffrir jusqu'à la moelle de mes os. Si je restais, il y avait de fortes chances que je finisse aussi triste et déprimée que ma mère, en couple avec un homme qui n'éprouvait aucun respect ni amour pour moi, laissant passer toutes les occasions de vivre qui se présentaient.

En écrivant dans mon journal, je pensai à Ian. Ce garçon si désagréable qui m'avait donné un matelas. Je ne pouvais pas m'empêcher de me demander où il voulait en venir et pourquoi il m'aidait. Pour tout dire, j'étais un peu étonnée qu'il ne m'ait pas jetée dehors et virée sur-le-champ quand il avait découvert que je squattais la cabane. Je savais qu'il cherchait un prétexte pour me renvoyer et mon intrusion dans la propriété semblait être une excellente raison pour le faire.

Pendant cette journée au travail, Ian ne me fit pas de remarques désobligeantes comme il le faisait d'habitude. Il ne me poussa pas plus que les autres et ne me fit pas de remontrances sur la qualité de mon travail. C'était quoi, son problème ? Pourquoi il ne me traitait pas comme il l'avait fait depuis plusieurs semaines ? Ian Parker faisait tout pour que je me sente mal, mais à présent, si je n'avais pas su à quoi m'en tenir, j'aurais pu penser qu'il se conduisait de façon... sympa. Non, pas sympa. Ce serait exagéré. Mais il était beaucoup moins agressif que d'habitude. J'étais à la fois contente et mal à l'aise. Il vaut mieux se méfier quand quelqu'un passe du froid au chaud aussi rapidement.

Je m'efforçai de ne pas me prendre la tête à propos de ce revirement, même s'il était absolument évident qu'il s'était passé quelque chose.

Ce soir-là, installée sur mon matelas gonflé, je m'endormis après avoir passé des heures à contempler les étoiles, et quand vint le matin, mon dos ne me fit pas de reproches.

* * *

Le lendemain, je fus réveillée par des coups de marteau répétés à l'extérieur de la cabane. Je sortis précipitamment et découvris Ian, juché en haut d'une échelle, en train de fixer des planches sur le toit pour en boucher l'énorme trou.

– Qu'est-ce que tu fais ?

Le voir réparer le toit, ajouté au fait qu'il n'avait pas de tee-shirt, me laissa à la fois perplexe et hébétée. Son corps était sculpté par les dieux, et le voir torse nu me fit courir des frissons partout même si je ne le trouvais pas le moins du monde attirant.

Nan, pas du tout.

Vraiment moche, Ian Parker.

Les mensonges qu'on peut se raconter pour éviter d'être attirée par des hommes qu'on est censée détester.

– D'après toi ? Je répare le toit.

– Tu n'es pas obligé de faire ça pour moi.

– Qui a dit que je le faisais pour toi ? Je suis responsable de ce ranch, et c'est mon boulot d'effectuer certaines tâches.

La sueur dégoulinait sur sa poitrine, et oh, mon Dieu, comment est-il possible que la sueur d'un homme soit aussi excitante ?

J'avais été célibataire pendant la majeure partie de ma vie, si l'on exceptait ma relation banale et sans passion avec Garrett, et apparemment j'avais dépassé la date limite où l'on trouve excitantes des choses extrêmement embarrassantes, comme des hommes en sueur.

Ce serait quoi la prochaine fois ? Ian en train de lécher une glace en cornet et moi qui gémirais en le regardant ?

Du calme, mes hormones! On regardera bientôt un film avec Chris Hemsworth et ça ira mieux.

Ian continua à faire ce genre de choses. Réparer la cabane. Déplacer des choses. Laisser de la nourriture et des provisions devant la porte. Je n'arrivais pas à le suivre et chaque fois que je le lui reprochais, il me faisait clairement comprendre avec son air de Monsieur Grincheux qu'il ne le faisait pas du tout pour me rendre service. Chaque fois que j'éprouvais le besoin de lui dire *merci,* il me sortait une vacherie, ce qui transformait mon *je te remercie* en un *je t'emmerde.*

C'était bizarre de côtoyer Ian. Je n'avais jamais rencontré un individu qui passe comme lui du chaud au froid en quelques minutes. J'avais du mal à le cerner et j'avais l'impression que mon cerveau était en surchauffe quand j'essayais de m'adapter à ses sautes d'humeur.

Quand arriva le jour de la paye, je savais exactement ce que j'allais faire de la première moitié de mon chèque.

– C'est quoi? demanda Ian quand je lui tendis un billet de cent dollars.

– De l'argent.

Il leva les yeux au ciel en grommelant.

– Je vois bien que c'est de l'argent, mais pourquoi tu me le donnes?

– C'est pour les trucs que tu as laissés pour moi devant la porte de la cabane. Je n'accepte pas les aumônes, donc c'est pour te rembourser. Je ne sais pas exactement combien le matelas gonflable t'a coûté, donc si ce n'est pas assez, dis-le-moi.

– Je ne te l'ai pas donné en espérant que tu me rembourserais. Je me suis dit que tu n'avais pas de quoi te payer ça, puisque tu dormais sur ce vieux tapis bouffé aux mites.

– Eh bien, maintenant que j'ai eu mon premier salaire, je peux te le payer.

– Je ne veux pas de ton argent.

– Et moi, je ne voulais pas de ton aide, mais voilà, on en est là.

Il se pinça l'arête du nez.

– Pourquoi ne peux-tu pas accepter qu'on t'aide ?

– Parce que je sais qu'on peut te le renvoyer à la figure au premier tournant.

– On t'a vraiment fait du mal à ce point ?

Je déglutis avec difficulté, et mon silence répondit à sa question.

Il me regarda en plissant les yeux, je veux dire qu'il me regarda vraiment. Il me dévisagea comme s'il essayait de découvrir mes secrets, et je le regardai de la même façon, comme si je pouvais pénétrer les émotions que Ian ressentait mais ne révélait jamais. Il pouvait être désagréable, mais sa colère venait de quelque part, et je ne pouvais pas m'empêcher de me demander d'où. Dans quelles difficultés passées prenait-elle ses racines ? À qui ou à quoi devait-il cette attitude ?

Et pourquoi les femmes étaient-elles tellement attirées par lui ?

Pour ma part, je ne pouvais pas m'imaginer devenir intime avec une personne aussi froide. Il ne devait pas y avoir le moindre sentiment dans leurs relations, il ne semblait pas être du genre à donner beaucoup de lui-même à qui que ce soit.

En même temps, être intime avec lui supposerait de le voir torse nu, et l'idée n'était pas pour me déplaire.

– Écoute, on annonce des grosses pluies pour les jours à venir. Tu ne peux pas rester dans cette cabane merdique. Même depuis que j'ai réparé le toit, ce n'est pas étanche. Tout ce que tu possèdes va être bousillé et, toi, tu vas sûrement tomber malade. Accepte de prendre la chambre chez moi. Je peux même aller loger ailleurs si ma présence te met mal à l'aise.

– Mais pourquoi tu voudrais que j'habite chez toi ? Il est parfaitement clair que tu ne peux pas me supporter.

– Ce qui est clair aussi, c'est que tu traverses une mauvaise passe. Si tu as besoin d'un endroit où crécher, la porte t'est ouverte.

– Non merci.

Il poussa un soupir excédé et secoua la tête.

– C'est dingue, ce que tu peux être têtue ! C'est pas prudent de traîner dans le coin la nuit, d'accord ? Ce n'est pas parce que nous vivons dans une petite ville qu'il n'y a pas de tarés. J'en ai surpris plus d'un qui se baladaient sur la propriété.

– Tout va bien. Je sais me défendre.

Il souffla comme s'il ne me croyait pas.

– Si tu le dis, chérie.

Chérie.

Ça me filait la gerbe.

En s'éloignant, il dit :

– Mais je parie que se doucher avec le jet d'eau devant les écuries, c'est pas ce qu'il y a de plus agréable.

Je me douchais avec ce tuyau très tôt le matin et l'idée que Ian m'avait surprise en train de le faire me serra l'estomac.

– Comment tu sais que je me suis douchée avec le jet d'eau ?

– Parce que c'est ce que j'aurais fait à ta place.

Il me planta là dans le pré, assaillie par un millier de pensées que je n'arrivais pas à déchiffrer. Au lieu de perdre mon temps à essayer de comprendre comment son esprit fonctionnait, je me rendis au travail. Heureusement que le boulot à la ferme était dur. Cela ne me laissait pas le temps pour me prendre la tête.

* * *

Ce n'est qu'un chien errant, ce n'est qu'un chien errant.

C'est ce que je me répétais en boucle en écoutant les bruits de frôlement autour de la cabane.

Ou alors, c'est peut-être une poule qui est sortie du poulailler. Ou une vache qui se balade. C'est peut-être Dottie qui vient me faire un brin de conversation.

Ou alors c'est un tueur en série psychotique qui est là pour me découper en morceaux et en faire un ragoût.

C'est étrange de voir à quel point des endroits qui, de jour, vous paraissent tout ce qu'il y a de plus sûr deviennent tout à coup terrifiants, une fois la nuit tombée, lorsque tout est plongé dans l'obscurité.

Je remontai ma couette sur ma poitrine en écoutant la pluie tambouriner sur le toit du cabanon et l'eau qui s'infiltrait par un tas de fissures que Ian n'avait pas réussi à recouvrir. Dans l'ensemble, j'avais réussi à rester au sec grâce au fait qu'il ne m'avait pas écoutée lorsque je lui avais dit qu'il n'avait pas besoin de réparer le toit.

Note à moi-même: remercier Ian pour ne pas m'avoir écoutée.

De nouveau, du mouvement se fit entendre à l'extérieur de la cabane, et mon estomac remonta dans ma gorge lorsque j'entendis des voix par-dessus le bruit de la pluie. Il y avait quelqu'un dehors. Des gens parlaient autour de la cabane, tout près de moi.

– Il paraît qu'il y a une nana qui squatte là-dedans, dit une voix qui me fit bondir sur mes pieds.

Puis un poing tambourina sur la porte.

Je regardai autour de moi à la recherche d'un objet que je pourrais utiliser pour me défendre. N'importe quoi avec quoi je pourrais faire fuir les individus qui se trouvaient devant ma porte. Je ramassai la torche électrique que Ian m'avait laissée quelques jours plus tôt et la serrai fort dans mes mains. Je ne savais pas encore si j'allais les aveugler à mort ou leur taper sur la tête avec. Tout ce que je savais, c'est que je n'avais que cette torche en métal pour me défendre.

Note pour moi-même: remercier Ian pour la torche électrique.

– On va aller chercher les autres et on reviendra voir si c'est vrai, dit l'un d'entre eux.

J'attendis une poignée de secondes en les écoutant s'éloigner rapidement. Au moment où je jugeai qu'ils devaient être partis, j'ouvris grand la porte, sortis comme une fusée et traversai le pré en galopant, comme Dottie, tout droit jusqu'à la maison de Ian. Je m'accrochai à la sonnette, frissonnant de froid et de peur tout en regardant par-dessus mon épaule, terrorisée à l'idée que quelqu'un me suivait.

Je me mis à tambouriner sur la porte, la gorge serrée. Je m'efforçai de déglutir, mais j'étais trop affolée.

Toc, toc, toc.

Ouvre cette foutue porte, Ian !

Dès que la porte s'ouvrit, je poussai un soupir de soulagement et me précipitai à l'intérieur sans attendre qu'on m'invite à entrer.

– Ok, tu as gagné. Je vais prendre la chambre d'amis, dis-je d'une voix tremblante tout en parcourant son salon à grands pas.

Son salon... très joliment meublé. Très joliment meublé et... chaud

De la chaleur.

Oh bon sang, c'était tellement agréable.

– Euh, je peux vous aider ? demanda une voix.

Je me retournai finalement pour voir la personne qui avait ouvert la porte, et ce n'était carrément pas Ian. C'était une femme, mais qui portait ses vêtements. Du moins, je supposai que c'étaient ses vêtements. Sinon cela aurait voulu dire qu'elle portait des trucs cinquante fois trop grands pour elle. Mais cela ne voulait rien dire, en fait. Parce que moi, c'était ce que je faisais.

– Oh, pardon. Je pensais...

Je fronçai le nez et me passai la main sur le front.

– Il est pas là, Ian ?

– Qu'est-ce qui se passe ici ? demanda une voix rauque, et je tournai brusquement la tête vers le couloir.

Il était là, dans toute sa gloire. Une serviette enroulée autour de la taille, les cheveux trempés et le corps scintillant de gouttelettes d'eau comme s'il sortait tout droit d'une séance de photos sous une cascade. Et, oh mon Dieu, je reluquais le renflement qui pointait sous sa serviette de bain comme si son membre m'attirait comme le chant d'une sirène.

Je me demandai si la partie inférieure de son individu pouvait atteindre les mêmes aigus que sa voix dans ses chansons.

Attends.

Non.

Je ne me demandais pas du tout ça.

Je fis un tour sur moi-même et me couvris les yeux de la main.

– Oh, bon sang. Je suis désolée. Je ne savais pas que tu étais occupé. Purée. C'est choquant. Ok, je m'en vais.

Mais en voulant m'esquiver, je me cognai dans une table et envoyai valdinguer une lampe qui alla se fracasser sur le sol. Je risquai un regard entre mes doigts et frémis.

– Aïe ? Désolée !

Je jetai un coup d'œil en direction de Ian, et il était toujours là avec sa foutue serviette, l'air toujours aussi mécontent de me voir.

– Qu'est-ce que tu fais là ? demanda-t-il en passant ses doigts dans ses cheveux mouillés.

– J'ai cru...

Il m'arrêta de la main.

– Pas toi.

Il se tourna vers l'autre fille.

– Toi. Qu'est-ce que tu fais là ?

Il la fusilla du regard, l'air extrêmement contrarié. Il semblait la détester encore plus que moi, ce qui n'était pas peu dire. Elle passa les mains sur ses vêtements en lui souriant d'un air entendu.

– Ben, je me suis dit qu'on pourrait essayer de rattraper la nuit qu'on n'a pas pu passer ensemble, l'autre fois.

– Tu veux dire la nuit où j'ai découvert que tu avais un mari ?

– Écoute, c'est compliqué. Mon mari et moi n'avons plus de relations intimes.

– Rien à foutre. C'est pas mon problème. À partir du moment où il y a un mari, c'est sans moi. Je n'ai pas de temps à perdre avec tes histoires. Emporte-les ailleurs. Je ne sais pas comment tu es entrée chez moi...

– La porte d'entrée n'était pas fermée à clé. Et j'ai entendu dire que si la porte d'entrée n'était pas fermée à clé, les femmes pouvaient entrer directement.

– C'est n'importe quoi. Eh ben, vas-y, tu peux sortir directement. Enlève mes vêtements et n'oublie pas de les laisser ici.

Ah bah, c'est embarrassant.

Je restai figée pendant cet échange particulièrement gênant. L'air effondrée, la femme se faufila pour récupérer ses affaires et se changea rapidement avant de sortir sous la pluie.

Je restai là, l'air bête, sans savoir quoi faire.

Ian se passa les mains sur le visage et poussa un profond soupir tandis que je comptais les gouttelettes qui continuaient de dégouliner sur son torse musclé.

Une, deux, trois...

Chaque goutte d'eau descendait le long de ses abdos pour atteindre le haut de la serviette et moi j'étais là, à reluquer son entrejambe encore une fois.

J'écartai mes pensées inconvenantes et me raclai la gorge.

– Ça t'arrive souvent d'avoir des femmes qui se pointent chez toi comme ça, sans y avoir été invitées ?

– Tu serais étonnée de savoir que ça arrive plus souvent qu'on ne croit. Bon, qu'est-ce que tu fais là ?

Je me mordillai l'ongle du pouce en essayant de contrôler ma nervosité.

– Je me demandais si cette chambre dont tu m'as parlé était toujours à ma disposition ?

Il haussa un sourcil.

– Ah bon ? Tu as eu la trouille là-bas ou quoi ?

– Non, je mentis en croisant les bras. Mais, visiblement, tes compétences en matière de toiture ne sont pas aussi impressionnantes que ce qu'elles auraient dû être.

Rooh, Haze. Arrête d'être aussi cassante et sarcastique. Il t'a tendu un rameau d'olivier. Ne fais pas ta fière, sinon tu vas te retrouver dans la cabane avec les tueurs psychopathes.

– Excuse-moi. Ma première réaction, c'est toujours le sarcasme.

– Pas grave. Ma première réaction, c'est toujours d'être un connard.

– Bah, à partir du moment où on sait tous les deux à quoi s'en tenir, la coloc devrait pouvoir marcher... Mais j'ai quand même quelques règles si nous habitons ensemble.

– Pourquoi je ne suis pas étonné ?

J'eus un petit sourire ironique, mais gardai les bras croisés.

– Je paie un loyer. Je ne sais pas combien tu paies, mais j'en paie la moitié.

– Entendu. Quoi d'autre ?

– J'aime faire la cuisine, et s'il y a des restes, tu pourras les prendre. Je déteste les restes.

– D'accord. Autre chose, chérie ?

– Ah oui. Ne m'appelle pas « chérie ».

– Les nanas adorent qu'on les appelle « chérie »...

– Les femmes n'aiment pas qu'on les appelle « nana » ou « chérie. Vraiment, pour une rockstar, tu es complètement à la masse en ce qui concerne ce que veulent les femmes.

Il fit quelques pas vers moi et fronça les sourcils. Son regard brun chocolat me transperça en faisant chavirer mon estomac dans tous les sens. Sa barbe naissante était parfaitement soignée et ses lèvres semblaient suffisamment douces pour donner envie de l'embrasser. Il appuya légèrement ses dents sur sa lèvre inférieure avant d'y passer le pouce et haussa un sourcil.

– Et que veulent les femmes, exactement, Hazel Stone ?

Sa façon d'employer mon nom en entier me prit de court et me perturba. Bon sang, je le détestais. Je détestais qu'il soit tout à la fois, arrogant, prétentieux, lunatique et pourtant sexy.

Tout ce qui le caractérisait à la fois.

– Elles… euh… elles v… v… veulent qu'on les appelle… n'importe quoi sauf « nana » ou « chérie ».

Il me toisa de la tête aux pieds et posa les mains sur le haut de sa serviette pour la maintenir en place.

– C'est noté. D'autres règles ?

– Oui, et celle-ci est importante.

– Je suis tout ouïe.

– On ferme la porte à clé la nuit. Je n'ai aucune envie de voir Ambre, ou Reese, ou Sue se faufiler en douce dans la maison pour une petite partie de jambes en l'air avec toi, se tromper de porte et atterrir dans mon lit.

Un sourire coquin effleura ses lèvres.

– Moi, ça ne me semblerait pas une si mauvaise idée. Je pourrais toujours venir me joindre à la fête.

Je me sentis rougir et je fis de mon mieux pour me détendre.

– Je suis sérieuse, Ian. Je ne veux pas que n'importe qui puisse entrer. Cela me stresse.

Il se frotta la nuque en continuant à me fixer comme s'il voulait radiographier mon cerveau. Puis il s'éloigna pour aller fermer la porte à clé.

Je poussai un soupir discret.

– Merci. Tu veux bien me montrer ma chambre ?

Je me dirigeai vers le couloir, mais il posa une main sur mon épaule.

– Bon, attends une minute. Tu n'es pas seule à vouloir imposer des règles. J'en ai aussi quelques-unes.

– Ah bon ? Et lesquelles ?

– Interdiction de me critiquer sur le nombre de femmes que je reçois dans cette maison. On a tous ses passe-temps, et moi, il se trouve que cela implique des moments intimes fréquents, avec des femmes différentes.

– Ignorer tes habitudes de dragueur. Compris. Quoi d'autre ?

– Je suis avant tout musicien. Lorsque je suis inspiré, je peux me mettre à jouer ou à chanter à n'importe quelle heure de la nuit. Si je me retenais, je me noierais. Je ne veux aucune plainte à cause du bruit.

– C'est logique. Autre chose ?

– Celle-ci est la plus importante de toutes. On vit notre vie, chacun dans notre coin, mais si jamais Big Paw te pose la question, toi et moi, on est amis. Les meilleurs potes du monde.

– Qu'est-ce que Big Paw en a à faire de...

Je m'interrompis en haussant les sourcils.

– Attends, c'est lui qui t'a dit de fraterniser avec moi et de me laisser m'installer chez toi ?

Son silence parla pour lui.

– J'y crois pas.

Je soupirai. Mais en même temps, était-ce si étonnant que ça ? Évidemment, cela expliquait pourquoi Ian avait voulu que je vienne crécher chez lui. J'étais bien consciente que depuis le début il ne m'aimait pas, alors ce revirement complet de sa part, en m'invitant à venir loger chez lui, n'était pas logique du tout.

– Et pourquoi Big Paw ferait ça ?

– Il a découvert que tu dormais dans la cabane et il ne veut pas que tu le fasses, parce que c'est idiot et dangereux.

Ça, c'était le Ian que je connaissais et que j'adorais. Monsieur Charmant.

– Alors il a t'a dit de me loger chez toi ?

– Yep.

– Et si tu ne le faisais pas ?

– Il vendrait la maison, et j'irais vivre dans une foutue cabane, moi aussi. Écoute, je sais que ce n'est pas l'idéal ni pour toi ni pour moi, mais comme ça, on peut tous les deux dormir au sec. Alors autant en prendre notre parti, et si Big Paw pose des questions, on est copains-copains. Ok ?

– Ok. Ça me va. Combien je dois pour le loyer, tous les mois ?

– Zéro virgule zéro. Je ne paie pas de loyer, donc la moitié de rien, ça fait rien. Bon, je vais aller me coucher, ta chambre est au bout du couloir à gauche. Je t'ai laissé des affaires au cas où.

– S'il te plaît, ne me dis pas que ce sont des affaires à toi que d'autres femmes ont portées.

– Ne t'inquiète pas. Elles ont été fraîchement lavées. Si tu as besoin de quelque chose, inutile, ne me demande rien.

Il fit demi-tour et emmena sa vieille carcasse mal léchée mais néanmoins plutôt sexy au lit.

– Bonne nuit, mon meilleur pote.

– N'en rajoute pas, Hazel Stone.

Je ne pouvais pas résister. Faire marcher Ian Parker n'était pas loin de devenir un de mes passe-temps favoris.

Je me rendis dans ma chambre et découvris qu'il y avait une salle de bains attenante. J'avais ma propre salle de bains. Une salle de bains que je n'avais à partager avec personne. De toute ma vie, je n'avais jamais imaginé que cela m'arriverait. J'attrapai les vêtements sur le lit, allai tout droit sous la douche et la mis sur brûlant. La chaleur se répandit sur moi tandis que je me décrassais avec un savon au parfum typiquement masculin, probablement le même que Ian utilisait pour lui.

J'avais oublié à quel point c'était génial de me tenir debout sous la douche et de sentir l'eau chaude couler sur moi. L'eau du tuyau à l'extérieur des écuries était toujours glacée. Après la douche, j'enfilai en vitesse les affaires de Ian qui me firent un peu trop ressembler à la femme qui était partie tout à l'heure. J'aurais bien râlé si les vêtements n'avaient pas été incroyablement confortables et secs.

Quand vint le moment de me coucher, je remerciai le ciel d'avoir un vrai matelas et un oreiller pour poser ma tête. Des larmes me montèrent aux yeux en pensant à la gentillesse de Big Paw. Le fait qu'il ait été témoin de mes difficultés et ait obligé son petit-fils à me venir en aide était la forme la plus authentique de gentillesse. Je n'avais rien à offrir à Big Paw. Je ne possédais rien et, pourtant, il avait choisi de m'aider.

Je lui devais tout et plus encore.

J'étais à la rue depuis bientôt trois semaines, et c'était les semaines les plus rudes de ma vie. Je ne pouvais pas imaginer ce que c'était pour les gens qui menaient cette vie de façon permanente.

Même si toutes les pièces de mon puzzle en désordre n'étaient pas rassemblées, je lui en étais reconnaissante, parce que je savais que, là-dehors, il y avait des hommes et des femmes qui dormaient dans des conditions dangereuses sans qu'un Big Paw ne les accueille pour la nuit.

Cette nuit-là, je me promis que dès que j'aurais l'occasion de venir en aide à quelqu'un, je le ferais sans hésitation.

6
IAN

C'est quoi cette odeur, putain ?

Lorsque je me réveillai, une odeur épouvantable emplissait la maison, et dès l'instant où je m'assis dans mon lit, je sus ce que c'était, la merde de cochon.

Je me tirai péniblement du lit et me dirigeai vers la chambre d'Hazel. Je frappai à la porte de façon répétée et elle finit par ouvrir, l'air fatiguée, mais sortant visiblement de la douche. Elle était vêtue d'un short et d'un débardeur et sans une ombre de maquillage.

Elle était... différente.

Totalement différente de la fille que je connaissais. Hazel était beaucoup plus menue que ses vêtements baggy le laissaient supposer, et sa peau était parfaitement lisse, avec des petites taches de rousseur parsemées sur son nez.

Ses yeux verts brillaient tellement plus dans son visage dépourvu de sa tonne de maquillage.

Elle était belle.

J'étais sur le cul, Hazel Stone était belle à couper le souffle.

Elle haussa un sourcil alors que, pour ma part, c'était une autre partie de mon anatomie qui réagissait.

– Je peux faire quelque chose pour toi ?

Je fis de mon mieux pour me ressaisir et me raclai la gorge. Je jetai un coup d'œil autour de sa chambre en reniflant tout en me grattant la tête.

– Ça sent la porcherie, ici.

– Si tu penses que dire à une fille que sa chambre sent la porcherie est une façon de lui donner une bonne estime d'elle-même, alors tu es complètement à côté de la plaque.

– Je croyais que tu étais une femme, pas une fille.

– Filles, femmes, nanas, chéries, dans tous les cas nous n'aimons pas qu'on nous dise qu'on sent la porcherie.

Je faillis sourire.

– Je n'ai pas dit que c'était toi. J'ai dit que c'était ta chambre.

J'entrai sans y être invité et me mis à chercher en reniflant, et c'est alors que mon regard tomba sur la paire de rangers défoncées posées dans un coin de la chambre.

– Hazel ! Tu ne peux pas laisser ces godasses dans ta chambre. Elles vont empuantir toute la pièce. Tu vas finir par devenir insensible à l'odeur de cochon, et toute ta vie va devenir un enfer à partir de ce moment-là.

J'allai les ramasser, mais elle bondit devant moi en levant les mains pour m'arrêter.

– Non, arrête !

– Écoute, si c'est une question de chaussures, je suis sûr que tu peux t'en payer une nouvelle paire.

– Je ne veux pas une nouvelle paire. Elles sont à moi.

Je haussai les sourcils et la regardai avec attention. On aurait dit qu'elle allait se mettre à pleurer à cause d'une foutue paire de rangers.

– Qu'est-ce qu'elles représentent pour toi ?

– Tout.

– Pourquoi ?

– C'est la dernière chose que ma mère a achetée pour moi, avoua-t-elle, et quelque part cet aveu me sembla complètement incongru venant d'elle. J'adore ces bottes. Bien sûr, elles ne valent rien, elles sont trouées et me compriment les orteils, mais elles sont à moi. Et elles ont une valeur sentimentale.

Je ne pouvais rien redire à cela. Moi-même, je gardais des vêtements de mon père et ma mère dans un carton dans mon placard. Mais bon sang de bon sang, ces bottes puaient la mort.

Elle se racla la gorge et croisa les bras.

– Pendant une de ces périodes où maman essayait de devenir clean et de s'éloigner de Charlie, elle lui a pris du fric et nous avons passé deux semaines dans un motel. Ce furent les deux plus belles semaines de ma vie. Tous les jours, on vidait les distributeurs automatiques, on regardait *Pretty Woman* en boucle et on riait de tout et de n'importe quoi sous le soleil. C'est la période la plus longue pendant laquelle j'ai eu ma mère pour moi. Un après-midi, elle m'a emmenée faire du shopping, et on a vu ces rangers chez Oxfam, et j'en suis tombée amoureuse. Elle a dit si elles te vont, elles sont à toi. Je me rappelle les avoir enfilées en espérant qu'elles m'iraient. Après les avoir lacées, j'ai fait un grand sourire à maman et j'ai fait des pas de danse. Elles m'écrasaient les doigts de pied, mais je ne voulais pas le dire. Je les voulais trop pour les laisser passer. Elle me les a achetées et je n'ai porté que ça depuis ce jour-là. C'était il y a plus de trois ans et la dernière chose que ma mère m'ait achetée. Ces bottes sont synonymes de bonheur pour moi, et maintenant elles sont couvertes de fumier de cochon, ce qui semble une métaphore appropriée pour ma vie. *Le bonheur c'est de la merde*, plaisanta-t-elle.

Je lui adressai un sourire en coin. Elle ne le remarqua sans doute pas parce qu'elle avait les yeux rivés sur ses chaussures.

Bon Dieu.

C'était une bonne raison pour conserver des bottes merdeuses près de soi.

Sans dire un mot, je sortis de la pièce et revins avec un tas de trucs à la main.

– Qu'est-ce que c'est ?

– Des diffuseurs de purificateur d'air et une bombe de désodorisant. Si tu dois les garder ici, tu vas avoir besoin de tout ça.

Je me mis à les brancher dans les différentes prises de la chambre et vaporisai une bonne giclée de désodorisant à la lavande. Je ressortis et revins avec deux paires de chaussures.

– Tu peux choisir, soit les baskets blanches soit les noires. Je suis sûr qu'elles sont beaucoup trop grandes pour toi, mais c'est mieux que des chaussures pleines de fumier.

Je souris et, cette fois, je pense qu'elle le remarqua, parce que ses lèvres s'incurvèrent elles aussi, et qui l'aurait cru, putain ? Hazel Stone avait un beau sourire.

Elle tendit la main vers les chaussures noires et les prit.

Je ricanai.

– Je me doutais que tu préférerais les noires.

– J'ai une image à maintenir, plaisanta-t-elle. Je ne peux décemment pas porter des baskets blanches alors que mon âme est si noire.

Qu'est-ce qui me faisait pressentir qu'il n'y avait rien de noir dans son âme ? J'avais plutôt l'impression qu'elle était tout bonnement cabossée et meurtrie, une chose que nous avions en commun.

Je tournai les talons pour lui laisser un peu d'espace et je m'arrêtai lorsqu'elle me rappela.

– Merci, mon cher ami, dit-elle avec une pointe de sarcasme et un soupçon de gratitude.

* * *

Chaque fois que les Wreckage donnaient un concert à la grange, toute la ville se pointait. Il n'y avait pas beaucoup d'occasions en ville de se retrouver tous ensemble pour manger et boire gratuitement, mais c'en était une – grâce à Big Paw qui fournissait la bouffe et les boissons. Avant un concert, j'avais toujours l'estomac serré par le trac, et cela ne me quittait pas tant que je n'avais pas posé le pied sur la scène et endossé mon personnage de Ian Parker, la rockstar. Il m'arrivait tellement souvent d'avoir le sentiment d'être un imposteur que j'attendais toujours le retour de manivelle.

Éric acheva l'installation du livestream et juste avant que le groupe n'entre en scène, Grand-Mère entra pour nous présenter. Je jure qu'il n'y avait personne au monde d'aussi adorable que ma grand-mère. Son sourire pouvait rendre heureux les hommes les plus grincheux – Big Paw et moi en étions la preuve vivante.

– Bon, je veux simplement vous dire à quel point je suis fière de ces garçons. Au cours des années qui viennent de s'écouler, ils n'ont jamais manqué une répétition et ils sont là, jour après jour, pour jouer leur musique. Alors, peut-être bien que je ne comprends pas la musique d'aujourd'hui – mon truc c'est plutôt Frank Sinatra. Oh... et aussi Billie Holiday. Oh, et aussi que je vous raconte le jour où je suis allée voir Elvis dans le Mississippi et...

– Grand-mère, l'appelai-je depuis le côté de la scène, sachant qu'elle allait partir dans un de ses monologues qui pouvaient durer toute la soirée si on la laissait faire.

Elle sourit et passa les mains sur sa robe à fleurs.

– Bon, comme je le disais, j'ai le plaisir de vous demander d'accueillir les Wreckage !

La foule se déchaîna, et toutes les craintes que j'éprouvais s'évaporèrent quand mon groupe et moi entrâmes en courant sur la scène. Jouer en public me procurait la plus grande extase que je pouvais rechercher. La drogue, c'était pas mon trip. Je savais ce que ça avait provoqué chez mes parents et j'avais décidé de ne jamais tomber là-dedans de toute ma vie, quoi qu'il arrive. Mais quand je chantais devant une foule, je planais naturellement, et c'était mieux que tout.

Lorsque je voyais les gens s'abandonner à la musique, cela me donnait envie de pleurer comme un bébé, putain. Ils se balançaient côte à côte, reprenant mes chansons, et ça me sidérait, bon sang. Je me souvenais d'une époque où les seules personnes qui venaient à la grange pour nous regarder jouer étaient Grand-Mère et Big Paw. Aujourd'hui, tout Eres était là, réuni devant nous, chantant, dansant et s'enivrant joyeusement. Et puis aussi le fait que des milliers de fans soient connectés sur Instagram Live, c'était complètement dingue.

Toutes les chansons rendaient la foule hystérique. En voyant à quel point ils appréciaient notre prestation, j'aurais dû être le plus heureux des hommes et, à n'en pas douter, j'étais content, mais quand même, il y avait un truc qui me tracassait et qui m'empêchait d'être totalement euphorique.

Il manquait quelque chose, une étincelle sur laquelle je n'arrivais pas à mettre le doigt. Il allait falloir creuser la question si je voulais être capable d'impulser les étapes suivantes dans la carrière des Wreckage. Il manquait quelque chose, et je ferais tout ce qu'il fallait pour mettre le doigt sur cette pièce manquante.

– C'était vraiment génial, putain ! s'exclama Marcus en se tapant sur les cuisses avec ses baguettes après la dernière chanson.

Éric consultait et reconsultait l'ensemble de nos comptes sur les réseaux sociaux, avec un sourire épanoui, signe qu'il était content lui aussi. James était déjà au milieu de la foule pour remercier tout le monde d'être venus, et moi, je ne parvenais pas à me sentir en phase avec eux.

C'était un bon concert, mais pas exceptionnel.

Pourquoi pas exceptionnel ?

– Ian ? Oh mon Dieu, tu as été incroyâââble, dit une fille qui venait vers moi en donnant le bras à sa meilleure copine.

– Ouais, genre, tu es incroyâââble et tellement sexy, gloussa l'autre fille.

Je leur fis un petit sourire, en partie présent dans l'instant, en partie préoccupé par le concert que nous venions de donner.

– Merci, les filles. Ça me fait plaisir que vous soyez venues nous voir.

– On adorerait te voir un peu plus longtemps, tu vois... en tête à tête.

– Ou même en deux têtes plus une, ajouta la deuxième en gloussant.

En temps normal, j'aurais accepté la proposition, mais j'avais l'esprit plus au concert qu'aux femmes ce soir. Je n'arriverais pas à penser à autre chose tant que je n'aurais pas trouvé précisément ce qui n'avait pas marché. Malheureusement, cela voulait dire une nuit chaste pour moi.

Les filles poussèrent des soupirs désappointés, mais finirent par se rabattre sur les boissons. La teuf dans la grange allait se prolonger pendant plusieurs heures encore, jusqu'à ce que Big Paw vire tout le monde. Les gens allaient se soûler, se choper et prendre des mauvaises décisions qui leur sembleraient bonnes.

Un samedi soir typique à Eres.

J'errai dans le ranch, un carnet et un stylo à la main. Je gribouillai différentes paroles de chansons que je raturai aussitôt avant d'essayer encore de composer quelque chose de meilleur, de plus fort, de plus authentique. Je peinais à débloquer les pièces qui me manquaient. Alors que je faisais les cent pas, une voix vint me sortir de mes pensées.

– C'est les textes.

Je levai les yeux et vis Hazel assise dans le rocking-chair que Big Paw avait fabriqué pour ma mère des années auparavant. Quand j'étais petit, elle s'y asseyait et me prenait sur ses genoux pour me lire des histoires avant d'aller me coucher.

Il m'était arrivé de penser à m'en débarrasser pour oublier ce souvenir, mais je n'avais encore jamais eu la force de le faire.

– Tu veux dire quoi, c'est les textes ?

Je montai les marches du perron. Je m'appuyai sur la rambarde en face d'elle. Elle cilla et inclina la tête vers moi.

– Tes paroles, elles sont nulles.

– Pardon ?

– Les paroles de tes chansons. Elles sont à chier, un ramassis de clichés et de guimauve. Je ne dis pas que ce que vous faites n'est pas bien, le style de musique et le tempo sont formidables. Et même si ça me coûte de l'admettre, ta voix est si puissante et expressive que tu pourrais devenir célèbre en un rien de temps. Mais tes paroles ? C'est de la merde de cochon.

– Je crois qu'on dit *de la daube.*

– Après avoir passé des semaines dans une porcherie, merde de cochon semble parfaitement résumer mes sentiments concernant ta musique. Pourtant, purée, ta voix. T'as une super voix.

Je m'efforçai de ne pas réagir à son insulte, mais aussi d'ignorer son compliment. Pourtant ce n'était pas évident. J'avais un ego fragile, facilement meurtri, et Hazel me balançait ses patates tout en me décernant des éloges. Comme si elle se hâtait de recouvrir de pommade apaisante le bleu qu'elle venait de me faire. Insulte, compliment, insulte, compliment. Laver, rincer, recommencer.

– Tout le monde a eu l'air d'apprécier le concert, répliquai-je, un peu tendu.

– Ouais, ben, « tout le monde », c'est des crétins qui ont tellement bu qu'ils ne sont plus capables de juger.

– Ah ouais ? Et toi, tu crois que tu pourrais faire mieux ?

Elle se mit à rire.

– Sans problème.

– Très bien, Hazel Stone, experte en paroles de chansons, fais voir ce que tu sais faire.

Elle désigna de la main le deuxième rocking-chair, celui dans lequel mon père s'asseyait dans le temps.

Je m'assis.

Elle pinça les lèvres.

– D'accord. Fais voir une de tes chansons. Une que tu considères comme de la merde, mais dont tu fais semblant de penser le contraire.

– Il n'y a pas...

– On ne va pas aller très loin si tu mens, Ian.

Je plissai les yeux et murmurai un juron avant de finir par tourner les pages de mon carnet à la recherche d'une chanson qu'Hazel pourrait améliorer comme par magie.

– D'accord. Voyons « Possibilités ».

– Hum... de quoi ça parle ?

– Des débuts d'une relation. Je cherche à faire ressortir ces sentiments naissants, tu vois ? Les craintes et l'excitation. Le trac. L'inconnu. Les...

– Premiers chapitres de l'amour, dit-elle en saisissant ma pensée au vol.

– Oui, c'est ça.

Elle attrapa le crayon posé sur mon oreille et me prit le carnet des mains.

– Je peux ?

– Je t'en prie. Vas-y.

Elle se mit à griffonner, raturant, ajoutant, couchant sur le papier tout ce qui lui passait par la tête. Elle travaillait comme une démente, perdue dans un monde de créativité dont j'ignorais totalement qu'elle avait ça en elle. Tout ce que je connaissais d'Hazel, c'était d'où elle venait et les vêtements qu'elle portait. Je ne connaissais rien d'autre jusqu'à ce que je la voie se répandre sur la page, et j'étais impatient de découvrir ce qu'elle pouvait bien gribouiller.

Elle reprit son souffle et me tendit le carnet.

– Si ça ne te plaît pas, c'est pas un problème.

Je parcourus les mots sur la page. *C'est possible que ceci soit à nous pour toujours. C'est possible d'atteindre les étoiles. Nous nous battrons pour ça, pour que cela existe. Est-il possible, possible, de te montrer ce que je ressens ?*

– Putain !

Je soufflai.

– Hazel... c'est... putain ! C'est comme si tu t'étais insinuée dans ma tête et que tu avais lu les pensées que moi-même je ne parvenais pas à déchiffrer. C'est le chorus. C'est ça.

– Ça te plaît, vraiment ?

– C'est, genre, parfait. Tu m'aides pour le couplet suivant ? *Trop tard pour partir, trop tôt pour rester, j'veux juste découvrir d'où vient ce sourire sur tes lèvres. Est-il faux, est-il vrai ? Les battements de mon cœur...*

Je marquai une pause. *Les battements de mon cœur...*

– *Les battements de mon cœur, les frissons sur ma peau. Dis-moi seulement si je peux espérer.*

Cela semblait lui venir tout naturellement. Elle recommença et recommença avec mes autres paroles. Ajoutant des éléments que je cherchais en vain depuis des années. Que se passait-il, bon Dieu ? Comment Hazel avait-elle fait pour accéder à une source que je n'avais jamais été capable de trouver ?

– Comment tu fais ? Cela te vient... comme ça ?

Elle haussa les épaules.

– Facile. Je ne suis pas un mur de briques, contrairement à toi.

– Ça veut dire quoi, ça ?

– Ce que ça dit, c'est tout. Tu es un mur de briques. Tu ne te connectes pas à tes émotions, ce qui explique que tes textes sont plats et sonnent faux. Ils n'ont pas de cœur, parce que tu n'as pas de cœur à donner.

Ça, ça sonnait comme une attaque personnelle. Je me tendis.

– N'importe quoi. Je ressens des choses.

– Non.

– Arrête de faire comme si tu me connaissais.

– Je ne fais pas comme si je te connaissais, je sais pertinemment que je ne te connais pas. Et je doute qu'il y ait beaucoup de gens qui te connaissent, parce que, encore une fois, tu es un mur de briques. Tu ne laisses entrer personne, parce que tu as bien trop peur.

Je n'en revenais pas. Elle continuait et continuait à dire que j'étais froid et renfermé, mais elle n'avait pas idée de ce dont elle parlait. Quand je pense que je lui avais donné mes baskets noires ! Ma poitrine se serra et je me levai du rocking chair en lui arrachant le carnet des mains.

– Je me fous de ce que tu penses de qui je suis et de quoi j'ai peur.

J'étais quelque peu déstabilisé par la façon dont elle semblait me voir sous un jour que personne n'avait jamais vu avant elle.

– Je sais que ça ne te plaît pas, mais ça prouve que j'ai raison.

– Non, tu n'as pas raison.

– Mais si.

– Je ne sais même pas pourquoi je perds mon temps avec toi, grommelai-je en poussant un soupir excédé. J'ai mieux à faire.

– Comme écrire des paroles de chanson encore plus mauvaises ?

– Mais c'est quoi ton problème, bordel ?

La colère montait en moi. Il y avait longtemps qu'on ne m'avait pas mis hors de moi, et voilà qu'Hazel libérait ma colère à coups de griffes.

– Mon problème, c'est que tu as suffisamment de talent pour faire ton chemin au-delà de cette ville, mais que tu es trop borné pour creuser plus profondément. Je ferais n'importe quoi pour être aussi douée que toi en musique. Tu as une voix exceptionnelle et tu es tout près d'atteindre le niveau pour percer, mais tu as trop peur pour faire ce qu'il faut.

Je n'avais pas envie de l'écouter plus longtemps, parce qu'elle était agaçante et critique et qu'en plus, elle avait raison, putain. Je fis demi-tour et me dirigeai vers la porte d'entrée. Lorsque j'ouvris la porte écran,

Hazel me rappela. Je ne me retournai pas, mais m'arrêtai pour écouter ce qu'elle allait dire.

– Ce que tu écris ne peut pas être vrai si tu te mens à toi-même.

Elle avait raison, et je le savais, mais je me mentais depuis toujours. Avec le temps, les mensonges finissaient par paraître vrais.

7

HAZEL

Pendant plusieurs jours, Ian et moi nous étions évités. Depuis que je lui avais donné mon avis à propos des textes de ses chansons, il avait fait tout son possible pour me fuir comme la peste. Je ne pouvais pas lui en vouloir, je n'avais pas été très gentille avec lui. Mais j'avais entendu tellement de gens lui cirer les pompes après le concert que je m'étais dit que je pouvais être un peu cash. Clairement, il n'avait pas été totalement convaincu par sa prestation, lui non plus, à en juger par son agitation.

Le mardi matin, il vint me voir dans ma chambre, plus mal vissé que jamais, et se planta à la porte.

– Alors tu me dis que tu es capable d'écrire des paroles comme ça parce que tu es en prise directe avec tes sentiments.

Je fis un signe de tête affirmatif.

– Oui, c'est ça.

– Et tu penses que, moi, je ne peux pas parce que je suis barricadé ?

– Oui, c'est ça.

Il plissa les yeux et une ride se forma sur son nez alors qu'il restait là, plongé dans un abîme de réflexion. Il se gratta la nuque et murmura quelque chose dans sa barbe avant de me regarder de nouveau.

– C'est la chose la plus idiote que j'aie entendue.

– Ouais, bah, en tout cas elle est vraie.

Il n'aima pas ma réponse, alors il continua à me battre froid. Ce n'est que dans la soirée, le vendredi suivant, qu'il passa une tête à la porte de ma chambre.

– Hé, tu dors ?

Il semblait beaucoup plus calme que la dernière fois. Son regard n'était pas aussi sévère ni distant.

– Mais oui, Ian. Je suis tellement désespérée que je vais me coucher à neuf heures le vendredi soir, dis-je sur un ton sarcastique.

Même si j'étais effectivement sur le point d'aller me coucher à neuf heures du soir. Il me fit un doit d'honneur en réponse à ma remarque. Je lui fis un doigt d'honneur en retour. Nous devenions carrément les meilleurs amis du monde.

– Qu'est-ce qu'il y a ?

– Rien. J'étais censé répéter avec le groupe, mais Éric est au lit avec la grippe, ou un rhume, ou il avait autre chose à faire en dehors de la ville, ou je ne sais quoi.

– Tu aurais tout intérêt à travailler ta technique de communication.

– Ouais, t'as probablement raison. Bref, j'allais inviter quelqu'un si ça ne te dérange pas... ?

Il avait l'air intimidé, gêné, même. Je me mis à rire.

– Tu me demandes si tu peux inviter quelqu'un ? Tu sais que tu es chez toi, quand même ? Et d'après notre règlement intérieur, je ne suis pas autorisée à critiquer tes habitudes de dragueur, non ?

Il se passa la main dans les cheveux et se mordilla la lèvre.

– Ouais, je sais, mais bon, c'est aussi chez toi, maintenant, et je ne voudrais pas, genre... je ne voudrais pas que tu sois mal à l'aise.

– Ian...

Je baissai les yeux sur ma tenue.

– Je suis en pyjama, je n'ai jamais été aussi à l'aise de ma vie, et si tu me demandes vraiment si je suis d'accord pour que tu ramènes une femme ici pour coucher avec elle, alors c'est oui. À fond les ballons, mon pote.

Il fit une grimace.

– Tu sais à quel point tu es embarrassante ?

– J'en suis parfaitement consciente.

– Il faudrait travailler ta technique de communication, me singea-t-il. Ok, bon, bonne nuit alors. Si tu as besoin de quelque chose – il marqua une pause – ne compte pas sur moi ce soir, ok ?

Je hochai la tête en rigolant.

– Ok. Mais vaudrait mieux pas lui jouer une de tes chansons en même temps que tu couches avec elle. Ça la refroidirait instantanément.

Il me fit un doigt d'honneur avec chacun de ses majeurs en même temps cette fois.

Je lui retournai le geste.

Bien entendu.

Quelques heures plus tard, je fus réveillée par un Ian totalement paniqué, qui me secouait par les épaules.

– Hazel, lève-toi !

Je m'assis d'un seul coup dans mon lit et me frottai les yeux.

– Mais qu'est-ce que tu fous là ?

– Chut, murmura-t-il en me posant un doigt sur les lèvres.

Je baissai les yeux sur son doigt et il baissa les yeux sur son doigt. Nous fixâmes ce contact pendant un moment qui parut une éternité, avant qu'il écarte lentement son doigt de mes lèvres.

– Excuse-moi. Mais j'ai besoin de toi.

– C'est le milieu de la nuit, Ian, marmonnai-je en essayant de reposer la tête sur mon oreiller, mais il m'en empêcha.

– Je sais, je sais, mais j'ai besoin de toi. S'il te plaît.

Il avait l'air vraiment désespéré. Je me redressai en soupirant.

– Tu sais, l'amie que j'ai invitée ?

– Oui.

– Eh ben, il faut qu'elle s'en aille.

Je jetai un coup d'œil à mon réveil. Quatre heures du matin. Je haussai un sourcil.

– Tu veux que lui fasse peur ? À quatre heures du matin ?

Il acquiesça d'un hochement de tête.

– Tu te rends bien compte que c'est dégueulasse de flanquer une fille à la porte à quatre heures du matin, ouais ?

Il acquiesça de nouveau. Mais il détourna le regard. Je pris le temps de me réveiller totalement et le regardai fixement. Il avait les poings serrés et il était tout rouge. Il tapait du pied frénétiquement sur le sol. J'avais l'impression qu'il y avait vraiment quelque chose qui le tracassait, qui le rongeait en profondeur, mais qu'il ne voulait pas me dire. Je ne le connaissais pas assez pour le lui demander, alors je sortis de mon lit.

– Tu veux que je sois vache ou sympa ?

Il ne répondit pas, mais il enfonça les poings dans le matelas et continua à taper du pied. Mais ça ne semblait plus être dû à la nervosité.

Ce fut donc vache.

* * *

Lorsque je me réveillai le lendemain matin, la maison était vide. En me brossant les dents, je me demandai si mon échange avec Ian la nuit dernière était réel ou si j'avais fait un rêve étrange. En allant dans la cuisine, je jetai un coup d'œil par la fenêtre et je le vis dans le jardin, occupé à fendre du bois. Son tee-shirt blanc accroché à la ceinture de son jean, il balançait sa hache sur une bûche.

Il avait les bras musclés et hâlés, comme s'il travaillait au soleil la plupart du temps. Je me servis un verre d'eau et sortis sur le petit porche de derrière. Il y avait une balancelle, je m'y installai avec plaisir, toujours vêtue de mon pyjama. Je me balançai tout en observant son corps qui réagissait au grincement de la balancelle en mouvement. Il savait pertinemment que j'étais là, mais il ne se retourna pas.

Après avoir ouvert et refermé plusieurs fois la bouche, je finis par rassembler suffisamment de courage pour lui poser la question.

– Tu veux qu'on parle de la nuit dernière ?

Il souleva sa hache et la laissa retomber lourdement sur une bûche qu'il fendit en deux.

– Nan.

Il ne s'était toujours pas retourné pour me regarder.

J'aurais aimé pouvoir m'immiscer dans sa tête pour savoir à quoi il pensait. Même si ses frasques sexuelles étaient un sujet de plaisanterie récurrent entre nous, je savais que ses problèmes étaient bien plus profonds qu'il ne le laissait paraître. J'aurais dû lui ficher la paix, lui accorder ce moment de solitude, mais quelque chose au fond de mon cœur me disait de ne pas partir. Quelque chose dans mon cœur m'intimait de rester.

– Tu n'es pas obligé d'être aussi secret tout le temps.

– Je sais, mais j'aime ça.

– Personne n'aime être renfermé.

– Moi, si.

– Pourquoi ?

– Arrête d'insister.

Mais je ne pouvais pas résister. J'avais le sentiment que la plupart des gens, mis à part ses grands-parents, n'insistaient jamais avec Ian.

– J'arrêterai d'insister dès que tu t'ouvriras.

– Bah, tu vas probablement rester là éternellement.

– Je ne travaille pas aujourd'hui, donc tout va bien.

Il soupira en soulevant la hache et l'abattit violemment sur la bûche devant lui.

– Bon Dieu, Hazel. Qu'est-ce qui ne tourne pas rond chez toi ? Pourquoi tu ne peux pas me foutre la paix ?

Je haussai les épaules.

– Parce que ce n'est pas ce que tu veux. Et la nuit dernière, quelque chose t'est arrivé quand tu m'as demandé de te débarrasser de cette femme. Quelque chose qui te rongeait en profondeur, et je veux juste que tu saches que rien ne t'oblige à garder ça pour toi. J'ai grandi en gardant tout pour moi et je sais à quel point cela peut être dur de conserver ce poids sur la poitrine.

– Ouais, ben, toi et moi, on est différents.

Ça, on ne pouvait pas prétendre le contraire.

Je me levai de la balancelle et hochai la tête.

– Bon, d'accord. Comme tu veux. Mais ne t'en prends pas à moi quand tout cela deviendra trop lourd à porter.

– Qu'est-ce qui te fait croire que c'est ce qui va se passer ?

– Ça se passe toujours comme ça, jusqu'à ce que tes émotions débordent et que tu craques.

Il souffla.

– C'est ton expérience personnelle qui te fait dire ça ?

– Quelque chose comme ça.

Je lui tournai le dos pour rentrer dans la maison, mais je m'arrêtai lorsque je l'entendis pousser le soupir le plus émouvant que j'aie jamais entendu.

– Elle a parlé de mes parents. Les a traités de junkies, et elle n'arrêtait pas d'en parler comme si elle les connaissait. Il en faut beaucoup pour me mettre hors de moi – comme tu dis, je me suis entouré d'un mur de briques –, mais les commentaires à propos de mes parents me touchent toujours.

En me retournant, je vis la lourdeur de son regard lorsqu'il reposa les mains sur le manche de la hache.

– Et pourquoi ?

– Parce que ces remarques semblent toujours être vraies. Mes parents étaient des toxicos. Mes parents m'ont effectivement abandonné. Mes parents ont effectivement fait passer leur addiction avant leur propre enfant. Ils ont fichu le camp en laissant leur gamin se débrouiller avec ses propres problèmes. Ok ? C'est pour ça que cela m'énerve.

Je sentis ma poitrine se serrer en entendant Ian parler de ses parents. Je savais qu'il y avait des problèmes de drogue à Eres, et je savais qu'un homme en particulier était responsable de ces problèmes.

– Leur dealer, c'était Charlie ?

Les mots me firent mal en passant mes lèvres. Il se passa le pouce sur l'arête du nez et hocha la tête.

– Oui.

– Et c'est pour ça que tu me détestes ?

Il secoua la tête.

– Non. Je ne te connais pas assez pour te détester. Mais c'est vrai que je n'aime pas ce que tu évoques en moi, le souvenir de ce qui est arrivé à mes parents.

Je comprenais ce qu'il voulait dire. Peut-être plus que ce qu'il croyait.

– Moi non plus, je n'aime pas ce que j'évoque.

– Qu'est-ce que tu veux dire ?

– Moi aussi, j'ai perdu quelqu'un à cause de Charlie. C'est à cause de lui que je vivais dans cette cabane. Ma mère m'a flanquée dehors parce qu'il ne voulait plus me voir, et si elle n'avait pas cette addiction à la drogue, je ne crois pas qu'elle l'aurait fait. Avant, elle était ma meilleure amie, mais la drogue a tout changé. Je regrette de l'avoir connue avant, parce que c'est juste...

Je soupirai en cherchant mes mots. Je ne savais pas comment expliquer ce que je ressentais, mais Ian avait l'air de comprendre.

– C'est juste que, quand on se souvient de l'époque où la drogue n'était pas un problème, ça rend les choses encore plus dures.

– Oui, c'est ça.

Il recommença à balancer la hache, en soufflant.

– Cela me rend dingue, avoua-t-il, de voir que des parents peuvent laisser un truc comme la drogue les séparer de leurs enfants.

En regardant Ian, en le regardant vraiment, je vis l'enfant brisé enfermé dans sa colère. Il y avait quelque chose de brut et de vrai dans sa façon de couper le bois, en balançant la hache avec toute la violence et l'agressivité qui sourdaient en lui.

Je retournai dans la maison et en ressortis avec un papier et un crayon. Je me rassis dans la balancelle et souris à l'homme exténué et en sueur.

– D'accord, allons-y.

– Allons-y quoi ?

– Transformons ta colère en musique.

Il grommela et se pinça l'arête du nez.

– M'intéresse pas.

Sans me laisser le temps de répondre, il s'éloigna en me plantant comme une idiote qui avait la prétention de faire tomber le mur de pierre.

8

HAZEL

Cela faisait maintenant quatre semaines que maman et Charlie m'avaient fichue à la porte et je n'arrivais toujours pas à me faire à cette idée. Tous les jours, je continuais à m'inquiéter de la santé et du bien-être de ma mère. Tous les jours, je pensais à elle et je priais pour qu'elle aille bien. Quand cela me pesa trop sur le cœur, je filai jusque chez eux après mon travail pour voir comment elle allait.

Je savais que je passerais un mauvais quart d'heure si jamais Charlie me trouvait là, mais je m'en fichais.

Ce jour-là, je me pointai avec des provisions pour remplir le frigo de maman et lorsque je frappai à la porte, je l'entendis s'agiter à l'intérieur.

– Qui est-ce ?

– C'est moi, maman. C'est Hazel.

Les mouvements se firent plus fébriles et lorsqu'elle ouvrit la porte, je la regardai, horrifiée. Je m'avançai vers elle en lâchant les sacs de courses qui s'écrasèrent au sol.

– Maman ! Qu'est-ce qui t'est arrivé ?

Elle avait le visage tuméfié. Son œil gauche était pratiquement fermé et ses poignets étaient couverts d'hématomes.

– Commence pas à faire des histoires, dit-elle en me repoussant d'un geste. Charlie et moi, on s'est juste disputés. C'est de ma faute, je me suis trompée dans un truc pour ses affaires, j'aurais dû faire plus attention.

– Quoi ? Non, dis-je en entrant de force. Quel que soit le problème, il n'a pas le droit de lever la main sur toi, maman. Ce n'est pas normal, et tu devrais te faire examiner par un médecin. Je vais t'emmener à l'hôpital.

Elle secoua la tête.

– Non. Je n'irai pas à l'hôpital. Je vais bien.

– Et le bébé, maman ? Il faut s'assurer que le bébé aille bien. Je t'en prie.

Elle baissa la tête et je vis la douleur dans son cœur. Je vis le dilemme auquel elle était confrontée. Mais je ne pouvais pas imaginer ce qu'elle pensait, en revanche. De temps en temps, je voyais des lueurs de regret dans ses yeux. Ma mère en avait bavé dans sa vie, et je voyais le combat qu'elle menait contre le chagrin chaque fois qu'elle clignait des yeux.

– Je n'ai pas d'argent pour aller chez le docteur... je n'ai pas d'assurance et Charlie sera fâché s'il reçoit une facture pour ça.

– Je paierai. Sérieux, maman. Laisse-moi t'aider.

Elle était sur le point d'accepter. Deux secondes de plus et elle aurait fait ce qu'il fallait pour elle et pour le bébé, mais avant qu'elle ait le temps de parler, Charlie arriva derrière moi. Je me retournai. Il ouvrit de grands yeux en me voyant et regarda maman d'un œil torve.

– Qu'est-ce qui se passe ici, bordel ?

– J'emmène maman faire un tour.

Je faisais de mon mieux pour ne pas montrer la peur qui me serrait la gorge. Bien sûr, au premier abord, Charlie n'avait pas l'air très menaçant, mais je savais qu'au fond de lui il était vicieux. Ce n'était pas la première fois que je constatais que maman avait des ecchymoses sur le corps provoquées par Charlie, mais depuis qu'elle était enceinte, je m'étais dit qu'il ne lui ferait plus de mal. Je m'étais fait des illusions en espérant qu'il n'était pas un monstre.

– Ah, oui ? Et où ça ? demanda-t-il brutalement. Tu ne devrais même pas être ici.

– J'ai bien le droit de venir voir ma mère. Viens, maman, prends tes affaires, on y va.

– Elle n'ira nulle part avec toi. Jean, va me faire une pizza, ordonna-t-il à maman, ce qui ne fit qu'attiser ma colère.

– Elle est blessée. Je l'emmène se faire examiner.

Il haussa un sourcil avant de regarder maman.

– Tu vas à l'hôpital ?

La voix était sourde et manipulatrice.

– Tu vas faire quoi, là, Jean ? Me dénoncer ? Dire que je t'ai frappée ?

Elle se tordit les mains, hésita, baissa les yeux avant de répondre.

– Bien sûr que non, Charlie.

– Parce que je ne t'ai pas frappée, si ?

La façon dont il susurra ces mots me fit dresser les poils sur la peau. Purée, je le détestais tellement, et je trouvais méprisable la façon dont il usait de son autorité pour contrôler les pensées de ma mère.

– Non, tu ne m'as pas frappée.

Elle serra les paupières et secoua la tête.

– J'ai trébuché. Tu sais comme je suis maladroite, Hazel.

Arrête, maman.

Ne le laisse pas te manipuler comme ça.

– Quand bien même, il faudrait qu'elle soit examinée par un médecin, à cause du bébé.

Je m'efforçai de contenir la colère qui bouillait en moi. Il fallait que je l'emmène loin d'ici. De cette maison, de la zone d'influence de Charlie. Parce que je savais que si elle restait là plus longtemps, un jour il irait trop loin et elle allait finir six pieds sous terre.

Peut-être que si nous nous enfuyions toutes les deux, elle retrouverait sa capacité d'avoir les idées claires. Peut-être qu'elle réaliserait que nous pouvions nous passer de Charlie. Que nous étions bien mieux sans lui, que...

– Elle n'ira nulle part, dit Charlie d'un ton tranchant. Le bébé va bien, et elle aussi. Et toi, tu n'es pas la bienvenue ici. Alors, tire-toi.

Je fis un pas vers ma mère pour m'interposer entre elle et Charlie.

– Je ne partirai pas sans elle.

Il remonta ses manches de chemise et avança vers moi.

– Dégage, Hazel.

– Non, dis-je sur un ton décidé. Je ne partirai pas d'ici.

Il m'attrapa par le bras et me traîna vers la porte d'entrée. Pour un homme de petite stature, il avait la poigne solide.

– Lâche-moi !

Il tira violemment sur mon bras et je faillis tomber, mais je repris mon équilibre et je le repoussai aussitôt des deux mains, le faisant trébucher en arrière.

Avant de comprendre ce qui m'arrivait, je ressentis une douleur vive quand il me balança son poing en pleine figure. Je m'écroulai.

Purée.

La douleur qui m'envahit me donna envie de vomir. Il ne s'était pas contenté d'une simple claque, il m'avait donné un coup de poing. Il m'avait envoyée valser et m'écraser au sol comme s'il se fichait éperdument des conséquences de ses actes. Est-ce qu'il faisait ça avec maman ? Est-ce qu'il la frappait régulièrement comme si elle était une poupée de chiffon et non une personne ? Le sang commença à battre dans ma tête et mes larmes à couler quand la douleur se répandit dans tout mon organisme. Je fis un effort pour me relever, mais Charlie fonça sur moi et me fit retomber violemment.

– Je t'ai dit de foutre le camp, bordel, siffla-t-il d'une voix chargée de haine.

– Je t'emmerde.

Il leva le poing pour me frapper de nouveau, mais maman se précipita et prit sa main entre les siennes.

– Arrête, Charlie. Je t'en prie. Elle a compris. Elle va s'en aller et elle ne reviendra jamais, c'est promis.

J'eus du mal à me relever parce que mon œil droit restait obstinément fermé. Je me passai la main sur le visage en sentant couler quelque chose. *Est-ce que c'est du sang?* La bague de Charlie avait dû me couper.

– Hein, Hazel? demanda maman en me regardant avec des yeux agrandis par la peur.

Elle vivait avec cette peur de façon quotidienne.

– Viens avec moi, maman, suppliai-je, ma poitrine se soulevant et s'abaissant de façon désordonnée.

– Encore une fois, elle n'ira nulle part. Maintenant, barre-toi, sinon ça va chauffer pour vous deux, dit Charlie.

C'était clairement un psychopathe. Il n'éprouvait pas l'ombre d'un remords, c'était même plutôt le contraire, en fait. Il semblait décidé à me frapper de nouveau.

– Va-t'en, Hazel, supplia maman, les yeux pleins de larmes. S'il te plaît.

J'aurais voulu tenter encore de la convaincre, mais je savais que si j'insistais, Charlie allait s'en prendre à nous deux. Je ne pouvais pas supporter l'idée qu'il fasse du mal à maman, alors je m'en allai. Je ressentis une douleur dans la poitrine qui faisait oublier toutes les autres et qui était due à la culpabilité de l'abandonner dans ces circonstances horribles. L'espace d'un instant, quand elle avait retenu le bras de Charlie, j'avais revu ma mère. Ma vraie mère, pas la droguée qu'elle était devenue avec les années. Elle s'était interposée pour me défendre et cela me fendait le cœur de penser qu'il n'y avait personne pour la défendre, elle.

En retournant chez Ian, je marchais en faisant de mon mieux pour garder la tête basse et dissimuler mon visage. Un coup de klaxon dans ma direction me fit froid dans le dos. Je continuai à marcher en gardant la tête baissée.

– Hazel! hurla une voix provenant de la voiture.

Je ne levai toujours pas la tête.

– Hé, Hazel. C'est Leah. La sœur de James Scout. Il travaille au ranch, et j'y vais pour inspecter les chevaux. Tu vas là-bas ? Je t'emmène si tu veux.

Elle ralentit, puis gara sa voiture et se précipita vers moi. Cela faisait un moment que je connaissais Leah. Nous étions ensemble en terminale au lycée, et c'était une vraie princesse dans notre ville. Leah Scout était belle. Depuis sa magnifique chevelure blonde jusqu'à ses yeux d'un bleu cristallin. Son sourire aurait pu servir pour une pub de dentifrice, et elle l'adressait à tous les gens qui la regardaient. De plus, elle était exactement comme son frère aîné James, terriblement sympa avec tout le monde.

En arrivant à ma hauteur, elle poussa un cri étouffé et porta sa main à sa bouche.

– Oh, mon Dieu, qu'est-ce qui t'est arrivé ?

– Je... hum... je n'ai pas trop envie d'en parler.

Je me remis en marche et Leah m'emboîta le pas.

– Attends, Hazel. Qui t'a fait ça ?

– Je ne tiens pas à en parler, répondis-je sur un ton bref. Je veux juste rentrer chez moi pour me nettoyer.

– D'accord.

Elle hocha la tête et me prit par le bras.

– Tu fais quoi, là ?

– Je t'emmène jusqu'à ma voiture et je te reconduis chez toi. Tu ne devrais pas marcher dans la rue avec cette tête, surtout seule. James a dit que tu habitais chez Ian en ce moment, c'est vrai ?

Je fis un signe de tête affirmatif.

– Oui, mais tu n'es pas...

– Ne sois pas bête, Hazel. Entre filles, on doit s'entraider dans une ville pleine de tarés comme la nôtre. Ça ne me dérange pas. Allez, viens. Je te ramène chez toi et on va nettoyer cette plaie.

En arrivant à la ferme, j'essayai de convaincre Leah de retourner à ses affaires, mais elle refusa de me laisser seule.

– Il faut vraiment s'occuper de cet œil. Sinon il va enfler et tu ne pourras plus l'ouvrir pendant un moment. Je fais du bénévolat au cabinet du docteur Smith. Je sais comment faire.

Je n'avais pas l'énergie de me battre avec elle. Et puis, bizarrement, quelque part je ne voulais pas rester seule.

Je m'assis sur le bord de mon lit tandis que Leah se rendait dans la cuisine pour chercher un linge mouillé et de la glace pour mon œil. Lorsqu'elle revint, elle s'assit à côté de moi et fit de son mieux pour me soigner.

– Qui t'a fait ça, Hazel ? murmura-t-elle.

Je secouai la tête.

– C'est pas important.

– Bien sûr que si. Personne n'a le droit de te faire du mal comme ça. Il faut porter plainte pour que cette personne soit punie.

Je lui fis un sourire en coin et gardai le silence. Je ne tenais pas à ce que des étrangers connaissent trop ma vie privée. Leah avait beau être sympa, je n'avais pas envie de lui raconter mes malheurs.

– Je vais bien, je t'assure.

Elle me fit un sourire entendu, elle savait que je mentais. Puis elle fronça les sourcils et secoua la tête.

– Ian va péter un plomb quand il va le savoir.

Je haussai un sourcil.

– Ça, ça m'étonnerait.

– Tu rigoles ? Je t'assure que si. Tu es sa coloc et quelqu'un t'a fait du mal. Ça va le toucher.

Je ricanai.

– On n'est pas du tout ce genre de colocs. On s'évite au maximum, à moins qu'il n'ait besoin de moi pour flanquer à la porte une fille de passage, à trois heures du matin.

Leah se passa la main sur le visage.

– Je ne sais pas, Hazel. Ce genre de trucs, ça affecte Ian. Son père frappait sa mère, c'était avant qu'ils ne partent, il y a longtemps, et cela le rendait dingue. Il est révolté à l'idée qu'on maltraite les femmes.

Maltraitée.

Je ne savais pas pourquoi, mais ce mot me donnait envie de vomir. Cette expression rendait les actes de Charlie encore plus graves, mais c'était le mot juste. Il m'avait effectivement maltraitée. Il maltraitait ma mère. Et je savais qu'il n'arrêterait pas, parce que chez Charlie, la maltraitance, c'était une seconde nature.

– Écoute, je sais que Ian peut paraître un peu brut de décoffrage, mais c'est vraiment un chic type. Je le connais depuis toujours, vu que c'est le meilleur pote de mon frère. Lorsque ses parents ont fichu le camp, il en a beaucoup souffert, mais il est resté le garçon au grand cœur qu'il était avant.

– Il est froid, tout le temps. Il n'a pas de sentiments.

Elle éclata de rire.

– Détrompe-toi. C'est tout le contraire. Ian Parker est trop sensible. Ce type est plus sensible que la plupart des gens. Il se laisse tellement déborder par ses émotions qu'il érige un mur pour se protéger. Mais je te jure qu'il est concerné. Tellement concerné que ça le rend dingue, si tu veux mon avis.

Je baissai la tête un instant en appuyant le linge avec la glace sur mon visage. Je ne savais pas quoi dire de plus à Leah, alors je haussai les épaules et lui fis un petit sourire.

– J'ai un peu mal à la tête. Je crois que je vais me reposer un moment.

– Bonne idée. Prends un Ibuprofène pour la douleur et continue à mettre régulièrement de la glace sur cet œil pour l'empêcher de gonfler, d'accord ?

– D'accord. Merci, Leah. Merci, vraiment.

Elle m'avait aidée alors que rien ne l'y obligeait. Elle ne savait pas à quel point cela comptait pour moi.

– De rien.

Elle se leva et me sourit.

– Et si jamais tu as besoin de passer du temps entre filles, n'hésite pas. Être tout le temps avec ces gars à la ferme, moi, ça me rendrait folle. Je suis souvent dans le coin pour venir voir les chevaux, de toute façon, alors un de ces jours on pourrait déjeuner ensemble.

Je lui adressai un sourire vraiment sincère.

– Ce serait génial.

– Repose-toi, Hazel. J'espère que ça va aller mieux. Et fais comme tu veux, mais ne laisse pas le connard qui t'a fait ça s'en tirer à si bon compte.

Après le départ de Leah, je m'enfermai à double tour dans la salle de bains et me mis à pleurer de douleur. Plus ça allait, plus le coup de poing dans la figure me faisait mal. Tout le côté droit de mon visage était enflé et tournait au bleu et noir à chaque seconde qui passait. Je me faisais penser à maman et cela me fendait le cœur.

C'était la première fois que Charlie levait la main sur moi… il n'avait jamais franchi cette ligne parce que ma mère prenait les coups à ma place. Maintenant, je savais ce qu'elle ressentait, ce qu'elle avait enduré, les dilemmes qu'elle avait dû subir.

La douleur qui comprimait mon cœur n'était pas seulement liée à moi, je pensais aussi à ma mère. Je voulais la sortir de là. Il fallait que je l'éloigne de ce psychopathe. Qui sait avec quel genre de mensonges il lui bourrait le crâne ? Quel genre de drogues il lui injectait à son insu ? Charlie avait un besoin absolu de contrôler les gens, et maman se laissait dominer, parce qu'elle était trop faible et effrayée pour se défendre.

Ce soir-là, je n'avais pas les idées en place, parce que j'avais trop peur de ce qui allait arriver à maman. Je restai dans ma chambre, je ne voulais pas que Ian me voie dans cet état. Impossible de manger. Impossible de dormir et impossible de m'arrêter de pleurer. Je cherchais désespérément une solution pour sortir maman de cet enfer, pour l'éloigner de Charlie, ou au moins pour éloigner Charlie d'elle. Grâce à Garrett et à ma mère, je savais assez de choses sur Charlie pour pouvoir le coincer d'une façon ou d'une autre. Je pourrais lui faire assez d'ennuis pour qu'il ne puisse plus écraser ma mère. Je ne savais pas précisément si mon plan allait fonctionner, mais je savais que je devais le tenter. Sinon, ma mère allait non seulement perdre l'enfant qu'elle portait mais elle allait aussi y laisser sa vie.

Donc, tard dans la soirée, je décrochai le téléphone fixe de Ian et j'appelai le commissariat de police.

– Commissariat de police d'Eres. Que puis-je faire pour vous ? dit une voix fatiguée.

– Bonjour, oui, je voudrais vous signaler un trafic de drogue qui va avoir lieu dans quelques jours.

La voix baissa à l'autre bout de la ligne.

– Connor, c'est toi ? C'est encore une de tes blagues ?

– Quoi ? Non, j'ai vraiment un tuyau.

– D'accooord, dit la voix incrédule. Vas-y. C'est quoi ce tuyau ?

– Une fois par mois, Charlie Riley répartit sa marchandise entre ses hommes pour qu'ils aillent la distribuer dans d'autres villes. Ça se passe juste à la périphérie d'Eres, dans la laverie automatique désaffectée au coin de Wood Street et de Timber Avenue, aux alentours de deux heures du matin, et là, ça aura lieu dans deux jours.

Je remerciai Garrett d'avoir été assez défoncé pour vendre la mèche il y a longtemps. Il était tellement content que son oncle lui ait donné plus de responsabilités dans l'« entreprise » familiale qu'il s'était soûlé et s'était défoncé et m'avait tout raconté au cours d'une de ses soirées de jeux vidéo non-stop.

– Et comment vous le savez ?

– Faites-moi confiance, je le sais, c'est tout.

– Ouais. Ok, Connor, on va vérifier ça.

– Je ne suis pas Connor ! protestai-je en me passant la main sur la figure.

Est-ce que j'avais vraiment une voix de garçon ? Bon sang !

– Écoutez, faites-moi confiance sur ce truc. La laverie automatique, c'est là que Charlie fait son business.

Vous trouverez tout ce que vous voulez là-bas. Surtout n'oubliez pas de prévoir des renforts.

– D'accord ? C'est tout ?

– Oui.

Je me mordillai la lèvre et mon estomac faisait des saltos.

– C'est tout.

– Ok. Laverie automatique. Wood et Timber. Charlie Riley. Drogues dures. Pigé. Bonne nuit, Connor.

En entendant le déclic du téléphone, je pris une profonde inspiration alors que ma panique commençait à diminuer, et je me dis que les choses allaient vraiment changer pour maman dans deux jours. Dans deux jours, elle n'aurait plus besoin de s'en faire pour esquiver la main de Charlie. Dans deux jours, c'est lui qu'on emmènerait loin d'elle.

Elle n'aurait plus jamais besoin d'essayer de lui échapper.

Cette fois-ci, nous serions les plus fortes.

* * *

Dix ans plus tôt

– Allez, Hazel, dépêche-toi. Prends juste quelques affaires, m'ordonna maman en me tirant du lit.

Elle avait posé une valise sur mon lit dans laquelle elle jetait certains de mes vêtements. Il faisait encore nuit et je bâillai.

– Qu'est-ce qui se passe, maman ?

Le soleil n'était pas encore réveillé, je ne voyais pas pourquoi il fallait que je le sois.

– On s'en va, mon cœur. On se barre d'ici, d'accord ?

Elle parlait à voix basse et marchait sur la pointe des pieds comme si elle ne voulait pas qu'on l'entende.

Je savais que c'était à cause de Charlie.

Maman chuchotait toujours quand elle ne voulait pas que Charlie l'entende.

– Allez, viens et fais le moins de bruit possible, ok ?

– On s'en va pour de vrai ? demandai-je d'une petite voix.

Maman avait déjà parlé de quitter Charlie, mais nous n'avions jamais vraiment fait nos bagages. J'en étais venue à penser que nous n'échapperions jamais au contrôle de Charlie, quelle que soit notre envie de partir. Il était méchant avec maman, et je n'aimais pas qu'il la fasse pleurer.

– Oui, ma chérie, pour de vrai. Maintenant, prends tout ce dont tu as besoin, parce que nous ne reviendrons pas.

– Plus jamais ?

Elle se pencha vers moi et écarta les cheveux qui me tombaient dans la figure. Elle avait les yeux pleins de larmes et cela me rendit triste. Je détestais quand maman pleurait, et dernièrement elle pleurait beaucoup.

– Jamais, jamais, mon bébé. C'est fini. On s'en va pour toujours sans se retourner. D'accord ? Rien que toi et moi. Rien que nous deux.

J'attrapai mon nounours sur le lit et le serrai tout contre moi en donnant ma main libre à maman.

– D'accord.

– Prête ?

– Prête.

Cela faisait tellement longtemps que j'étais prête que je ne pus m'empêcher de sourire à l'idée de me sauver avec ma maman.

– Rien que nous deux, murmurai-je pour moi-même en m'éloignant avec maman qui me tenait par la main.

C'était ce que j'avais toujours voulu.

– Tu pleures parce que tu es triste ?

– Non, ma chérie, ce sont des larmes de joie.

Des larmes de joie.

Je ne savais pas qu'on pouvait pleurer quand on était joyeux.

En le découvrant, je me mis à pleurer moi aussi.

9

IAN

– Alors, bande de crétins, c'est fini votre répétition ? Si c'est le cas, je peux te raccompagner à la maison, James, dit Leah en entrant dans la grange avec ce même sourire qu'elle arborait en toutes circonstances.

– Tu peux me raccompagner à la maison ? C'est pas toi qui as pris ma voiture aujourd'hui ? Donc, techniquement, ce serait plutôt moi qui te raccompagnerais à la maison, non ?

– Arrête de chicaner. Allez, viens. J'ai prévu de me gaver d'épisodes de *You* sur Netflix en m'empiffrant de pop-corn.

Elle nous fit un signe de la main.

– C'est bien, ce que vous faites, les gars.

Éric hocha la tête.

– Ça pourrait être mieux. Tu nous suis sur les réseaux sociaux, Leah ? On a besoin de tous les soutiens.

Éric était une sorte d'arnaqueur des réseaux sociaux, toujours en quête d'un like ou d'un follower en plus.

– Bien sûr que je vous suis.

Leah vint vers moi avec un sourire radieux. Elle enfonça les mains dans les poches de son short et se balança d'un pied sur l'autre dans ses claquettes.

– Hé, Ian. Comment ça se passe la coloc avec Hazel ?

Je haussai les épaules.

– On ne se croise pas des masses.

– J'étais en terminale avec elle au lycée. C'est une fille vraiment cool. Réservée, mais sympa. Tu sais, je pense qu'elle est assez intéressante une fois qu'on la connaît. En plus, elle était vraiment bonne élève au lycée. Je parie qu'elle se sent seule, parfois.

Je haussai les sourcils, Leah en faisait un peu trop dans la gentillesse. Je savais qu'elle avait une idée en tête et j'aurais préféré qu'elle le dise carrément.

– Où tu veux en venir, Leah ?

Elle fit un grand sourire, comme d'habitude, et haussa les épaules.

– Je disais ça comme ça. Cela ne te tuerait pas d'apprendre à la connaître. Elle a vécu des trucs pas marrants. Ce serait bien si elle avait quelqu'un de sympa à qui parler de temps en temps.

– Je ne suis pas quelqu'un de sympa.

Elle leva les yeux au ciel de façon théâtrale et me donna des petites tapes dans le dos.

– Ouais, c'est ça, Ian, et moi je ne suis pas une fan des Kardashian. Ne crois pas une seule seconde que j'ai oublié qui est allé deux semaines de suite jouer au morpion avec ma grand-mère quand elle était à l'hôpital après s'être cassé le col du fémur.

– Que veux-tu que je te dise ? J'ai un faible pour le morpion.

– Sois sympa avec elle, imbécile, c'est tout. J'ai comme l'impression qu'elle a besoin d'un ami.

– Ben, t'as qu'à être son amie, toi.

– C'est en cours, mais pour le moment, elle a besoin d'un coloc amical. Quelqu'un qui soit là assez souvent pour briser sa carapace.

Je fis une grimace, pas vraiment convaincu, et Leah leva de nouveau les yeux au ciel.

– Très bien ! Reste un abruti si tu veux, mais sois juste un tout petit peu moins abruti, d'accord ? Sois un peu moins dur avec elle quand elle travaille à la ferme.

– Je suis dur avec tout le monde au ranch, marmonnai-je, un peu agacé par ce que Leah sous-entendait.

Je traitais tout le monde de la même façon, et ça ne me plaisait pas qu'elle suggère que j'étais plus dur avec Hazel qu'avec les autres ouvriers agricoles.

Leah soupira, elle commençait à en avoir assez de mes réactions tout comme les siennes me cassaient les pieds.

– N'importe quoi, Ian. Tu es beaucoup plus désagréable avec Hazel qu'avec les autres. J'ai bien vu comment tu es avec elle, tu es toujours sur son dos alors que c'est probablement une de ceux qui travaillent le plus dur ici. Je veux dire, putain, elle abat plus de boulot que mon abruti de frère.

– Hé, laisse-moi en dehors de tout ça, intervint James qui remballait ses affaires. Cela dit, elle n'a pas tort. Hazel donne tout ce qu'elle peut, et tu es parfois dur avec elle.

Génial, j'adorais quand le frère et la sœur Scout se liguaient contre moi. Le plus chiant, c'est qu'ils étaient les deux personnes les plus sympas qui soient. Donc, si ma façon d'être avec Hazel leur posait problème, il y avait sûrement un fond de vérité là-dedans. Mes préjugés, basés sur ce que je pensais de Charlie, avaient bien pu influencer ma façon de traiter Hazel au ranch, et le fait que Leah et James me le fassent remarquer me fit me sentir comme un gros con. Je ferais de mon mieux pour m'en souvenir et me montrer un peu moins dur avec Hazel. Ce qui voulait dire qu'il fallait que je me répète régulièrement qu'elle n'était pas comme Charlie simplement parce qu'elle avait été élevée par le diable en personne.

* * *

– Tu devrais y aller mollo aujourd'hui. Il fait trop chaud pour travailler aussi dur, dis-je à Hazel le lendemain, alors qu'elle chargeait du foin à la fourche dans la remorque du pick-up.

Il devait faire pas loin de quarante degrés au soleil et elle était habillée tout en noir comme d'habitude, avec un sweat-shirt à manches longues. Il faisait beaucoup trop chaud pour porter ce genre de vêtement, d'autant plus qu'elle travaillait en plein soleil. Elle avait même remonté sa capuche sur sa tête, cette folle.

– Ça va. J'ai presque fini, marmonna-t-elle sans s'arrêter.

Elle n'avait pratiquement pas dit un mot depuis plusieurs heures, ce qui était bizarre. Normalement, elle avait toujours une remarque grossière ou sarcastique à mon endroit, mais rien de tel aujourd'hui.

Elle ne m'avait même pas chambré la veille quand j'avais fait brûler le dîner. D'ailleurs, en y repensant, je ne l'avais pas vue à la maison. La porte de sa chambre était fermée, et même si je l'avais entendue bouger, elle n'en était pas sortie. Quand je m'étais réveillé le matin, elle était déjà au travail dans le ranch.

– Ne me dis pas que tu m'en veux encore parce que je n'ai pas voulu te parler de mes sentiments et toutes ces conneries l'autre matin ?

– Contrairement à la croyance populaire, tout ne tourne pas autour de toi, Ian Parker.

J'aurais dû laisser tomber et m'en tenir à ça. Pourtant, en la voyant sous le soleil qui cognait, je me sentis mal. Merde, j'étais au bord de l'évanouissement pour elle.

– Arrête, chérie. Sois pas stupide. Les coups de chaleur, ça arrive en vrai.

Je l'avais appelée « chérie » pour essayer de la faire réagir, et il ne se passait rien. Bordel. Qu'est-ce qui lui arrivait ?

Elle tira sur les bords de sa capuche et se racla la gorge avant de recommencer à travailler.

– Ça va. Je vais bien.

– Va au moins te mettre à l'ombre dans les enclos. Je peux même te donner un coup de main. Ou bien fais une pause pour t'hydrater. Il fait trop...

– Ça va, je t'ai dit !

Au moment où elle tourna la tête vers moi, ma poitrine se serra. Elle avait les yeux rouges comme si elle avait pleuré pendant des heures, et elle avait des tonnes de maquillage sur la figure. D'accord, elle se maquillait tout le temps, mais là on aurait dit qu'elle allait faire un casting pour *RuPaul's Drag Race*[2].

La tristesse que je lus dans son regard fendit mon cœur de pierre sans que je puisse m'expliquer pourquoi.

– Qu'est-ce qui ne va pas ?

Elle secoua la tête, mais les larmes commencèrent à rouler sur ses joues.

– Rien. Tout va bien.

– Ce n'est pas vrai.

– Laisse tomber, Ian.

– Ça, je ne peux pas, chérie.

Elle ouvrit la bouche, peut-être pour me remettre à ma place, ce qui m'aurait un peu rassuré sur son état à ce moment-là. Si elle avait assez d'énergie pour m'envoyer promener, cela voulait dire qu'elle n'était pas trop éloignée de son côté chiant habituel.

Mais au lieu de parler, elle lâcha sa fourche et ses yeux se croisèrent. Tout son corps se mit à tanguer d'avant en arrière.

Putain.

Elle allait s'évanouir.

Ses yeux se révulsèrent, alors je me précipitai vers elle et la rattrapai juste au moment où elle allait s'écrouler. Elle s'évanouit, son corps devenant tout flasque dans mes bras. Je la soulevai et la transportai rapidement vers la maison en lui répétant les mêmes mots en boucle.

– Je suis là, chérie. Je suis là.

Au moment où nous arrivions dans la maison, Hazel revint à elle et je la déposai rapidement dans la baignoire où je fis couler l'eau froide sur elle. La sensation la réveilla complètement et elle se mit à pousser des petits cris aigus.

2. Émission de téléréalité qui présente un concours de Drag Queens.

– Oh, la vache, c'est froid ! s'écria-t-elle en frissonnant.

Assise dans la baignoire, elle se frottait les bras vigoureusement.

– Tant mieux, grommelai-je. Je t'ai dit qu'il faisait trop chaud pour rester dehors en plein soleil.

Elle tendit la main pour refermer le robinet en tremblant.

– Ça va.

– Non. Tu as besoin de te remettre de ce coup de chaleur. J'ai des boissons énergisantes dans le frigo. Tiens, prends cette serviette pour te sécher.

J'attrapai une serviette sur le porte-serviettes et la lui tendis. Elle commença à s'essuyer le visage et, ce faisant, elle effaça le maquillage qui le recouvrait.

– Putain, mais qu'est-ce qui t'est arrivé ?

Je regardai, horrifié, les hématomes qui apparurent alors que le maquillage disparaissait.

Elle ouvrit de grands yeux et se détourna.

– C'est rien.

Je la pris par les épaules et la forçai à se tourner vers moi.

– Arrête tes conneries. Ce n'est pas rien. On dirait que quelqu'un t'a donné un coup de poing dans la figure, putain.

En voyant les larmes lui monter aux yeux, je compris que c'était précisément ce qui s'était passé.

Putain !

Quelqu'un lui avait flanqué son poing dans la figure.

– Qui t'a fait ça ?

Ma colère perçait dans ma voix. Je ne savais pas contre qui j'étais en colère, mais j'étais furieux.

– Un homme ?

Elle hocha lentement la tête.

– Dis-moi qui c'est.

Ses larmes se mirent à couler plus abondamment sur ses joues alors qu'elle secouait violemment la tête.

– Ça va. Je gère.

Elle voulut se lever, mais vacilla légèrement, encore un peu étourdie, et je la récupérai dans mes bras. Elle me fit un petit sourire abattu.

– T'es doué pour ça.

– Pour quoi ?

– Pour me rattraper.

– Bah, ce serait mieux si tu arrêtais de tomber.

Elle poussa un profond soupir.

– J'essaie, crois-moi.

Je ne sus quoi répondre à ça, c'était tellement triste de la voir comme ça. Je préférais quand elle était sarcastique et impolie. Triste, Hazel me donnait envie de pleurer moi aussi.

– Dis-moi ce que je peux faire pour t'aider ?

Ma voix se brisa quand je regardai son œil tuméfié. Quel genre de connard pouvait lever la main sur une femme ? Quel immonde salaud ferait un truc aussi lâche et pervers. Je savais qui, mon père. Je le revoyais, rendu furieux par l'alcool, agresser ma mère quand j'étais gamin. Je revoyais les bleus qu'elle essayait de dissimuler sous des couches de fond de teint, tout comme Hazel l'avait fait.

Je voulais le tuer.

Je ne savais pas qui c'était, mais j'avais des envies de meurtre.

Hazel faisait de son mieux pour garder le sourire malgré sa douleur.

– Bon, d'abord, une boisson énergisante, dit-elle tout à coup. Et ensuite, ce soir, vodka.

Je haussai les sourcils.

– T'es pas trop jeune pour boire de l'alcool ?

– Si. Mais j'ai eu une mauvaise journée.

Bah, dans ce cas-là, d'accord.

Vodka, donc. *Après* la boisson énergisante.

* * *

S'il existait un Oscar de la personne qui tient le moins bien l'alcool, il faudrait le décerner à Hazel. Après trois shots sous ma supervision, accompagnés d'une boisson mélangée, elle dansait en rond tout autour du salon. Elle fredonnait un air que je ne reconnaissais pas, mais qui malgré tout sonnait parfaitement.

– Pourquoi tu ne bois pas avec moi ? me demanda-t-elle en haussant un sourcil et en se laissant tomber dans le canapé.

– Je ne suis pas d'humeur à boire ce soir.

– Quoi ? Mais si, tu es d'humeur à boire ce soir. Tout le monde devrait être d'humeur à boire, tous les soirs. C'est cool de boire.

J'étais assis de l'autre côté du canapé.

– Et ça t'est déjà arrivé combien de fois de boire ?

– Oh, pfff.

Elle fit la moue et poussa un long soupir.

– En comptant aujourd'hui, tu veux dire ?

– Ouais.

Elle leva deux doigts, puis les observa, l'air ahurie. Alors, elle en rebaissa un. Je ne pus m'empêcher de ricaner parce que c'était son majeur qu'elle gardait levé, sans le faire exprès.

Hazel Stone était officiellement en train de prendre part à sa toute première beuverie et elle était officiellement beurrée.

– Tu sais pas ce qui me manque ? demanda-t-elle en se passant le dos de la main sur la bouche.

– Non, c'est quoi ?

– La cabane.

Je me mis à rire.

– Je suis un si mauvais coloc que tu préfères encore vivre dans une cabane ?

– Non, c'est pas ça, gloussa-t-elle de façon plutôt ravissante. Je veux dire, je regrette quand je regardais le ciel et les étoiles par le trou du toit. J'adore la lune et les étoiles. Cela me rappelle que mes problèmes sont tellement insignifiants par rapport à tout ça.

– Tu es du genre à faire des voeux en regardant les étoiles ?

– Je suis du genre à faire des vœux sur n'importe quoi.

Elle pencha la tête vers moi.

– C'est toujours aussi agréable ? D'être soûl ?

– Ça dépend. Moi, je ne supporte pas le whisky, ça me rend triste.

– Tu parles, quelle raison t'aurais d'être triste ? Tu chantes comme un dieu, tu es logé gratuitement et t'as des grands-parents formidables ! En plus, t'es S-E-X-Y. Sexy. Genre, si je ne savais pas combien de femmes tu as culbutées, j'envisagerais de me laisser culbuter par toi, tu vois, si je me laissais culbuter, je veux dire.

Les mots sortaient de sa bouche tout naturellement, et je savais que si elle n'avait pas trop bu, elle se serait donné des claques pour avoir osé dire ce genre de choses tout haut.

Ce qui ne voulait pas dire que je ne pouvais pas m'en amuser un peu.

– Ah bon ? Tu me trouves S-E-X-Y ?

– Oui, c'est vrai. Si j'étais montée comme un mec, je serais tout le temps en érection quand tu es dans les parages. Même si tu n'es pas sympa avec moi.

Je fronçai les sourcils.

– Excuse-moi si j'ai été désagréable avec toi, Haze.

Plus je la regardais dans cet état d'ébriété, plus je culpabilisais de n'avoir pas été plus sympa avec elle.

– C'est rien. J'ai l'habitude qu'on ne soit pas gentil avec moi.

Cela augmenta ma culpabilité. Je me passai le pouce sur le nez et me rapprochai d'elle.

– Qu'est-ce que tu fous ? demanda-t-elle nerveusement.

– Je vais jeter un coup d'œil à ces hématomes. Je peux ?

Elle hocha lentement la tête. Elle ne se rétracta pas lorsque je posai les doigts sur sa joue. Elle se contenta de continuer à fredonner pour elle-même.

– Ça te fait mal ?

Elle fit non de la tête.

– Je ne sens plus rien du tout, je suis bien.

– C'est un autre effet secondaire de l'alcool.

– Pourquoi tu étais si méchant avec moi ? demanda-t-elle en me scrutant de ses yeux verts.

– Parce que je suis un idiot. J'ai quelques problèmes avec ton beau-père.

Elle posa ses doigts sur les miens toujours appuyés sur sa joue, et ferma les yeux.

– Ce n'est pas mon père.

– C'est lui qui t'a fait ça ?

Je murmurai, trop effrayé pour le dire plus fort. Je ne savais pas pourquoi, mais l'idée de Charlie brutalisant Hazel me donnait la nausée. Elle hocha la tête lentement.

– C'est une brute.

– Je sais.

Et j'allais le tuer ?

– Les bleus de maman sont encore pires, dit-elle doucement en se passant les mains dans ses cheveux noir corbeau. Elle n'a aucun moyen de lui échapper et il la frappe beaucoup plus que moi.

– Pourquoi elle ne le quitte pas ?

– Elle a voulu le faire, plusieurs fois. Mais il la retrouve toujours et la ramène de force à la maison.

Les larmes coulaient sur ses joues et elle secoua la tête lorsque je les essuyai.

– Est-ce que la vodka peut te rendre triste et joyeux en même temps ?

– C'est possible.

– Mais je ne veux plus être triste. Je veux être heureuse.

– Tu le seras, je te le promets. Quelquefois, cela prend un peu de temps de trouver les paroles joyeuses.

– Quand est-ce que tu écriras des textes joyeux ?

Je poussai un rire un peu forcé.

– En fait, j'envisage d'embaucher une fille pour m'aider côté textes.

Elle poussa sa langue dans sa joue et plissa les yeux.

– Je parie qu'elle est super-mignonne.

– Elle n'a pas idée à quel point elle est belle. Avec ou sans maquillage.

Elle se redressa un peu, apparemment étonnée par mes paroles.

– Merci.

– Je peux te demander pourquoi tu te maquilles autant ?

Hazel se passa les doigts dans les cheveux encore une fois et haussa les épaules.

– C'est aussi à cause de Charlie. Quand j'étais plus jeune, vers quatorze ans, je portais toujours des débardeurs et des shorts dans la maison. Un soir, alors que Charlie était ivre, il est arrivé en titubant dans ma chambre et a fait des remarques, comme quoi il avait envie de me caresser, que je l'allumais en exhibant ma peau mate. Alors, j'ai commencé à porter plusieurs couches de vêtements et de maquillage pour le repousser.

Cela me rendait malade d'entendre ça. Quel genre de psychopathe était Charlie ? Si j'avais déjà eu des envies de meurtre le concernant, maintenant, je bouillais d'envie d'étrangler ce salaud.

Elle me regarda avec infiniment de tendresse.

– Ian ?

– Ouais ?

– La Hazel bourrée t'aime beaucoup.

Je rigolai.

– On verra si, une fois sobre, Hazel m'aimera encore.

– Ça, c'est pas difficile.

Elle me bâilla à la figure sans prendre la peine de mettre sa main devant sa bouche.

– Tu n'auras qu'à me dire bonjour de temps en temps, et si tu enlèves ton tee-shirt, ça marchera encore mieux.

Bon Dieu de merde ! Comment avais-je pu traiter une personne comme Hazel de façon aussi désagréable pendant si longtemps ? Si je m'étais sorti la tête du cul, je me serais rendu compte qu'elle n'avait rien de commun avec Charlie. Tout le contraire, en fait. Elle était attentionnée, et drôle, et belle, et gentille.

Bon Dieu ! Quel imbécile j'étais.

– Hé, Ian ?

– Oui ?

– Je vais vomir, là.

* * *

Cela faisait dix minutes que je tenais la tête d'Hazel au-dessus des toilettes pendant qu'elle vomissait. Alors qu'elle murmurait qu'elle ne boirait plus jamais de sa vie, je souris en pensant à toutes les horribles nuits de soûlerie où j'avais dit exactement la même chose.

Une fois terminée cette agression violente des toilettes, elle se coucha par terre et se roula en boule, en position fœtale.

– Je vais dormir ici, marmonna-t-elle.

En rigolant, je la soulevai dans mes bras.

– Non, tu vas dormir dans ton lit.

– Je vais dormir dans ton lit, répéta-t-elle en écho, tout en se pelotonnant contre moi.

– Pas exactement.

Après l'avoir déposée dans *son* lit, je plaçai un seau à côté du lit, pour le cas où, puis je la bordai.

Elle leva les bras et me les passa autour du cou, m'attirant contre elle pour une accolade.

– Merci, mon meilleur pote, murmura-t-elle avant de se laisser retomber sur son oreiller.

Alors que je me retournai pour partir, elle murmura encore.

– Je dois l'aider.

– Aider qui ?

– Maman. Il faut que je les sorte de là, elle et le bébé. Je dois l'aider, répéta-t-elle en fermant les yeux, juste avant de sombrer dans un profond sommeil.

Je n'étais pas sûr qu'elle sache ce qu'elle disait, mais je dis :

– Je t'aiderai à l'aider, Haze.

– Promis ?

– Promis.

10
HAZEL

C'était quoi ce bruit atroce ?

C'était le chant d'un coq ? Un coq était vraiment venu chanter juste sous ma fenêtre alors que j'avais la tête qui résonnait comme si elle allait exploser ?

Pourquoi avais-je la bouche aussi sèche ?

Pourquoi j'avais envie de mourir ?

– *Cocorico !* cria Monsieur le Coq.

J'enfouis ma tête sous un oreiller. Je lui en voulais d'être si réveillé et heureux. On voyait bien que ce n'était pas lui qui avait bu des litres de vodka la veille.

De la vodka.

Beurk. Saleté de vodka.

J'ouvris prudemment les yeux en me redressant sur mes coudes. Un grognement m'échappa lorsque mon estomac se souleva, fit des cabrioles et se révolta. C'est à ce moment-là que la sonnette de la porte me vrilla les oreilles. Comme le bruit ne s'arrêtait pas, je me traînai péniblement hors de ma chambre pour aller répondre, étant donné que visiblement Ian n'avait pas la moindre intention de le faire.

J'ouvris la porte en grand et grimaçai, éblouie par le soleil. De toute ma vie, je n'avais jamais eu autant la sensation de ressembler à un vampire et quand je remarquai la femme qui se tenait devant moi avec un panier garni de nourriture, instantanément, je culpabilisai d'avoir été si revêche.

Mais elle ne sembla pas choquée par ma réaction excessive à la lumière. Elle me fit un grand sourire et inclina la tête sur le côté.

– Je me suis dit que j'allais passer pour faire ta connaissance, dit-elle en entrant dans la maison.

Elle posa son panier sur la table avant de se tourner vers moi et de me tendre la main.

– Tu dois être Hazel. Je suis Holly, la grand-mère de Ian.

La femme que j'avais si mal accueillie était la grand-mère de Ian.

C'était réussi comme première impression !

Je me passai la main sur le visage et grimaçai encore une fois en effleurant mon hématome. Je l'avais oublié, et maintenant Holly me dévisageait alors que j'étais défigurée par les ecchymoses. Je tendis la main pour serrer la sienne.

– Pardon, je me réveille à peine. Normalement, je m'arrange pour faire meilleure impression.

Des deux mains je lissai mon pyjama – pyjama que je ne me rappelais pas avoir enfilé – et je lui fis un petit sourire coincé.

– Ah, mon petit, ne t'en fais pas pour ça. Tu es charmante.

Son sourire était si chaleureux que je ne pus m'empêcher de sourire aussi. Je n'avais jamais vu une expression aussi sincère de toute ma vie.

Holly était d'une beauté sans artifice. Elle avait de longs cheveux argentés attachés en queue-de-cheval et les mêmes yeux que Ian. Bien que beaucoup plus petite que Big Paw, elle gardait la tête haute. Elle était mince et se tenait bien plus droit que la plupart des personnes de mon âge.

Si je n'avais pas su ce qu'il en était, je lui aurais donné la soixantaine, alors qu'elle avait plus de quatre-vingts ans.

– Si vous cherchez Ian, je crois qu'il n'est pas là, ou alors il dort encore.

Elle secoua la tête.

– Non, non. Je sais. C'est lui qui m'a appelée. Il est déjà au travail au ranch et…

En panique, j'ouvris de grands yeux ronds.

– Oh là là, mais quelle heure est-il ? Je devrais être au travail moi aussi !

Je savais que si Big Paw découvrait que j'étais en retard, je me retrouverais au chômage en un rien de temps.

– Excusez-moi, Holly, mais il faut que j'y aille…

Elle posa la main sur mon bras en secouant la tête.

– Non, tout va bien. Ian m'a dit que tu ne te sentais pas très bien ce matin, alors il te remplace.

Une onde de soulagement me parcourut des pieds à la tête.

– Est-ce qu'il est fâché ? De devoir me remplacer ?

– Oh mon Dieu, non. En fait, c'est lui qui m'a demandé de passer pour voir comment tu allais et t'apporter du café et de quoi manger.

Elle haussa un sourcil.

– Tu prends bien du café, hein ?

Je souris, soulagée, lorsque mon angoisse disparut pour faire place à un sentiment de confort.

– J'adore le café.

– Alors tant mieux.

Holly alla jusqu'à son panier, en sortit quelques comprimés d'Ibuprofène et une bouteille d'eau qu'elle me tendit.

– Tiens, prends ça et va te doucher pendant que je te prépare un petit déjeuner.

Je la remerciai de sa gentillesse et me dirigeai vers la salle de bains.

Je comprenais pourquoi les gens buvaient pour oublier. La nuit précédente, pendant une fraction de seconde, je m'étais sentie libérée du fardeau des problèmes de ma mère. J'avais besoin de ce break pour ne plus ressentir ce poids si vivement. Mais malheureusement, je ne fais pas partie de ces individus qui oublient tout ce qu'ils ont fait sous l'emprise de l'alcool.

Nan. Je me souvenais de tout.

Surtout de la partie où j'avais dit à Ian qu'il était S-E-X-Y, et où j'avais parlé de l'excitation qu'il provoquait chez moi. Purée. La prochaine fois que je le verrais, j'allais certainement passer par toutes les nuances de rouge, tellement j'aurais honte.

Après ma douche, au moment de mettre du fond de teint pour couvrir mon bleu, je me dis que puisque Holly l'avait déjà vu, je ne voyais pas vraiment l'intérêt.

Une odeur divine se répandait dans la maison, comme si un grand chef était venu rien que pour me préparer un repas. En entrant dans la salle à manger, je trouvai Holly qui installait deux assiettes garnies de bacon, d'œufs et de pommes de terre faites maison. Ma tasse de café était pleine à ras bord et mon estomac commença à bondir d'excitation.

– Ça a l'air et ça sent super-bon, dis-je en m'asseyant.

Elle fit comme moi en souriant.

– Le meilleur remède à la gueule de bois, c'est la cuisine familiale, s'exclama-t-elle. J'ai dû cuisiner un tas de repas comme celui-ci pour Ian et ses amis au cours des années.

– Il a de la chance de vous avoir.

– Et moi, j'ai de la chance de l'avoir. Harry et lui sont mes deux principales sources de migraines. Dieu sait que j'ai eu mon compte de soupe à la grimace avec ces deux-là, mais au fond, ce sont de gros nounours. Ils ont érigé des murs autour d'eux pour éviter de souffrir, ça, c'est sûr. Je fais partie des rares personnes qui ont eu la chance de voir leurs bons côtés.

– Ah, donc leur côté hargneux ne m'est pas réservé personnellement ?

– Dieu du ciel, non ! C'est juste un mur de protection. Harry et Ian ont très mal vécu le départ de ma fille et de mon gendre. Que des personnes si importantes pour eux les abandonnent sans même un aurevoir, ça les a vraiment fait souffrir. Mes garçons sont sensibles. Plus que la plupart des gens. Ils sont terrifiés à l'idée de souffrir, alors ils font comme si rien ne les touchait.

– Ils doivent se sentir seuls.

Elle acquiesça d'un signe de tête.

– Oui. C'est surtout pour Ian que je m'inquiète. Il est tellement renfermé, il ne laisse personne l'approcher suffisamment pour pouvoir lui manifester un peu de réconfort, sauf les musiciens de son groupe. En même temps, il m'a joué ta chanson, et j'ai vu s'allumer en lui une étincelle que je n'avais pas vue depuis longtemps.

– Comment ça ? Que voulez-vous dire, il vous a joué ma chanson ?

– Celle que tu l'as aidé à écrire. Il est venu nous voir et l'a chantée pour Harry et moi, et on a été épatés. Je ne l'avais pas vu si impliqué dans sa musique depuis si longtemps, et ces paroles...

Elle posa les mains sur sa poitrine et secoua la tête d'un air admiratif.

– De toute ma vie, je n'avais jamais entendu mon petit-fils chanter un si joli texte. Alors je te remercie.

– De quoi ?

– De l'avoir aidé à trouver sa voie. Cela faisait des années qu'il cherchait et, pour la première fois, j'ai l'impression qu'il a trouvé quelque chose, et je pense que c'est en grande partie grâce à toi. Tu es vraiment très douée pour l'écriture.

Je me sentis rougir et me tortillai sur ma chaise.

– Il chante extrêmement bien tout seul.

Elle tendit la main et la posa sur la mienne.

– Oui. Mais qu'est-ce qu'un chanteur sans de beaux textes à interpréter ? Ce que je veux dire, c'est que tu lui fais du bien, même s'il s'en défend. Et puis, je pense qu'il t'aime bien, si j'en juge par ce qu'il a dit quand il m'a appelée pour me demander de passer te voir.

– Qu'est-ce qu'il a dit ?

– De m'assurer que tu allais bien. Qu'il avait besoin que tu ailles bien.

Et juste comme ça, mon cœur s'arrêta de battre à cause de ce qu'avait dit Ian Parker.

Holly se pencha vers moi et posa les mains sur mon visage tuméfié.

– Qui t'a fait ça, ma chérie ?

Je fermai les yeux et pris une profonde inspiration.

– Charlie, le petit ami de ma mère.

– Ça te fait mal ?

– Le bleu ? Un peu moins maintenant.

– Non. Ton âme. Est-ce qu'elle te fait mal ? Est-ce qu'elle souffre ?

Je déglutis avec difficulté.

– Oui.

Elle essuya une larme au bord de ma paupière avant de me faire son gentil sourire.

– Avant de rencontrer Harry, j'avais un petit ami qui me frappait. J'avais des bleus à des endroits que personne ne pouvait voir. Vu de l'extérieur, nous avions l'air heureux. À l'intérieur, je souffrais terriblement. Ce n'est que le jour où il m'a fait une marque sur le visage que j'ai su que je devais arrêter le cycle de la violence. Je me sentais humiliée. Je mettais des tonnes de maquillage pour essayer de dissimuler les bleus. Puis j'ai trouvé la force de le quitter. Avec le temps, les bleus visibles ont guéri, mais les bleus sur mon âme ont mis beaucoup plus de temps à s'effacer. Alors, quand j'ai découvert que le mari de ma fille se comportait de la même façon avec elle, cela m'a brisé le cœur. Aucun homme digne de ce nom ne devrait jamais poser la main sur une femme, sauf pour la caresser et lui montrer son amour. Cela me fait horreur que quelqu'un t'ait fait ça. Que quelqu'un t'ait fait du mal.

– Je m'inquiète beaucoup pour ma mère, murmurai-je d'une voix tremblante. Elle a beaucoup de bleus, visibles aussi bien qu'intérieurs. Et je ne vois pas comment ils pourraient guérir alors qu'elle est tellement sous la coupe de Charlie. Il la maltraite et cela me fait horreur. Je trouve horrible qu'il lui fasse du mal, et je trouve horrible qu'elle reste avec lui. Horrible qu'elle prenne de la drogue pour oublier sa douleur. On a presque réussi à se sauver plusieurs fois, mais elle revient toujours vers lui et ses habitudes toxiques. Je déteste voir qu'elle est si faible.

– Non, non. Elle n'est pas faible, elle est perdue. J'ai bien vu comment la drogue s'est emparée de ma Sarah. J'ai vu comment elle l'avait transformée. Elle était devenue une autre personne. Ta mère est perdue et Charlie se sert de ça pour la dominer.

– Et si elle ne retrouvait jamais son chemin ?

– Il faut y croire, ne pas renoncer à l'idée que les gens retrouvent leur chemin. Cela fait des années que ma fille et Brad se sont enfuis ensemble, mais tu sais quoi ? Tous les soirs, je laisse la lampe du porche allumée, juste pour le cas où ils retrouveraient leur chemin. Et je les accueillerais à bras ouverts. Tu sais pourquoi ?

– Non, pourquoi ?

– Parce que moi aussi, je me suis perdue à un moment. Je ne suis pas tombée dans la drogue, mais cela ne me rend pas meilleure qu'eux pour autant. Tout le monde a droit à un foyer vers lequel revenir à un moment donné de sa vie. Il se peut que cela ne se produise pas aussi vite que tu le souhaiterais, mais tant que son cœur bat encore, il y a une chance que cela se produise.

– Et que fait-on en attendant ?

– Eh bien, ma chérie, on prie pour ceux qui se sont perdus.

Elle me fit un petit sourire.

– Et on laisse la lampe allumée le soir.

Elle prit mon visage entre ses mains sans cesser de sourire. Purée, je ne m'étais jamais imaginé qu'un sourire puisse vous guérir jusqu'à ce que Holly me regarde.

–Mais sache une chose. Si jamais Charlie lève de nouveau la main sur toi, cela signifiera la fin de sa vie.

Je rigolai et essuyai mes dernières larmes.

–Comment ça? Vous allez vous battre avec lui?

Elle secoua la tête.

–Non. Je citais Ian. Il a dit que si Charlie s'approchait de nouveau de toi, il ne vivrait pas assez longtemps pour regretter de l'avoir fait.

Ian Parker prenait ma défense, et cela suffit à faire doucement disparaître la douleur dans ma tête.

***

–Tu m'as remplacée aujourd'hui, dis-je à Ian lorsqu'il passa la porte après une longue journée de travail.

Je savais qu'il avait eu une longue journée parce que je connaissais les tâches qui étaient sur ma liste de choses à faire.

–En effet, dit-il en se passant la main sur le front.

Il avait l'air épuisé. Je lui souris.

–Je te suis redevable.

–Eh bien, en réalité c'était moi qui t'étais redevable pour m'avoir aidé avec la chanson il y a quelques jours. Même si tu m'as chambré à ce sujet, tu m'as beaucoup aidé.

–Tu avais déjà fait le plus gros, moi j'ai juste ajouté quelques trucs ici et là.

–Tu l'as améliorée, ce qui m'amène à la deuxième chose que je voulais te dire, et crois-moi, cela me coûte de l'admettre, mais tu avais raison.

–J'avais raison à propos de quoi?

–Quand tu m'as dit que je m'étais entouré d'un mur et que je devais le traverser de façon à atteindre mes émotions pour améliorer ma musique. Les gars ont dit la même chose après avoir entendu la chanson.

Un sourire timide effleura mes lèvres.

–Tu as chanté la nouvelle chanson devant le groupe.

–Oui, et ils ont adoré. Donc, j'ai besoin de ton aide.

– Mon aide ?

Il hocha la tête affirmativement.

– J'ai besoin que tu m'aides à écrire d'autres chansons. Écoute, je sais que j'ai été con. J'ai été con avec toi dès le début, mais putain... je ferais n'importe quoi pour que tu m'aides avec cette connerie de sentiments, parce que je n'y arrive pas et il semble que toi, tu en es capable.

Je plissai les yeux et croisai les bras.

– Et qu'est-ce que je gagne, moi, dans cette histoire ?

– J'en sais rien. Tu pourras me le rappeler et te moquer de moi pour le restant de tes jours ?

– Bon, ça me paraît satisfaisant, mais je veux une chose en plus.

– Et c'est quoi ?

– Tu m'aides dans les enclos des cochons. Tu te charges d'en nettoyer la moitié toi-même.

Il grogna.

– Moi, je serais plutôt superviseur dans les enclos. Cela fait des années que je ne les nettoie plus.

C'était un des avantages d'être manager au ranch Eres, j'imagine. On déléguait le travail et on n'avait pas à se salir les mains. Mais si Ian voulait que je l'aide, il allait devoir se mettre à mon niveau.

– Bah, c'est ma proposition. Je t'aide pour les textes de tes chansons si tu m'aides pour les enclos. Jusqu'où es-tu prêt à aller pour réaliser ton rêve, Ian ?

Je lus la réponse dans son regard.

Vraiment très loin.

Je lui tendis une main en souriant.

– Ça marche ?

Il eut un moment d'hésitation, puis il vint vers moi et me serra la main.

– Ça marche. Mais promets-moi une chose.

– Laquelle ?

– Pas de tension sexuelle dans les enclos.

Pour être plus rouge que je le devins, il aurait fallu être une tomate.

– Pas de souci, tu peux me faire confiance. Mais avant qu'on aille plus loin, pourrais-tu répéter ce truc que tu m'as dit ?

– Quel truc ?

Je poussai ma langue dans ma joue.

– Que j'avais raison.

Il leva les yeux au ciel si haut que je me dis qu'il allait endommager sa vision.

– La ferme, chérie.

Avant que je ne puisse répondre à cette remarque, la sonnette de la porte d'entrée retentit et Ian se précipita pour ouvrir.

– Est-ce que je peux vous aider ?

– Ouais, il paraît que Hazel Stone crèche ici, dit une voix grave qui attira mon regard vers la porte.

Garrett se tenait là, tout en noir, l'air aussi mal embouché que jamais. Lorsque nos regards se croisèrent, mon estomac se noua. Ses yeux lançaient des éclairs et, sans attendre, il entra en trombe dans la maison et m'agrippa le bras. En serrant fort. Trop fort.

– Non, mais ça va pas, Garrett. Lâche-moi.

J'essayai de dégager mon bras, mais rien à faire.

– J'ai entendu un truc dingue, aujourd'hui, ricana-t-il d'une voix sourde de colère alcoolisée. Il paraît qu'il y a quelqu'un qui a balancé Charlie. Tu serais pas au courant par hasard ?

Mon cœur se mit à battre à toute vitesse alors que je faisais des efforts désespérés pour l'obliger à me lâcher le bras, mais en vain.

– Non.

Mon mensonge accentua les émotions qui me submergeaient.

Mon plan... il avait marché. Il avait marché, purée.

– Pourquoi j'ai l'impression que tu te fous de ma gueule, là ?

– Lâche-moi, je te dis, insistai-je en me tortillant pour le repousser.

– C'était mon oncle. Ma famille. Nous étions tous solidaires et, toi, tu es venue tout foutre en l'air.

– Il la battait ! Il battait ma mère tout le temps, Garrett. Il allait la tuer !

Je criai, surtout à cause de cette vérité et aussi, dans une moindre mesure, à cause de la douleur que m'infligeaient ses doigts qui s'enfonçaient dans mon bras. Que se passait-il ? Garrett n'était pas comme Charlie. Il ne m'avait jamais brutalisée auparavant, physiquement du moins. Il n'avait jamais levé la main sur moi. Jusqu'à aujourd'hui. À présent, il y avait tant de violence dans son regard que je le reconnaissais à peine.

– Ouais, ben des fois, une garce a besoin de se faire dresser.

Je sentis une remontée acide dans ma gorge et je réussis à rassembler assez de force pour le repousser.

– Va te faire foutre, Garrett !

– Je t'ai rendu service en t'accordant un peu de mon temps. Tu crois que quelqu'un d'autre aurait supporté de sortir avec une meuf aussi repoussante que toi ? Et toi, tu vas foutre la merde dans la seule famille que tu aies jamais eue. Seules trois personnes dans cette ville, en dehors de Charlie, étaient au parfum pour le lieu de livraison.

Il saisit mes deux poignets dans une main et me tira vers lui, se pressant contre moi. Je sentis son souffle chaud et alcoolisé sur ma joue, et les larmes me montèrent aux yeux.

– Tu sais ce qu'on fait aux balances, Hazel Stone ?

Cela ressemblait à une menace, mais je savais que cela allait plus loin que ça. Garrett n'appartenait pas à une famille qui proférait des menaces en l'air. Elle s'avéraient toujours être plutôt des promesses.

Sans me laisser le temps de répondre, Ian se précipita et repoussa violemment Garrett pour l'écarter de moi.

– C'est quoi ça... ? Dégage, putain, ordonna Ian, le souffle court.

Garrett, pris de court, recula en trébuchant. Mais dès qu'il reprit son équilibre, il remonta ses manches et roula des épaules.

– Tu sais quoi, j'en ai vraiment marre des petits cons dans ton genre qui croient que la ville leur appartient. Hazel et moi, on discute de trucs qui ne te regardent pas.

– Ouais, ben moi, il m'a semblé qu'Hazel n'était pas d'humeur à bavarder, et vu que cela se passe chez moi, ça me regarde.

Garrett serra les poings et il se rapprocha de Ian.

– Eh ben, si elle a pas envie de discuter, peut-être que toi et moi on pourrait avoir une petite conversation, ducon !

Ian remonta ses manches.

– J'adorerais entendre ce que tu as à dire.

– Oh, les gars, arrêtez. S'il vous plaît.

Je m'interposai entre eux.

– Va-t'en, Garrett.

Il souffla.

– Ok, mais ne t'imagine pas qu'on va en rester là, Hazel. Tu vas entendre parler de moi.

Cette seule pensée me terrifiait.

Il commença de s'éloigner, mais se retourna et alluma et éteignit son briquet.

– Je ne sais pas ce que tu pensais faire en balançant Charlie, mais ça n'a pas marché. Il n'y a pas que lui qui s'est fait embarquer, crétine. Ta mère était là, elle aussi. Alors, félicitations. T'as aussi fait enfermer ta mère.

11
IAN

– Tu veux qu'on en parle ? demandai-je en frappant à la porte d'Hazel.

Depuis que ce Garrett était parti, elle s'était enfermée à double tour dans sa chambre.

J'essayais encore de rassembler les pièces du puzzle, mais entendre les sanglots d'Hazel à travers la porte était super-triste. Ces derniers temps, il me semblait que sa vie était complètement sens dessus dessous, et je n'avais pas la moindre idée de ce que je pourrais faire pour l'aider.

Mais si elle avait besoin d'une oreille compatissante, j'étais tout disposé à l'écouter.

– Ça va, dit-elle en reniflant, ce qui était suffisant pour que je sache qu'elle mentait. Il faut juste que je dorme.

Je ne la connaissais pas suffisamment pour insister, mais j'aurais tellement aimé pouvoir le faire. Je voulais m'assurer qu'elle allait bien et lui donner ce dont elle avait besoin pour se sentir un tout petit peu mieux, mais j'avais le sentiment qu'elle n'allait pas quitter cette chambre de sitôt. Alors, je lui donnai les seuls mots qui me vinrent à l'esprit.

– J'aurais fait la même chose si c'était ma mère. Je sais que les choses n'ont pas tourné comme tu l'avais prévu, mais j'aurais fait comme toi. Dis-toi que tant que ta mère est enfermée, Charlie ne peut plus rien contre elle, et elle ne peut pas avoir plus d'ennuis. C'est une occasion pour elle de prendre un nouveau départ.

Je me souvenais que lorsque mes parents avaient disparu dans la nature, j'avais espéré que les flics les ramasseraient. Comme ça, au moins, ils ne seraient pas à la rue et ils seraient protégés d'eux-mêmes.

Je soupirai, les mains appuyées sur le bois de la porte.

– Haze, si tu as besoin de quoi que ce soit, je suis à côté.

Un merci murmuré fut tout ce que j'entendis avant de m'éloigner pour lui laisser un peu de tranquillité pour réfléchir. J'avais l'impression qu'elle passerait la nuit sans dormir, à trop penser et à se prendre la tête.

C'est ce que j'aurais fait à sa place.

Lorsque la porte s'ouvrit, je fus surpris de la voir sortir, ses yeux gonflés tournés vers moi. J'étais persuadé qu'elle ne ferait pas surface avant le matin.

– Tu sais ce qui m'aiderait à me changer les idées ?

– Non, quoi ?

– Si on faisait de la musique tous les deux. J'ai besoin de penser à autre chose et je pense qu'écrire des chansons avec toi pourrait m'aider.

– Bien sûr. On peut s'installer dans le salon et travailler sur deux trois choses que j'ai commencées, mais qui ne vont pas. Je vais aller chercher ma guitare, des stylos et du papier, et je te retrouve ici.

– D'accord, bonne idée.

Au bout de quelques pas, je me figeai sur place en sentant deux bras m'enlacer par la taille. En regardant par-dessus mon épaule, je vis Hazel qui s'accrochait à moi comme à une bouée et je haussai un sourcil.

– Excuse-moi, murmura-t-elle sans me lâcher. J'avais juste besoin de quelque chose à quoi me raccrocher une minute.

– Viens là.

Je me retournai et l'attirai contre moi pour un gros câlin.

– Même deux minutes, si tu veux.

Nous restâmes éveillés jusqu'à plus de deux heures du matin, à composer ensemble des paroles de chanson, qui quelquefois fonctionnaient et d'autres non. Hazel me posait des questions sur mes états d'âme auxquelles il m'était difficile de répondre – je ne suis pas du genre à m'interroger sur mes sentiments –, mais je fis de mon mieux pour le faire, pour elle, parce que si quelqu'un avait passé une journée de merde, c'était bien Hazel. Elle n'avait pas besoin en plus que je sois chiant alors qu'elle essayait de m'aider.

– Quel a été le jour le plus dur de toute ta vie ? me demanda-t-elle, allongée sur le canapé en face de moi qui étais assis, le carnet à la main.

– Alors ça, c'est facile. C'est le jour où mes parents m'ont abandonné.

Elle inclina la tête et me considéra avec un intérêt absolument sincère.

– Raconte.

J'avais la gorge serrée. C'était le pire jour de ma vie et je n'aimais pas en parler. Même si près de quatorze années s'étaient écoulées depuis, pour moi, c'était comme si c'était hier. Mais encore une fois, pour elle, j'allais faire un effort.

– Ils ont dit qu'ils allaient faire des courses et que j'étais assez grand pour rester seul à la maison. Donc, j'ai traîné toute la journée à attendre qu'ils reviennent. Le lendemain matin, je commençai à m'inquiéter, mais j'ai continué à attendre, parce que quoi qu'il arrive, ils rentraient toujours.

Je me grattai le menton et m'éclaircis la voix.

– Sauf que, cette fois, ils ne sont pas rentrés. Je suis resté seul dans cette maison pendant quarante-huit heures avant que Big Paw et Grand-Mère passent et me découvrent là, tout seul. Je me souviens que Grand-Mère s'est effondrée en larmes. Ils m'ont immédiatement emmené chez eux et mes parents ne sont jamais revenus.

– Tu es resté tout seul à attendre ? Cela a dû être affreux.

– Oui et c'est probablement pour ça que je déteste être seul, mais en même temps, ce qui est bizarre, c'est que je repousse les gens de telle façon que je suis obligé d'être seul.

– Pourquoi est-ce que tu repousses les gens ?

– Parce que, comme ça, je ne risque pas d'être abandonné.

Elle fronça les sourcils et cela me bouleversa.

– Je suis désolée de ce qui t'est arrivé, Ian. Mais tu t'en es très bien sorti.

Je ricanai.

– Je suis un vrai connard.

– Seulement en surface. Au fond de toi, je pense que tu es toujours ce petit garçon blessé qui fait de son mieux pour survivre.

Ce fut à mon tour de froncer les sourcils tout en tapotant mon stylo sur le carnet.

– Petit garçon blessé... petit garçon blessé... garçon paumé, plutôt. C'est comme ça que je me suis senti toute ma vie. Paumé.

Hazel sourit, consciente que l'inspiration me venait.

– J'adorerais entendre cette chanson.

Alors je me mis à l'écrire. C'était difficile, c'était douloureux et c'était brutal, mais tout le temps où je l'écrivais, Hazel était près de moi, m'encourageant et me tenant la main pour traverser le flot des émotions qui m'envahissaient.

Pour la première fois depuis longtemps, je ne me sentais plus seul.

* * *

Le lendemain, j'étais tout à fait prêt à aider Hazel dans les enclos des cochons. Évidemment, j'étais d'autant plus motivé pour me mettre au travail que j'avais très envie que nous nous remettions aux textes de mes chansons le plus tôt possible, mais surtout, mon premier objectif de la journée était de m'assurer qu'Hazel allait bien.

Au début, elle tenta de repousser mon aide, mais je refusai de me soustraire à l'accord que nous avions passé.

– Bon, si tu veux commencer au fond à gauche, je ferai ceux-là, dit Hazel quand nous pénétrâmes dans les enclos. Je rentrerai la paille quand nous aurons terminé, comme ça, tu pourras finir plus tôt.

– Je t'aiderai à le faire.

– Je peux le faire toute seule.

– Tout l'intérêt d'avoir un partenaire, c'est qu'on n'a pas à le faire seul, Hazel.

Elle ne répondit pas. J'eus l'impression qu'elle n'avait pas l'habitude de recevoir de l'aide. Elle avait l'air tellement indépendante.

Nous nous mîmes à nettoyer les enclos, et Hazel ne disait pas un mot, à part quelques grognements et marmonnements quand elle tombait sur un endroit pas trop agréable. Heureusement, Grand-Mère lui avait donné une paire de bottes réservées au travail du ranch, comme ça plus aucune chaussure ne serait sacrifiée sur l'autel des cochons.

De la musique nous parvenait de mon téléphone, mais malgré cela, l'atmosphère était inconfortablement silencieuse.

Je ne pouvais pas m'empêcher de me prendre la tête avec ce qui s'était passé avec ce Garrett la veille. Je ne pouvais pas m'empêcher de penser à l'état d'esprit d'Hazel.

– Ça te dirait de jouer au jeu des aveux ? lui demandai-je pour tenter de briser la gêne qui régnait entre nous.

Elle inclina la tête vers moi.

– À quoi ?

– Au jeu des aveux. James et moi, nous jouons à ça quand nous nettoyons les enclos pour faire passer le temps plus vite.

Bon, ce n'était pas vrai. C'était un jeu que je venais d'inventer parce que j'avais envie d'en savoir plus sur elle, et je savais qu'elle n'allait pas me fournir de détails d'elle-même.

– Ça marche comme ça, je t'avoue un truc et après, tu fais la même chose.

Elle plissa les yeux.

– Quel genre d'aveu ?

– N'importe quoi, en fait. Par exemple, moi j'ai fait pipi au lit jusqu'à l'âge de dix ans.

Elle grogna.

– Ça, c'est un aveu dont tu aurais peut-être pu te dispenser.

– C'est vrai, mais plus l'aveu est gênant ou intime, mieux c'est. Cela rend le jeu plus intéressant.

Elle prit l'air méfiant.

– Et quel genre d'aveux a fait James ?

Je secouai la tête.

– Ah non, les aveux qui sont faits dans un enclos ne sortent pas de l'enclos. Allez, à ton tour.

Je reposai le menton sur le manche de la pelle que je tenais à la main.

– Vas-y. Quel est ton aveu ?

Elle fit une grimace comme si elle n'avait pas la moindre envie de participer à ce jeu.

– Je... euh... j'ai mis de la vinaigrette sur mes spaghettis.

– *Trop banal*, je hurlai. Recommence.

– Purée, le public est difficile.

Elle reposa sa fourche et s'essuya les mains sur ses cuisses.

– D'accord. Quand j'avais treize ans, j'ai volé un gâteau au supermarché pour mon anniversaire.

Je poussai un sifflement.

– Une vraie rebelle sans cause, dis donc.

– J'avais une cause. Ma mère avait oublié mon anniversaire, *une fois de plus.* Et elle avait oublié de faire des courses, *une fois de plus.* J'ai partagé le gâteau avec quelques gamins du quartier, et nous avons fait une fête. Elle était nulle, et les cadeaux qu'ils m'ont offerts c'était des cailloux, des branches et des trucs comme ça, mais c'était la plus belle des fêtes. Un de mes meilleurs souvenirs.

– Comment t'as fait pour voler un gros gâteau comme ça ?

Elle secoua la tête en rigolant.

– J'ai renversé tout un linéaire de boîtes de sauce tomate. Pendant qu'ils étaient distraits par le bazar que ça a provoqué, j'en ai profité pour piquer le gâteau et je suis partie en courant. Cela va probablement me valoir un mauvais karma.

– Mais tu as partagé le gâteau, alors je suis sûr que cela a restauré ton karma.

– Ah, ça marche comme ça ?

– J'espère, parce que j'ai fait un certain nombre de trucs pas terribles quand j'étais un gamin stupide, et j'espère que le fait d'accomplir quelques bonnes actions aujourd'hui équilibrera la balance du karma.

– Comme de proposer à une fille de l'héberger.

– Ouais, ben, je me suis dit que je te devais bien ça après m'être comporté comme un crétin avec toi.

– Rien n'est plus vrai. Quel est ton aveu suivant ? Quelque chose d'intéressant.

– Je... euh... je crois que je n'aime pas le sexe.

Elle écarquilla les yeux.

– Pardon ? Mais tout le monde aime le sexe, Ian. Surtout toi, si j'en crois le nombre de femmes avec qui je t'ai vu.

– Ouais, mais... je ne sais pas. Je veux dire, c'est agréable, mais cela ne me paraît pas important. Pas aussi important que ce que tout le monde semble croire.

– C'est pas à la hauteur de ce qu'on raconte, c'est ça ?

– Absolument.

– Ben alors, pourquoi tu continues à coucher avec plein de femmes différentes ?

Je haussai les épaules.

– J'imagine que c'est parce que j'espère toujours tomber sur le coup éblouissant dont tout le monde parle. À la recherche de quelque chose de moins superficiel.

– T'avais quel âge quand tu l'as fait pour la première fois ?

– Quatorze ans.

– Ah quand même ! Moi, quand j'avais quatorze ans, je fabriquais des potions dans mon jardin, je ne pensais pas du tout au sexe.

– Des potions ?

– Tu sais... pour faire de la magie. Le sexe était très éloigné de mes préoccupations. C'est toujours vrai, d'ailleurs.

Elle leva les yeux vers moi et ses joues s'empourprèrent.

– Puisqu'on en est aux aveux : je suis vierge.

– Quoi ? C'est pas vrai, dis-je en faisant comme si elle ne m'avait pas déjà fait cette révélation le soir où elle avait pris sa cuite.

– Totalement vrai. Ce n'est pas que je n'ai pas eu d'occasions, j'en ai eu avec mon ex, Garrett, le type que tu as eu le plaisir de rencontrer hier. Cela peut paraître idiot, mais je ne voulais pas finir comme la plupart des habitants de cette ville. Je ne voulais pas finir comme ma mère, un chiffre dans les statistiques des grossesses d'adolescentes. Je ne voulais pas risquer de tomber enceinte avant d'avoir quitté ce trou paumé.

– Je peux comprendre. Ma mère s'est retrouvée enceinte de moi à quinze ans. Avoir un gosse à cet âge, tu t'imagines ?

– Quinze ans ? Et tu avais quel âge quand elle est partie ?

– Huit ans. Ils se sont barrés, mon père et elle, pour courir après la défonce.

– C'est une chose que je ne peux pas imaginer. Je ne pourrais pas faire ça... abandonner mon enfant au bout de tant d'années.

– Ouais, ben, il y en a d'autres qui l'ont fait dans cette ville.

– Je suis désolée que cela te soit arrivé. Je ne savais pas... Je comprends mieux pourquoi tu t'es montré si distant avec moi quand tu m'as rencontrée, étant donné ma relation à Charlie.

– Ce n'est pas pour ça que c'était bien.

– Non, mais cela explique certaines choses.

Je fis un petit sourire et me passai la main sur le front.

– Jeu des aveux : j'ai peur d'être abandonné. Je suppose que c'est pour ça que je n'ai pas de petite amie. Si je ne laisse personne devenir suffisamment intime, je ne peux pas être abandonné.

Elle posa sa fourche et vint vers moi. Elle inclina la tête sur le côté et m'examina de la tête aux pieds.

– Jeu des aveux : j'étais sûre que le personnage du mec désagréable cachait quelque chose de plus profond.

– Je travaille encore à essayer de ne pas me comporter comme un connard et paraître aussi dur avec les autres.

– Tu ne t'en sors pas si mal, si tu veux mon avis. Un pas à la fois.

– T'as des tuyaux sur les moyens de m'améliorer ?

– Continue comme ça.

Elle sourit, provoquant une drôle de sensation dans ma poitrine. C'était quoi, ça, bordel ?

– Bon, je dois te demander quelque chose, en même temps, je me fiche un peu de la réponse. Parce que... euh... c'est pas important, et en plus ça me regarde pas, mais la curiosité est un vilain défaut et toutes ces conneries...

– C'est quoi ?

– T'es vraiment une sorcière ? T'as parlé de potions et de machins, alors je voulais savoir.

Elle ricana.

– Pourquoi ? T'as peur que je te jette un sort, ou quoi ?

– Nan. Je veux dire. Peut-être. Mais en vrai, t'es dans ce genre de trip ?

Elle secoua la tête.

– Non. Je faisais ça quand j'étais gamine pour m'échapper du monde merdique dans lequel je vivais.

J'écrivais des formules cabalistiques dans l'espoir que cela modifierait mon avenir. Dans l'espoir de sauver ma mère de son destin tragique, mais au bout du compte, la magie, ça n'existe pas. J'étais juste une gamine idiote qui écrivait des incantations idiotes qui ne marchaient pas. Mais j'ai un véritable attachement à la nature. La lune et les étoiles. Je ressens la présence d'une connexion bénéfique avec les éléments qui nous entourent. Il suffit d'être capable de ralentir et de prendre le temps d'apprécier notre environnement.

C'était une personne bien plus complexe que ce que j'avais cru au premier abord. Plus je la connaissais, plus j'avais envie de la connaître mieux.

– Bon, allez, c'est pas tout ça. Au boulot maintenant, sinon on va y passer la nuit.

Cela ne m'aurait pas dérangé de rester encore quelques heures à lui soutirer d'autres confidences. Je pouvais penser à des millions de choses pires que passer une soirée avec Hazel dans les enclos des cochons.

– Attends, j'ai encore un aveu à te faire.

– Ah bon ? C'est quoi ?

– Je crois que ce que tu as fait pour protéger ta mère était la chose la plus courageuse qu'on puisse faire.

Son regard s'adoucit et elle s'immobilisa.

– Tu le penses vraiment ?

– Oui.

– Merci, Ian, murmura-t-elle d'une voix timide.

– Pas de problème, ma meilleure pote.

Elle sourit de nouveau et je me sentis vachement privilégié de voir ses lèvres s'incurver.

12
IAN

Hazel honorait sa part du contrat. Tous les soirs après le boulot, elle venait me rejoindre dans la maison et nous écrivions de la musique ensemble. Certains soirs, on travaillait si longtemps qu'on voyait pointer les premiers rayons du soleil.

Elle me poussait à m'ouvrir, à creuser plus loin dans mes pensées, mes émotions, et ça marchait. La musique me semblait plus réelle avec son aide. Je la trouvais authentique. C'était comme si Hazel Stone était la pièce qui manquait pour que mon rêve devienne réalité. Elle était la muse que j'avais appelée de mes vœux et j'espérais qu'elle continuerait à m'aider à écrire les chansons qui changeraient ma vie.

– Qu'est-ce que tu en penses, Hazel ? demanda James alors qu'elle assistait à une de nos nombreuses répétitions.

De la même façon qu'elle prenait de l'importance pour moi, elle devenait aussi de plus en plus présente pour mes musiciens. Bon Dieu, je n'aurais pas pu dire le nombre de fois où je les avais trouvés occupés à parler musique au lieu de faire leur travail. Éric et Marcus ne pouvaient plus se passer des conseils d'Hazel pour la qualité du son et, de son côté, elle était toujours d'accord pour les aider.

– Je trouve que ça sonne super-bien. Le solo de guitare pourrait être un peu plus long.

Elle lui fit un clin d'œil, s'adressant directement à son âme.

– Ça, c'est pas un problème, je peux le faire.

Avec un sourire radieux, il ramassa sa guitare et se mit à gratter les cordes.

Elle produisait cet effet-là sur nous tous. Grâce à elle, chacun d'entre nous éprouvait des regains d'enthousiasme. On avait l'impression de ne pas avoir ressenti autant de plaisir à jouer nos compositions depuis bien longtemps.

Les jours passaient et les gars et moi travaillions plus dur que jamais pour nos prochains enregistrements. Éric ne perdit pas une minute pour poster des exemples de notre nouvelle mélodie sur tous les réseaux sociaux, et la réaction fut hallucinante à tous points de vue, plus que tout ce que nous avions connu jusqu'ici.

– Plus de trois cent mille vues en vingt-quatre heures ! s'exclama-t-il ce vendredi, tard dans la soirée. Putain ! Et encore, ce n'était que le clip de vingt-cinq secondes ! Attendez de voir ce qui va se passer quand on va sortir le clip en entier.

– Ça y est, dit James, avec un sourire béat. On va enfin percer.

– Faites-moi penser à rouler une grosse pelle à Hazel Stone quand je la verrai.

Marcus plaisantait, mais je ne trouvai pas ça drôle du tout.

– T'approche pas d'elle, dis-je sur un ton menaçant, plus sérieux que je ne l'aurais dû.

Mais l'idée de Marcus embrassant Hazel me faisait bouillir le sang.

Pourquoi, au fait ?

Pourquoi cette idée me rendait-elle furax comme ça ?

Marcus leva les mains en signe de reddition.

– C'était juste une blague, mec. Tu sais bien que je ne marche pas sur les plates-bandes de mes meilleurs potes.

– Quoi ? Mais non, c'est pas ça. Hazel ne m'intéresse pas. C'est juste que je ne voudrais pas bousiller un truc qui marche bien parce que tu lui briserais le cœur ou quoi. J'ai besoin d'elle pour écrire les textes.

– C'est ça, ricana James. Et ça n'a rien à voir avec tes sentiments naissants pour cette fille.

– Des sentiments ? (Je soufflai.) Pour Hazel ?

Je soufflai de nouveau.

Pas du tout. Les sentiments ce n'était pas mon truc, sauf quand il s'agissait de mes derniers textes de chansons. Dans ceux-là, j'éprouvais tout. Mais dans la vraie vie ? J'étais toujours dur comme une pierre. Yep. Mon cœur était toujours fermé à tout sentiment profond pour quiconque.

– T'as raison, Ian.

Marcus vint vers moi et me donna des petites tapes dans le dos.

– Continue à te raconter les histoires qui t'aident à mieux dormir la nuit, mec.

Bien sûr, parce que, ce que je me racontais, c'était la vérité, je n'éprouvais pas de sentiments pour Hazel Stone.

C'était juste une fille qui m'aidait à aller puiser dans mes ressources musicales.

* * *

– Jeu des aveux : j'ai besoin de toi, me dit Hazel un samedi matin, tôt, alors qu'on faisait un peu de ménage dans la maison.

Elle avait remonté ses cheveux en queue-de-cheval, et elle n'était pas maquillée.

Elle ne portait jamais son épais maquillage noir le week-end, seulement lorsqu'elle travaillait au ranch au contact d'autres personnes, comme si l'épaisse couche d'eye-liner et l'ombre à paupières foncée étaient une sorte de bouclier pour elle.

Pas de changement en ce qui concernait les vêtements oversize toutefois. Noir sur noir, rehaussé d'une petite touche de noir.

Je haussai un sourcil et arrêtai de plier le linge dans le panier qui se trouvait devant moi.

– Pour quoi faire ?

– J'ai besoin que tu me conduises quelque part aujourd'hui.

Elle se frottait le bras droit de la main gauche.

– Tu dois aller où ?

Elle détourna vivement le regard, pour regarder le sol.

– Voir ma mère en prison. C'est à plusieurs heures d'ici, et je n'ai aucun autre moyen de m'y rendre.

Je fis oui de la tête, enfilai une paire de chaussures et attrapai mes clés.

– Allons-y.

Nous fîmes presque tout le trajet en silence. Le dos tourné vers moi, Hazel se tortillait les doigts sans arrêt et se mordillait l'ongle du pouce. Je ne savais pas quoi lui dire. En fait, je n'étais pas très sûr du genre de conversation qu'on est censé avoir quand on est en route pour aller voir sa mère enfermée en prison à la suite d'un appel qu'on a passé. Plutôt démotivant, si vous voulez mon avis. Donc je me rabattis sur la seule et unique chose que je connaisais vraiment, la musique.

– Qu'est-ce que tu voudrais écouter ?

Elle haussa les épaules et continua à regarder par la vitre passager.

– Ça n'a pas d'importance.

– Mauvaise réponse. La musique, c'est toujours important. Alors, il y a certainement quelque chose que tu aimes. N'importe quoi, Haze. Tu choisis. Tant que c'est pas une daube totale.

– Non, vraiment, cela m'est égal.

– Encore une fois, la musique, c'est important. Quel est ton chanteur préféré ?

Elle me lança un coup d'œil et j'aurais pu jurer que j'avais vu presque le rouge lui monter aux joues.

Des joues adorables... je ne savais pas qu'on pouvait avoir des joues adorables. Mais c'était le genre de joues que vous aviez envie d'embrasser tout le temps.

J'avais envie d'embrasser les joues d'Hazel Stone.

C'était la chose la plus dingue dont j'avais pris conscience depuis un moment.

– Tu promets de ne pas rire ?

– Promis.

– Que vaut une promesse faite par un garçon comme toi à une fille comme moi, Ian Parker ?

– Tout. Elle vaut tout.

Sans me l'expliquer, je me sentais étrangement obligé de faire tout mon possible pour rendre cette fille heureuse. Elle avait eu tellement de galères dans sa vie, j'avais envie de lui apporter quelques instants de bonheur.

Un petit sourire incurva ses lèvres, mais elle se retourna rapidement vers la vitre afin de m'empêcher de voir l'amertume qui demeurait aux coins de sa bouche.

– Shawn Mendes.

Je m'étouffai.

– Sérieusement ?

Elle me lança un regard noir et pointa vers moi un doigt accusateur.

– Tu as promis !

– Non, ça va. C'est juste que... je ne m'attendais pas à ce qu'une fille comme toi aime un chanteur pop comme Shawn Mendes.

– Qu'est-ce que tu pensais que j'aimais ? Slipknot ou The Grateful Dead ? À cause de mon look et de mes vêtements ?

– Franchement, oui.

Elle leva les yeux au ciel.

– Tu sais ce qui se passe quand on enferme les gens dans des cases ?

– Quoi ?

– Ils s'en échappent pour te prouver que tu te trompes, encore et encore. Je suis plus que ce que je montre.

Je faillis lui dire que j'aimerais plus que tout connaître sa face cachée, mais je ne voulais pas passer pour un sinistre imbécile en manque.

J'attrapai mon téléphone et mis un des albums de Shawn. Hazel ne parvint pas à dissimuler le sourire qui effleura ses lèvres et se mit à chantonner en silence les paroles de toutes les chansons de l'album. Ses doigts pianotaient sur ses cuisses et sa tête marquait le tempo. Quand arriva le tour de la chanson « Perfectly Wrong », des larmes roulèrent sur ses joues que j'avais eu envie d'embrasser tout à l'heure. J'aurais voulu les essuyer. Bordel. J'aurais voulu les sécher de mes baisers, mais je savais que c'était déplacé de poser mes mains sur elle sans sa permission.

Elle renifla un peu et les essuya elle-même.

– Je les aime aussi, tu sais, Slipknot et The Grateful Dead. Je suis une fille qui a des facettes multiples.

Je m'en rendais compte au fil des secondes. C'était une femme compliquée, et jour après jour, je voulais tout savoir de sa complexité.

En arrivant à la prison, je dus me garer dans un espace réservé à cet effet. Hazel n'arrêtait pas de se frotter les mains sur son jean en prenant des petites inspirations rapides.

– Tu veux que je t'accompagne ?

– Non. C'est une chose que je dois faire seule. Je ne sais pas pour combien de temps je vais en avoir, donc si tu veux repartir, je me débrouillerai pour rentrer.

Je haussai un sourcil, stupéfait.

– Je viens de conduire plus de trois heures pour t'amener ici. Pourquoi je te laisserais tomber maintenant ?

Elle haussa les épaules.

– Le genre de personne que je fréquente d'habitude serait repartie.

– Tu devrais sans doute revoir tes exigences en matière de fréquentations.

– Je crois que c'est en cours, murmura-t-elle d'une voix si basse que je l'entendis à peine.

À moins que je l'aie complètement inventé parce que je voulais entendre ces mots de sa bouche. Dans un cas comme dans l'autre, j'espérais qu'elle était sur ce fameux chemin.

– Je ne bouge pas d'ici. Je t'attends.

Elle me rendit mon sourire sans essayer de se cacher cette fois.

– Merci, Ian.

– De rien. Et bonne chance, là-dedans.

Elle fit un signe de tête et s'éloigna en agitant nerveusement les mains tout le long du chemin qui menait à l'entrée.

En l'attendant, je me repassai la chanson de Shawn « Perfectly Wrong », laissant les paroles pénétrer mon esprit. Laissant une partie de Hazel s'immiscer dans mon âme. On peut apprendre beaucoup de choses sur une personne en se référant aux chansons qui la font pleurer.

Je la passai en boucle une douzaine de fois, et à la treizième écoute, mon cœur compatissait un peu lui aussi.

13

HAZEL

Le fait d'entrer dans une prison me terrorisait à chaque fois. On fouillait les visiteurs comme si c'était eux les détenus. On devait traverser des détecteurs de métaux, puis on était scanné avec un autre appareil. Une fouille à corps minutieuse suivait. La première fois que j'avais été confrontée à ce genre de procédure, j'avais onze ans et maman m'avait emmenée avec elle rendre visite à Charlie. Cela m'avait pas mal traumatisée et je me souviens que j'avais fait des cauchemars après ça.

En arrivant aujourd'hui, j'avais l'estomac tout aussi noué que lorsque j'avais onze ans. Seulement, cette fois-ci, je culpabilisais en plus.

L'étape suivante consistait à remplir un tas de paperasses afin de voir ma mère. En remplissant les formulaires, je fis de mon mieux pour ne pas trop réfléchir à mes émotions. Je m'efforçai de me convaincre que j'avais fait ce qu'il fallait.

Je fixai sur ma chemise un badge portant mon nom et me dirigeai vers l'espace des visites. Je traversai une grille et m'assis à une table où j'attendrais qu'un gardien fasse entrer ma mère par une autre porte, au fond. Assise là, je pianotais du bout des doigts sur mes cuisses, en prenant de profondes inspirations. Autour de moi se trouvaient d'autres tables où des détenus conversaient avec les membres de leurs familles. Certains riaient, d'autres pleuraient, et d'autres encore n'échangeaient pas un mot. Ils se contentaient de rester assis en silence comme si leurs regards suffisaient à parler pour eux.

Lorsqu'un gardien fit entrer maman par la porte du fond, je me levai sans cesser de me tordre les doigts. Je n'arrivais pas à m'en empêcher. J'étais beaucoup trop tendue.

Maman avait des chaînes aux poignets et aux chevilles, et cela me bouleversa. Elle paraissait encore plus maigre qu'avant son arrestation, ce qui était inquiétant, étant donné qu'elle n'était déjà pas grosse avant. Elle n'avait que la peau sur les os si on oubliait son ventre arrondi. Je me demandai ce qu'on lui donnait à manger. Si on s'occupait d'elle, surtout qu'elle devait être en manque, étant donné son sevrage forcé. Son visage était bizarre. Elle avait des cernes prononcés et sa peau était plus pâle que d'habitude, comme si elle était malade depuis des jours. Elle avait les cheveux en bataille, emmêlés, avec des nœuds comme si elle ne se préoccupait pas même d'y passer la main, et ses lèvres étaient toutes sèches et craquelées.

Ils n'avaient pas de baume à lèvres, en prison ? Pas même de la glycérine, ou un truc comme ça ?

Oh mon Dieu ? Qu'est-ce que j'avais fait ?

J'avais cru que dénoncer Charlie serait la meilleure option pour elle, et après qu'on l'avait arrêtée, elle aussi, j'avais essayé de me convaincre que c'était pour son bien, que la détention lui serait bénéfique parce qu'elle ne risquerait pas de s'attirer plus d'ennuis. J'avais pensé qu'elle serait plus en forme que la dernière fois où je l'avais vue, couverte de bleus et d'ecchymoses après que Charlie l'avait battue. Mais là, franchement, elle avait l'air encore plus mal en point. Elle avait l'air brisée d'une façon que je n'aurais jamais crue possible. Elle était démolie jusqu'au plus profond d'elle-même.

Et tout était de ma faute.

Ce n'était pas censé se passer comme ça.

Elle s'assit en face de moi, et lorsqu'elle me regarda en face, les larmes me montèrent aux yeux. Son regard était vide, comme si la moindre lueur qui subsistait encore en elle avait été balayée.

– Salut maman, murmurai-je.

J'étais triste de la voir jouer avec ses doigts de la même façon que je l'avais fait.

Je me tortillai sur mon siège et fis de mon mieux pour me forcer à sourire.

– Comment tu vas ?

La question était idiote, mais je ne voyais pas ce que j'aurais pu lui dire d'autre. Que dire à la femme qu'on aime plus que sa vie, mais qui est en prison à cause de vous ?

Elle souffla et détourna les yeux, choisissant de concentrer son regard sur un coin de la table.

– C'est un truc de dingue, murmura-t-elle en secouant la tête. Je tourne et retourne ça dans ma tête pour essayer de comprendre comment on s'est fait prendre, tu vois ? Personne ne connaissait l'endroit de livraison sauf Charlie, moi, Garrett et...

Elle reporta son regard sur moi et inclina la tête d'un air entendu.

– Garrett est passé me voir et il m'a dit que tu avais quelque chose à voir là-dedans.

Je fondis en larmes et portai ma main à ma bouche lorsqu'elle me transperça de son regard.

– Pardon, maman, dis-je en larmes, submergée par l'émotion. Je n'ai jamais pensé que tu te trouverais là. Je croyais qu'il n'y aurait que Charlie.

– Pourquoi tu lui as fait ça ?

– Parce que c'est un monstre. Il allait te tuer. Il allait te tuer, maman.

– Il ne me ferait jamais de mal, ricana-t-elle en me lançant un regard haineux.

Haineux. Ma mère, la seule femme que j'avais jamais aimée, me dévisageait avec tellement de haine que je me détestai moi-même instantanément.

– Mais il l'a fait, maman. Il t'a fait du mal, encore et encore, et je ne pouvais plus le supporter. Je ne pouvais pas le laisser continuer à te traiter comme ça.

Je reniflai et m'essuyai le nez du revers de la main.

– Je sais que ce n'est pas idéal, mais après, quand tu sortiras, nous pourrons commencer une nouvelle vie. Tu seras clean, et je mets de l'argent de côté pour que nous puissions vivre toutes les deux dans un endroit à nous. Nous pouvons aller n'importe où aux États-Unis. Nous pouvons repartir de zéro, maman. Nous pouvons prendre un nouveau départ et...

– Je me suis accusée, murmura-t-elle, ce qui me fit hausser un sourcil.

– Pardon ?

– De tout. Je me suis accusée à la place de Charlie. Il sortira bientôt, mais moi, je suis là pour beaucoup plus longtemps.

Mon cœur se brisa en mille morceaux.

– Quoi ? Mais, maman, tu ne peux pas faire ça ! Tu ne peux pas porter le chapeau pour...

– Il est toute ma vie ! aboya-t-elle. Tout ce que je suis, c'est grâce à lui, et je ferais n'importe quoi pour le défendre.

En entendant ça, mon cœur finit de se briser. Son jugement était tellement déformé sur le sens de l'amour, à quoi cela ressemblait, comment cela marchait, qu'elle était sincèrement prête à aller jusqu'au bout, à donner sa vie pour un homme qui se fichait complètement d'elle. Elle avait raison sur un point, cependant. Tout ce qu'elle était, elle le devait à cet homme. La confusion de son esprit, sa vie de recluse, tout ça était dû au fait que Charlie avait empoisonné son âme par sa toxicité.

– Mais maman...

– Je te déteste, grinça-t-elle, et ses paroles me frappèrent comme des balles de revolver en pleine poitrine. Je hais tout ce que tu représentes et je ne veux plus jamais te revoir. Je regrette de ne pas m'être fait avorter quand j'en ai eu l'occasion. Être ta mère a gâché ma vie. Tu n'es pas ma fille.

Je fis non de la tête.

– Maman, tu ne le penses pas. Je sais que tu m'en veux et que tu souffres, mais maman, je t'aime. J'ai fait ça pour toi, pour te protéger.

– Tu as détruit ma vie. Tu m'as détruite, moi, et j'espère qu'à partir de maintenant ta vie va devenir un enfer. Je te hais.

Les larmes ruisselaient sur mes joues et je n'essayai même pas de les essuyer. Je tendis les mains vers elle pour prendre les siennes dans l'espoir de lui faire ressentir ma chaleur, mon amour, ma présence.

Elle recula avant que je puisse le faire.

– Gardien, je suis prête à rentrer dans ma cellule.

Elle se leva et me décocha un regard dur en posant les mains sur son ventre.

– Au moins, cette fois, le bébé ressemblera à son père, affirma-t-elle. Et Charlie pourra s'occuper de l'enfant quand il sera né, pas grâce à toi. Peut-être celui-ci ne sera-t-il pas aussi décevant.

– Maman... laisse-moi t'aider d'une façon ou d'une autre. Laisse-moi...

– C'est une fille, m'interrompit-elle en posant de nouveau les mains sur son ventre. J'ai toujours voulu avoir une vraie fille.

Cela me fit plus mal que tout ce qu'elle avait dit auparavant.

– Je pourrai t'aider avec le bébé.

– Tu ne crois pas que tu en as déjà fait assez comme ça ? Je ne veux plus jamais te revoir et quand ton karma te rattrapera pour ce que tu as fait, j'espère qu'il te brûlera.

Le gardien l'emmena, me laissant plantée là avec un trou béant au cœur et une douleur à l'âme. Et la brûlure du fameux karma n'attendit pas pour se produire. Mon être tout entier fut mis à feu.

14

IAN

Lorsqu'Hazel revint, elle était complètement flippée et essuyait de façon désordonnée les larmes qui coulaient sur ses joues. Je bondis hors du camion et la regardai d'un air interrogateur.

– Hé, tout va bien ?

Elle ne répondit pas, probablement parce que son émotion était trop intense. Elle trébucha en arrivant vers moi et je la rattrapai dans mes bras. Elle se mit à sangloter dans mon tee-shirt, en s'accrochant à moi, et je la laissai faire. Elle craquait, et j'étais la seule chose qui l'empêchait de s'effondrer au sol.

Je ne sais pas combien de temps je la tins ainsi contre moi. Cinq minutes, peut-être dix. Ce que je sais, c'est que je restai tant qu'elle avait besoin que je sois là pour elle.

Lorsque nous reprîmes le chemin du retour, Hazel resta silencieuse longtemps, et je ne la forçai pas à parler. Je savais qu'elle le ferait quand elle serait prête, et c'est ce qu'elle fit.

Cela faisait à peu près deux heures qu'on roulait quand elle s'éclaircit la voix.

– Elle s'accuse à sa place, pour qu'il sorte avant elle et puisse élever le bébé quand il sera né...

Ses larmes redoublèrent.

– Ce n'est pas juste. Aucun enfant ne devrait être élevé par Charlie. Je sais de quoi je parle. Ce n'est pas une bonne chose. Et cet enfant n'aura même pas ma mère près de lui... Même si elle avait des moments difficiles, elle était quand même une mère de temps en temps. Cet enfant ne connaîtra que cette brute.

– Bon Dieu... Je suis désolé pour toi, Hazel. Je ne sais pas... il y a peut-être un moyen de prouver que Charlie n'est pas capable de s'occuper de cet enfant.

– Je lui ai proposé de l'aider, mais elle ne veut pas en entendre parler.

Elle haussa les épaules et baissa les yeux sur ses mains.

– Elle a dit que j'étais une erreur. Elle a dit que j'étais la plus grosse connerie qu'elle ait faite dans sa vie et qu'elle regrettait de ne pas s'être fait avorter quand elle aurait pu le faire.

Elle baissa la tête et recommença à pleurer, et cela m'énervait d'être sur l'autoroute et de ne pas pouvoir m'arrêter pour la serrer dans mes bras de nouveau.

– C'est vraiment horrible de dire une chose pareille. Tu n'as pas mérité ça.

– Peut-être que si. Ce que j'ai fait était affreux. Et maintenant, elle va rester en prison plus longtemps parce que je n'ai pas pensé aux conséquences.

– Ce que tu as fait a sauvé la vie de ta mère.

– Je ne sais pas... je fais des cauchemars toutes les nuits. Je me tourne et me retourne dans mon lit sans trouver le sommeil en repensant à ce que j'ai fait. Ou bien je me réveille en panique parce que j'étouffe. Puis je n'arrive plus à me rendormir. Je ne m'autorise pas à dormir confortablement, sachant qu'elle se trouve dans un lieu aussi horrible. Pourquoi aurais-je le droit de dormir paisiblement alors qu'elle ne le peut pas ? Je veux dire, quel genre de monstre ferait ça à sa propre mère ? Je pensais qu'elle serait libérée...

Elle renifla et s'essuya le nez avec sa manche.

– Je voulais seulement qu'elle ne meure pas.

J'ouvris la bouche pour parler, mais elle fit non de la tête.

– Est-ce qu'on pourrait plutôt écouter un peu de musique ? Je ne crois pas que j'ai besoin de réconfort pour l'instant. Je veux me sentir minable pendant un petit moment.

J'acquiesçai à sa demande et mis le deuxième album de Tool, mon préféré.

Nous fîmes le reste du trajet en silence, même si j'aurais voulu dire à Hazel que le monde aurait été moins beau sans elle. Même si, à première vue, il ne lui donnait que des raisons de croire le contraire.

Je garai le pick-up dans l'allée et Hazel sortit d'un bond. Elle se retourna et me fit un sourire, mais c'était un sourire sans joie. Je ne savais pas que les sourires pouvaient être tristes avant de voir celui-ci.

– Merci, Ian. Désolée d'avoir gâché ta journée.

– Elle n'a pas été gâchée. Je suis heureux d'avoir pu te rendre service. Si jamais tu as besoin de quelque chose, je ne suis pas loin.

– Encore merci.

Elle ricana et se passa le doigt sur l'arête du nez

– Je croyais que le fait de voir ma mère m'apporterait un peu plus de réconfort que ça, surtout aujourd'hui.

– Pourquoi aujourd'hui ?

Elle se passa les mains sur les yeux, d'un air las.

– C'est mon anniversaire.

– Oh merde, murmurai-je.

C'était vraiment un anniversaire de merde. Une vie de merde.

– Joyeux anniversaire, Haze. Je suis désolé qu'il ait été si merdique.

– C'est pas grave. Au moins, je ne l'ai pas passé toute seule.

Plus tard dans la soirée, je l'entendis se tourner et se retourner dans son lit. Je n'arrivai pas à m'endormir en sachant qu'elle était dans une telle détresse. Alors, sans y avoir été invité, j'allai dans sa chambre sur la pointe des pieds. Je refermai silencieusement la porte derrière moi et avançai vers la jeune fille en détresse qui s'agitait dans son lit.

– Haze. Hazel, réveille-toi, murmurai-je en lui poussant le bras.

Elle s'assit, réveillée en sursaut et effrayée.

– Qu'est-ce qu'il y a ? cria-t-elle sur un ton aigu.

Elle était couverte de sueur.

Je secouai la tête.

– Tu faisais un cauchemar.

Elle réussit à contrôler sa respiration et se passa la main dans les cheveux.

– Ah bon ?

– Allez, pousse-toi.

– Pourquoi ?

– Quand j'étais gamin, je faisais des cauchemars après le départ de mes parents. Grand-mère venait parfois s'allonger près de moi, et ces nuits-là, les rêves étaient moins mauvais. Cela me calmait d'avoir quelqu'un à côté de moi.

Un peu inquiète, elle se poussa et se rapprocha du mur. Je montai dans le lit à côté d'elle.

Allongé contre Hazel, je perçus les tremblements qui la secouaient, dus à la nervosité ou à la peur ou à la tristesse, ou peut-être aux trois en même temps.

Je la pris dans mes bras et la serrai contre moi.

Mes paupières ne se fermèrent qu'après qu'elle s'était sentie suffisamment en sécurité pour fermer les siennes.

15

HAZEL

– Hé, tu peux venir me donner un coup de main dans la grange ? demanda Ian en passant une tête par la porte de ma chambre alors que j'étais en train d'écrire dans mon journal. Big Paw veut que je déplace une grosse poutre et je n'y arrive pas tout seul. Tu me retrouves là-bas dans cinq minutes ?

– Pas de problème.

J'enfilai une paire de chaussures pour aller l'aider. Cela faisait une semaine que j'étais allée rendre visite à ma mère, et depuis ce moment-là, Ian s'était faufilé tous les soirs dans mon lit pour me tenir compagnie. Je ne comprenais pas pourquoi il était si gentil avec moi, mais avec lui allongé à mes côtés, je dormais beaucoup mieux. Si jamais je me réveillais en panique, il était là et cela calmait les battements affolés de mon cœur.

Je me rendis à la grange pour le rejoindre, et en ouvrant la porte, je poussai un petit cri étouffé en voyant qu'elle était entièrement décorée de ballons, de guirlandes et qu'une énorme bannière peinte à la main portait les mots *Joyeux Anniversaire, Hazel Stone.*

Il y avait une table dressée avec un énorme gâteau et des mini-cupcakes, et aussi des pizzas et des petits sandwichs.

– C'est quoi, tout ça ? demandai-je d'une voix chevrotante alors que des papillons voletaient dans mon estomac.

Big Paw et Holly se tenaient près de la table en souriant. Enfin, Holly souriait. Big Paw, lui, affichait son habituel air grognon, qui était une des expressions que je préférais chez lui. À côté d'eux se tenait Leah, l'air aussi joyeuse que d'habitude.

– Tu ne vois pas ? C'est ta fête d'anniversaire. Nous sommes même allés jusqu'à te dénicher un orchestre, dit Holly.

Leah se précipita vers moi et me prit dans ses bras. Depuis quelques semaines, elle et moi passions beaucoup de temps ensemble. Je n'avais jamais imaginé avoir un jour une copine aussi gaie, mais il s'avérait que Leah était une lumière dans mon univers sombre. Rire avec elle m'était venu naturellement.

– Ça te plaît, Hazel ? J'ai fait toutes les décorations moi-même, même si les garçons ont bien essayé d'y ajouter leur contribution. Mais je leur ai dit de rester dans leur domaine et de préparer leur cadeau pour toi.

– Leur cadeau pour moi ?

Leah sourit jusqu'aux oreilles.

– Oh là là, Hazel. Tu vas adorer. Il est vraiment original.

Avant que j'aie pu répondre, Ian et ses trois musiciens s'avancèrent vers la scène de la grange. J'ouvris des yeux ronds en les voyant prendre leurs instruments.

Ian prit le micro entre ses mains et m'adressa un petit sourire.

– Il y a des années maintenant que Les Wreckage forment un groupe, mais nous n'avions jamais vraiment trouvé le sens profond de notre musique jusqu'à ce que nous voyions arriver une fille vêtue de noir qui nous a aidés à nous ouvrir aux possibilités de ce que nous étions capables de créer. Sans toi, Hazel, ces chansons n'auraient pas vu le jour. Sans toi, je n'aurais jamais exploré ces possibilités. Ces chansons sont pour toi, ces chansons existent grâce à toi. Joyeux anniversaire, Hazel Stone. J'espère qu'il sera aussi exceptionnel que toi.

Il regarda ses musiciens, les quatre échangèrent une conversation muette, puis Marcus démarra à la batterie.

Il ne me fallut que quelques secondes pour réaliser qu'ils interprétaient les chansons que Ian et moi avions composées au cours de ces dernières semaines. Elles me parurent incroyablement originales et abouties grâce à la façon dont le groupe avait élaboré les arrangements musicaux. En observant ces quatre jeunes hommes interpréter avec amour leurs créations, je découvris la passion qu'ils éprouvaient pour la musique qu'ils jouaient et je m'abandonnai corps et âme à la voix de Ian. Il se déplaçait sur la scène comme si elle avait été faite spécialement pour qu'il exprime son talent. Il y avait dans sa voix tellement de charme, de douceur et de sex-appeal. Il était si beau, là-haut, chantant ces paroles qui s'adressaient directement à moi.

Si je devais avoir un jour préféré, ce serait celui-là. Ce serait un souvenir que je me repasserais encore et encore dans mes périodes difficiles lorsque je serais submergée par mes émotions. Je repenserais à ce moment où Ian chantait spécialement pour moi.

Leur groupe n'allait pas tarder à percer et je savais que je serais leur plus grande fan.

À la fin du concert, tout le monde se jeta sur le buffet et les gâteaux.

– Pourquoi as-tu fait ça ? demandai-je à Ian alors qu'il s'empiffrait de pizza.

– Parce que tu as mérité une fête. Tu as mérité un bon anniversaire. Désolé que ce soit avec une semaine de retard.

– C'est juste au bon moment.

– Oh, j'allais oublier tes cadeaux.

Il laissa tomber sa pizza sur son assiette et courut vers un coin de la pièce où il ramassa un paquet enveloppé – très mal – et me le tendit.

– Je ne suis pas très doué pour faire les paquets, mais bon, ça ira. Vas-y, ouvre-le.

Je haussai un sourcil et commençai à défaire le paquet. En ouvrant la boîte, les larmes me montèrent aux yeux et ma poitrine se serra. Elles étaient là, sous mes yeux, mes rangers. Propres comme un sou neuf, comme si elles n'avaient jamais foulé le sol d'un enclos à cochon.

– Comment as-tu... ?

Il sourit et haussa les épaules.

– Beaucoup de brossage avec une brosse à dents au début, jusqu'à ce que je trouve une boutique de nettoyage de chaussures. Ils ont fait le plus gros du travail après que j'ai compris que je ne m'en sortirais pas tout seul. Je sais que c'est un peu idiot et que ce n'est pas vraiment un cadeau puisqu'elles étaient déjà à toi, mais...

Je le fis taire en le prenant dans mes bras.

– Merci, Ian. Tu n'imagines pas ce que cela représente pour moi. Ce que tout ceci représente pour moi.

– Tu le mérites, Hazel. Tu mérites que de bonnes choses t'arrivent.

La fête continua, et je reçus d'autres cadeaux de Big Paw et Holly. Ils m'offrirent un téléphone portable pour que je puisse les joindre à tous moments.

– Je pense que les portables sont l'œuvre du diable, mais Holly était déterminée à t'en offrir un, souffla Big Paw. Et les désirs de Madame sont des ordres, donc, bon anniversaire.

Je les remerciai avec le sentiment que je ne méritais pas tout ce que cette famille avait fait pour moi. À la fin de la soirée, une fois la fête terminée, Ian m'attira hors de la grange pour une dernière surprise.

– Tu en as déjà assez fait.

Je ne me sentais pas digne de tant d'attentions.

– Je suis loin d'en avoir fait assez, mais j'espère que celui-là te plaira encore plus que tous les autres. Maintenant, ferme les yeux.

Je fis ce qu'il me disait et il m'entraîna vers le dernier présent.

– Ok, tu peux les ouvrir.

Je poussai un cri étouffé en voyant que l'ancien cabanon tout démoli avait été entièrement retapé.

– C'est quoi, ça ?

– Ben, c'est ton abri personnel, expliqua-t-il. J'ai pensé que ça te plairait d'avoir un endroit sympa pour créer. Je sais que l'écriture représente beaucoup pour toi, alors je me suis dit que ça serait cool. En plus, si jamais tu avais besoin d'un lieu sûr pour faire une pause en regardant les étoiles...

Il ouvrit grand la porte, et je restai bouche bée en entrant. Le plafond était en verre, et en levant les yeux, je vis le ciel constellé d'étoiles. Il y avait un lit à une place sur lequel je pouvais m'allonger si je voulais, et deux posters de Shawn Mendes sur les murs, ce qui me fit rire.

– Non, mais c'est trop, dis-je en secouant la tête, incrédule.

– Tu le mérites.

– Je ne sais pas comment te remercier.

Je me tournai vers lui.

– Mais j'aurais quand même un peu peur de rester ici toute seule après avoir entendu ces mecs dehors, il y a plusieurs semaines.

Ian se mordilla la lèvre inférieure en enfonçant ses mains dans ses poches.

– Jeu des aveux : c'était moi avec James, on voulait te flanquer la frousse pour que tu viennes habiter dans la maison avec moi.

Je restai bouche bée et lui donnai une tape sur le bras.

– Ian Parker, j'y crois pas ! Tu m'as fichu la trouille de ma vie ce soir-là.

– C'était le but... Écoute, reconnais que tu étais têtue comme une mule, or si je ne réussissais pas à te faire venir chez moi, Big Paw était déterminé à me flanquer à la porte. Alors, aux grands maux...

Il haussa les épaules.

– Tu peux me faire confiance quand je dis que ce cabanon est sûr.

Je plissai les yeux.

– J'aurais bien envie de me mettre en colère contre toi, mais en même temps, c'est la chose la plus belle que j'aie vue, alors je vais te pardonner pour le moment.

J'allai m'allonger sur le lit pour regarder les étoiles. Je tapotai le matelas à côté de moi et Ian vint me rejoindre.

Le lit n'était pas large, et nos corps étaient pressés l'un contre l'autre pour éviter à Ian, dont la stature était imposante, de tomber du matelas.

– Tiens, passe-moi ton téléphone, dit-il en tendant la main.

Il entra son numéro dans la liste des contacts et ensuite s'envoya un message.

– Comme ça, je peux t'envoyer des textos embêtants qui te feront lever les yeux au ciel.

– Ah, sympa, dis-je ironiquement, mais au fond de moi j'adorais cette idée.

Je lui repris mon téléphone et le posai à côté de moi. Quelques secondes plus tard, une sonnerie m'annonça un message.

Ian : Haze ?

Hazel : Oui ?

Ian : J'espère que ta fête d'anniversaire t'a plu.

Hazel : C'est la plus belle que j'aie jamais eue.

Ian : J'ai un secret à te dire.

Hazel : Ah oui ? C'est quoi ?

Ian : Le gâteau, je l'ai volé au supermarché.

J'éclatai de rire et me couvris la bouche de la main en me tournant vers Ian. Purée, on était vraiment ringards. S'envoyer des textos alors qu'on était juste à côté l'un de l'autre.

– Non, t'as pas fait ça !

– Bon, d'accord, non. J'y ai pensé, mais il n'y avait pas une bonne animation pour de la sauce tomate à ce moment-là.

– T'es con.

– Et toi, tu es belle.

Quoi ?

Je posai mon regard sur ses lèvres pour m'assurer que ces mots venaient bien de s'en échapper. Mon pouls s'accéléra et je perdis le fil de mes pensées. Qu'est-ce qu'il avait dit ? Et c'était à moi qu'il l'avait dit ? Impossible. On m'avait qualifiée d'un tas d'adjectifs dans ma vie, mais belle n'en faisait pas partie. Cela devait être le fruit de mon imagination. Il était impossible que Ian ait pu dire ça en s'adressant à moi.

– Tu sais, je m'en veux terriblement de la façon dont je t'ai traitée quand tu es arrivée. Je me suis conduit comme un sombre crétin, et tu ne méritais pas ça, Haze. Je t'ai jugée sans te connaître, et c'était lamentable.

– Arête de t'excuser pour ça. Nous sommes tous les deux arrivés avec nos idées préconçues l'un sur l'autre.

– Oui mais toi, tu n'as fait que répondre à mon comportement imbécile. Tu ne m'as pas agressé, contrairement à moi, et pour cela je te demande pardon. Je n'ai pas fini de m'excuser, quoi que tu en dises. Alors, autant en prendre ton parti.

Alors que nous étions allongés tous les deux sur le lit, il se rapprocha encore de moi, ce qui me tenait chaud, et continuait à affoler le rythme de mon cœur. Ces dernières nuits, j'avais senti son érection pressée contre le bas de mon dos lorsque nous nous câlinions, et je commençais à mieux comprendre pourquoi les femmes semblaient accros à finir dans son lit. Je sentis la chaleur monter en moi et des sensations dans mon ventre. Je fis de mon mieux pour m'empêcher de penser à la chaleur de sa peau appuyée contre la mienne.

– Ian ?

Il bâilla.

– Ouais ?

– Tu es mon nouveau musicien préféré.

Il ricana.

– Je parie que tu dis ça à tous les mecs qui donnent des fêtes en ton honneur, qui te construisent des abris personnels et qui nettoient la merde de tes chaussures.

Je me mis à rire.

– Ça, ça me plaît, murmura-t-il. Ton rire est mon nouveau son préféré.

Papillons, papillons, oh, les papillons.

Je me retournai vers lui et plongeai mon regard dans ses yeux marron. Puis je regardai ses lèvres. Ses lèvres dont des petits souffles sortaient de façon saccadée. Ses lèvres qui avaient la forme parfaite de l'arc de Cupidon et une couleur naturelle. Ses lèvres qui paraissaient si douces.

Très, très douces.

– Ian ? dis-je encore une fois.

– Ouais ?

– J'adore les nouvelles chansons. Elles sont parfaites.

– Tout ça, c'est grâce à toi. Ces chansons n'existeraient pas sans toi.

Il me fit un petit sourire ensommeillé, saisit son téléphone et commença à taper.

Ian : Bonne nuit, Hazel.

Hazel : Bonne nuit.

Il s'endormit avant moi ce soir-là, parce que pour la première fois depuis des années, ce n'était pas un cauchemar d'être éveillée. Je restai parfaitement immobile, sentant la chaleur de son corps réchauffer le mien, et je tentai de faire le bilan de tout ce qui était arrivé depuis une semaine.

Numéro un : Ian avait dormi à côté de moi pour m'aider à tenir mes démons à distance.

Numéro deux : il avait construit un super abri personnel pour que je puisse regarder les étoiles.

Trois, quatre et cinq : il m'avait protégée, il avait partagé ses confessions intimes et il avait écouté les miennes.

Pour finir, il y avait le numéro six : les papillons qu'il faisait flotter dans mon ventre.

Oh oui.

Pas question d'oublier les papillons.

16

HAZEL

– Deux mots pour toi : *Feu de Joie,* m'annonça Leah joyeusement en agitant les mains en l'air, tout excitée.

Depuis qu'elle m'avait ramassée sur le bord de la route, elle venait au ranch pratiquement tous les jours pour me rendre visite, et aussi pour voir les chevaux. De moi-même, je l'aurais sûrement repoussée parce que j'avais peur de laisser les gens devenir trop intimes, mais Leah était comme un rayon de soleil les jours les plus gris. Je n'aurais pas pu la tenir à distance même si je l'avais voulu.

– Techniquement, ça fait trois mots, plaisantai-je en donnant une pomme à Dottie.

Leah leva les yeux au ciel.

– Ne fais pas ta maligne, Hazel. Deux mots, trois mots, quelle importance ? Ce week-end, il va y avoir le feu de joie annuel au bord du lac, et tu es obligée de venir.

– Il y aura beaucoup de monde ?

– Des tonnes.

– Pour faire la fête et danser ?

– Oui, danser et faire la fête !

– Et tu as dit qu'il y aurait des tonnes de gens, c'est ça ?

Son sourire s'élargit, on aurait dit qu'elle allait exploser tellement elle était excitée par tout ça.

– Oui, oui ! Pratiquement tout le monde en ville assiste au feu de joie de l'été, trois mots, pas deux.

Je me mis à rire en secouant la tête.

– Alors vas-y et oublie-moi.

Elle fit une tête de six pieds de long.

– Quoi ? Pas question. Il faut que tu viennes, Hazel. On va bien se marrer.

– Je ne suis pas vraiment attirée par la foule, alors me retrouver avec tous ces gens serait plutôt un cauchemar pour moi. Les seules personnes avec lesquelles j'aime vraiment traîner sont fictives et vivent dans les pages d'un roman.

Leah leva les yeux au ciel et commença à brosser Dottie.

– T'es folle. Il y aura des garçons. Des gars super-sexy, bronzés et baraqués et délicieux. Oh, Haze, tu dois venir ! C'est obligé. Imagine, en maillot de bain, on boit des coups et on écoute de la super-musique toute la nuit.

Sachant que Leah et moi n'étions amies que depuis peu de temps, je lui accorderais le bénéfice du doute pour sa méconnaissance totale du genre de fille que j'étais, mais traîner avec des inconnus en maillot de bain, c'était bien la dernière chose dont j'avais envie.

Leah dut voir le manque d'enthousiasme dans mon regard.

– Oh, allez, Hazel ! Tu travailles très dur au ranch et tu ne prends pratiquement jamais de congés. Tu crois que je ne t'ai pas vue travailler ces jours-là ? T'es une accro au boulot juvénile, ce qui est un oxymore ou je ne m'y connais pas. Alors, relâche tes cheveux et viens avec moi au feu de joie.

– Je ne sais pas, Leah...

Elle soupira et leva les mains en signe de défaite.

– Ok, ok. C'est dommage, c'est tout. Les Wreckage vont jouer, et je m'étais dit que tu aimerais les voir.

Je me redressai un peu.

– Ian et les gars vont jouer ?

– Ouais. C'est eux qui jouent depuis plusieurs années. C'est une tradition.

Elle me fit un sourire entendu.

– Ça ne te plairait pas de voir Ian chanter devant un public ? Je veux dire, je sais qu'il a chanté pour toi le jour de ton anniversaire, mais c'est plus impressionnant de le voir devant une grande foule.

– Tu veux dire, est-ce que ça ne me ferait pas plaisir de voir le groupe ? Pas seulement Ian.

– Bah, la façon dont tu rougis quand je dis son nom me donne l'impression que tu t'intéresses plus à lui qu'à mon frère ou aux deux autres.

Elle se pencha vers moi, l'air interrogateur.

– Alors, c'est vrai ou pas ?

– Quoi ?

– Tu craques pour Ian ?

– Quoi ? Moi ? Mais non ! Pas du tout ! Craquer pour Ian ? Pour Ian Parker ? Jamais de la vie.

Ah là là, la moindre parcelle de mon corps était en feu, je sonnais complètement faux quand il s'agissait de mes sentiments pour Ian. J'étais incapable de compter le nombre de fois où je m'étais surprise à rêver tout éveillée à ses yeux, ses lèvres, son sourire, sa...

– On est colocs, c'est tout.

J'aurais voulu m'éventer le visage tellement j'étais gênée.

Elle haussa les sourcils.

– Un coloc avec des avantages en nature, c'est probablement quelque chose qui t'intéresse, hein ?

– Mais non, Leah, pas du tout.

Je mentais de façon éhontée.

– De toute façon, si j'avais vraiment des sentiments pour Ian – *ce qui n'est pas le cas* – il est tellement hors de portée pour moi que je ne pourrais même pas imaginer avoir la moindre chance avec lui.

– Excuse-moi, mais tu es stupide ou aveugle ?

– Que veux-tu dire ?

– Pour une fille intelligente qui lit des livres, tu es quand même stupide, Hazel. Ian est fou de toi.

– Qu'est-ce que tu racontes ?

– Je le vois tout le temps te chercher dans le ranch et quand tu n'assistes pas à leurs répétitions, il n'arrête pas de parler de toi comme si tu étais toutes les étoiles de la galaxie. Il fait une fixation sur toi.

Je me mis à rire.

– N'importe quoi. Crois-moi, si c'était le cas, je le saurais.

– Tu crois ça ? Alors, d'après toi, un homme qui passe toutes ses nuits collé contre toi, qui te construit un abri personnel, ne craque pas pour toi ? Je veux dire, j'ai un petit ami et c'est à peine s'il m'envoie un texto pour me souhaiter une bonne journée, et toi, on te construit des abris en ton honneur ! Il est, genre, amoureux de toi !

– Arrête ça, Leah, c'est pas vrai.

Mais il m'avait effectivement construit un abri rien que pour moi. Est-ce que cela signifiait plus que de la simple gentillesse de la part d'un coloc ? Est-ce que Ian... ?

Non.

C'était impossible. Je n'étais pas son genre. J'avais vu son genre de fille. Les grandes, aux formes avantageuses, qui laissaient toujours des fragrances de parfums chers dans leur sillage. Je n'étais pas le genre de fille qui retenait l'attention de Ian. J'étais plutôt du genre à me fondre dans l'ombre, pas dans la lumière, et Ian sortait avec des filles lumineuses.

– Tu n'as qu'à venir au feu de joie, tu verras bien. Maintenant que je t'ai ouvert les yeux, cela te paraîtra évident. Fais-moi confiance. Même un chien aveugle ne manquerait pas la connexion qui existe entre vous...

J'hésitai avant de lever les mains en signe de reddition.

– Très bien. J'irai, mais c'est simplement pour te prouver à quel point tu te trompes au sujet de Ian. Il ne me voit pas comme ça.

– Ouais, d'accord, copain-copain. On verra bien, Haze.

En tout cas, il y a une chose qu'on doit faire avant le feu de joie ce week-end.

– Ah bon ? C'est quoi ?

L'excitation de Leah monta en intensité quand elle leva les bras en signe de victoire.

– Un relooking !

* * *

Le feu de joie n'aurait lieu que dans quelques jours, mais grâce à Leah, je me surpris à observer tous les déplacements de Ian dans le ranch et j'en arrivai à une découverte phénoménale, Ian était canon. Et sexy. Terriblement sexy. Je ne savais pas ce qui m'arrivait depuis plusieurs jours, mais chaque fois que je me trouvais à proximité de lui, mes hormones grimpaient aux rideaux. Je le couvais des yeux comme s'il avait été le steak le plus appétissant qu'on puisse imaginer et je rêvais de le dévorer jusqu'à la dernière bouchée.

Pour ne rien arranger, je m'étais réveillée plusieurs fois à la suite de rêves des plus cochons dans lesquels il prenait le contrôle sur moi. Tous les soirs, lorsque nous nous asseyions pour travailler les textes de ses chansons, je devais faire un gros effort pour me retenir de tendre la main pour, oh accidentellement bien sûr, glisser vers la droite sur son sexe.

S'il existait une application de rencontre pour les parties du corps de Ian, je glisserais vers la droite jusqu'à la fin des temps.

Du calme, mes hormones, ce n'est qu'un ami.

Je me répétais ces mots en boucle, mais cela devenait de plus en plus difficile d'y croire quand, toutes les nuits, il se glissait dans mon lit et pressait ses abdos d'acier contre mon corps. Le seul fait de le regarder travailler faisait monter ma température. Je n'aurais jamais cru que la vue d'un homme sexy torse nu, en train de bouchonner un cheval, pouvait être si excitante. Bien sûr, en soi ce n'était pas une action destinée à étaler son sex-appeal, mais pourtant, c'était la chose la plus sexy dont j'avais été témoin jusque-là.

– Tu veux monter ? demanda Ian en me regardant.

– Oh Seigneur, oui, murmurai-je dans un soupir alors que je le dévorais des yeux, totalement hypnotisée.

Je secouai la tête et m'ébrouai pour me sortir de l'état d'hébétude dans lequel j'étais plongée en essayant de contrôler la chaleur de ma peau.

– Euh... je veux dire, pardon ?

Il me sourit, apparemment inconscient de l'état de désir impétueux de lui sauter dessus dans lequel je me trouvais à ce moment-là.

– Tu veux monter à cheval ? demanda-t-il en flattant le cou de Dottie. Je veux dire, vous semblez être les meilleures copines du monde toutes les deux, mais je ne t'ai jamais vue la monter.

Ah.

Le cheval.

Il voulait que je monte à cheval.

Bien sûr, c'était ce qu'il avait voulu dire.

– Je... euh... je ne suis jamais montée à cheval, et pour être franche, cela semble plutôt effrayant.

Il se mit à rire.

– Ce n'est pas aussi terrible que tu crois. Allez viens, je vais t'aider. On peut monter ensemble, si tu veux.

– Tu veux me monter ? bafouillai-je, et je me tapai le front mentalement. Je veux dire, me montrer. Tu veux me montrer comment on monte ?

– Je chevaucherai à côté de toi et m'assurerai que Dottie est gentille avec toi.

Il passa devant moi, frôlant mon bras avec le sien, et cela va sans dire, je faillis fondre littéralement. Chaque fois que cet homme s'approchait de moi, mon corps réagissait intensément. Tout ce que je pouvais faire, c'était prier pour qu'il ne le remarque pas.

Il sella Dottie pour moi, puis la conduisit à l'extérieur pour la promenade. Il revint dans l'écurie et se choisit

Big Red comme monture pour l'après-midi. Lorsque nous revînmes près de Dottie, Ian me montra comment monter sur cette beauté.

– Ok, donc il y a ce marchepied qui est là pour que tu t'en serves pour monter sur Dottie. Pose la main gauche sur sa crinière, puis ta main droite de l'autre côté. Pose ton pied gauche dans l'étrier et balance ta jambe droite par-dessus la selle.

Oui, oui, Ian. Parle-moi équitation.

Tout en me disant tout cela, il m'aida en posant la main sur mes reins. Une fois assise sur Dottie, j'eus la sensation d'avoir accompli le but de toute une vie – j'étais montée sur un cheval avec l'aide de Ian, et j'avais survécu pour le raconter.

– Ben, c'est pas si terrible, dis-je, assise sur le dos de Dottie, sans la moindre idée de ce que je devais faire ensuite.

Ian se dirigea vers Big Red et l'enfourcha comme le cow-boy rockstar sexy qu'il était. Cow-boy rockstar, ça sonnait comme un oxymore tiré par les cheveux, mais j'étais à fond dedans.

– Okay, tiens bien les rênes et bouge lentement, dit Ian en approchant avec Big Red.

Il était suffisamment près de moi pour que, au cas où j'aurais besoin de son aide, il puisse faire ce qu'il fallait.

Nous démarrâmes très lentement, ce qui me convenait parfaitement, parce qu'à la première seconde où Dottie se mit en marche, mes peurs me revinrent en force.

– Tu es sûr qu'il n'y a pas de danger ? demandai-je, terrorisée.

– Sûr à cent pour cent. Fais-moi confiance, chérie, tu es dans de bonnes mains. Contente-toi de me parler pour penser à autre chose. Garde l'esprit léger et tes mouvements légers aussi. Tu te débrouilles très bien.

– D'accord, d'accord. Parler, parler. De quoi pourrait-on parler ?

– De n'importe quoi. Dis-moi ce que tu veux. Tiens, ton nom, par exemple. Pourquoi on t'a appelée Hazel ?

Je ricanai un peu en y repensant.

– C'est une drôle d'histoire. À la naissance, j'avais de grands yeux noisette[3]. Maman m'a raconté qu'elle en était tombée amoureuse instantanément, mais elle ne savait pas que la couleur des yeux d'un bébé peut changer avec le temps. Donc elle m'a donné ce nom alors qu'en grandissant mes yeux sont devenus verts.

– J'aime bien tes yeux verts, commenta-t-il, et je priai Dieu que Dottie ne soit pas sensible à la montée en flèche de mes hormones.

Je lui fis un petit sourire coincé, parce que je ne savais pas comment réagir à sa réflexion. Je ne savais pas comment accepter les compliments, surtout venant de Ian. Si quelqu'un m'avait dit que l'homme que j'avais rencontré des semaines auparavant en train de se faire tailler une pipe par une femme de passage me dirait qu'il aimait bien mes yeux, je lui aurais ri au nez.

Et là, je me retrouvai à rougir comme une idiote en espérant que les rayons du soleil suffiraient à expliquer la rougeur de mes joues. Malheureusement pour moi, ce ne fut pas le cas.

– Tu rougis toujours quand on te fait des compliments ?

– Je ne sais pas. Cela ne m'est pas arrivé souvent.

Il me scruta du regard et plissa le nez.

– Cela te met mal à l'aise, non ?

– Terriblement. (Je me mis à rire.) Je ne sais pas comment réagir quand on me dit des choses sympas. Je manque de pratique.

– Ah, zut. Cela me donne envie de te dire encore des choses gentilles pour te mettre mal à l'aise, parce que tu es vachement mignonne quand tu ne sais pas comment réagir à un compliment. Le rose de tes joues devient plus prononcé et c'est adorable.

Le rouge de mes joues s'intensifia probablement encore un peu.

– La ferme, meilleur pote, murmurai-je, consciente que j'étais plus rouge qu'une pomme Red Delicious.

3. *Hazelnut* = noisette.

– Tu as un beau visage, Hazel Stone, dit-il d'un air moqueur, tes yeux me font penser à des étoiles. Tu as un nez à la forme parfaite et je n'ai jamais vu des oreilles aussi sexy.

Je ris en lui faisant un doigt d'honneur. Au moment où je lâchai la bride que je tenais dans ma main gauche, Dottie dut être effrayée par quelque chose, parce qu'elle démarra à toute vitesse, ce qui me fit paniquer totalement.

– Ah merde, murmura Ian qui s'élança vers nous.

Je saisis la bride que j'avais lâchée et je m'accrochai de toutes mes forces.

– Stop, Dottie ! beuglai-je en espérant que ma future ex-amie équine ralentirait son allure.

Je sautais de haut en bas sur la selle tandis que Dottie continuait son quart d'heure de folie, et c'est comme ça, mes amis, que Hazel Stone s'explosa la foufoune. Une fois que j'eus réussi à forcer Dottie à s'arrêter, Ian se précipita et m'aida à descendre de la selle. Tout mon corps était perclus de douleurs dues à la manifestation d'énergie impromptue de Dottie, mais rien, et je dis bien rien, ne me faisait plus souffrir que mon minou.

– Putain, ça va ? demanda Ian d'une voix où perçait l'inquiétude. C'est la première fois que je vois Dottie faire une chose pareille. C'est comme si elle avait été prise de folie tout d'un coup. Bordel. Tout va bien, Hazel ?

Je ne pus répondre immédiatement, parce que j'étais trop occupée à me plier en deux en me tenant la touffe dans les mains. Vous savez ce dont j'ai toujours rêvé dans la vie ? Une foufoune éclatée au cours d'une balade à cheval.

– Punaise, est-ce que Dottie t'a blessée là en bas ?

– Largement au-dessous de la ceinture. Un petit choc bien sympa a envoyé cette gousse de vanille directos en enfer.

Ian haussa un sourcil, et un sourire malicieux apparut sur ses lèvres.

– Tu sais ce qu'on va être obligés de faire, hein ?

– Non je ne sais pas, grognai-je, toujours pliée en deux.

– Nous allons devoir mettre de la glace dessus.

– De la glace sur quoi ?

– Ton minou.

– Quoi, mon minou ?

– Nous allons devoir mettre de la glace sur ton minou.

Ma rougeur causée par la douleur insupportable se transforma directement en une nouvelle rougeur due à la gêne lorsque je me redressai.

– Pas question que tu me mettes de la glace sur la vulve, Ian Parker !

– Je disais seulement que c'est la meilleure façon d'apaiser la douleur, et puis tu ne veux pas que ça gonfle, euh... tu sais... les lèvres...

Cette fois, c'était à son tour de rougir un tantinet. Qui aurait cru que le play-boy du siècle pourrait se sentir gêné en parlant de ma vulve enflammée ?

– Ouais, ben, si quelqu'un doit me mettre de la glace là en bas, ce sera moi et personne d'autre.

– Oh, je peux très bien le faire. C'est à ça que servent les colocs, d'ailleurs, plaisanta-t-il.

Je ris malgré ma douleur.

– Les colocs servent à se mettre mutuellement de la glace sur les parties intimes ?

– Je veux dire seulement les colocs intimes. Vois ça comme un exemple de colocs avec avantages en nature.

– Et dans cette situation, l'avantage, c'est d'appuyer un pack de glace sur mes parties basses.

– Yep. C'est un dur métier, mais il faut bien que quelqu'un s'en charge.

Je secouai la tête.

– Et ce quelqu'un, ce sera moi. Maintenant, si tu veux bien m'excuser, je vais clopiner jusqu'à la maison et me noyer dans une mare constituée de mes propres larmes.

– Ne sois pas bête. Je vais te porter.

– Tu ne feras rien, Ian !

Il me souleva dans ses bras.

– Pose-moi par terre !

– Je vais le faire, une fois que nous serons arrivés à la maison.

Il fit signe à un autre ouvrier et lui demanda de ramener les chevaux à l'écurie.

– Non, repose-moi tout de suite ! protestai-je, mais mes pensées secrètes ressemblaient plutôt à, *oh oui, Ian. Porte-moi jusqu'à notre donjon et mets de la glace sur ma foufoune et dis-moi que je suis jolie et chante à mon oreille tout en me donnant du chocolat noir.*

Ai-je déjà mentionné les pecs de Ian ?

Salut, Roc, je te présente Dur.

Je grommelai en faisant celle qui est furieuse tout le long du chemin vers le ranch, mais en réalité, je me demandais si ce truc de colocs avec avantages en nature était vraiment sérieux. Parce qu'une fois que ma vulve serait remise de sa douleur insoutenable, elle allait prendre Ian au mot.

Une fois entrés dans la maison, Ian me déposa sur le sofa.

– Je vais chercher quelque chose pour régler ton problème. Bouge pas.

Je ne discutai pas, parce que j'étais plutôt convaincue que je ne pourrais pas bouger même si je le voulais. Je profitai de ce qu'il soit parti pour me masser doucement la zone concernée, ce qui me tira des gémissements de douleur. Il revint, tenant un sachet de petits pois surgelés à la main avec un sourire goguenard.

– Désolé, mais on n'avait que ça.

Je tendis la main. Oubliant toute pudeur, je lui arrachai des mains le sachet de petits pois et me le flanquai sur l'entrejambe avec un plaisir non dissimulé.

– Oh la vache, oui, je gémis, enivrée par la fraîcheur qui se répandait dans ma zone inférieure. *Sweet Dreams are made of peas*[4].

Ian s'assit sur la table basse, juste en face de moi. Le même sourire continuait à s'afficher sur son visage.

– C'est agréable ?

Je fermai les yeux et hochai la tête.

– Tu n'as pas idée. Je n'aurais jamais cru qu'un jour je rêverais du moment où je poserais des petits pois surgelés sur ma foufoune.

– Si tu veux, je peux les tenir en place, dit-il, pince-sans-rire.

J'ouvris les yeux et vis son sourire malicieux.

– Le coloc serviable, tu vois ?

– Ouais, le vrai coloc de l'année !

– Je prends mes devoirs de coloc très au sérieux, dit-il, les yeux rivés sur le sachet de petits pois, ou alors, sur ma foufoune.

Ce n'était pas facile à déterminer, à ce stade.

– Tu t'en sortais pas mal comme cavalière jusqu'à ce que Dottie ait son grain de folie.

– Ben oui, tu vois ? Je croyais sincèrement que Dottie et moi étions amies. Inutile de te dire que ça va être plus tendu entre nous pendant un moment.

– Je ne l'avais jamais vue faire ça auparavant. Elle essayait peut-être d'être mon alliée pour m'aider à te mettre de la glace.

Je me mis à rire.

– Elle aurait pu trouver un meilleur moyen de faire ça.

– Sinon, tu vas bien ? Je m'en veux, parce que c'est moi qui t'ai proposé de monter à cheval. Je me disais que ça serait sympa pour rompre la monotonie du travail quotidien à la ferme. Et puis, tu n'as pas tellement l'occasion de sortir, entre le travail avec le groupe et le travail à la ferme.

4. Jeu de mots sur le titre de la chanson « *Sweet Dreams are Made of This* ». Peas = pois.

Il voulait passer du temps avec moi en dehors du boulot et de la musique ?

Ben, ça, c'était une surprise.

Je me passai la main dans les cheveux et lui fis un sourire faiblard.

– Peut-être que la prochaine fois on pourrait se contenter d'aller manger une glace ?

– Je m'en souviendrai. Bon sang... les gars vont me passer un savon quand ils vont savoir que je t'ai fait monter Dottie et qu'elle t'en a fait voir de toutes les couleurs. Tu n'imagines pas l'enfer qu'ils m'ont fait subir quand ils ont entendu dire que je t'avais traitée comme de la merde le jour où tu es arrivée. Ils t'adorent. C'est comme s'ils te considéraient comme leur manager, genre. Je te jure, parfois, quand ils trouvent des idées de musique et que tu n'es pas dans le coin, ils disent : « On devrait d'abord le soumettre à Hazel. Elle saura si c'est bon ou pas. » Je ne sais pas comment tu as fait, mais tu les as tous mis dans ta poche.

Je souris.

– Et toi ? Est-ce que je t'ai mis dans ma poche, toi aussi ?

Il fronça ses sourcils noirs et se pencha vers moi. Lorsqu'il me transperça du regard, tous mes poils se hérissèrent.

– Tu m'as tellement mis dans ta poche que si tu me demandais de plonger dans le fumier de l'enclos à cochon, je crois que je le ferais.

Je me mordillai la lèvre inférieure sans lâcher le sachet de petits pois.

– Je sais que je blague toujours au sujet de notre amitié singulière, mais nous sommes bien amis, hein ? Je veux dire, on est plus que des colocs et des collègues, t'es d'accord ?

– Je suis d'accord. Tu es mon amie, Haze. Je ne mérite pas ton amitié, mais je suis heureux de l'avoir.

Seulement amis, donc ? me dis-je en pensée, sans toutefois laisser les mots passer mes lèvres.

Je m'agitai sur le sofa et m'éclaircis la voix. Ian baissa les yeux sur les petits pois.

– Tu es sûre que tu ne veux pas que je t'aide ? Cela ferait de moi le meilleur des amis, de t'aider de cette façon.

Je souris en faisant non de la tête.

– Je suis certaine que tu as suffisamment de jeunes femmes à qui tu pourrais poser de la glace à cet endroit si tu le voulais, même si tu n'en as pas ramené à la maison depuis un certain temps.

Il s'assombrit et haussa les épaules.

– Je n'éprouve plus le besoin de coucher avec des femmes de passage.

– Ah bon, comment ça se fait ?

Je redoutais un peu la réponse. Il plissa les yeux, l'air étonné, comme si j'étais la personne la plus lente à comprendre.

– Arrête ? Haze, murmura-t-il en se passant les doigts dans les cheveux, ce n'est pas une vraie question, quand même ? Je pense que tu sais très bien pourquoi.

Je clignai des yeux.

– Peut-être, mais...

– C'est à cause de toi, dit-il sans détour, en me coupant la parole. Je ne veux pas qu'une autre fille essaie d'être à l'origine de mon inspiration. Parce que je t'ai, toi.

Je restai sans voix, parce que je ne pouvais pas déterminer si je rêvais tout éveillée ou si ma moitié inférieure palpitante me provoquait des poussées délirantes. Ian venait-il de m'avouer une certaine forme de sentiments pour moi ? Venait-il de se confier d'une manière que je n'avais pas anticipée ?

Est-ce que je lui plaisais de la même façon qu'il me plaisait ?

Il me fit un petit sourire et se leva. Comme il se retournait pour s'en aller, je le rappelai.

– Tu vas où ?

– Je crois que nous avons des brocolis surgelés pour ta foufoune. Peut-être que ça, avec un peu de chance, tu voudras bien que je les pose sur toi.

Oh Ian.

Tu peux mettre des brocolis sur ma vulve quand tu veux.

17

IAN

Il y avait beaucoup de choses que je n'aimais pas dans la vie d'une petite ville, mais l'un des attraits d'Eres, c'était nos feux de joie estivaux. Nous organisions un grand festival chaque été avec des tas de feux de joie au bord du lac. Tous les jeunes de la ville participaient au festival des feux de joie où ils dansaient, buvaient des coups et prenaient du bon temps. Le ciel nocturne s'illuminait de lampions que des filles accrochaient aux branches des arbres, et la musique sortait à fond des haut-parleurs chaque fois que mon groupe et moi ne jouions pas. Il régnait une ambiance merveilleuse – les nuits d'été et les feux de joie. Tout le monde semblait libre et joyeux pendant cet événement. On pouvait être pratiquement certain que la plupart des gens finiraient ivres dans le lac et s'éclabousseraient pour célébrer l'été. Même si notre ville rencontrait certains problèmes, nous ne manquions aucune occasion de faire la fête dans le lac avec une bière à la main.

– C'est qui cette fille avec Leah ? s'exclama Marcus en voyant Leah et un groupe de copines se garer sur le parking pour le feu de joie.

Elles étaient toutes plutôt insignifiantes à mes yeux, toutefois il y avait une fille vêtue d'un short jaune et d'un haut blanc qui sortait du lot. Ses cheveux noirs étaient relevés en queue-de-cheval, et elle riait et souriait avec les autres comme si elle était dans son élément, et putain, c'était Hazel.

Son visage n'était pas tartiné de maquillage et sa peau irradiait, je le jure. On aurait dit qu'elle flottait sur un nuage, et elle avait l'air étonnamment sûre d'elle.

– Impossible, dit Éric qui regardait dans la même direction que nous. Ça ne peut pas être Hazel.

– Et pourtant si.

Ma mâchoire touchait pratiquement le sol, et je bandais tellement dans mon jean que ça allait devenir un problème, mais bordel de merde, elle était à couper le souffle. J'eus plus que jamais envie de la prendre dans mes bras et de coller ma bouche sur la sienne. J'avais aussi envie de presser mon corps contre le sien pour lui montrer à quel point elle me faisait bander depuis quelque temps.

Je ne pouvais pas compter le nombre de fois où je m'étais réveillé en bandant contre son dos. Et même, certaines fois, j'avais dû me glisser hors du lit en douce pour aller me caresser en pensant à elle.

Elle était fantastique ce soir-là. Bon, en fait, elle l'était toujours. Seulement, ce soir-là, elle avait osé la couleur. Un short jaune, pour être exact. Un minishort. Et son cul était magnifique en jaune. Ouaip. Elle devrait carrément ajouter plus de couleur à sa garde-robe.

– Qu'est-ce que vous regardez ? demanda James, en suivant notre regard. Oh, putain de Dieu !

– Ouais, je sais, dit Éric.

– Comment mes parents ont-ils pu laisser Leah sortir de la maison avec un short aussi court ? Je vais aller lui botter le cul ! beugla-t-il.

À l'évidence, son regard n'était pas attiré par la même chose que les nôtres.

Les filles s'avancèrent vers nous et Marcus me donna une tape dans le dos.

– Tu ferais peut-être bien de refermer la bouche avant qu'elle ne voie que tu la reluques comme un foutu prédateur.

Je fermai la bouche, mais pas avant de lui avoir dit d'aller se faire voir.

– Salut les gars, dit Leah avec un large sourire. Alors, quoi de neuf ?

– Ce qui est neuf, c'est que tu rentres immédiatement à la maison pour mettre un sweat et un legging, ordonna James à sa petite sœur.

Leah leva les yeux au ciel.

– Il fait au moins trente degrés dehors, James. Je vais mourir de chaud. Et puis, j'ai plus de dix-huit ans, je m'habille comme je veux. Pareil pour Hazel, dit-elle en détournant la conversation vers la fille silencieuse dont j'étais incapable de détacher mon regard. Elle est pas super, ce soir ?

– Si, en effet, commentai-je en regardant Hazel de la tête aux pieds.

Je vis qu'elle rougissait sous mon regard, mais je ne pouvais pas m'en empêcher. Elle était vraiment superbe.

– Allez, les gars. On va chercher à boire. Pendant qu'on fait ça, Ian et Hazel pourraient aller nous réserver des sièges pour nous asseoir autour du feu.

Leah jouait les entremetteuses.

J'avais envie de passer du temps seul avec Hazel, mais pas le genre qu'on passe assis autour d'un feu. J'aurais voulu la ramener chez nous et la présenter à mon membre qui durcissait dans mon froc.

Je lui fis un demi-sourire en m'efforçant d'arrêter de penser à quel point je désirais la posséder. Alors que tout le monde s'éloignait, je lui fis un signe de tête.

– Tu es très belle ce soir.

Elle se mordilla la lèvre inférieure, et putain, j'aurais bien voulu la mordre moi aussi.

– C'est pour me mettre mal à l'aise que tu me fais le numéro du compliment ?

– Pas cette fois. Je dis juste la vérité.

Elle sourit, et j'adorais ça.

– Viens, on va chercher des sièges.

Je passai le reste de la soirée à couver Hazel du regard chaque fois que l'occasion se présentait. Je ne sais pas pourquoi, mais je me sentais comme un idiot avec elle. Je butais sur les mots et tout ce que je disais paraissait ringard sans que je le fasse exprès. Cette femme me rendait dingue, et je ne pense même pas qu'elle s'en rendait compte.

Heureusement, le groupe ne me laissa que peu de temps seul à seule avec elle, ce qui m'évita de trop me ridiculiser. Assis autour du feu, nous profitâmes des senteurs des soirées d'été à Eres.

Les gars s'étaient beaucoup attachés à Hazel au cours des semaines passées et la regardaient comme la mère poule du groupe. Dernièrement, ils s'étaient mis à l'appeler « momanager ». La Kris Jenner[5] des Wreckage.

Régulièrement, Hazel criait « c'est super ce que vous faites, mes chéris » et les gars rougissaient comme de parfaits crétins quand elle les approuvait.

Hazel avait cette qualité, elle s'intéressait aux autres. Elle était toujours prête à se décarcasser pour rendre service à Grand-Mère quand celle-ci en avait besoin et se surpassait au ranch pour Big Paw. Elle travaillait plus dur que la plupart des autres employés. Une fois, je lui avais demandé pourquoi elle était si exigeante avec elle-même, et elle m'avait répondu : « Je tiens à travailler dur pour rendre à tes grands-parents tout ce qu'ils m'ont donné. »

Nous passâmes la soirée autour du feu à échanger des histoires embarrassantes sur les uns et les autres, pour savoir qui pourrait faire le plus rire Hazel.

– C'est pas des conneries ce que je raconte, s'exclama Marcus en buvant une gorgée de vodka directement

5. *« Momanager »* : une mère qui manage la carrière de ses enfants. Kris Jenner est l'exemple type de la momanager, pour la famille Kardashian-Jenner.

au goulot. Ian a mis le feu à la boîte à lettres gravée à la main de Big Paw, un jour où il était défoncé, et quand il s'est rendu compte que ce truc auquel Big Paw tenait beaucoup allait partir en fumée, il a sorti son engin pour essayer de pisser sur les flammes pour les éteindre.

Ian explosa de rire en entendant cette histoire.

– Heureusement, il avait descendu des litres de soda, parce que je te jure qu'il a pissé pendant au moins dix minutes d'affilée avant de réaliser que cela ne suffirait pas à venir à bout du feu. Je vous jure qu'il agitait son petit Peter Pan d'avant en arrière comme s'il cherchait la Fée Clochette, gloussa Marcus.

– Et Big Paw ne sait toujours pas que c'était Ian ? demanda Hazel.

– Nan. On a fait le serment de ne jamais rien dire. Les Wreckage ont un certain nombre de secrets que nous ne sommes pas autorisés à révéler, affirma Éric, la caméra au poing.

Il baissa les yeux et l'éteignit.

– Je veux dire, je couperai ce secret au montage.

Hazel se mit à rire.

– Tu as toujours une caméra à la main, non ?

Éric acquiesça d'un signe de tête.

– Si je ne jouais pas du clavier, je deviendrais probablement vidéaste, ou un truc dans le domaine de l'informatique, d'une façon ou d'une autre. Mais j'ai de la chance parce que je peux faire ça et jouer du piano. Imagine, avec toutes les vidéos que j'ai, je vais pouvoir réaliser un documentaire de déglingos sur nous un de ces jours et Netflix nous l'achètera. Tu verras, de la façon dont je fais mes enregistrements...

– Arrête avec tes trucs de geek, Éric, tu vas la soûler, commenta Marcus en prenant une gorgée de vodka.

– Oh non, pas du tout ! Ce n'est pas ennuyeux, je trouve ça très intéressant au contraire, dit Hazel en regardant Éric avec un grand sourire.

J'aurais aimé qu'elle me regarde comme ça. Avec ce sourire, ces lèvres, cette langue dont la pointe effleurait parfois sa lèvre inférieure.

Putain, ces lèvres. Je me demandais quel goût elles avaient.

Je secouai la tête en essayant de contrôler ma gaule qui semblait décidée à croître quand je pensais aux lèvres de Hazel. Je me concentrai plutôt sur son air joyeux et détendu ce soir-là au feu de joie. La plupart du temps, Hazel se prenait trop la tête. Elle écrivait à sa mère toutes les semaines sans jamais recevoir de réponse. Elle se prenait la tête en pensant à Jean dans sa prison et faisait le décompte des jours qui restaient jusqu'à la naissance du bébé.

– Elle doit être dans son sixième mois, maintenant, me dit-elle l'autre jour. Dans quelques semaines, je ne serai plus une enfant unique. C'est dingue, non ?

Le poids de ses paroles me rendait triste, parce qu'elles étaient empreintes de culpabilité. Alors, chaque fois qu'elle trouvait une occasion de rire, comme ce soir, je prenais plaisir à l'observer. Elle était tellement belle lorsqu'elle souriait, et je ne crois pas qu'elle pouvait imaginer à quel point il m'était difficile de ne pas vouloir passer chaque seconde avec elle.

– Putain, les gars ! s'exclama Marcus en se levant d'un bond de sa chaise pliante.

Le téléphone scotché dans la main, il regardait l'écran avec des yeux ronds.

– Putain de merde ! répéta-t-il.

Tous les regards convergèrent vers lui.

– Qu'est-ce qu'il y a ? demanda James.

– Ce Putain de Max. Rider. Nous. A. Envoyé. Un mail.

James, Éric et moi nous redressâmes sur nos sièges.

– *Nom de Dieu !*

Nous avions crié d'une seule voix en bondissant sur nos pieds. Hazel restait assise en nous regardant d'un air interrogateur.

– C'est qui, Max Rider ?

– C'est pas Max Rider, fit observer Marcus, c'est ce Putain de Max Rider. Le célèbre producteur, connu pour ramasser tous les jours des artistes moyens et en faire des supermégastars. C'est comme le parrain de la musique. Il fait des chefs-d'œuvre.

– Qu'est-ce qu'il dit dans son mail ? aboyai-je, la poitrine serrée.

Marcus se racla la gorge et commença à lire le mail.

– C'est Max. Les Wreckage, hein ? Chouette nom. J'ai entendu plusieurs de vos morceaux sur YouTube et Instagram. Je pense que vous tenez un truc. Je sais que je vous préviens un peu tard, mais j'ai un trou dans mon emploi du temps vendredi prochain. On pourrait se rencontrer à Los Angeles. Pourriez-vous apporter quelques nouveautés à me faire écouter ? J'ai mis mon assistante en copie. Elle vous transmettra plus de renseignements sur la date, l'heure et l'adresse. On se parle bientôt. MR.

– Oh la vache, j'ai déchargé dans mon froc, soupira Marcus en portant la main à son cœur, comme s'il était au bord de la crise cardiaque.

– Bordel, s'écria James en marchant de long en large, on doit y aller. On y est arrivés ! Ça, c'est le genre de truc qui marque le début d'une carrière, on va à L.A. la semaine prochaine, quoi qu'il arrive.

Hazel s'enthousiasmait autant que nous parce qu'elle était consciente de ce que ça signifiait pour nous.

– On y est arrivés, je lui dis en l'enlaçant pour la serrer contre moi. (On s'enlaçait tous.) C'est le moment qui va changer notre vie.

Nous avons continué à picoler et à danser toute la nuit tout en tapant sur la batterie et hurlant à la lune comme les fichus animaux que nous étions ce soir-là. Après que les gars furent rentrés chez eux, Hazel et moi entrâmes dans la maison en chancelant, et elle continuait à chanter les paroles de ma chanson en se balançant d'un côté et de l'autre. Hazel Stone faisait la plus adorable des filles soûles du monde, et quand mes textes sortaient de sa bouche ?

La gaule instantanée, putain.

Lorsqu'elle entra dans sa chambre, je la suivis, sans même passer par ma chambre pour me changer. Elle se retourna vivement vers la porte.

– Hé, Ian, hurla-t-elle, ignorant que je me trouvais juste derrière elle.

Elle me percuta et se mit à rire en couvrant sa bouche de sa main.

– Pardon, je ne savais pas que tu étais si près.

Je me rapprochai.

Elle ne recula pas.

– Désolé, murmurai-je.

– Désolée, répliqua-t-elle.

On s'excusait sans même savoir de quoi. Peut-être de notre proximité ? Peut-être de notre ébriété ?

Peut-être de nos cœurs ?

Bon sang, j'avais tellement envie de l'embrasser que ma poitrine était douloureuse. J'étais ivre et la vie me faisait planer, et Hazel Stone était la plus belle femme de ce foutu monde, et je voulais ses lèvres sur les miennes.

Elle posa les mains sur mon torse et planta ses yeux dans les miens.

Est-ce qu'elle le sentait ?

Sentait-elle mon cœur qui battait, et qui battait pour elle ?

– Je suis tellement fière de toi, Ian. Tu mérites ce qui arrive. Tu le mérites vraiment.

– Je veux prendre nos chansons, lui avouai-je. Je veux jouer pour lui les chansons que tu m'as aidé à écrire.

Au cours des deux derniers mois, Hazel m'avait aidé à créer des dizaines de chansons. Me trouver près d'elle, travailler avec elle, cela se faisait naturellement. Aux yeux du monde, elle et moi pouvions paraître radicalement différents, mais à mes yeux à moi ?

Notre complémentarité était logique.

Hazel m'inspirait comme je ne l'avais jamais été. Elle me poussait à composer des chansons d'une façon que je n'avais jamais envisagée. Elle me provoquait, elle me coachait. Elle était ma muse. Elle était la musique.

Elle était... plus près.

Elle était beaucoup plus près qu'elle ne l'avait été quelques secondes auparavant. Est-ce que je l'avais attirée vers moi ? Avait-elle avancé d'elle-même ? Comment mes mains avaient-elles atterri sur ses reins ? Pourquoi ne faisait-elle rien pour les écarter ?

– Jeu des aveux : j'ai envie de toi, soufflai-je, conscient que le rejet était une possibilité, mais j'étais ivre et assez hardi pour ne pas m'en soucier.

– Jeu des aveux – elle déglutit avec difficulté : – j'ai envie de toi, moi aussi.

– Tu es soûle, murmurai-je.

– C'est vrai, répondit-elle. Tu es soûl aussi.

– C'est vrai.

Son regard passa de mes yeux à mes lèvres, puis remonta.

– Joue ces chansons. Elles sont à toi, après tout.

– Elles sont à nous, protestai-je. Elles sont à nous.

– Mais c'est *ton* avenir. Je te donnerai tous les textes qui vivent en moi pour que tes rêves se réalisent, Ian.

Mon regard se déplaça de ses yeux vers ses lèvres. Et y demeura.

– Le seul rêve que j'ai, là tout de suite, c'est de t'embrasser, Haze. J'ai envie de m'allonger avec toi sur ce lit et de t'embrasser jusqu'au lever du soleil.

– Parfois, je me réveille et tu dors encore, et je pense à me pencher sur toi. J'ai plus envie de toi que je n'ai jamais eu envie de quoi que ce soit, Ian, et cela me fait peur. Je n'ai jamais eu envie d'embrasser quelqu'un autant que toi.

– Pareil pour moi. Mais bon, pour l'instant nous sommes ivres et nous disons des conneries que nous ne dirions probablement pas en temps normal, alors il faut en tenir compte.

Elle sourit et ça me plut. Putain, ce que cela me plaisait ! Si je ne devais plus jamais rien voir d'autre que le sourire d'Hazel Stone, je serais le bâtard le plus chanceux du monde.

– On ferait peut-être mieux de dormir, dit-elle en désignant le lit de la tête. Dessoûler un peu et voir comment on sent les choses demain matin.

– Ouais, d'accord.

Je retirai mon tee-shirt et mon jean pour ne garder que mon boxer. Je me retournai, le temps qu'elle enfile son pyjama. Nous nous mîmes au lit et nos corps se fondirent l'un dans l'autre comme s'ils étaient faits pour fusionner. Je l'embrassai sur le front sans trop réfléchir. Je laissai mes lèvres s'y attarder. Mes lèvres sur sa peau, je profitai du peu auquel j'avais droit.

Elle se rapprocha de moi en fermant les yeux et nos jambes s'entrelacèrent. Nos fronts reposaient l'un contre l'autre, et son souffle rapide et bref frôlait ma peau.

– Tu es mon meilleur ami, dit-elle doucement, et ses mots me transpercèrent. Je sais que tes musiciens sont les tiens et je sais que je ne peux pas prendre leur place, mais pour moi, c'est ce que tu es, Ian. Tu es mon meilleur ami. Je n'ai jamais eu de meilleur ami avant, mais je veux que tu saches que c'est toi, et je suis tellement fière de toi parce que tes rêves se réalisent. Et ce n'est que le début. Tu vas être immense un jour. Tu vas devenir une star.

– Toi, tu es les étoiles, murmurai-je, nos bouches sont si proches l'une de l'autre que si j'avançais de deux centimètres, elles se toucheraient.

Putain, c'était ringard, et putain, je m'en foutais. Hazel me donnait envie d'être le connard le plus ringard du monde.

– Tu es ma lumière, ma muse, mon inspiratrice. Haze... tu es toutes les étoiles dans ce foutu ciel. Tu es ma galaxie.

Un sourire se dessina sur ses lèvres et ses yeux se fermèrent quand elle se rapprocha un peu plus pour poser la tête sur ma poitrine. Alors que j'inspirais et que j'expirais, je ne pouvais cesser de me répéter à quel point je me sentais vivant en la tenant dans mes bras. Mon cœur que je croyais mort depuis le jour où mes parents m'avaient abandonné, se remettait à fonctionner, tout cela grâce à une fille qui n'avait pas eu peur de me pousser autant de fois qu'il était nécessaire pour me réveiller.

Ce soir-là, nous nous sommes endormis dans un mélange alcoolisé de souhaits, d'espoirs et de rêves.

Et si Hazel et moi étions faits l'un pour l'autre ? Et si les pièces de nos puzzles s'emboîtaient parfaitement ? Et si tout ce que nous avions toujours voulu était juste là, de l'autre côté de notre peur ?

* * *

– Ian, Ian, réveille-toi, murmura Hazel en me secouant gentiment.

J'ouvris les yeux en louchant un peu et remarquai un rai de lumière qui pénétrait par la fenêtre. J'avais mal au crâne après tout ce qu'on avait bu la veille.

– Qu'est-ce qui se passe ? grommelai-je, n'ayant pas assez dormi.

Je regardai dehors, le soleil n'était pas encore complètement levé.

Puis je me tournai vers Hazel qui me regardait.

– Es-tu encore ivre ? demanda-t-elle en se mordant la lèvre inférieure.

– Non j'ai juste une migraine épouvantable.

– Ouais, moi aussi.

Je haussai un sourcil.

– Tu m'as réveillé pour me dire que tu avais la migraine ? Tu veux que j'aille te chercher de l'Ibuprofène ?

J'entrepris de me lever, mais elle m'arrêta en posant la main sur mon bras.

–Non. Je t'ai réveillé parce que, maintenant que j'ai dessoûlé, j'ai toujours envie de t'embrasser.

Cela me suffit pour me redresser. Un sourire idiot et ensommeillé apparut probablement sur mes lèvres.

–Ah oui ?

–Oui. Et toi ?

–Haze... cela fait des semaines maintenant que j'ai envie de t'embrasser. Avec alcool, sans alcool... j'ai juste envie de...

Elle m'interrompit en se penchant vers moi et posa sa bouche sur la mienne. D'accord, c'est elle qui prit l'initiative, mais à partir de là, je pris les rênes. Je posai mes mains sur elle et l'attirai contre moi tout en l'embrassant fougueusement, aiguillonné par l'envie, le désir, le besoin. J'écartai ses lèvres de ma langue que je glissai dans sa bouche, en savourant chaque parcelle et en espérant que je n'étais pas en train de faire un rêve tordu, parce que c'était essentiel pour moi que tout ceci soit réel.

Ses baisers, très doux, firent grimper la chaleur dans ma poitrine. Puis elle se serra un peu plus contre moi, m'embrassant avec plus de force, laissant sa langue danser avec la mienne.

Je sentais son désir, son envie, et cela ne faisait qu'amplifier les miens. Nos corps se pressaient l'un contre l'autre, et j'étais certain qu'elle sentait ma queue qui durcissait contre sa cuisse, mais elle ne la repoussa pas et je n'essayai pas de la cacher. Je voulais qu'elle sache l'effet qu'elle me faisait, qu'elle sache que mon corps réagissait à son contact, à ses baisers, à elle.

Si le paradis était un baiser, il existait sur les lèvres d'Hazel.

Elle s'écarta légèrement et mordilla délicatement ma lèvre inférieure avant de se laisser retomber sur son oreiller. J'étais allongé face à elle, et nos respirations étaient haletantes. Ses pupilles étaient dilatées et son regard sauvage, et elle refusait de le détourner de moi.

Le rouge aux joues, elle repoussa ses cheveux derrière son oreille. Elle entrouvrit les lèvres et hocha la tête.

– Encore ? murmura-t-elle.

Putain, oui...

Encore.

18
IAN

– Je crois que je vais vomir, putain, gémit Marcus alors que nous nous dirigions à pied vers la maison de Max Rider.

Nous avions atterri à Los Angeles la veille au soir et, bien sûr, aucun de nous quatre n'était parvenu à fermer l'œil de la nuit. On était comme des gamins de cinq ans qui attendent le matin de Noël, à la veille de voir nos rêves devenir réalité.

J'avais l'esprit embrumé et confus en remontant l'allée qui menait à la porte de Max. On allait carrément rencontrer Max Rider, le faiseur de stars, dans sa propriété de ouf, pour discuter de notre musique. C'était quoi cette vie ? Comment des ploucs comme nous avaient-ils fait pour rencontrer ce putain de Max Rider ?

Grand-mère appelait cela notre destin.

Hazel parlait de notre talent.

Et pour Big Paw, c'était le fruit de notre dur travail, putain.

Quoi qu'il en soit, j'étais plein de gratitude. Et en entrant dans la maison, je priais pour qu'on ne gâche pas cette occasion.

L'assistante de Max, Emma, nous accueillit à notre arrivée et nous conduisit au studio, parce que ce Putain de Max Rider avait carrément un studio chez lui.

Nous avons attendu un petit moment, une heure environ, dans un silence impressionné. C'était presque comme si nous craignions qu'au moindre bruit, *pouf !* – le rêve s'évanouisse.

– Il y a que moi qui sue comme un lutteur de sumo ? marmonna Marcus en desserrant la cravate qu'Éric avait insisté pour que nous portions tous. Je vous jure, mes boules ont la moiteur d'un marécage. Et j'ai l'impression que ma queue est comme un Slip'N Slide[6] poisseux.

– Trop de visions horribles, Marcus, commenta James.

– Moi, je trouvais ça plutôt de bon goût et joliment tourné, dit une voix dans notre dos qui nous fit tous nous retourner.

Il était là, dans toute sa gloire. Ce Putain de Max Rider, tombant en plein milieu d'une conversation à propos du cul de Marcus moite comme dans un marécage.

Si cette première impression n'était pas la bonne, on était foutus. On bondit tous sur nos pieds, la bouche ouverte. Puis, comme des sombres crétins, on s'est tous mis à parler en même temps, à lui expliquer à quel point on était excités et honorés, et tout le baratin.

– C'est tellement génial de vous rencontrer ! dit James.

– On a beaucoup de chance que vous ayez du temps à nous consacrer, commenta Éric.

– Vous n'avez pas idée de ce que cela signifie pour nous, ajoutai-je.

– Putains de chaussures, s'extasia Marcus.

Marcus n'était vraiment pas sortable.

– Bon, bon, suffit les conneries. Parlons boulot.

Max alla s'asseoir dans son énorme fauteuil pivotant devant sa sono, et se tourna face à nous. Il croisa les doigts et hocha la tête.

– Je pense que vous avez quelque chose.

Ohlavacheonaquelquechose !

---

6. Activité de loisir populaire aux États-Unis consistant à s'élancer et se jeter à plat ventre, comme sur un toboggan, sur une toile plastique savonneuse posée au sol pour glisser le plus loin possible.

– Je ne dis pas que ça n'a pas besoin d'être amélioré. D'après ce que j'ai entendu, c'est bon, mais pas... génial. Ça manque de magie. Je vous ai fait venir pour deux raisons. La première, pour voir si vous le feriez en étant prévenus si tardivement. Pour travailler avec moi, il faut que vous soyez motivés.

– Oh ! on l'est, s'exclama Marcus. Plus que tout, putain.

Arrête de jurer, Marcus.

– Parfait. Et la deuxième... c'est mieux quand j'entends les groupes en direct. Tout le monde peut avoir un bon son en ligne, avec tous les sifflets et les cloches, mais être capable de se produire en live, ensemble, c'est ce qui fait la différence entre l'ordinaire et l'extraordinaire. Alors, allez-y.

Il désigna de la main une batterie, une guitare basse, un clavier et un micro qui n'attendaient que nous.

– Montrez-moi ce que vous savez faire. Et pas les mêmes morceaux que j'ai déjà entendus. J'ai demandé quelque chose de mieux. Donnez-moi votre meilleur. Impressionnez-moi.

En prenant notre inspiration, nous sommes allés vers son matériel. Avant d'aller chacun vers son instrument, on s'est rapprochés et James a prononcé son laïus d'encouragement. On faisait ça avant chacune de nos prestations en public, et si jamais il y avait un moment où le charabia hippie de James avait sa place, c'était bien quand nous nous apprêtions à jouer devant ce Putain de Max Rider.

On s'est tous pris par la main en inclinant la tête.

– Nous voulons envoyer des vagues d'amour, de lumière et d'énergie dans l'univers pour le remercier de nous avoir réunis ici aujourd'hui. Cet endroit, cette expérience sont importants pour nous tous. C'est plus que ce que nous pouvions espérer et plus que ce que nous méritons, mais nous jurons de bien employer ce don. Nous offrirons notre musique pour qu'elle guérisse. Nous offrirons notre musique pour qu'elle lance des défis. Nous offrirons notre musique comme un moyen de rendre ce monde tordu un peu meilleur. Hier, aujourd'hui et demain. Et pour toujours, dit James.

Je serrai les deux mains que je tenais, et elles serrèrent les miennes en retour, et nous prononçâmes à l'unisson : « Pour toujours. »

C'était le pacte que nous avions conclu gamins. D'être toujours là les uns pour les autres, et pour toujours.

Puis nous sommes allés nous installer à nos places, j'ai saisi le micro et nous nous sommes mis à jouer. Nous avons interprété cinq chansons pour Max. C'était difficile de savoir si cela lui plaisait, parce qu'il avait le visage impassible en écoutant, et ses yeux étaient dissimulés derrière des lunettes de soleil. Lorsque nous finissions un morceau, il agitait la main et disait :

– Suivant.

Lorsqu'il nous arrêta finalement de la main, nous avons respiré, épuisés, mais prêts à jouer toute la nuit s'il le fallait.

– Très bien, venez là.

On est allés se planter devant Max, tout excités et dégoulinants de sueur. Pourtant il était impossible de savoir ce qu'il pensait. Je n'aurais pas su dire s'il avait aimé ce qu'il avait entendu, ou s'il adorait. Jusqu'à ce qu'il enlève ses lunettes de soleil et nous adresse un demi-sourire.

– D'où sort cette musique merveilleuse ?

Mon cœur explosa et j'espérai qu'il ne l'ait pas vu.

– Cela n'a rien à voir avec les enregistrements que j'ai entendus sur Instagram. Ce truc est magique. Il y a de la passion. C'est le genre de musique qui vit, qui respire, qui agit, que je recherche. Qu'est-ce qui a changé ?

James sourit en me donnant un coup de coude.

– Ian a été inspiré par une fille.

– C'est toujours une putain de fille, marmonna Max en secouant la tête. Ce n'est pas mon genre de raconter des histoires ou de gaspiller ma salive, alors vous pouvez me croire quand je vous dis que vous possédez le « truc » qui marche. Même votre petit laïus d'encouragement niaiseux avant de jouer était important. Vous n'essayez pas de vous faire de l'ombre les uns aux autres. Vous brillez tous parce que vous fonctionnez comme en symbiose. Vous êtes unis, une chose que peu de groupes peuvent se targuer de réussir. Vous pourriez facilement devenir le prochain Maroon 5[7].

Nous nous regardâmes à la dérobée, un peu déconfits par cette dernière remarque.

Le prochain Maroon 5.

Je savais ce que les gars pensaient, alors je m'éclaircis la voix pour prendre la parole.

– Avec tout le respect que je vous dois, Monsieur Rider, je ne crois pas que nous voulions devenir les prochains Maroon 5. Nous voulons être les premiers Wreckage.

Il fit une petite grimace, les sourcils froncés et le visage fermé. S'il existait une personne dans ce monde qu'il était difficile de déchiffrer, c'était bien ce Putain de Max Rider. S'il était satisfait, ça ne se voyait pas. S'il était furax, c'était impossible de le savoir. Son cerveau allait vite, et quand il avait pris une décision, il avait pris sa décision.

Cela me faisait mal au cœur de penser que je venais de me tirer une balle dans le pied en exprimant mon désaccord à propos de notre avenir. S'il voulait que nous soyons les prochains Maroon 5, ce fait aurait dû nous rendre extatiques. J'aurais dû répondre : *Certainement Monsieur Rider. Tout ce que vous voulez, Monsieur Rider. Nous vous lécherons le cul s'il le faut, Monsieur Rider.*

J'aurais été prêt à faire le même sacrifice extrême que ces hommes courageux du Fyre Festival[8], et je me serais mis à genoux pour tailler une pipe à ce Putain de Max Rider si cela s'était avéré nécessaire.

7. Groupe de pop-rock américain originaire de Los Angeles.
8. Festival organisé en 2017, qui s'est révélé être en réalité une arnaque colossale.

C'est ce qu'on appelle l'esprit d'équipe, Ian.

Je dansai d'un pied sur l'autre et toussai nerveusement.

Max chaussa ses lunettes de soleil et se leva.

– Bon, je pense que ce sera tout pour aujourd'hui, les gars.

Il commença à s'éloigner et j'eus la sensation d'avoir pris un coup de poing à l'estomac.

– Attendez, Monsieur Rider...

– J'espère que vous êtes prêts à oublier votre vie provinciale, m'interrompit-il, parce que nous n'avons pas de temps à perdre si nous voulons faire de vous les premiers Wreckage.

Et, juste comme ça, nos rêves devinrent réalité.

19

IAN

– Raconte-moi encore une fois, dit Hazel au téléphone ce soir-là, alors que, assis dans mon lit, je lui racontais par le menu tout ce qui s'était passé l'après-midi chez ce Putain de Max Rider.

Les autres étaient dans la seconde chambre d'hôtel en train d'arroser le succès de notre entrevue avec le producteur.

Max voulait que nous soyons là dans deux semaines, prêts à mettre le paquet. Tout allait si vite, et je sentais les choses m'échapper. C'était comme un rêve étrange et j'étais terrorisé à l'idée que j'allais me réveiller d'une seconde à l'autre.

Je rigolai au téléphone.

– Mais je te l'ai déjà raconté trois fois.

– Je sais, mais j'adore entendre ton excitation dans le son de ta voix.

J'étais impatient de rentrer à Eres pour l'embrasser. Dès que j'arrêtais de penser à la musique, je pensais à Hazel et à ses lèvres pleines et charnues. Ce n'était sûrement pas anodin le fait que, aussitôt que nous avions appris la bonne nouvelle, elle était la première personne avec qui j'avais voulu la partager. C'était d'abord à elle que j'avais pensé. C'était... ma personne.

– Tu es ma meilleure amie, murmurai-je.

Des frissons me parcoururent en disant ces mots, suivis d'autres frissons lorsqu'elle les reprit à son compte.

– Tu es mon meilleur ami.

Je ne prononçai pas les mots qui me traversèrent l'esprit ensuite, parce que je savais que ce serait trop, et trop compliqué, mais je l'aimais. Je l'aimais tellement, et je ne savais pas si c'était d'un amour seulement amical ou d'un amour romantique, mais cela m'importait peu que ce soit l'un ou l'autre. Parce que l'amour, quelle que soit sa nature, est une bonne chose. Elle m'avait appris ça en m'obligeant à explorer mes émotions... elle avait fait ressurgir l'amour qui vivait toujours en moi alors que je l'avais cru définitivement perdu après que mes parents m'avaient abandonné. L'amour était une bonne chose, et Hazel Stone était une putain de bonne chose pour moi. Elle était la meilleure chose qui soit, et je l'aimais tellement que cela me faisait un peu peur.

Les dernières personnes que j'avais aimées autant, c'était mes parents, et ils étaient partis sans se retourner. C'était si bon d'aimer, mais en arrière-plan il y avait toujours cette peur que l'amour ne s'enfuie un jour ou l'autre. Je ne le dirais pas tout de suite. Je le garderais pour moi et m'y accrocherais aussi longtemps que je pourrais.

– J'ai un aveu à te faire, dit-elle, alors que j'étais appuyé sur mon oreiller, une main derrière la tête. Je ne dors pas très bien quand tu n'es pas près de moi.

– J'ai un aveu à te faire. Je serre mon oreiller contre moi toutes les nuits en pensant à toi.

– J'ai un aveu à te faire. Ton sourire me manque.

– J'ai un aveu à te faire... (Elle inspira profondément et expira lentement pour ponctuer chaque mot qui sortait de ses lèvres.) Tu... me... manques.

– Tu me manques encore plus.

– Impossible.

– Absolument possible.

– Quand tu reviendras, on pourra s'embrasser encore un peu ?

Je rigolai.

– Hazel, quand je reviendrai, on ne fera rien d'autre que s'embrasser. Dans les enclos à cochons. Dans la maison. Dans la grange. Dans la rue. Je vais te voler un max de baisers et les mettre de côté pour quand je serai de retour à Los Angeles.

Elle resta silencieuse un instant.

– Tu vas réellement partir vivre à L.A., hein ? Ça arrive pour de vrai.

C'est à ce moment-là que je réalisai pour la première fois que nous allions vraiment venir vivre à Los Angeles. Que nos vies étaient réellement sur le point de changer du tout au tout. Bon Dieu.

– Tu te rends compte à quel point c'est énorme, hein, Ian ? C'est la plus grande opportunité de votre vie, et c'est ce Putain de Max Rider, s'écria-t-elle avec emphase, paraissant encore plus excitée que moi.

Ce soir-là, nous sommes restés au téléphone jusqu'à ce que Marcus et James reviennent dans la chambre pour se pieuter. Je demandai à Hazel si je pourrais la rappeler une fois qu'ils seraient endormis. Elle dit « bien sûr » et je gardai le téléphone appuyé à mon oreille. Nous allions nous endormir ensemble, même si nous étions à des kilomètres de distance.

Lorsque j'entendis ses ronflements légers, je me laissai aller, moi aussi, à fermer les paupières.

20
HAZEL

Pendant que les gars étaient à Los Angeles pour y recevoir les clés d'accès à leurs rêves, j'étais restée à Eres où je faisais tout mon possible pour éradiquer mes cauchemars. J'écrivais lettre sur lettre à maman, je voulais savoir comment elle allait. Je supposais qu'ils prenaient soin des détenues enceintes, dans une certaine mesure, mais si je me fiais à mes connaissances sur la prison – glanées au fil des documentaires sur Netflix en pleurant à chaudes larmes chaque fois –, j'avais toutes les raisons de m'angoisser.

Est-ce qu'on lui donnait ses vitamines ? Est-ce que ses anciennes habitudes de consommatrice de drogue n'affectaient pas la santé du bébé ? Est-ce que l'enfant serait vraiment confié à Charlie quand celui-ci sortirait de prison ?

D'après ce que je savais, Charlie était toujours sous les verrous, heureusement. Ce qui m'enchantait moins, c'était que je n'avais aucun moyen d'avoir des nouvelles de ma mère ni de savoir si on s'occupait bien d'elle, si elle n'avait pas peur.

Mais bien sûr, elle avait peur, c'était obligé. Comment aurait-il pu en être autrement ?

Quand mes pensées devinrent trop envahissantes et que des images terrifiantes me traversèrent l'esprit, je rassemblai suffisamment de courage pour me rendre dans mon ancien quartier et frapper à la porte de Garrett.

J'étais vêtue d'un sweat à capuche extra-large appartenant à Ian et j'avais rabattu la capuche sur ma tête. Depuis qu'il était parti, je dormais toutes les nuits dans un de ses sweats. J'aimais renifler son odeur qui y persistait. C'était presque comme s'il était avec moi, toutes les nuits.

Je jetai des regards inquiets tout autour du terrain de mobile homes en espérant que personne ne remarque ma présence. Les derniers mots de Garrett tournaient dans ma tête.

Tu sais ce qu'on leur fait aux balances ?

Quand il vint à la porte, il grommela en ouvrant la porte écran. Une cigarette pendait de ses lèvres, et il souffla un nuage de fumée.

– T'es drôlement gonflée de venir ici, marmonna-t-il.

– Ouais, je sais, mais je ne voyais pas ce que je pouvais faire d'autre. J'ai essayé de contacter ma mère, mais elle ne répond à aucune de mes lettres. Je n'ai plus le droit de lui rendre visite et je m'inquiète pour elle.

– Ah ouais ? Tu t'inquiètes pour ta mère alors que tu l'as balancée aux flics ? C'est très attentionné de ta part, putain, remarqua-t-il sur un ton sarcastique, en me soufflant sa fumée directement dans la figure.

Il avait l'air mal en point, comme s'il consommait plus que d'habitude. Quand nous sortions ensemble, il n'avait jamais eu l'air aussi tendu que maintenant. Il avait beaucoup maigri, apparemment, à en juger par son jean qui tombait encore plus bas sur ses hanches. Est-ce qu'il mangeait ? Est-ce qu'il prenait un minimum soin de lui-même ?

Je déglutis avec difficulté et fis tout mon possible pour écarter cette pensée.

Ce n'était plus mon problème.

Je fis une grimace.

–Je veux juste savoir si elle va bien. As-tu été en contact avec elle récemment ?

–Comme si j'allais te le dire !

–Je t'en prie, Garrett.

J'étais prête à le supplier. J'avais besoin de réponses aux questions qui me torturaient quotidiennement.

–Je veux seulement savoir si le bébé va bien et ce qui va se passer quand il va naître, étant donné que je ne sais pas si Charlie sortira de prison à temps pour s'occuper de lui. Est-ce que tu le sais, toi ? Est-ce que tu sais quelque chose ?

Garrett me fit un sourire qui me fit froid dans le dos.

–Ça se pourrait.

–S'il te plaît, suppliai-je de nouveau.

Je me rabaissais, mais je m'en fichais. S'il voulait que je me mette à genoux devant son fichu mobile home, je le ferais et je ramperais à ses pieds s'il le fallait.

–Tu ferais mieux de foutre le camp avant que j'annonce à tout le monde que tu es de retour dans le coin, menaça-t-il.

La peur me contracta la poitrine. Je reculai d'un pas.

–Très bien. Mais, s'il te plaît, peux-tu au moins t'assurer que le bébé se porte bien ? Je sais que tu me détestes, et je le comprends. Je me déteste assez moi-même pour nous deux. Mais si tu te soucies un tant soit peu de cet enfant, je t'en prie, assure-toi que quelqu'un prenne soin de lui. Tu sais ce que c'est de grandir dans ce quartier, Garrett. Tu as eu plus de chance parce que ta mère est vraiment une bonne mère, mais tu sais dans quelles conditions la plupart des enfants grandissent ici. Tu connais l'environnement dans lequel j'ai grandi. Cet enfant mérite mieux que ça. Il a droit à mieux.

Je m'arrêtai là et commençai à m'éloigner.

–Hazel.

Je me retournai. Garrett se redressa, sa cigarette toujours à la bouche.

–C'est une fille.

Un petit souffle s'échappa de mes lèvres tandis qu'une vague d'émotion me submergeait.

– Oui, je sais. Elle me l'a dit.

Il écrasa sa cigarette sur la rambarde et la lança sur le chemin de gravier.

– Elle déteste être enceinte et, putain, ça a l'air de lui plomber le moral, mais elle va bien. Avec ma mère, on est allés la voir la semaine dernière.

– Est-ce qu'elle a besoin de quelque chose ? De l'argent ? Des provisions ? Du baume à lèvres ?

Je bafouillais et mon cœur battait de plus en plus vite.

Il haussa les épaules.

– Tout le monde a besoin de ces trucs-là. Si tu veux, tu peux les déposer chez moi dans une semaine, quand nous retournerons la voir, ma mère et moi. Et aux dernières nouvelles, c'est m'man qui va prendre le bébé chez elle.

Sadie allait prendre le bébé chez elle.

La petite fille.

Ma petite sœur.

C'était bien. Sadie avait ses défauts, mais ce n'était pas une mauvaise mère. Je me souviens, quand j'étais petite, j'aurais voulu que ma mère fasse certaines choses que Sadie faisait pour Garrett. Comme l'emmener au parc. Le conduire au cinéma. Lui acheter des cadeaux pour Noël, tous les ans. La façon dont elle s'était procuré l'argent pour tout ça était peut-être un peu louche, mais le moindre cent qu'elle avait était dépensé pour cet enfant.

Cela me rassurait beaucoup de savoir ça.

– J'apporterai tout ça dans deux semaines. Merci Garrett.

– Ouais, c'est ça. Maintenant, dégage, ok ? dit-il en sortant une autre cigarette qu'il alluma. J'ai assez vu ta sale tronche, putain.

Je ne protestai pas. Je me dépêchai de partir, légèrement rassérénée, pour rentrer chez Ian. Tout le long du chemin, les paroles de Garrett tournèrent en boucle dans ma tête.

En arrivant, je vis le pick-up de Ian garé dans l'allée et je me précipitai à l'intérieur de la maison.

Il était rentré ! Ian était là et j'avais tellement de choses à lui dire, tellement de choses à partager. Tellement de baisers pour rattraper le temps perdu. Je cherchai dans toute la maison, mais je ne le trouvai nulle part.

J'allai dans ma chambre pour me changer, et lorsque j'ouvris la porte, un sourire me monta aux lèvres quand je vis Ian qui m'attendait, assis sur mon lit.

– Salut, dit-il en se levant.

– Salut.

– Encore ? demanda-t-il en haussant un sourcil.

Je savais exactement à quoi il faisait référence. Je m'avançai vers lui, l'entourai de mes bras, me hissai sur la pointe des pieds pour atteindre ses lèvres et je l'embrassai.

Encore.

***

J'aurais voulu avoir une télécommande capable d'arrêter le temps, de mettre les beaux moments sur pause, de rembobiner et de se repasser les meilleurs instants. Au cours des deux semaines qui suivirent, le temps que je passai avec Ian et le reste du groupe s'enfuit bien trop vite. Je m'arrangeais pour être présente le plus souvent possible, mais tous ces changements, c'était trop pour moi.

J'aurais voulu que cela se passe autrement. J'aurais voulu avoir plus de temps pour tenir des conversations philologiques avec James. J'aurais voulu avoir plus de temps pour parler avec Éric de sa passion pour les réseaux sociaux. J'aurais voulu écouter encore plus de mauvais jeux de mots de Marcus.

J'aurais voulu échanger plus de baisers avec Ian. Plus de tout avec lui, vraiment.

S'il avait existé un monde où nous serions restés ensemble, lui et moi, j'aurais été totalement à lui dès le lendemain. Mais la triste réalité était que nous n'aurions pas de lendemains. Nous n'avions que ce jour-là.

Big Paw et Holly donnèrent une fête de départ pour les gars dans la grange, et tout le monde en ville s'y présenta. Ils étaient connus pour organiser de grandes fêtes, et comme cela signifiait buffet et boissons gratuits, tous les habitants s'y pressaient.

Leurs fêtes étaient une bouffée d'air frais dans une ville très toxique.

Cela faisait au moins vingt minutes que je parcourais la foule à la recherche de Ian.

– Tu ne le trouveras pas ici, dit une voix derrière moi.

Je me retournai et souris à James qui tenait une cannette de soda à la main.

– Où, alors ?

– Il t'attend.

– Oui, mais où?

Il sourit.

– À l'endroit précis que nous t'avons fait fuir en courant, tellement tu avais peur, il y a des semaines. Je te demande pardon pour ça, d'ailleurs.

Je me mis à rire.

La cabane.

James posa une main sur mon bras et me sourit de nouveau.

– Hazel, merci pour tout ce que tu as fait pour ce groupe, pour Ian. Je ne sais même pas si nous aurions eu cette chance sans toi.

– Vous étiez déjà assez bons sans moi.

– Ouais, mais tu nous as aidés à nous améliorer. Tu l'as aidé. Alors, je te remercie pour ça. Je ne l'avais jamais vu vraiment amoureux d'une fille avant. Cela lui réussit bien.

Mon cœur s'arrêta carrément de battre.

Amoureux ?

Ian m'aimait ?

James dut lire la panique dans mon regard, parce qu'il détourna les yeux et essaya de rétropédaler.

– Je veux dire… euh… genre, il éprouve de l'amour pour toi. Je veux dire… ce que je veux dire… ah zut ! Les pieds dans le plat… En tout cas, il est dans la cabane.

– Merci, James.

– De rien. Et… Haze ?

– Oui ?

– Est-ce que tu peux garder ça pour toi ? Je n'ai pas fait exprès de t'en parler avant lui. Merde. Je ne veux pas gâcher ce moment où il choisira de te le dire lui-même.

– Peut-être que ça n'arrivera jamais.

– Si, tu peux me croire – il secoua la tête –, ça arrivera. Attends et tu verras. Et surtout, prends l'air étonné, d'accord ? Mais pas trop étonné. Juste ce qu'il faut. Ni trop ni trop peu.

Je rigolai et hochai la tête.

– Je vais faire ça. Est-ce que c'est en jouant à votre jeu des aveux qu'il t'a dit qu'il m'aimait ?

James fronça les sourcils, sans comprendre.

– Notre jeu des aveux ?

– Tu sais, le jeu auquel vous jouez en nettoyant les enclos, pour que le temps passe plus vite.

– Euh… je ne sais pas du tout de quoi tu parles.

Il semblait complètement déconcerté par ce que je disais, et ces papillons revinrent instantanément voleter dans mon estomac.

Oh, Ian ! Toi et tes mensonges pour me pousser aux confidences.

21

IAN

On dit généralement que le mal du pays vous prend à l'instant même où vous le quittez, mais je n'y croyais pas. Cet endroit n'allait pas me manquer, pas une seconde. Le travail dans les enclos à cochons ne me manquerait pas, pas plus que les balades en ville avec sa population à l'esprit étriqué. Ramasser le fumier et le foin ne me manquerait pas. Ni les moustiques prêts à nous sucer le sang. Les choses qui faisaient Eres ne me manqueraient pas, mais il y avait ici des personnes qui me manqueraient.

Trois personnes pour être précis.

Grand-mère me manquerait avec sa cuisine faite à la maison. Son habitude de continuer à venir chez moi pour plier mon linge, même si je lui disais que je pouvais le faire moi-même. Ses câlins réconfortants. Sa sagesse. Sa personnalité positive. Ses preuves d'amour quotidiennes.

Big Paw me manquerait aussi. Probablement même ses engueulades à propos de trucs insignifiants me manqueraient. Son éducation à la dure me manquerait. Ses ébauches de sourires, quand vous faisiez quelque chose qui le rendait fier. Son attitude et son amour rugueux me manqueraient.

Et puis, il y avait Hazel. Tout chez elle me manquerait. Même les choses qu'il me restait encore à découvrir.

Assis à l'intérieur de la cabane, j'observais le ciel étoilé. À quelques centaines de mètres de la grange où la fête battait son plein. J'avais dit à ma grand-mère que les gars et moi ne tenions pas à une fête de départ, alors bien entendu Big Paw et elle avaient organisé une fête de départ pour nous.

– Tu vas rester assis là toute la nuit à réfléchir ou tu vas venir te joindre à la fête donnée en ton honneur et arroser ta liberté toute neuve ?

Je levai les yeux, Hazel était là, vêtue d'un de mes sweats à capuche sur un short noir. Ses cuisses avaient l'air douces et fermes, et j'eus envie de me nicher entre elles et d'y rester un bon moment. Elle avait mis sa paire de baskets noires préférées, celles qui lui portaient chance. Mes chaussures. On ne pouvait pas nier qu'elles lui allaient bien mieux qu'à moi.

– Tu sais que je me fiche pas mal de cette fête. J'aurais préféré passer cette dernière soirée avec les gens qui comptent le plus pour moi.

– Comme qui ?

Je lui fis un sourire entendu. Le rouge lui monta aux joues et elle me rendit mon sourire.

Ces joues qui attiraient les baisers.

– Tu ne voudrais pas venir dehors avec moi ? J'ai envie de faire de la balançoire.

Je fis ce qu'elle me disait et allai la rejoindre à l'extérieur de la cabane.

Elle s'élança en direction des vieilles balançoires installées entre les deux gros chênes de la propriété. Juste derrière les balançoires se trouvait un puits qui était hors d'usage depuis bien avant ma naissance, mais pourtant les gens continuaient à venir y jeter des pièces dans l'espoir que leurs rêves se réalisent.

Hazel mit la main à sa poche arrière et en sortit deux pièces.

– Tu crois à la magie ?

– Depuis que je te connais, j'y crois un peu plus chaque jour.

Elle me tendit une pièce.

– Alors, fais un vœu. Mais un bon. J'ai entendu parler de ce puits aux souhaits. On dit que des personnes ont souhaité avoir de l'argent, ou des bébés, ou se marier. Eh bien, tous leurs rêves se sont réalisés.

J'allais lancer la pièce dans le puits, mais Hazel bondit pour m'en empêcher.

– Attends, Ian ! Tu ne peux pas juste la jeter dans le puits comme ça. Il faut que tu prennes ton temps et que tu sois sûr que ton souhait est énoncé clairement. Tu n'as droit qu'à un essai. Il faut que ton vœu compte.

Je lui fis un petit sourire en coin et lançai ma pièce dans le puits.

Les sourcils froncés, elle pressa sa pièce sur son cœur, ferma les yeux et leva la tête vers la lune. C'était le premier quartier.

Si vous m'aviez demandé il y a plusieurs mois si je connaissais la différence entre la pleine lune, la nouvelle lune et un quartier de lune – montant ou descendant –, je vous aurais traité de dingue. Mais c'était le genre de conneries que je connaissais maintenant grâce à Hazel, et son esprit curieux.

Elle porta la pièce à ses lèvres avant de rouvrir les yeux et la lança dans le puits, puis pivota sur ses talons pour me faire face.

– Je parie que mon vœu se réalisera avant le tien parce que j'ai pris mon temps pour le formuler.

– Qu'est-ce que tu as souhaité ?

– Ça ne se dit jamais, sinon ça annule le vœu. (Elle plissa les yeux.) Et toi, c'était quoi ?

– Ah ben non ! Tu ne vas pas faire capoter mon souhait.

Une fois arrivés aux balançoires, nous sommes devenus silencieux. Hazel regardait les étoiles, les yeux émerveillés. Parfois, elle baissait les paupières et je suis sûre qu'elle formulait d'autres souhaits.

– Tu entends cette chanson, Ian ?

Elle se balançait d'avant en arrière sur sa balançoire.

– Oui.

– C'est une de mes préférées.

– Ah bon ? C'est quoi ?

Elle haussa les épaules.

– J'en sais rien, mais je peux te dire que cela va être un tube, d'après le tempo.

Je me mis à rire.

– Tu es bizarre parfois.

– Je suis toujours bizarre.

Tout à coup, Hazel bondit de son siège et tendit les mains vers moi.

– Viens danser avec moi.

– Quoi ? Non. C'est un slow. Je ne danse pas le slow.

– Tu danses le rock ?

Je marquai une pause.

– Ben, non.

– Ian Parker, si tu ne te bouges pas le cul pour venir danser avec moi, je te jure que je dirai à tout le monde que c'est toi qui as mis le feu à la boîte à lettres de Big Paw.

Je haussai un sourcil.

– Tu ne ferais pas ça.

Elle posa les mains sur ses hanches et me lança un regard de défi.

– Tu crois ?

– C'est contraire à toutes les règles de la meute.

– Heureusement, je ne suis pas un membre de la meute.

Je me mis à rire.

– Au bout de ces quelques derniers mois, je pense que tu appartiens plus à la meute que moi. Tu n'irais pas raconter ça à Big Paw, pas en vrai.

– Tu veux parier ?

Je la regardai en plissant les yeux et elle soutint mon regard.

Elle bluffe.

C'est pas possible autrement.

Je secouai la tête.

– Qu'est-ce que ça peut faire ? Je quitte cette ville demain matin de toute façon.

– Et tu crois que Big Paw ne va pas te rattraper pour te botter le cul pour avoir détruit sa boîte à lettres ?

Ouais, bien sûr.

Je savais qu'il le ferait. Il avait gravé cette boîte à lettres à la main il y avait plus de vingt-cinq ans. Elle était plus vieille que moi, et il avait probablement eu beaucoup d'autres occasions d'être fâché contre moi.

Je descendis de ma balançoire et pointai un doigt vers elle.

– Si je danse avec toi, tu ne pourras plus tenir cette épée de Damoclès au-dessus de ma tête.

– Je ne le ferai pas.

– Juré ?

Elle croisa les doigts sur sa poitrine.

– Croix de bois croix de fer, si je mens je vais en enfer.

Si elle n'avait pas été aussi agaçante à ce moment-là, je l'aurais trouvée mignonne.

On ne va pas se mentir, elle était belle.

– Mais c'est moi qui mène.

– Cela va de soi, répliqua-t-elle en me tendant la main.

Je la pris à contrecœur dans la mienne, et nous nous mîmes à danser sur ce slow que je ne connaissais pas mais qui était son nouveau tube préféré.

– Aïe !

Elle fit un bond en arrière quand je lui marchai sur le pied.

– Désolé, marmonnai-je, je t'avais dit que je ne dansais pas le slow.

Elle se rapprocha de moi.

– Ce n'est rien. Tu ne peux que t'améliorer avec la pratique.

Nous dansâmes de long en large et Hazel posa la tête sur mon épaule. En se balançant, elle fredonnait la chanson comme si elle en connaissait toutes les paroles.

–Tu vois, murmura-t-elle. C'est pas sympa ?

Je ne répondis pas, mais je dois avouer que cela ne me déplaisait pas. Je détestais beaucoup de choses liées à cette petite ville d'Eres, mais danser le slow avec Hazel n'en faisait pas partie.

–Est-ce que tu as peur, Ian ? De partir d'ici ?

–Pas du tout, répliquai-je vivement.

Il n'y avait rien d'effrayant à quitter cette ville pour partir à Los Angeles me lancer dans la carrière musicale. La seule chose vraiment effrayante serait de rester dans ce trou perdu et de ne jamais atteindre mes rêves.

Si je ne partais pas d'Eres demain, j'étais pratiquement certain que je n'en partirais jamais.

–Alors, c'est moi qui vais avoir peur pour toi, dit-elle en me serrant plus fort. (Je la laissai faire, parce que tout ce que je voulais faire pendant les quinze heures à venir, c'était la serrer contre moi.) Je veux seulement que tu ne te perdes pas toi-même, tu sais. Beaucoup de gens qui partent à la poursuite de ce grand rêve hollywoodien se perdent en route.

–Que sais-tu des gens qui poursuivent leur rêve hollywoodien ? Nous ne connaissons personne qui ait fait ce que mon groupe et moi allons faire.

–Je sais, mais j'ai vu assez de films pour savoir qu'Hollywood change les gens.

C'était possible.

Mais pas moi.

Tout ce que je voulais, c'était jouer ma musique devant un public plus ouvert que les vieux dans la grange.

–Ça va bien se passer.

–Tant mieux, parce que moi, je t'aime bien comme tu es. Tu sais, Ian ?

–Qu'est-ce qu'il y a ?

Hazel leva vers moi des yeux baignés de larmes et secoua légèrement la tête.

–Parfois, je pense que tu ne seras plus là et mon cœur me fait très mal.

– Allez, Hazel, ne deviens pas trop sentimentale. Je reviendrai.

– Non, tu ne reviendras pas, murmura-t-elle en reposant sa tête sur mon épaule.

Je ne répondis pas parce que je savais qu'elle n'avait pas complètement tort et que d'ici à ce que je revienne, elle serait probablement partie à la poursuite de ses propres rêves.

– Tu vas tellement me manquer, Ian, avoua-t-elle.

Nous continuâmes de danser entre les balançoires, Hazel continua de me sourire.

Bon sang, *ce sourire va me manquer.*

Le slow fut suivi d'un morceau plus rapide, mais nous continuâmes de bouger sans changer de rythme. Elle leva les yeux vers moi et me sourit de nouveau. Cette fois, son sourire était teinté de tristesse.

– Encore ?

Je l'embrassai.

Je l'embrassai lentement et délicatement et laissai mes lèvres s'attarder, parce que j'avais trop peur de m'éloigner d'elle.

– Haze... murmurai-je en la regardant dans les yeux.

J'avais tellement de sentiments pour cette fille. J'aurais voulu lui parler des mots qui se pressaient dans ma tête. J'aurais voulu qu'elle sache comment l'amour emplissait chaque fibre de mon être et que cet amour lui était acquis. Mais j'avais peur, parce que, le matin venu, je serais parti. Le matin venu, je ne pourrais plus rien faire de ce fameux amour.

Elle me regarda et hocha la tête.

– Je sais, Ian, dit-elle d'une voix douce, comme si elle pouvait lire dans mes pensées et mon esprit embrouillé. Moi aussi.

Elle reposa la tête sur mon épaule et nous dansâmes tout le reste de la soirée. Puis je la raccompagnai à sa chambre et la serrai contre moi une dernière fois.

Une fois allongés dans le lit, je commençai à fermer les yeux, mais je les rouvris en sentant une caresse légère par-dessus mon boxer. S'il y a une chose capable de réveiller un homme fatigué, c'est bien une main qui bouge sur sa queue.

J'inclinai la tête pour regarder Hazel, me demandant si cette caresse n'était due qu'à un geste involontaire dans son sommeil, mais elle avait les yeux ouverts et me regarda tout en continuant. Elle chercha du bout des doigts la ceinture de mon boxer avant de l'écarter pour permettre à sa main de se glisser à l'intérieur. Elle se saisit de mon sexe et entreprit de le caresser lentement de haut en bas, sans cesser de me fixer du regard. Puis elle ajouta un peu de pression à ses caresses, me tirant un gémissement de plaisir.

Elle sortit la main de mon boxer une seconde, lécha sa paume avant de sucer tous ses doigts l'un après l'autre pour lubrifier toute la surface de sa main avant de la glisser de nouveau à l'intérieur de mon boxer et de reprendre ses caresses un peu plus rapidement cette fois. Ma queue grossissait dans sa main alors qu'elle m'excitait en glissant par-dessus mon gland et redescendant le long de mon pieu. À chaque caresse, j'avais l'impression que ma tête allait exploser.

– Oui, Haze... comme... ça, soupirai-je, incapable de garder les yeux ouverts, submergé par mon désir.

Elle s'assit sur le lit et commença à baisser mon boxer qu'elle envoya balader dans un coin de la chambre, puis se baissa de façon à s'agenouiller sur le sol, juste devant le lit.

– Tourne-toi, ordonna-t-elle. Viens plus près de moi.

Je fis ce qu'elle me disait, le cœur battant comme celui d'un gosse le matin de Noël, alors qu'elle continuait à augmenter la pression de ses caresses. Elle approcha sa bouche de ma queue, et son souffle chaud frôla l'intérieur de mes cuisses lorsqu'elle l'embrassa. Sa langue glissa hors de sa bouche pour dessiner des cercles sur la pointe de mon sexe, ce qui me fit courir des frissons le long de la colonne vertébrale.

Putaiiiiin.

Putain, putain, putain.

Puis elle me prit tout entier dans sa bouche, suçant ma queue lentement et fermement, laissant sa main glisser de haut en bas en même temps que sa bouche. De la langue elle dessinait des huit sur la base, et nom de Dieu, je dus me couvrir le visage de mes deux mains pour m'empêcher de crier de plaisir. Sans ralentir son rythme, elle m'embouchа en totalité, me submergeant par l'intensité de cette fellation. Elle posa sa main libre juste sous mon ventre et s'appuya doucement contre moi, et putain, j'allais jouir dans la bouche d'Hazel Stone si elle n'arrêtait pas immédiatement. Je me mis à taper des pieds sur le sol et à me soulever du matelas, sur le point de jouir.

– Arrête, arrête, arrête, ordonnai-je en la repoussant.

Elle leva vers moi un regard perplexe.

– Je suis désolée. Tu n'aimais pas...

– Bordel, Haze, murmurai-je en secouant la tête. J'ai adoré, putain, mais je veux te goûter d'abord.

Je le relevai et l'allongeai sur le lit.

– Je veux te goûter totalement.

– Oh... ?

Elle devint instantanément écarlate.

– Et donc, qu'est-ce qu'il faut que je fasse ?

– C'est simple. Il faut que tu enlèves ton pantalon.

22

HAZEL

Jamais un mec ne m'avait léchée. Avec Garrett on se pelotait, c'est tout. Je le branlais et je lui taillais des pipes de temps en temps, mais lui ne m'avait jamais rien fait. Il disait que cela le dégoûtait et qu'il n'aimait pas le faire.

Je n'y pensais pas trop, en fait, je m'en fichais. Si je voulais me donner du plaisir, il y avait des tas de façons de le faire sans le concours d'un garçon stupide qui était bien trop immature pour donner du plaisir à une femme.

Mais avec Ian ce soir-là ? Ce ne fut pas du tout un problème. Il m'enleva mon pantalon de pyjama et ma culotte avec beaucoup de douceur. Il regarda mon corps comme jamais Garrett ne l'avait fait, comme s'il en vénérait tous les creux et toutes les courbes.

Il fit passer mon tee-shirt par-dessus ma tête et je me retrouvai assise là en soutien-gorge, entièrement nue, ou presque, devant le premier homme qui eut totalement le contrôle des battements de mon cœur. Alors, il se mit à poser ses lèvres partout sur moi. Sur les parties que j'aimais comme sur celles qui me donnaient des complexes. Sa langue se promena le long de mon cou, sur les courbes de ma poitrine, sur les plis de mon ventre, sur les os de mes hanches, sur l'intérieur de mes cuisses.

Lorsque Ian écarta mes jambes, une bouffée de chaleur afflua à mon intimité. Son souffle respira contre mon sexe quand je m'allongeai sur le dos, l'excitation de l'attente rendant ma respiration de plus en plus difficile. Puis, du bout de deux doigts il écarta mon centre, formant un V au milieu duquel il posa la langue et me lécha de haut en bas, suçant mon clitoris, et je poussai un cri de plaisir.

Oh mon Dieu...

Comment faisait-il cela avec sa langue ? Comment la déplaçait-il alternativement vite et lentement, de haut en bas, de plus en plus profondément ?

Oh là là, Ian s'enfonçait en moi alors que mes fluides se déclenchaient sous l'effet de sa volonté, de sa demande, de son désir. Il glissa deux doigts en moi et fit un mouvement de crochet contre mon centre, m'amenant de plus en plus près de l'orgasme. Je ne savais pas si je pourrais le retenir encore très longtemps. Je n'étais pas sûre d'être capable de me contrôler.

– Tout entière, murmura-t-il en levant les yeux pour plonger son regard dans le mien.

Un troisième doigt vint se joindre aux autres et il s'en servit comme un magicien qui m'emplissait de ses pouvoirs mystiques.

– Je veux te goûter tout entière. Laisse-toi aller, Haze. Lâche prise, ordonna-t-il avant de reposer sa bouche sur mon sexe et de recommencer à me baiser profondément et intensément de sa langue.

Je m'agrippai aux draps et mes hanches se soulevèrent vers sa bouche. Mes jambes se mirent à trembler alors qu'il accélérait le rythme de ses longs coups de langue, me pénétrant et ressortant, entrant et sortant.

– Ian, criai-je, mais aucun mot ne passa mes lèvres quand je me libérai dans sa bouche jusqu'à la dernière goutte.

Il léchait et léchait, me suçant comme un animal affamé qui ne veut pas abandonner la moindre goutte.

Quand il y mit un terme, il s'accroupit sur ses talons et me regarda en souriant. Son visage luisait de ma liqueur répandue sur lui, et je rougis en le regardant se lécher les lèvres. C'est alors que mon regard tomba sur son sexe érigé qu'il caressait lentement. Mes yeux se fixèrent, comme hypnotisés, sur sa main qui montait et descendait sur sa gaule épaisse, et une vague de désir afflua de nouveau en moi.

– Prends-moi, murmurai-je en me redressant sur mes avant-bras.

Il haussa un sourcil.

– Haze...

– Prends-moi, répétai-je en hochant la tête. S'il te plaît, Ian. J'ai tellement envie de toi, là, tout de suite... s'il te plaît...

Il se releva et s'approcha de moi. Son corps penché sur le mien, il m'embrassa, et je sentis ma propre odeur sur ses lèvres. Nos langues se mêlèrent et il m'embrassa comme s'il essayait de me confier un secret que je déchiffrerais un jour.

– Si nous faisons ça, nous ne pourrons plus prétendre que nous ne sommes pas ensemble, Hazel. Si je te pénètre, tu deviens mienne.

– Et tu seras mien, soufflai-je sur sa bouche en posant mes mains sur son torse. Tu es à moi.

En vérité, il avait toujours été à moi. J'attendais juste le jour où je serais à lui, moi aussi.

Il s'immobilisa au-dessus de moi et frotta son érection contre mon sexe.

– Si je te fais mal... tu m'arrêtes, ok ?

– Ok.

Je mentais. Je n'avais aucune intention d'empêcher Ian de se glisser en moi. Je n'avais aucune intention de l'empêcher de m'emplir totalement.

Il tendit la main vers la table de nuit et sortit un préservatif de son portefeuille. Je le regardai, émerveillée, le mettre en place. Il pompa son pieu de la main plusieurs fois avant de revenir le frotter contre moi. Alors, il me pénétra.

J'ouvris la bouche et poussai un petit cri étouffé tandis qu'il trouvait son chemin profondément en moi. Étonnamment, cela ne me fit pas aussi mal que je l'avais imaginé. Il me fallut quelques secondes pour m'habituer à cette sensation nouvelle, mais très vite je permis à Ian de s'enfoncer plus profondément en moi et je me mis à gémir parce que c'était... si...

Bon.

J'avais l'impression d'être déjà au bord d'un nouvel orgasme alors que ses hanches se balançaient contre les miennes. Il saisit mes poignets et les immobilisa au-dessus de ma tête tout en allant et venant en moi lentement, m'excitant, rendant mon désir de plus en plus intense.

Chaque fois qu'il s'écartait, lentement, pour se replonger avec force en moi, mon corps tout entier était secoué de vibrations. Tous les muscles de Ian se dessinaient de façon plus précise lorsqu'il me plaquait au lit.

– Ian... je vais... je vais...

Hurler.

Je dégageai vivement une main pour attraper l'oreiller le plus proche. Je m'en couvris la bouche tout en accueillant en gémissant le meilleur orgasme de ma vie. Tout mon corps tremblait de tension tandis que Ian continuait. Plus fort, plus vite, plus profondément...

– Putain, grogna-t-il. Haze, je vais... putain, je vais...

– S'il te plaît, suppliai-je.

Je voulais qu'il se sente aussi bien que moi. Je voulais qu'il jaillisse à l'intérieur de moi. Je voulais qu'il se perde en moi. Je voulais être la cause de cette félicité qui lui retournait les yeux.

Et quand cela se produisit, quand son corps se mit à vibrer au-dessus de moi, je m'abandonnai moi aussi. Fermant les yeux, il jouit intensément en moi, et mon cœur s'emballa, gonflé de fierté, d'émerveillement, de... d'amour.

Oh mon Dieu, je l'aimais.

Il s'écroula sur moi, en sueur et hors d'haleine. Il resta silencieux un moment, puis se glissa hors de moi et roula sur le côté du lit.

– Nom de... marmonna-t-il.

– Dieu, achevai-je avec des petits gloussements.

– Tu ne comprends pas. C'était... ça, là, tout de suite... c'était... putain...

Il soupira en se passant la main sur le visage.

– Je n'ai jamais joui comme ça, Haze. Ça n'a jamais été aussi bon.

Il se pencha vers moi pour m'embrasser la joue.

– Ce n'était pas seulement sexuel. C'était plus profond. C'était comme faire...

Il s'interrompit et se reprit avant d'en dire plus. Mais je savais ce qu'il pensait.

C'était comme faire l'amour.

Il me fit un petit sourire nonchalant.

– J'ai bien aimé quand tu as crié mon nom dans ton oreiller.

– Moi j'ai bien aimé quand tu...

Je marquai une pause en plissant le nez.

– J'ai tout aimé.

Il se redressa et retira le préservatif de son sexe pour le lancer dans la poubelle. Puis il resta assis nu sur le bord de mon lit, en essayant toujours de retrouver son souffle. Il amena ma main sur sa poitrine et la posa sur son cœur.

– Tu vois ce que tu me fais, Haze? Tu affoles mon cœur.

J'adorais ce sentiment. J'adorais qu'il me laisse prendre le contrôle sur lui et j'adorais l'idée qu'il me contrôle de la même façon.

Nous nous allongeâmes l'un à côté de l'autre, nos corps, comme nos cœurs, nus et à découvert.

–Tu me manques déjà, dit-il en posant ses lèvres sur mon front.

–Tu me manques encore plus.

Je me mordis la lèvre inférieure.

–Quand tu reviendras, est-ce qu'on pourra recommencer ?

Il rigola.

–Encore, et encore. Après tout, tu es à moi.

Et tu es à moi, Ian Parker.

Tout à moi.

23
IAN

Je n'avais dormi que trois heures la nuit précédente, suite à la façon dont les choses avaient évolué entre Hazel et moi. Cela ne me dérangeait pas. J'aurais bien renoncé à ces trois heures si elle ne s'était pas endormie la première.

Hazel et mes grands-parents m'aidèrent à charger mes bagages à l'arrière du pick-up de Big Paw. Quand tout fut en place, je ne pus empêcher une boule de se former dans mon estomac. Je ne savais pas comment j'allais réagir aux adieux, surtout parce que je n'avais jamais eu à en faire auparavant. Mes parents ne m'avaient pas donné l'occasion de leur dire adieu avant de s'enfuir, et depuis... tous les gens que je connaissais avaient plutôt tendance à rester ici.

C'était un des aspects d'avoir vécu dans une petite ville toute sa vie, on n'avait jamais à dire au revoir aux personnes qu'on chérissait le plus, jusqu'à ce que la mort nous sépare.

Mais aujourd'hui, il fallait que je le fasse. Il fallait que je dise au revoir à ma famille, et il s'est avéré que je n'étais pas prêt. J'avais l'impression que des mains se refermaient autour de mon cou, m'empêchant de respirer normalement.

– Bon, ben, moi d'abord, dit Grand-Mère.

Ses yeux étaient déjà pleins de larmes. Elle vint vers moi et me serra dans ses bras.

– Surtout n'oublie pas de retirer tes lentilles le soir, hein ? Sinon tu risques de devenir aveugle.

– Oui, M'dame.

– Et passe le fil dentaire. Je sais que tu ne le fais probablement pas, bien que je te le répète depuis toujours, mais si tu veux garder ton beau sourire, tu as intérêt à le faire tous les jours. Ou au moins un jour sur deux.

– Oui, M'dame.

– Et pour l'amour du ciel, je t'en prie, trie ton linge quand tu fais la lessive, les couleurs avec les couleurs, le blanc avec le blanc. Et surtout, surtout, surtout, fais ta lessive. Ne laisse pas ton linge sale s'empiler dans un coin jusqu'à ce que tu n'aies plus qu'une paire de boxers.

Je ricanai.

– Oui, M'dame.

– Et une dernière chose.

Elle prit mon visage dans ses mains.

– Si tu as besoin de nous, tu appelles. À n'importe quelle heure du jour ou de la nuit, tu appelles à la maison. D'accord ?

– D'accord, je te le promets.

Elle se pencha et m'embrassa sur la joue avant de la tapoter doucement. C'était sa façon de « fixer les baisers ».

– D'accord, très bien.

Je me tournai vers Haze, qui se tenait un peu en retrait. Je me frottai l'omoplate.

– Tu es sûre que tu ne veux pas venir avec nous à l'aéroport, Haze ? Ou même venir à L.A. ?

Je ne plaisantais qu'à moitié. Je ne pouvais effacer de mon esprit la nuit que nous avions passée ensemble. Tout ce que je voulais, c'était d'autres nuits comme celle-ci. Dans un monde parfait, je rentrerais à la maison après ma journée passée au studio, je l'entraînerais dans la douche avec moi et nous ferions l'amour sous le jet d'eau brûlante. Je lui ferais l'amour aussi dans la cuisine.

Dans le salon. Dans la salle à manger. Dans tous les endroits possibles, je lui ferais l'amour.

– Ne me tente pas, dit-elle. Si j'allais à L.A. avec toi, je doute que j'aurais envie de revenir.

– Bon, ben, j'imagine qu'on se dit au...

– Non, Ian, me coupa-t-elle en fermant les yeux. Ne me dis pas au revoir, d'accord ? Serre-moi seulement dans tes bras et finissons-en.

Je fis ce qu'elle me disait et elle me serra plus fort qu'elle ne l'avait jamais fait.

– La nuit dernière, c'était super, lui chuchotai-je à l'oreille.

– Super super, répondit-elle.

Elle s'écarta légèrement de moi.

– Tu m'appelles, ordonna-t-elle. Dès que tu en as la possibilité.

– Bien sûr. Et tu peux te servir de mon pick-up pendant que je ne suis pas là, si tu veux.

Je rigolai un peu en entendant Big Paw demander à Grand-Mère :

– Quand sont-ils devenus si intimes ?

– Tu tombes toujours des nues, Harry. Tu ne vois même pas ce qui se passe juste sous ton nez.

Big Paw grommela en se grattant la barbe.

– On ferait mieux d'y aller si on veut arriver à temps à l'aéroport.

Il y avait une longue route jusqu'à l'aéroport le plus proche, ce qui veut dire que nous devions partir plus tôt que je ne l'aurais voulu.

Un peu plus de temps avec Hazel et Grand-Mère ne m'aurait pas déplu.

Je n'étais même pas encore parti et j'avais déjà le mal du pays, comment était-ce possible ?

Je fis un signe de tête affirmatif à Big Paw avant de serrer une dernière fois Grand-Mère et Hazel dans mes bras. J'ouvris la portière du pick-up côté passager et j'allais monter sur le siège.

– Ian, attends !

Je regardai sur ma gauche et vis Hazel qui courait vers moi. Elle se jeta dans mes bras et pressa ses lèvres sur les miennes. Je l'embrassai longuement, regrettant de devoir la lâcher.

– Tu vas me manquer, Ian. Quand tu seras célèbre, ne nous oublie pas, nous les gens de la campagne, ok ?

– Je ne pourrais pas t'oublier même si je le voulais. D'ailleurs, je t'appellerai tous les matins et tous les soirs, juré.

Elle se mordilla la lèvre inférieure.

– Je ne sais pas si ça sera possible, Ian. Tu vas être très occupé dans ta nouvelle vie et…

– On trouve toujours le temps pour les choses qui comptent, dis-je en lui coupant la parole. Tu fais partie de choses qui comptent.

Elle baissa la tête pendant une fraction de seconde et lorsqu'elle la releva, elle avait ce sourire que j'adorais. Je l'embrassai encore une fois. Pour la première fois de ma vie, la musique n'était plus la seule chose qui comptait vraiment pour moi.

– Merci, Haze.

– Merci pour quoi ?

– Pour m'avoir appris à ressentir de nouveau.

– C'était quoi ça ? aboya Big Paw.

Grand-Mère le reprit d'un geste de la main.

– Oh, tais-toi, espèce de vieux croûton. Il faut bien que jeunesse se passe. Je me souviens d'un certain garçon qui m'embrassait comme ça, lui aussi.

– Dis-moi qui c'était, que j'aille lui botter le cul, rigola Big Paw.

Grand-mère gloussa en secouant la tête.

– Chut. Allez, maintenant il faut partir, sinon il va rater l'avion et il devra revenir et embrasser Hazel encore une fois.

Cela alluma une étincelle sous les fesses de Big Paw et il alla rapidement prendre sa place au volant.

Je fis un dernier geste d'adieu avant que Big Paw démarre.

Je regardai dans le rétroviseur d'aile les deux femmes me faire signe jusqu'à ce qu'elles aient disparu.

Nous gardâmes le silence pendant tout le trajet jusqu'à l'aéroport. Big Paw et moi n'étions pas très bavards, et le silence ne me dérangeait pas du tout. J'avais l'esprit occupé avec l'avenir et le passé. Une fois garés à l'aéroport, il m'aida à sortir mes bagages du camion. Je pris l'étui de ma guitare et le posai sur le trottoir pour pouvoir faire mes adieux.

Big Paw n'arrêtait pas de se gratter la barbe.

– Écoute, Ian, je ne suis pas aussi à l'aise avec les mots que ta grand-mère. Elle est beaucoup plus sentimentale que la plupart des gens, et bon, elle trouve toujours les mots qu'il faut. Ce n'est pas mon genre, alors je vais te dire ce que je dois te dire et m'en débarrasser.

Il retourna la casquette de baseball qu'il avait sur la tête avant d'enfoncer les mains dans ses poches. Il se racla la gorge.

– Tu me fais chier depuis que tu es tout petit.

Pas vraiment le discours d'adieu que j'espérais.

– C'est la vérité. Tu m'as toujours fait chier. Pendant toute ton enfance, tu m'as toujours poussé à bout. Tu te faisais toujours remarquer et c'est à toi que je dois tous mes cheveux blancs.

– Est-ce censé être un adieu inspirant, parce que...

– Ferme ton clapet et laisse-moi finir, d'accord ? aboya-t-il.

– Oui, grand-père.

Il dansa d'un pied sur l'autre avant de se pincer l'arête du nez. Lorsqu'il me regarda droit dans les yeux, les siens étaient embués de larmes, or, j'aurais pu jurer que je n'avais jamais vu mon grand-père pleurer.

– Je veux juste que tu saches que c'est de moi que tu tiens tous ces traits de caractère. Les bons, les mauvais et les tordus. Tu es le portrait de ton grand-père, Ian, et je ne voudrais pas que tu sois autrement. Alors, tu vas à Los Angeles, et tu les fais chier, ok ? Tu te montres aussi chiant que tu sais le faire. Pousse-les à bout. Pousse tout le monde à bout jusqu'à ce que tu obtiennes ce que tu veux. Tu obtiens ce succès et tu t'y accroches. Ne t'avise pas de regarder en arrière jusqu'à ce que tu en aies vraiment besoin, mais quand tu en auras besoin, nous serons là pour toi.

Bon sang...

Cette fois, c'était moi qui pleurais.

Je reniflai un peu et hochai la tête.

– Oui, grand-père. Je te le promets.

– Très bien. Maintenant, viens là. Débarrassons-nous de ces conneries mélo.

Il me tendit les bras et me serra contre lui. Je m'accrochai à lui et il me manquait déjà avant que je le lâche.

– Je suis fier de toi, fiston, dit-il doucement avant de me lâcher. Maintenant, va-t'en. Deviens une rockstar.

Je ramassai mon étui de guitare et pris les poignées de mes valises. En entrant dans l'aéroport, une partie de moi avait envie de se retourner pour regarder derrière moi, mais je ne le fis pas.

Regarder en arrière n'était pas une option. À partir de maintenant, je ne regardais plus que vers l'avant.

24

HAZEL

Les arbres d'Eres se paraient des couleurs de l'arrière-saison, et il ne fallut pas longtemps à l'été pour tirer sa révérence, laissant l'automne faire son apparition sur la scène. Je passai les semaines suivantes à tout faire pour rester occupée à la ferme.

Lorsque Big Paw me convoqua à son bureau, j'étais aussi stressée que lors de notre première rencontre. Même si au cours des derniers mois nous nous étions rapprochés – à la façon de Big Paw, c'est-à-dire pas du tout proches, en fait –, il me faisait toujours un peu peur.

– Assieds-toi, Hazel, me dit-il de sa voix bourrue en mâchonnant son cigare.

J'obéis et me raclai la gorge.

– Si c'est au sujet des poulets qui sont sortis du poulailler, je suis entièrement responsable. Le nouveau a laissé la porte ouverte, mais c'est parce que je ne lui ai pas dit de la fermer.

J'avais les mains moites.

– Ça n'a rien à voir avec ce foutu poulailler.

– Ah bon.

Je m'agitai sur mon siège et m'essuyai les mains sur mes cuisses.

– Alors, pourquoi m'avez-vous fait venir ?

– J'ai vu ta mère l'autre jour.

– Pardon ? Quoi ?

Il se renfonça dans son siège en se passant la main sur la mâchoire.

– Je suis allé à la prison pour lui parler. Pour m'assurer qu'elle allait bien. Elle m'a dit qu'elle avait reçu tes lettres, mais qu'elle avait honte d'y répondre après votre dernière conversation. Elle était en manque, et je crois qu'elle a dit des choses qu'elle ne pensait pas.

– Comment... attendez... pardon ? Comment connaissez-vous ma mère ?

Il fronça les sourcils et croisa les doigts.

– Holly et moi avons été famille d'accueil d'aussi loin que je me souvienne. Jean n'était encore qu'une enfant quand elle est arrivée dans le coin. Elle était enceinte et terrifiée, un peu comme elle l'est encore aujourd'hui. Nous l'avons accueillie et j'ai fait de mon mieux pour prendre soin d'elle. Holly et moi l'avons fait tous les deux. C'était une gamine géniale. Discrète, mais forte. Elle avait des rêves, elle aussi. Elle parlait d'aller à l'université et d'obtenir un diplôme. De te donner une vie meilleure que celle qu'elle avait eue. Elle disait qu'elle t'aimait. Elle avait des rêves pour elle-même et pour toi, mais elle venait d'une famille dysfonctionnelle. Elle avait beaucoup de blessures émotionnelles.

La gravité soudaine de son visage me donna envie de pleurer.

– Elle, euh... elle est devenue proche de ma fille – la mère de Ian – et c'était ce qui pouvait lui arriver de pire, je crois. Encore aujourd'hui, je m'en veux.

– Vous vous en voulez de quoi ?

– Je ne savais pas, murmura-t-il en baissant la tête et en retirant son cigare de sa bouche. Je ne savais rien. Je ne savais pas que ma fille et son petit ami avaient déjà mal tourné. Ils avaient un petit de trois ans, et je me disais qu'ils avaient du mal avec leur rôle de parents. Après ta naissance, tu as passé quelques mois chez moi avec ta mère jusqu'à ce que celle-ci décide qu'elle voulait aller habiter avec ma fille, dans la maison du ranch. C'est à ce moment-là que Sarah lui a présenté Charlie.

Ce fut comme un coup de poing dans ma poitrine et je me renfonçai dans mon siège, suffoquée par cette révélation. J'avais vécu dans la maison de la ferme avec ma mère, autrefois ? Ma mère avait rencontré Charlie par l'intermédiaire des parents de Ian ?

Mon esprit carburait à cent mille à l'heure. J'avais tellement de questions, mais je ne savais pas par où commencer. Big Paw dut voir mon trouble, parce qu'il se redressa et, l'espace d'un instant, je crus voir un éclair d'émotion dans son regard. Un éclair de culpabilité.

– Je m'en veux beaucoup de la façon dont les choses ont tourné pour ta mère au fil des années. Si elle ne s'était pas liée avec ma fille, qui sait à quoi vos vies auraient ressemblé ? Elle aurait obtenu un diplôme universitaire. Elle aurait fait quelque chose de sa vie. Elle ne se serait jamais acoquinée avec Charlie.

Je haussai les épaules.

– Peut-être. Ou peut-être qu'elle aurait fini encore plus mal. Peut-être qu'elle serait morte si vous ne l'aviez pas recueillie. Big Paw, vous ne pouvez pas vous en vouloir des choix que votre fille, ou ma mère, ont faits. Ce n'est pas à vous de porter ce fardeau.

– Alors pourquoi pèse-t-il aussi lourd sur mes épaules ?

Je souris et tendis la main par-dessus le bureau pour la poser sur la sienne.

– Parce que votre cœur est si grand que vous prenez à votre compte les tragédies des autres.

Son regard se posa sur ma main posée sur la sienne et il me lança un regard sévère. Je retirai lentement ma main.

Ok, notre relation n'en est pas encore au stade où on peut se toucher sans problème. Je le note.

– Tout ce que je dis, c'est que ma mère a fait des choix qui ont affecté sa vie. Vous l'avez accueillie quand elle avait besoin d'un foyer, et c'est plus que ce que la plupart des gens auraient fait. Et puis, vous m'avez recueillie, moi aussi.

Je marquai une pause et plissai les yeux.

– Est-ce que vous l'avez fait pour vous racheter parce que vous vous sentiez coupable de ce qui était arrivé à ma mère ?

Il hocha la tête lentement.

– Je te le devais. Je voulais que tu aies une chance de faire quelque chose de ta vie, comme le voulait ta mère, mais qu'elle n'a pas réussi à faire.

Pour un homme imposant et grincheux, Big Paw devait être la personne la plus gentille du monde. Je comprenais pourquoi Holly était tombée amoureuse de lui. Derrière cette façade sévère se cachait un homme très doux. Ian devait tenir de lui. Ils étaient tous les deux comme les Warheads[9], extrêmement acides jusqu'au moment ou leur côté sucré se révélait.

– Je ne vous décevrai pas, Monsieur.

Il haussa un sourcil.

Je me raclai la gorge.

– Big Paw, je veux dire. Je ne vous décevrai pas, Big Paw.

– Tant mieux, et ça m'amène au second sujet que je voulais aborder, ton travail ici à la ferme. Est-ce qu'il te plaît ?

– Oui. Plus que je ne saurais le dire.

Pour la première fois de ma vie, j'avais l'impression d'appartenir à une communauté. Je n'avais jamais vraiment eu le temps de faire de grands rêves, parce que je m'imaginais que les rêves étaient réservés aux personnes qui n'avaient pas grandi dans le même environnement que moi. Mais le fait de travailler à la ferme avait changé ma vision des choses. Je n'aurais jamais cru que j'étais du genre à adorer ce travail, mais voilà, maintenant je parlais aux chevaux et je courais après les poulets, et j'adorais ça.

9. Bonbons américains.

–Tant mieux, tant mieux. Je ne vais pas y aller par quatre chemins, ton éthique de travail dépasse de loin celle de tous ceux qui t'ont précédée, y compris mon petit-fils. Tu vas au-delà de ce qu'on te demande en gardant le sourire. Tu es prompte à aider les autres. Ce qui est très important à mes yeux. J'ai besoin de bons travailleurs agricoles qui n'ont pas peur de s'entraider. C'est pourquoi je veux te proposer une promotion. Je voudrais que tu remplaces Ian comme manager.

J'écarquillai les yeux.

–Pardon ? C'est sérieux ?

–Oui. Je pense que tu corresponds tout à fait au poste et que tu fais preuve de grandes compétences pour manager une équipe. Je pense que si tu es intéressée, tu pourrais continuer à gravir les échelons ici.

–Je suis honorée, Big Paw, et je vous jure que je travaillerai plus dur que jamais pour vous le prouver et que vous n'aurez pas à regretter votre décision.

–Je te crois. Mais il y a une condition.

–Laquelle ?

–Je veux que tu t'inscrives dans un cursus universitaire. Tu peux suivre des cours au Community College juste à la sortie de la ville, ou faire un cursus en ligne, mais d'une façon ou d'une autre tu dois faire des études, Hazel. Tu as plus de potentiel qu'une simple fille de petite ville de province. Tu peux obtenir un diplôme pour assurer ton avenir. Ne t'inquiète pas pour les frais. Holly et moi nous en chargerons. Si tu penses que cela pourrait t'intéresser à long terme de diriger une entreprise comme la ferme, un diplôme universitaire pourrait te mener loin. Je veux que tu aies toutes les possibilités dont ta mère a manqué. Et même plus.

C'est à ce moment-là que j'ai compris que Big Paw tenait sincèrement à moi, du plus profond de son âme. Et il avait foi en mon avenir, ce qui me fit monter les larmes aux yeux. Mais je ne pleurai pas, parce que je savais que ce genre de sensiblerie le mettrait mal à l'aise. On pleurait devant Holly, on se montrait fort devant Big Paw. Ça marchait comme ça avec les grands-parents de Ian. Les grands-parents à Eres.

Je serrai la main de Big Paw et me levai pour retourner travailler. Après avoir fini ma journée, la première chose que je ferais serait de me connecter à un ordinateur pour commencer mes recherches d'université.

– Encore merci, Big Paw. Cela va changer toute ma vie.

– Je l'espère. Tu es une fille bien, Hazel. Ne l'oublie jamais.

Je lui souris et m'apprêtai à sortir de son bureau, le cœur gonflé du compliment de Big Paw, lorsqu'il me rappela.

– Attends, Hazel, deux choses encore avant que tu t'en ailles.

– Oui ?

– Tes lettres à ta mère... continue de les écrire. Elle les lit. Elle pense seulement que ta vie est meilleure sans elle et le poids de ses fautes, mais ces lettres... je pense qu'elles l'aident à garder les idées claires. Continue comme ça.

– Je vais le faire. Et l'autre chose ?

Il fronça les sourcils et croisa les doigts.

– Mon petit-fils, Ian... tu tiens à lui ?

– Oui, Monsieur... *Big Paw*.

– Rends-moi service et fais de ton mieux pour ne pas le faire souffrir. Il lui a fallu des années pour s'ouvrir après que ses parents l'ont abandonné, et je sais que cela est en grande partie dû à ton arrivée dans sa vie. Si tu y es, reste avec lui. Je ne crois pas qu'il supporterait un nouvel abandon.

Je lui donnai ma parole. En vérité, l'idée que les choses pourraient ne pas marcher avec Ian – quelle que soit la nature de notre relation – me terrifiait. Pour la première fois de mon existence, j'avais le sentiment que quelqu'un avait pu voir mes cicatrices et cependant les trouver belles. Chaque fois que je pensais à Ian, mon cœur faisait des cabrioles. Je ne risquais pas de mettre en danger notre bonheur éternel.

* * *

Plus je travaillais dur au ranch, moins j'avais de temps pour penser au fait que Ian n'était plus là pour me serrer contre lui la nuit. Mais je continuais à dormir avec ses sweats à capuche, regrettant que ce ne soit pas sa peau sur la mienne. En plus, il m'avait autorisée à utiliser son camion, ce qui était bien pratique quand j'avais besoin d'aller faire un tour pour me changer les idées.

Comme promis, nous nous téléphonions tous les matins. Malgré les deux heures de décalage et le planning d'enregistrements insensé de Ian, il s'arrangeait pour intercaler des conversations pour se dire bonjour et des discussions pour se dire bonne nuit.

On s'envoyait des textos toute la journée, tous les jours aussi. J'étais certaine que sa vie était un tourbillon. Le groupe recevait de plus en plus d'attention médiatique. Ils avaient officiellement sorti leur premier EP qui contenait trois de leurs chansons et qui avait reçu un très bon accueil.

Je ne suivais que cinq de leurs comptes sur Instagram. Celui de chacun des gars, plus leur page officielle des Wreckage. Je mentirais si je disais que je n'ouvrais pas l'application à tout bout de champ en espérant y trouver des mises à jour.

–Et donc, Rihanna est aussi géniale en personne qu'elle en a l'air, et les rumeurs sont vraies. Elle sent incroyablement bon, s'écria Ian un soir tard alors que j'étais blottie dans mon lit.

Il était déjà deux heures du matin pour moi, un peu après minuit pour lui. Les gars avaient un planning complètement dingue d'interviews à la radio et de passages à la télé pour la promotion de leur nouveau single qui allait sortir. Ils étaient occupés tous les soirs et cela s'éternisait tard dans la soirée.

Je me mis à rire.

– Tu aurais dû lui demander un échantillon de son nouvel eye-liner Fenty pour moi. Je meurs d'envie de l'essayer.

– Si tu me l'avais dit plus tôt, je le lui aurais demandé.

– Mais d'abord, comment as-tu rencontré Rihanna ?

– Nous sortions d'un studio d'enregistrement au moment où elle y entrait pour une réunion. Bien sûr, elle n'avait probablement pas la moindre idée de qui nous étions, mais elle nous a dit bonjour. Hazel, tu te rends compte ? Rihanna nous a dit bonjour. C'est dingue.

Je mis ma main devant ma bouche pour bâiller et j'éloignai mon téléphone pour que Ian ne l'entende pas. Chaque fois qu'il m'entendait bâiller, il écourtait nos appels.

– J'ai l'impression qu'un bon nombre de groupies se sont pointées à la station de radio. J'ai vu la photo que Marcus a postée.

– C'est fou, non ? Qui aurait pu penser que des mecs de province comme nous attireraient tellement d'attention. Il y avait des centaines de personnes qui criaient nos noms.

– N'oublie pas que c'est moi qui ai crié ton nom en premier, rigolai-je.

– Je suis impatient de t'entendre le crier encore. Je veux te faire crier si fort qu'on t'entendra dans tous les USA.

Je souris en repensant au moment où, quand nous faisions l'amour, j'avais dû me couvrir la bouche avec mon oreiller. Puis une boule d'angoisse étrange se forma dans mon estomac.

– J'ai l'impression qu'il y a beaucoup de femmes parmi vos fans.

– Ouais. Marcus et Éric sont très populaires.

Il marqua une petite pause.

– Tu n'es pas... jalouse, si ?

Je savais que je n'avais aucun droit de l'être. Je savais aussi que je n'avais pas de raison de l'être. Évidemment, je faisais confiance à Ian. En revanche, je n'accordais aucune confiance à des fans enragées qui se fichaient pas mal que Ian ait une vie privée. Pour elles, il était Ian Parker, l'étoile montante du rock qui dégageait un sex-appeal irrésistible. Mais pour moi, c'était mon Ian. Le garçon de province qui passait ses journées à pelleter du fumier avec moi et ses soirées à se produire dans une grange.

– Tu n'as aucune raison de t'inquiéter, Hazel. Je t'assure. Bien sûr, il y a beaucoup de filles autour de nous, mais moi, je ne pense qu'à une chose, c'est à avoir une pause dans mon emploi du temps pour revenir près de toi. Notre agent insiste pour qu'on continue non-stop pendant les quelques mois à venir parce qu'on commence à être connus. Max est sur notre dos en permanence pour qu'on s'implique à cent pour cent dans notre musique en oubliant tout le reste. Aucune distraction extérieure. Il a dit que s'il me trouvait encore une fois au téléphone dans le studio, il allait le casser.

Je me mordis la lèvre inférieure.

– J'espère que je ne te distrais pas. Je vais t'envoyer moins de textos.

– Non. S'il te plaît. Continue à m'envoyer des messages. Raconte-moi tout. Je ne répondrai peut-être pas tout de suite. Mais je répondrai, Hazel. Je te le jure. Je tiens à avoir de tes nouvelles. Tu es comme une boussole pour moi. Je ne veux pas me perdre dans cet univers. Tu es la carte qui m'indique le chemin de la maison.

Je souris qu'il me dise cela et mis son sweat à capuche sous mon nez pour sentir son odeur. Je le vaporisais avec son eau de toilette de temps en temps. Bon sang… j'étais accro.

– En parlant de boussole… aujourd'hui on m'a fait des tas de compliments ringards qui me sont directement montés à la tête, dit-il. Alors, afin de ne pas laisser mon ego enfler démesurément, j'exige que tu me rappelles quelques-uns de mes défauts.

Je ris.

– Oh là là. Tu es sûr ? On va y passer la nuit.

– Vas-y franco. Comme on arrache un pansement.

– Tu pètes en dormant, et ça pue. L'œuf pourri, encore pire que les enclos des cochons, horrible.

– Waouh. Dis donc, il ne t'a pas fallu longtemps pour me le sortir, celui-là.

– Tu ne tires pas toujours la chasse d'eau. Tu mets le rouleau de papier à l'envers comme un homme des cavernes. Parfois, tu sors des toilettes si vite que je doute que tu te sois lavé les mains, ce qui me donne envie de faire un test CDM.

– CDM ?

– Contrôle des mains. Tu sais, quand quelqu'un sort des toilettes et tu lui serres la main pour voir si elle est mouillée ou froide après l'avoir lavée. Tu peux aussi les sentir pour voir si elles sentent le savon. Alors, tu sais qu'elles ont été correctement lavées.

Il se mit à rire.

– Ne me dis pas que tu sens les mains des gens.

– Bon, non. Mais ne sois pas étonné si je le fais la prochaine fois qu'on sortira ensemble.

– Et où as-tu entendu parler de ce test CDM ?

– Ma mère faisait ça quand j'étais petite. Je passais mon temps à mentir en disant que je m'étais lavé les mains. Alors, elle a inventé ça pour que j'arrête.

Je marquai une pause. Mon estomac se serrait et je fis de mon mieux pour évacuer ces souvenirs de ma mère. Les bons étaient si rares que si jamais l'un d'eux me revenait à l'esprit, j'avais immédiatement envie de pleurer. Bien sûr, je voulais garder en mémoire les bons moments passés avec elle, mais en même temps, ils rendaient son absence encore plus douloureuse.

– Comment va-t-elle ? demanda Ian qui n'avait pas manqué de remarquer mon silence.

– Oh, tu sais. Du mieux qu'elle peut. Contrairement à ce que j'aurais pu croire, Garrett me donne de ses nouvelles régulièrement. La naissance du bébé ne devrait plus tarder.

– Qu'est-ce que tu ressens à propos de tout ça ?

Trop de choses. Je ressens trop de choses.

Je me recroquevillai sur moi-même.

– Quand tu dors, tu ronfles comme un rhino. Quand tu te coupes les ongles de pieds, tu laisses tomber les rognures partout, même si tu es dans la cuisine. Est-ce que j'ai dit que tu accroches le rouleau de papier toilette à l'envers ?

Il rigola.

– D'accord, d'accord, j'ai compris, on évite de parler de ta mère, mais tu as tort en ce qui concerne le papier toilette.

– Non. Tu l'accroches avec le papier vers toi. Ce n'est pas comme ça qu'on fait.

– Si, protesta-t-il. Comme ça, il se tire plus facilement. C'est plus pratique.

– Faux, faux, faux.

Un bâillement m'échappa sans que j'y pense et je mis rapidement ma main devant ma bouche.

– Oh, putain. Il est presque trois heures du matin chez vous, c'est ça ? Il faut que tu dormes, Haze.

– Ça va.

Un autre bâillement.

– Menteuse. Je t'appelle demain matin avant que tu partes bosser. Dors bien. Et... Haze ?

– Oui ?

– Tu ronfles comme un éléphant avec une cacahuète coincée dans le nez.

Je rigolai.

– Bonne nuit, Ian.

– Bonne nuit.

Il raccrocha, mais quelques minutes plus tard, je reçus un message.

Ian : Je t'envoie un peu de lecture pour la prochaine fois où tu seras assise sur les toilettes.

Suivaient cinq articles sur la façon dont on était censé accrocher le rouleau, papier au-dessus versus papier au-dessous.

Hazel: Je peux te trouver un article sur internet prouvant que le BigFoot[10] existe vraiment, si ça t'intéresse. Et aussi la vérité au sujet du Père Noël.

Ian: Big Foot existe vraiment. Ainsi que le Père Noël. Il serait temps que tu commences à croire tout ce que tu lis sur internet. Par exemple, là, il y a un article qui circule disant que j'ai une grosse bite. Tu peux le croire, Hazel.

Ne t'inquiète pas, Ian. J'ai recueilli moi-même suffisamment de preuves sur ce sujet.

Hazel: Grosse, tout est relatif.

Ian: Je t'invite à vérifier de tes propres yeux quand je te reverrai.

Je souris.

Hazel: Va dormir, espèce d'obsédé.

Ian: Haze ?

Hazel: Oui ?

Ian: Tu sais ce je pense en ce moment ?

Hazel: Oui, et moi aussi.

Ian: Tant mieux. Bonne nuit.

Je connaissais ses pensées, même s'il ne les exprimait jamais directement.

Moi aussi, je t'aime, Ian Parker.

Pour m'aider à m'endormir, je me connectai à Spotify et mis les chansons des Wreckage en replay. Même si je ne savais pas quand je reverrais Ian, je comptais les jours jusqu'à nos retrouvailles. Et comme toutes les filles du monde, je faisais comme si les chansons d'amour avaient été écrites pour moi.

* * *

Le lendemain, je fus réveillée par une alerte de message sur mon téléphone. Je me précipitai pour y répondre,

10. Monstre légendaire dans un film TV américain de 2012.

pensant que c'était Ian, mais le nom de Garrett s'affichait sur l'écran.

Garrett : Môme arrivé en avance. Dans un truc appelé USIN. Pas trop en forme.

Je me levai précipitamment, l'esprit en ébullition. Le souffle court, je m'habillai à la hâte et sortis de ma chambre en répondant à Garrett.

Hazel : Quel hôpital ?

Garrett : Saint Luc. Environ trois heures d'ici.

Hazel : Tu es là-bas avec ta mère ?

Garrett : Nan. Pas d'argent pour l'essence cette semaine.

Hazel : J'y vais.

Garrett : Ils ne te laisseront probablement pas l'approcher.

Hazel : C'est ma sœur. J'y vais.

Garrett : Me suis dit que tu voudrais le savoir, nous ne prendrons pas le bébé.

Quoi ?

Hazel : Qu'est-ce que tu veux dire ? Pourquoi ?

Garrett : Ta mère a décidé de la faire adopter.

Non...

Je lisais et relisais ces mots, comme si avec suffisamment de volonté je pouvais les changer.

Je me précipitai chez Big Paw, où je le trouvai avec Holly en train de prendre leur café tout en se disputant à propos d'une grille de mots croisés.

– Bonjour... euh... je... c'est... ma mère...

Oh mon Dieu, je n'arrivai pas à sortir une phrase correctement agencée.

– Calme-toi, ma chérie. Qu'est-ce qu'il y a ? demanda Holly.

– Le bébé est né, mais elle est en unité de soins intensifs néonataux. L'hôpital est à trois heures d'ici, et il faut q... que j'y a... aille.

Mes ongles se plantaient dans la paume de mes mains.

– Et je crois que je tremble trop pour conduire et y aller toute seule.

Big Paw se leva en grommelant et prit sa casquette de camionneur pour se la poser sur la tête.

– Très bien, allons-y.

Holly se leva et se dirigea vers le réfrigérateur.

– Je vous prépare un en-cas et on y va.

Elle sortit quelques fruits et des sandwiches qu'elle avait préparés la veille pour le petit déjeuner. Puis elle vint vers moi avec un grand sourire.

– Ne t'inquiète pas, Hazel. Ça va aller.

– Comment le savez-vous ? Comment pouvez-vous dire que ça va aller ? Elle est en soins intensifs. Je n'y connais pas grand-chose, mais je sais que ce n'est pas bon. Et... si maman n'a pas le droit d'y être avec elle... elle est toute seule. Elle est là-bas, toute seule, et cela me brise le cœur.

– Oui. Je sais que cela peut être affolant, mais pour l'instant, je suis sûre qu'il y a un tas de médecins pour s'occuper d'elle. Je suis sûr qu'il y a des infirmières qui la surveillent, qui contrôlent le moindre de ses mouvements. Elle n'est pas toute seule, et très bientôt, sa sœur sera avec elle aussi. Alors tout ira bien. Tu dois avoir la foi.

Je ne dis rien de plus à Holly, parce que c'était difficile pour moi d'adhérer à sa foi alors que je n'avais pas grandi dans un environnement où la foi existait.

Nous fîmes le trajet en silence, à l'exception du sport à la radio. De temps en temps, Big Paw marmonnait quelque chose aux animateurs de la chaîne comme s'ils pouvaient entendre ses récriminations au sujet des mauvaises performances en baseball de la veille au soir.

Holly, assise à l'avant, continuait un tricot qu'elle avait commencé quelque temps auparavant, et j'étais assise silencieusement à l'arrière, à me ronger les ongles. Ian m'avait envoyé plusieurs messages auxquels je n'avais pas encore trouvé la force de répondre. J'étais trop occupée à me prendre la tête.

Comment maman pouvait-elle envisager que faire adopter ma sœur était la bonne solution ? Je savais que ma situation actuelle n'était pas idéale, mais je ne pouvais pas imaginer avoir une sœur dans la nature qui ne ferait pas partie de ma vie. Je devais me battre pour trouver un moyen de la garder près de moi.

Dieu merci, lorsque nous arrivâmes à l'hôpital, nous fûmes autorisés à voir ma petite sœur. Elle n'avait pas encore de nom et elle était reliée à des tas de machines. Des tubes minuscules lui entraient dans le corps, et sa poitrine se soulevait et s'abaissait au rythme de ses petites respirations hésitantes.

– C'est une battante, nous dit une infirmière alors que nous nous tenions près d'elle. Elle a eu plusieurs passages difficiles, mais elle se bat de toutes ses forces pour revenir et être solide.

– Elle est si petite, murmurai-je, les yeux rivés sur le nouveau-né.

Elle était belle, même avec tous ces tubes et le bruit perturbant des machines, je savais qu'elle était si belle.

Je me demandais si elle démarrait sa vie avec des yeux noisette, elle aussi. Je me demandais si elle savait qu'elle n'était plus seule.

– Infirmière, est-ce que c'est possible de vous parler à l'extérieur ? demanda Big Paw d'une voix grave et profonde.

– Bien sûr.

Ils sortirent de la chambre tous les deux, nous laissant Holly et moi. Celle-ci posa ses deux mains sur mes épaules et sentit que je tremblais de tous mes membres.

– On ne peut pas la donner à l'adoption. Ce n'est pas possible. Elle est la seule chose qui me reste... ma seule famille, Holly. J'ai perdu tellement de choses, je ne peux pas la perdre, elle aussi. Je ne peux pas perdre ma sœur.

– Chut... ma chérie. Tout va s'arranger.

J'aurais aimé qu'elle arrête de dire cela, parce que ça ne paraissait pas en prendre le chemin. Tout allait de travers, et je ne voyais pas comment ces problèmes pouvaient être réglés simplement par la pensée positive.

Nous attendîmes dans la chambre avec le bébé pendant que Big Paw était sorti parler à l'infirmière. Je ne pouvais m'arrêter de trembler alors qu'Holly continuait de me tenir dans ses bras. Je reçus plusieurs messages pendant que nous attendions.

Ian : Tout va bien ?

Ian : Ce n'est pas ton genre de jouer les abonnés absents.

Je lus et relus ses messages plusieurs fois avant de me lever.

– Je reviens tout de suite, Holly.

– Prends ton temps, ma puce. Et dis-lui que je l'aime, commenta-t-elle, ayant compris que je sortais pour appeler Ian.

Je trouvai une cage d'escalier et m'installai là, avec mon téléphone à la main. Je composai le numéro de Ian et me sentis soudain beaucoup plus calme en entendant sa voix.

– Hé, Haze. Qu'est-ce qui se passe ?

25

IAN

– Le bébé est né en avance, et elle est en soins intensifs. Elle ne va pas très bien, mais les infirmières sont optimistes et semblent croire qu'elle a des chances de s'en sortir, dit Hazel d'une voix sombre et contrôlée.

– Et toi, ça va ?

D'après le son de sa voix, je savais bien que non. Je comprenais mieux pourquoi elle s'était mise en silence radio ce matin, elle était à un tournant de sa vie. Elle avait une petite sœur à présent qui se battait pour survivre.

– Je ne sais pas. Ma mère parle de faire adopter le bébé au lieu de la confier à la garde de Garrett et de sa mère. Cela me brise le cœur. Je sais que cela peut paraître idiot, mais cette petite fille, j'ai l'impression que c'est ma seule famille… et maintenant, il est possible qu'elle soit donnée à quelqu'un d'autre.

– Ne te prends pas la tête avec ça pour le moment. Essaie de te concentrer sur le fait qu'elle aille mieux. D'accord ?

Elle renifla.

– Ouais. D'accord.

– Comment s'appelle-t-elle ?

– Elle n'a pas encore de nom.

– Bon, alors parle-moi d'elle. Comment elle est ? Dis-moi le positif, Haze. Dans chaque histoire, il y a toujours du positif, même dans les mauvaises choses. Qu'est-ce qu'elle a de bien ?

– Elle a plein de cheveux.

J'entendis l'énergie dans sa voix se modifier un peu alors qu'elle se mettait à chercher les aspects positifs.

– Ah oui ?

– Oui. Des cheveux tout noirs. Et épais. Maman m'a toujours dit que, bébé, je n'avais pas du tout de cheveux. Ils ont commencé à pousser quand j'avais environ deux ans. Mais ma sœur, elle en a plein.

– Quoi d'autre ?

– L'infirmière dit que ses constantes remontent. Avec tout ce que ma mère a fait avant sa grossesse, je suis étonnée qu'elle n'ait pas plus de problèmes. C'est une battante.

– Elle doit tenir ça de sa grande sœur.

Elle rigola un peu avant de s'assombrir de nouveau.

– Qu'est-ce que je vais faire, Ian ? Qu'est-ce que je vais faire s'ils l'emmènent ?

– Allez. Tout va s'arranger.

– J'ai l'impression d'entendre ta grand-mère.

– Plus de vingt années passées avec Grand-Mère, et je ne l'ai jamais vue se tromper à ce sujet. Aie juste un peu de foi. Tu n'as pas besoin d'en avoir beaucoup. Juste assez pour tenir jusqu'à demain.

– Ian, tu fais quoi, là ? On a besoin de toi à l'intérieur, dit Max en sortant en trombe du studio pour me trouver assis sur le trottoir en train de parler avec Hazel.

Merde.

– Tu as dit que tu allais aux toilettes, et je te trouve dehors avec ce foutu téléphone encore une fois.

Merde, merde, merde.

– Haze ? Il faut que je te laisse. On se rappelle, d'accord ?

– Ok. On se rappelle.

Je raccrochai et me retournai. Ce putain de Max Rider se tenait derrière moi, l'air absolument furieux.

– Je suis désolé, beuglai-je.

– Tu n'as pas l'air de te rendre compte de la chance que tu as d'être ici, Ian. Des millions de personnes serait prêtes à tuer père et mère pour être dans ce studio, et toi, tu fais perdre du temps et de l'argent à tout le monde, putain, tout ça parce que tu devais prendre un fichu appel pour parler avec je ne sais quelle fille.

– Ce n'est pas n'importe quelle fille, protestai-je. C'est *la* fille, et elle avait besoin de moi.

Max me toisa de la tête aux pieds.

– Arrête, mec. Tu es à la veille d'un changement radical de ta vie, et tu vas tout risquer pour une banale histoire de cœur ? Réveille-toi. Il y a tes trois musiciens à l'intérieur qui attendent que tu accordes à ce travail autant de respect qu'ils le font, eux. Tu es le leader de ce groupe, non ?

Je fis la grimace.

– Ouais.

– Alors, arrête de te conduire comme un môme, deviens adulte, bordel, et fais ton job de leader. Les gens ne se foutent pas de toi quand ils disent que c'est une opportunité qui ne se présente pas deux fois. Ne va pas tout foutre en l'air à cause d'une nana de la cambrousse.

Je serrais les poings chaque fois que Max parlait d'Hazel comme si elle n'était rien d'autre qu'une partie de mon passé alors que j'essayai de trouver un moyen de l'entraîner directement dans mon avenir. Mais je ne discutais pas avec lui, parce qu'en surface je savais qu'il avait raison. Les Wreckage se voyaient offrir la chance dont rêvaient des millions de personnes, et Éric, James et Marcus comptaient sur moi pour répondre présent et me donner à cent pour cent, de la même façon qu'ils le faisaient eux-mêmes.

– Désolé, Max. Je te jure que je suis motivé.

Il plissa les yeux et me regarda comme s'il n'était pas totalement convaincu, mais il laissa courir.

– Très bien. Mettons-nous au travail, alors.

Il tendit la main vers moi.

– Quoi ?

– Ne joue pas au plus fin, Ian. Donne-moi ton téléphone. Tu es déconnecté pendant les sessions d'enregistrement.

Il était minuit largement passé lorsque nous rentrâmes à notre appart. J'étais certain qu'Hazel devait dormir. Quand Max m'avait rendu mon téléphone, il y avait une douzaine de messages venant d'elle. Elle s'excusait un certain nombre de fois pour m'avoir attiré des ennuis et fait perdre mon temps quand elle avait appelé plus tôt. Elle me donnait des nouvelles de sa sœur, qui allait un peu mieux mais qui était toujours en observation. Et elle me faisait aussi un aveu.

Hazel: Jeu des aveux: j'aimerais que tu sois là. Je sais que c'est égoïste, et je sais que c'est impossible, mais j'aimerais tant, Ian, j'aimerais tant que tu sois là pour me tenir dans tes bras, ce soir.

Je lui renvoyai un message en essayant de repousser l'extrême culpabilité qui me nouait l'estomac parce que je n'étais pas là pour elle.

Ian: Il est tard et je sais que tu dois dormir. Du moins, je l'espère. Mais je voulais te dire que je t'aime, Hazel. Je ne voulais pas te dire ça par texto. Je voulais attendre que nous soyons face à face de nouveau et de te tenir dans mes bras, mais il semble que dans la vie on n'est pas toujours là où on voudrait le plus être. Mais il faut que tu saches que je t'aime. Je sais que c'est le chaos dans ta vie en ce moment et j'aimerais pouvoir en prendre la part la plus pénible sur mes propres épaules. J'aimerais pouvoir te prendre dans mes bras. Je voudrais pouvoir t'embrasser. Je voudrais pouvoir te dire je t'aime directement sur ta peau et effacer tes soucis. Mais pour l'instant je n'ai que ce message à t'offrir. Je t'aime, Hazel Stone. Et tout va s'arranger.

Après avoir appuyé sur « envoi », je fus étonné d'entendre aussitôt la sonnerie de mon téléphone.

Le nom d'Hazel apparut sur l'écran et je répondis immédiatement.

– Tu devrais être en train de dormir, lui dis-je en me laissant tomber sur mon lit.

– Toi aussi. Mais après avoir lu ton message, j'ai su qu'il fallait que je te parle. Je devais t'entendre me le dire... peut-être pas face à face, mais j'avais besoin de l'entendre de ta bouche. Alors, s'il te plaît...

Elle avait l'air épuisée. Comme si elle dormait déjà et me parlait en rêvant.

– Je t'aime, murmurai-je. Je t'aime, je t'aime, je t'aime.

Ses soupirs étaient si doux dans le téléphone collé à mon oreille lorsqu'elle me répondit, prononçant les mots que j'avais espéré qu'elle finirait par me dire.

– Moi aussi je t'aime.

– Pourquoi sembles-tu si triste en le disant ?

– Parce que j'ai déjà vécu assez longtemps pour savoir que parfois l'amour ne suffit pas. C'est pourquoi, au début, je ne voulais pas entamer cette histoire. C'est pourquoi j'avais si peur de franchir cette ligne avec toi. Ta vie évolue si rapidement, Ian, et toutes ces choses géniales qui vous arrivent, à toi et aux autres. Vous avez travaillé très dur pour en arriver là, et ce n'est qu'un début. Tout s'enchaîne à la vitesse grand V, et je suis très contente pour toi, mais je ne suis pas dans cet univers. Pour l'instant, ma vie donnerait plutôt l'impression de retourner en arrière, au lieu d'aller vers l'avant. Ou, au moins, d'être figée dans le temps. Nous ne sommes pas dans les mêmes unités de temps et je ne veux pas que tu essaies de ralentir la tienne pour m'y faire entrer.

Je m'agitai dans mon lit.

– Tu es bouleversée et fatiguée.

– Tu t'es fait engueuler parce que tu m'as parlé au téléphone aujourd'hui ?

– Haze...

Elle prit une inspiration.

– Tu as peut-être raison. C'est peut-être parce que je suis fatiguée. La journée a été longue et je ferais mieux de dormir.

– Ouais, ok. Je t'appelle demain matin.

– Tu n'es pas obligé, tu sais. Ça va.

– Je t'appelle demain matin. Je t'aime.

Elle poussa un long soupir.

– Moi aussi, je t'aime.

C'est à ce moment-là que je découvris que cela pouvait rendre triste d'aimer quelqu'un.

26

HAZEL

– Je veux la prendre avec moi, dis-je d'un ton grave à Big Paw et Holly tout en marchant de long en large dans la salle d'attente de l'hôpital.

C'était notre troisième jour ici et ma petite sœur se remettait de façon remarquable du traumatisme qu'elle avait subi.

Les grands-parents de Ian étaient assis sur les sièges en métal de l'hôpital, les mains crispées, une expression sceptique sur le visage.

– Ce n'est pas si simple, Hazel, dit Holly en secouant la tête. Il y a des règles, des procédures...

– Je me fous des règles et des procédures. Je veux la prendre avec moi. Je veux prendre ma sœur. Je peux m'en occuper. Je sais que je peux. Alors, faites ce que vous avez fait autrefois pour ma mère, et pour les autres enfants placés chez vous. Ou, sinon, aidez-moi à trouver un moyen d'en avoir la garde. Je me débrouillerai, je vous le jure.

– Ce n'est pas si simple, répéta Big Paw, ce qui me mit en rage.

– Mais si.

– La situation est différente. C'est un nouveau-né, Hazel. Un enfant que sa mère veut abandonner...

– Elle ne le ferait pas si elle savait que, moi, je veux m'en occuper. Elle voudrait que nous restions ensemble. Elle ne voudrait pas séparer ses filles.

– Hazel, commença Holly, mais je lui coupai la parole.

– Non.

Je me redressai en croisant les bras sur la poitrine.

– Non. Vous avez promis. Vous avez juré que tout irait bien, que les choses allaient s'arranger, alors il y a sûrement un moyen. Il y a sûrement un moyen d'obtenir que cette petite fille reste avec moi. Elle est ma seule famille. Je peux vous payer si vous m'aidez à entrer en contact avec les personnes qu'il faut.

– Bon sang, tu sais très bien que ce n'est pas une question d'argent, ma petite fille, aboya Big Paw, comme si cela le mettait hors de lui que je puisse supposer une chose pareille.

Mais comment m'en empêcher ? J'avais le cerveau en ébullition et j'étais totalement désespérée.

– Alors, c'est quoi le problème ?

– C'est *toi*, rétorqua-t-il en faisant un geste dans ma direction.

Il se leva de sa chaise et se mit à marcher de long en large à son tour.

– C'est toi et ton avenir, Hazel. Tu as toute ta vie devant toi. (Il claqua des doigts.) Elle est juste devant toi, et je refuse que tu envoies tout promener. Tu as travaillé trop dur pour ne pas finir par vivre comme ça. Élever un enfant alors que tu en es encore une toi-même. Tu as passé ta vie à t'occuper des autres, de ta mère. Tu n'as jamais eu la possibilité d'avoir une enfance. Alors, je refuse de faire ça. Je refuse de te retirer la chance, si petite soit-elle, d'avoir une vie à toi, tout ça pour t'occuper d'une autre. J'ai vu ce qui arrive lorsqu'une personne aussi jeune que toi est obligée d'élever un enfant avant d'y être préparée. J'ai vu ma propre fille s'effondrer et se détruire, anéantissant le peu de chance qu'elle avait d'avoir un avenir. Et je ne te laisserai pas reproduire cette histoire.

Je ne te laisserai pas foutre en l'air tes chances d'avoir un avenir.

Il avait les larmes aux yeux, et sa voix se fêla sur ces mots. Je ne l'avais jamais vu si ému et je savais que ses paroles venaient du plus profond de son âme. Il renifla, et je restai plantée là, sidérée, à regarder ce géant qui avait fait tant d'efforts pour ne jamais faire preuve de faiblesse.

– Big Paw... dis-je doucement en secouant la tête, avec tout le respect que je vous dois, je ne suis pas votre fille. Je ne vais pas devenir parent par accident pour ensuite fuir mes responsabilités. Je ne vous abandonnerai pas, ni vous ni ma sœur. Je m'impliquerai totalement. Je sais qu'il est important que je trouve ma voie, et je vais faire ce qu'il faut pour ça, je vous le jure. Mais il y a une chose que j'ai toujours voulue.

– C'est quoi ?

– Une famille.

Holly fronça les sourcils.

– Mais, ma puce, tu es si jeune.

– En âge, mais pas en expérience. Je vous en prie, tous les deux. Aidez-moi seulement à essayer de trouver un moyen. Aidez-moi au moins à savoir si c'est possible. Sinon, je passerai le reste de ma vie à me dire que je n'ai pas fait tout ce qui était en mon pouvoir pour conserver le petit bout de famille qui me restait.

Ils gardèrent le silence un moment en échangeant des regards. Ces deux-là avaient une façon impressionnante de communiquer entre eux sans avoir recours à la parole. Big Paw se tapotait les lèvres du bout des doigts et Holly se frottait la joue.

– Je ne te promets rien, grommela Big Paw en se tournant finalement vers moi. Je n'ai jamais été confronté à pareille situation et je suis sûr que beaucoup d'obstacles vont nous barrer le chemin.

– Ce n'est pas grave, répliquai-je fébrilement, me raccrochant à la moindre possibilité que Big Paw me suive dans cette entreprise pour essayer d'obtenir la garde de l'enfant.

J'étais prête à tout pour que ça se réalise. Je franchirais n'importe quel obstacle qui se présenterait si cela devait me permettre d'élever ma sœur.

– Et tu dois aussi t'occuper de t'inscrire à l'université, parce que, quoi qu'il advienne, tu vas obtenir un diplôme par la suite.

– Je peux suivre des cours par internet. Je ferai tout ce qu'il faudra. Je vous le jure, Big Paw.

Il se renfrogna, mais je savais que c'était seulement parce qu'il allait céder et m'aider à essayer de régler tout ça.

– Ah, vous les femmes, vous aurez ma mort sur la conscience, marmonna-t-il.

Je me précipitai sur lui, le saisis dans mes bras et serrai si fort que je l'empêchai probablement de respirer.

– Merci, Big Paw.

– Ne me remercie pas, je n'ai encore rien fait.

– Mais merci quand même. Pour tout ce que vous avez fait pour moi.

Il m'adressa un demi-sourire, et je peux jurer que c'était la première fois que je voyais ses lèvres faire une chose pareille pour quiconque, excepté Holly.

– Si, grâce à Dieu, nous y parvenons, ne comptez pas sur moi pour changer les couches.

– Oh, Harry. Tu changeras ce qu'on te dira de changer, un point c'est tout, dit Holly.

Big Paw grommela une fois de plus, parce qu'il savait qu'elle avait raison.

Il alla se rasseoir et fit un geste en direction du couloir.

– Va voir comment va ta sœur. On te rejoint dans un instant.

Je fis ce qu'il me disait et disparus dans le couloir. Avant d'entrer dans le service des soins intensifs, je me lavai soigneusement les mains. Ma sœur avait été déplacée à l'intérieur du service. Elle n'était plus branchée à autant de machines, et il y avait des ouvertures dans la couveuse, ce qui permettait de passer le bras pour lui tenir la main.

Après m'être bien frotté les mains, je m'avançai vers elle et souris en la regardant dormir. Elle était si petite, mais si déterminée, si forte. C'était une vraie battante.

Je glissai la main dans l'incubateur et posai mon doigt sur sa paume pour qu'elle puisse l'agripper. Ses doigts étaient tout froids, et je fis de mon mieux pour les réchauffer. Je reniflai un peu quand elle se tortilla en faisant des petits bruits. Contrairement à de nombreux bébés en réa néonatale qui pleuraient pendant des heures, c'est à peine si on l'entendait. Un peu plus et j'aurais pu oublier qu'il y avait un bébé devant moi.

– Salut, mon cœur, murmurai-je en contemplant ce petit ange. Je sais que tu ne me connais pas encore, mais cela ne va plus tarder maintenant. Tu vois, je suis ta grande sœur. C'est moi qui vais te garder quand tu sortiras d'ici. Je sais que ce n'est probablement pas ce à quoi tu t'attendais. Dieu sait que ce n'est pas non plus comme ça que je voyais mon avenir, mais c'est ça le truc avec la vie, parfois elle change de direction sans nous demander notre avis. Mais c'est pour ça qu'il faut qu'on se serre les coudes, ok ? Parce que, lorsque la vie change de direction, c'est plus facile si on a quelqu'un à qui se raccrocher, alors accroche-toi à moi, sœurette. Je te tiens.

C'était peut-être mon imagination, mais j'aurais pu jurer avoir senti sa petite main se resserrer sur mon doigt. Alors que je ne la lâchai pas, elle finit par ouvrir les yeux. Cela faisait des jours que j'attendais ça, que j'attendais qu'elle me donne un regard.

De ses beaux, magnifiques yeux noisette.

– Elle est aussi canon que sa sœur, dit une voix derrière moi, me faisant sursauter.

Je sortis la main de l'incubateur.

La voix était profonde, rauque et à moi.

Je me retournai et restai bouche bée, portant une main à ma poitrine en voyant Ian là, devant moi. Des cernes profonds assombrissaient son regard, et ses cheveux étaient tout emmêlés comme s'il ne les avait pas brossés depuis des jours. Il se tenait très droit, l'air décontracté. Ses yeux pétillaient pendant qu'il me regardait, les mains enfoncées dans les poches de son jean, et un minuscule sourire sur les lèvres.

Mon cœur s'emballa et un sentiment d'inquiétude me serra l'estomac.

– Qu'est-ce que tu fais là ?

– Arrête, Haze, dit-il doucement en venant vers moi.

Il me prit dans ses bras et me serra contre lui.

– Je crois que tu le sais très bien.

Je fondais à son contact comme s'il était le soleil et moi un cube de glace. En posant les mains sur son torse, je priai pour que ce ne soit pas un rêve éveillé.

– Tu es réellement là ?

– Je suis réellement là.

Il m'embrassa sur le front et je tombai encore plus amoureuse.

– Désolé pour mon retard.

– Mais comment tu as fait ? Je croyais que ton planning était bouclé pour encore un bon moment.

– J'ai réussi à dégager une petite marge de manœuvre.

– Ian...

Ma joie était un peu altérée par l'idée qu'il m'ait fait passer avant sa musique. C'était ce qui m'inquiétait le plus, qu'il perde de vue ses rêves parce que je brouillais sa vision.

– Chut, Haze. Tout va bien. Crois-moi. J'ai tout arrangé. On avait un jour de repos et j'ai pris un vol pour rentrer. Je repars ce soir sur un vol de nuit. Je ne pouvais pas imaginer ne pas être là au moment où tu avais besoin de moi.

– Tu n'es là que pour quelques heures ? Tu dois être épuisé.

– Oui, mais ça en vaut la peine. Allez, maintenant présente-moi à ta petite sœur.

Il s'avança vers elle, mais je m'interposai comme une maman ourse hyperprotectrice.

– Attends, tu dois te laver les mains avant de pouvoir la toucher.

Il leva les mains en souriant d'un air narquois.

– C'est déjà fait. L'infirmière me l'a dit avant que j'entre. Allez vas-y, TCM.

Je me penchai pour renifler ses mains et sentis l'odeur du savon de l'hôpital sur sa peau.

– C'est bon, tu peux y aller.

Nous nous plaçâmes chacun d'un côté de la couveuse et glissâmes nos mains à l'intérieur.

Ian prit sa main gauche et je tins sa main droite. On aurait presque pu croire qu'elle souriait, elle aussi. Bien sûr, je savais que ce n'était probablement pas un vrai sourire et qu'elle devait avoir des coliques ou quelque chose, mais ses lèvres s'étaient incurvées et cela me rendait heureuse. En paix après plusieurs jours tout sauf paisibles.

***

– J'ai à la fois envie de te hurler dessus et de t'embrasser parce que tu es venu, murmurai-je à Ian alors que nous étions allongés dans la chambre d'hôtel.

Big Paw, Holly et moi séjournions dans un hôtel depuis quelques jours afin d'être plus près de l'hôpital pour le cas où les choses tourneraient mal. Ils étaient retournés dans leur chambre pour faire des recherches pendant que je profitais à fond de chaque seconde passée avec Ian. Il allait repartir dans deux heures environ et je n'avais qu'une envie, c'était de m'enrouler autour de lui et de ne plus le lâcher.

– Choisis la deuxième option. C'est la meilleure.

Je souris, ce qui le fit sourire en retour.

– Ça, ça m'a manqué, Haze. Ton sourire, il m'a manqué. Je ne vais pas te mentir, tu m'as fait peur quand nous nous sommes parlé au téléphone, l'autre soir. Quand tu m'as dit que ma vie allait de l'avant alors que la tienne était figée. On aurait dit que tu avais des doutes et ça m'a fait flipper comme jamais.

– Je sais, et j'en suis désolée. Mais franchement, je le ressens toujours comme ça. Et avec tout ce qui se passe avec ma sœur, ma vie va être complètement chamboulée si j'obtiens sa garde. Je sais que ce n'est pas comme ça que tu voyais les choses, Ian, et je ne veux pas que cela interfère d'une façon ou d'une autre avec tes rêves. Tu ne peux pas te permettre de ralentir, pour l'instant. Tu es sur le point de décoller.

– Laisse-moi seulement une chance de prouver que ça peut marcher entre nous, ok ? Ne renonce pas trop vite, Hazel. Je sais qu'on peut y arriver.

Les papillons se mirent à virevolter dans mon estomac quand il noua ses mains avec les miennes.

– Je ne m'enfuis pas, Ian. Je te jure que je suis là. Je suis juste prudente et réaliste.

– Oui, ben arrête, dit-il en riant et en embrassant la paume de mes mains. Continue à vivre un rêve avec moi encore un peu.

J'aurais voulu protester en lui disant que nous ne pouvions pas vivre dans un monde rêvé, mais dans quelques petites heures il serait reparti, et je ne voulais pas qu'il le fasse en étant déstabilisé par rapport à notre relation. Alors je l'embrassai sur les lèvres.

Il me rendit mon baiser et haussa un sourcil.

– Donc... à propos de crier mon nom... dit-il avec un sourire en coin.

– D'accord. Déshabille-toi.

Nous fîmes l'amour dans cette chambre d'hôtel et pendant ces quelques heures, je m'autorisai à rêver d'un monde où il était lui, et moi j'étais moi, et cela nous suffisait amplement.

***

Le lendemain, Big Paw, Holly et moi reprîmes la route pour Eres. Même si je me sentais très mal à l'idée de laisser ma petite sœur, nous devions partir pour réunir plus de renseignements. Big Paw me dit que le mieux serait d'obtenir de Charlie qu'il renonce à son droit de garde en ma faveur, mais je me disais que c'était peu probable. Charlie ne se laisserait jamais convaincre. Même en étant toujours sous les verrous, je savais bien qu'il ne pourrait accepter l'idée de donner quoi que ce soit à la fille qui était responsable de sa situation.

Pourtant, j'étais déterminée à essayer toutes les éventualités auxquelles je pourrais penser avant d'abandonner.

En rentrant à la maison cet après-midi-là, nous entendîmes une chanson des Wreckage à la radio, et cela nous fit bondir d'excitation tous les trois.

– Eh ben, bon Dieu, s'écria Big Paw en claquant sa main sur sa cuisse. Ian est là-bas et il se débrouille vraiment bien, non ?

– Oui, c'est vrai, dit Holly avec un sourire fendu jusqu'aux oreilles.

Big Paw monta le son et je chantai toutes les paroles comme si elles étaient tatouées sur mon esprit. Entendre sa voix à la radio me donnait une étrange sensation d'espoir, peut-être que Ian et Holly avaient raison ? Peut-être qu'à la fin, tout allait s'arranger, que tout irait bien ? Si on avait l'impression que ce n'était pas le cas, c'était probablement parce que ce n'était pas encore la fin. Si j'avais eu suffisamment de foi pour traverser hier, j'en aurais suffisamment pour traverser demain.

Le jeu s'appelait Patience, et j'avais toutes les intentions d'en être la meilleure joueuse.

27

HAZEL

Hazel: Jeu des aveux: j'écoute tes chansons en boucle.

Ian: Jeu des aveux: chaque fois que je chante une chanson d'amour, je la chante pour toi.

Avec Big Paw et Holly, je m'étais sérieusement activée pour trouver un moyen de ramener ma sœur à la maison avec nous. Heureusement, un tas de lois stipulaient qu'il était préférable de confier l'enfant au foyer d'un membre de sa famille, et étant donné que c'était ma petite sœur, cela permettait d'espérer que ça marche.

Cependant, il fallait que j'obtienne plus de renseignements de la part de personnes qui n'avaient plus vraiment envie d'avoir affaire à moi.

L'expression dans les yeux de Garrett me dit clairement qu'il commençait à en avoir marre que je lui pose des questions, mais je ne voyais pas à qui d'autre je pourrais m'adresser pour avoir plus de renseignements sur Charlie. Je savais qu'il communiquait avec lui et je devais trouver un moyen de convaincre Charlie d'accepter que je garde la petite fille.

– Écoute, Hazel. Je t'ai déjà dit plus de choses que ce que tu as besoin de savoir, et je commence à en avoir ras le bol que tu te pointes chez moi avec tes exigences.

Il avait l'haleine chargée de whisky et les yeux injectés de sang. Il était évident qu'il était ivre, vu la façon dont il titubait de droite à gauche et, en plus, il était visiblement défoncé. Plus les choses changeaient, plus elles restaient les mêmes.

– Ce n'est pas une exigence, Garrett, c'est une requête. Je voudrais que tu essaies de convaincre Charlie de me confier la garde de ma sœur. Je ne peux pas l'imaginer grandir dans une famille étrangère alors qu'elle a sa propre famille ici.

– T'as que dalle à offrir à cette môme. Une famille d'adoption, ce serait bien mieux pour elle. T'es égoïste.

– C'est possible. Mais je ne serai pas seule. Big Paw et Holly sont prêts à m'aider. Nous avons une cellule familiale prête à soutenir cette petite fille, et elle a le droit de vivre avec sa famille.

– Laisse tomber, Hazel. Oublie tout ça, marmonna-t-il en tournant les talons pour rentrer chez lui.

Je l'attrapai par le bras.

– Garrett, attends. S'il te plaît. Je sais que tu me détestes pour tout un tas de raisons, et je comprends. Mais je sais aussi que tu me connais. Tu sais à quel point la famille compte pour moi. Si tu pouvais seulement en parler à Charlie...

– Ça servira à rien, répondit-il brusquement.

– Ça pourrait.

– J'te dis que non, tu peux me croire. Charlie ne peut rien faire pour cette gamine.

Je plissai les yeux.

– Bien sûr que si. En tant que père...

– Bon Dieu, Hazel ! Fais marcher tes méninges, putain ! Tu connais le contexte, non ?

Je fis un pas en arrière, totalement stupéfaite par la réaction de Garrett.

– C'est pas sa môme, putain. Ok ? Lâche l'affaire. Oublie le bébé. Laisse tomber, c'est tout.

Mon estomac se serra et je fus saisie d'un sentiment de peur incroyablement fort.

– Qu'est-ce que tu viens de dire ?
– J'ai dit, laisse tomber.
– Non.
Je marquai une pause et me passai la main dans les cheveux.
– Tu as dit que Charlie n'est pas le père.
Il fronça les sourcils et se passa le pouce sur l'arête du nez.
– Quoi ? Non, j'ai pas dit ça.
Les plis de son front révélaient la confusion de sa pensée.
– Si, tu as dit ça. Tu as dit que ce n'est pas Charlie le père.
– Merde, marmonna-t-il en se passant la main sur le visage. Écoute, il faut que tu t'en ailles, Haze.
Il allait fermer la porte, mais je mis mon pied en travers pour l'en empêcher.
– Garrett, implorai-je. S'il te plaît.
Il soupira et leva les mains.
– Ça va pas te plaire.
– On s'en fiche. Je veux juste savoir ce qui se passe.
Il grommela et enfonça les mains dans ses poches en s'appuyant contre le montant de la porte.
– Charlie ne peut pas avoir d'enfants. Il s'est fait opérer il y a des années pour que ça ne puisse pas arriver. Il disait qu'il ne pourrait pas gérer son business avec des mouflets dans les jambes. Il disait toujours que tu étais déjà bien assez chiante comme ça.
Quoi ?
– Mais alors, c'est qui le père ?
Sa lèvre inférieure tressaillit, et il secoua la tête.
– Écoute Hazel, je comprends, tu penses que tu veux le savoir, mais...
– Dis-le-moi.
Il baissa la tête et marmonna :
– C'est moi.
Cela changeait la situation du tout au tout.
– Pourquoi tu crois que je tenais tant à prendre des nouvelles de ta mère ces derniers mois ?

Ma poitrine se serra sous le coup de cette nouvelle stupéfiante, et je reculai en trébuchant.

– Quoi ?

– Je n'ai jamais voulu toute cette merde, d'accord ? Un soir, avec ta mère, on s'est défoncés tous les deux. Tu étais à la bibliothèque en train d'étudier ou je ne sais quoi, et bon, une chose en entraînant une autre, et puis une autre, on...

Il s'interrompit, et pour être honnête, je n'arrivais pas à suivre les pensées qui s'entrechoquaient dans ma tête. Jamais je ne me serais attendue à une chose aussi énorme.

Ma mère avait couché avec mon ex-petit ami.

C'était plus que perturbant, mais en même temps il y avait un aspect positif à ce bazar. Charlie n'était pas le père. Je n'avais pas besoin de son accord en ce qui concernait ma sœur. J'avais besoin de celui de Garrett.

Malgré la fureur qui me transperçait l'âme et mon envie de lui flanquer mon poing dans la figure, je me dominai parce que j'avais encore besoin de son aide.

– Tu ne veux pas garder cet enfant ? demandai-je, les dents serrées.

– Putain, Hazel. Il n'y a aucune place pour un enfant dans ma vie. Ma mère voulait que je la prenne, parce que, bon, la responsabilité, et toutes ces conneries. Mais ta mère et moi avons décidé que la seule chose vraiment responsable serait de donner à cette enfant une vraie chance dans la vie.

– Avec moi, dis-je en posant la main sur ma poitrine. Elle pourrait avoir un bon départ dans la vie avec moi, Garrett. Ce n'est pas seulement que je la veux, j'ai besoin d'elle. C'est ma famille.

Il baissa la tête et donna des coups de pied dans le vide. Je savais qu'il était ivre et défoncé, mais il devait bien y avoir une partie de lui qui comprenait que je représentais le bon choix pour elle.

– Je ne me drogue pas. Je bois très peu, et dès maintenant, j'arrête. Je me suis occupée de ma mère toute ma vie. Je me suis occupée de toi quand tu en étais incapable, Garrett. J'ai toujours été là pour toi, même quand je n'aurais pas dû, parce que je suis comme ça. Je prends soin des gens que j'aime. Je m'occuperai toujours d'elle.

Il se passa la main sous le nez et haussa les épaules.

– C'est vraiment ce que tu veux, c'est ça ?

– Oui.

Il ferma un œil parce qu'il avait le soleil en pleine face.

– Et tu ne me détestes pas pour ce que j'ai fait ?

– Oh si, crois-moi, je te déteste. Mais... il ne s'agit pas de toi et moi. Il s'agit d'elle, et je ne peux pas laisser mes sentiments pour toi interférer avec ce que je dois faire dans son intérêt à elle.

Il hocha la tête en soufflant un nuage de fumée de cigarette.

– D'accord. Si c'est ce que tu veux. Qu'est-ce que je dois faire ?

Jusque-là, j'ignorais que mon cœur pouvait être brisé et réparé en si peu de mots.

– Tu vas devoir faire un test ADN et tout ça, et nous devrons écrire tout ça sur un papier.

– Bien sûr. Ce que tu voudras. T'auras qu'à me dire ce que je dois faire et quand le faire.

Je hochai la tête et le remerciai. Comme je commençais à m'éloigner, Garrett me rappela.

Il avait l'air au bout du rouleau, comme la plupart des gens au milieu desquels nous avions grandi. Il perdait ses cheveux, ses dents étaient tachées de jaune, et il était sur la pente qui menait vers cette vie que je ne voulais pas pour nous. Il paraissait tellement plus vieux que son âge, et une fraction de seconde, j'eus de la peine pour lui.

Pendant tant d'années, je n'avais pensé qu'à une chose, sauver Garrett de sa tendance à l'autodestruction, mais j'avais vite appris qu'on ne peut pas sauver les gens qui ne veulent pas être secourus. Tout ce qu'on peut faire, c'est laisser la lampe du porche allumée en espérant qu'ils se sauveront eux-mêmes et retrouveront le chemin de la maison.

– Rosie, dit-il en repoussant une mèche de cheveux gras de son visage. Ma grand-mère s'appelait Rosie.

Je hochai la tête, sachant exactement ce qu'il voulait me dire.

– Merci, Garrett. Prends soin de toi.

Il n'ajouta pas un mot, et je me dirigeai vers le camion de Ian pour rentrer à la maison.

La maison, qui serait bientôt aussi celle de ma petite sœur.

Ma petite Rosie.

* * *

Après avoir accompli toutes les formalités et rencontré un bon nombre d'assistants et travailleurs sociaux, nous eûmes le droit de ramener Rosie à la maison. Il restait encore beaucoup de choses à régler au tribunal. Beaucoup de barrières à franchir, de rendez-vous avec des juges et de procédures que nous devrions cocher sur la liste plus tard, mais pour le moment, Rosie était à la maison avec nous.

Son berceau était dans ma chambre, et alors qu'elle ne pleurait pas beaucoup à l'hôpital, cette petite fille découvrit la force de ses poumons une fois rentrée dans sa nouvelle maison. Les premiers jours et les premières nuits furent presque insoutenables. J'avais fait de mon mieux pour me préparer mentalement à l'idée qu'à dix-neuf ans j'allais me retrouver à élever un nouveau-né, mais en vérité on n'est jamais préparé à avoir un enfant.

J'aurais pu avoir lu tous les livres sur les bébés, j'aurais pu suivre tous les cours de préparation à la naissance, rien de tout cela n'aurait servi, en fait. Il s'avérait qu'élever un enfant est un processus graduel, une étape à la fois. C'était écrasant, et parfois je me retrouvais assise sur les toilettes, en larmes, pour un repos de cinq minutes.

J'étais dévorée par la culpabilité, parce que, peut-être que Garrett n'avait pas tort. C'était peut-être égoïste de ma part d'avoir voulu prendre Rosie. Elle aurait peut-être été mieux dans une autre famille. Mais j'avais besoin d'elle. Peut-être encore plus qu'elle n'avait besoin de moi.

Et puis, chaque jour, elle faisait quelque chose qui illuminait mon univers. Elle souriait, elle gloussait, elle dormait. Ah, j'adorais la regarder dormir alors que sa poitrine se soulevait et s'abaissait sur un rythme apaisant.

Et puis j'avais l'aide de Big Paw et Holly, toujours partants pour venir prendre des tours de garde auprès de Rosie. Ils lui témoignaient autant d'amour que si elle avait été leur propre petite-fille. Et voir ce bon vieux Big Paw tenir un minuscule bébé dans ses mains énormes était la chose la plus adorable au monde.

J'avais manqué une foule d'appels de Ian. Le matin et le soir. Chaque fois que je pouvais m'accorder une minute pour respirer, j'étais trop crevée, et le reste du temps je m'occupais de Rosie.

Ian : Tu me manques. Ta voix me manque. Nous sommes à NYC cette semaine, et je ne pense qu'à une chose, à quel point je voudrais être de retour à Eres auprès de toi.

Hazel : Je suis désolée qu'il y ait tant de bazar dans ma vie.

Ian : J'adorerais faire le bazar avec toi.

Je ne le comprenais pas. Je ne comprenais pas pourquoi il se montrait si compréhensif et patient avec moi. Les Wreckage explosaient sur scène, ils étaient en studio non-stop à travailler sur leur album qui devait sortir au début de l'année prochaine, et il trouvait quand même le temps de m'appeler tous les matins et tous les soirs.

Je ne méritais pas son amour alors que tout ce que j'avais été capable de lui donner jusqu'ici, ce n'était que des miettes.

Je consultais Google plus souvent que je n'aurais dû, pour voir les derniers articles consacrés au groupe. Pour lire tout ce qui était possible sur ce que le monde pensait des Wreckage.

Pendant un biberon de quatre heures du matin, alors que je déroulais machinalement certains de ces articles de presse, mes yeux tombèrent sur un en particulier, dont le titre était : *Ian Parker, le nouveau célibataire de la musique, est libre et prêt à faire fondre vos petites culottes avec sa voix.*

Je refermai vivement la page, ne voulant pas en lire plus.

Seul et prêt à faire fondre vos petites culottes.

Seigneur. Si ça, ce n'était pas un titre du genre coup de pied mal placé, alors je ne savais pas ce que c'était.

Je fis de mon mieux pour repousser mon angoisse, mais pour ne rien arranger, j'allai sur Instagram et je vis le nombre incroyable de femmes qui se pointaient aux cocktails de séances de présentation du groupe. Des filles belles, grandes, minces, qui se jetaient à la tête de Ian Parker.

Je sus que je devais faire plus d'efforts avec Ian si je voulais protéger notre amour naissant. Je n'étais pas prête à renoncer à lui ni à nous. C'était à moi de lui montrer que j'étais entièrement dévouée à notre relation, aussi compliquée soit-elle. Il fallait lui prouver que j'étais présente.

Même si cela entraînait moins de sommeil et plus d'appels. Je jonglais avec ma vie. Il y avait tellement de pièces dans mon puzzle. Élever un nouveau-né. Chercher une université en ligne. Tomber plus profondément amoureuse à distance. Travailler à la ferme. Chacune de ces choses était importante à mes yeux. Alors, je fis ce que je devais faire pour n'en négliger aucune.

28
IAN

J'avais la sensation qu'avec le groupe nous ne nous étions pas arrêtés depuis des semaines. Quand novembre pointa son nez, j'avais pratiquement perdu toute notion de la date et du fuseau horaire dans lequel nous nous trouvions. Et puis, Hazel me manquait plus que je n'aurais pu le dire, et je culpabilisais en lisant toutes ces fake news parlant de mon prétendu célibat.

– Tiens, mon petit provincial, voilà pour toi, dit Max en venant vers moi avec des documents à la main.

Nous avions commencé la semaine à New York et nous la terminions de retour à Los Angeles, où nous passions toute la journée en studio.

Les gars et moi étions sur les rotules. L'automne s'en allait et nous avions à peine eu le temps d'en profiter. Tout dans nos vies allait si vite qu'on avait la sensation de vivre dans un brouillard perpétuel. Nous étions épuisés, mais heureux. Fatigués, mais privilégiés.

– Qu'est-ce que c'est ?

– Vos billets pour rentrer chez vous. J'ai demandé à Amy de vous libérer le week-end dans le planning. Je vous ai tous obtenu des billets de première classe pour rentrer à Eres. Je me suis dit qu'un peu de temps hors du tourbillon de ce monde ne vous ferait pas de mal. C'est un peu dur à encaisser. Et puis, moi aussi j'espérais pouvoir rentrer chez moi, pour voir ma famille. Ma femme me casse les couilles et n'arrête pas de me dire que je fais tout pour manquer Thanksgiving cette année encore.

Il fouilla dans son sac et en sortit quelques pilules qu'il se fourra dans la bouche.

– Elle ne se rend pas compte que ce sont ces vacances manquées qui ont payé ces grandes demeures qu'elle adore.

Je regardai les billets et sentis une boule se former dans ma poitrine en saisissant le sens de ses paroles.

– Sérieux ? Tu nous accordes une pause ?

– Ben, vu que votre single fait partie des cent titres les plus populaires aux États-Unis, je me suis dit que je pouvais vous accorder quelques jours de repos. Je sais que ce n'est pas beaucoup, mais...

– Non, non. C'est très bien. Merci, Max. Tu n'imagines pas à quel point nous en avons besoin. J'apprécie ça et tout ce que tu as fait pour nous. Avant que j'en parle aux gars, Max, j'ai une question. En regardant sur internet les articles qui parlent du groupe...

Il secoua la tête.

– Erreur numéro un du débutant. Ne lis jamais cette merde. C'est toxique et cela va te foutre le moral à zéro pour des années.

– Ouais, mais c'était une des interviews que nous avons données. Le titre disait que j'étais célibataire, avec une histoire de petites culottes. Je n'ai jamais dit que j'étais célibataire, alors je n'ai pas apprécié.

Il secoua la tête.

– Je suis sûr qu'Amy a dit ça à la journaliste pour rehausser ton sex-appeal.

Amy était chargée de donner de nous cette image de bad boys qui plaît tant aux femmes. Je comprenais son rôle, mais là j'avais la sensation qu'elle avait dépassé les limites.

– Je ne veux pas faire passer un faux message. J'ai une petite amie, une personne à laquelle je tiens vraiment, et je ne veux pas qu'elle voie ce genre de conneries alors que ce n'est déjà pas simple, la relation à distance.

– Oui, bien sûr. Je comprends. J'en parlerai à Amy. Mais pour le moment, explique à ta copine que les tabloïds sur internet sont basés sur des mensonges. C'est juste la règle du jeu, et le piège à clics, c'est la meilleure façon de marquer des points. Maintenant, va faire tes bagages.

Je fis ce qu'il me disait et, l'espace d'un instant, je pensai appeler Hazel pour lui dire que je rentrais, mais je me ravisai. Je voulais lui faire la surprise. J'étais impatient de la prendre dans mes bras et de poser mes lèvres sur les siennes, enfin.

Je savais qu'elle s'en voulait d'avoir été si débordée et épuisée ces derniers temps, mais je ne lui en tenais pas rigueur. Au contraire, cela me rendait encore plus amoureux d'elle. Elle était la générosité incarnée. Elle se dévouait toujours aux autres. C'était une de ses plus grandes qualités à mes yeux. En même temps, j'aurais aimé qu'elle pense un peu plus à elle-même. Elle méritait qu'on la porte au pinacle, qu'on lui offre la lune et les étoiles, et pourtant elle se comportait toujours comme si même la plus petite étincelle était déjà trop de lumière sur elle.

* * *

Lorsque j'arrivai à la maison la veille de Thanksgiving, Hazel était couchée et dormait à poings fermés. Ses cheveux étaient attachés en un chignon informe, et il y avait une tache sur son tee-shirt qui ressemblait à du vomi, mais pourtant elle était toujours aussi belle.

Rosie était dans son berceau et me regardait, les yeux écarquillés. Elle ressemblait tout à fait à Hazel avec ses grands yeux. Elle commença à s'agiter dans son berceau, et lorsqu'elle se mit à hurler, je m'empressai de la prendre dans mes bras.

Hazel s'éveilla d'un bond, immédiatement inquiète et sur la défensive.

– Je m'en occupe, je m'en occupe, marmonna-t-elle en se frottant les yeux.

– C'est bon, tout va bien, dis-je en berçant le bébé qui se calmait dans mes bras.

Lorsque Hazel réalisa que j'étais debout dans sa chambre, les larmes lui montèrent aux yeux. Je ne savais pas si c'était de joie ou d'épuisement, mais elle se précipita et se serra contre moi.

– J'ai l'impression que chaque fois que tu reviens me voir, je vais m'effondrer, murmura-t-elle en m'embrassant tendrement dans le cou.

– J'ai l'impression que chaque fois que je reviens, je n'aurai plus envie de repartir.

Rosie recommença à s'agiter dans mes bras et Hazel fronça les sourcils.

– Elle doit avoir faim. Je peux la prendre et aller lui faire chauffer un biberon.

– C'est bon. Je vais la garder. Tu peux aller chercher son biberon. Nous t'attendons ici.

Elle marqua un temps d'hésitation, comme si elle allait protester, mais à la place elle murmura un merci et sortit précipitamment de la pièce. Lorsqu'elle revint, le biberon à la main, Rosie et moi étions assis dans le fauteuil à bascule, nous balançant paisiblement.

Hazel sourit.

– Elle est à l'aise avec toi, on dirait.

– J'aime les enfants. Je gardais la petite sœur de James et Leah quand elle était bébé. Cela me vient naturellement, on peut dire.

– Ouais, ben, j'aimerais pouvoir en dire autant, dit elle en plaisantant. Essayer de la calmer quand elle hurle est une sorte d'enfer nouveau pour moi. Tu veux que je lui donne son biberon ?

– Oh, je peux le faire.

Je pris le biberon et, dès que je le lui donnai, Rosie se mit à téter comme une championne. C'était dingue comme la première fois que je l'avais vue, elle avait l'air si menue et si mal en point dans cette couveuse et maintenant elle grandissait si vite, c'était un tel changement par rapport à ses débuts chaotiques dans la vie.

Assise par terre en face de nous, Hazel nous regardait, l'air émerveillée.

–Je voudrais te demander pourquoi tu es là, mais franchement, je m'en fiche. Je suis tout simplement trop contente que tu sois rentré.

Je souris.

–Moi aussi. On ne s'y attendait pas quand Max nous a fait la surprise de nous donner des billets d'avion pour rentrer pour les fêtes. Il a dit que c'était une récompense pour être dans le classement du Billboard. Parce que... soit dit en passant, nous sommes entrés dans le classement du Billboard.

Elle m'adressa un sourire fendu jusqu'aux oreilles.

–Ouais, je sais. J'ai lu ça ce matin.

Elle saisit son téléphone et me le montra.

–Je t'ai écrit un texto à ce sujet, mais apparemment j'étais trop à côté de mes baskets pour penser à appuyer sur « envoi ».

–Ha ha. Pas de souci. Tu as de bonnes raisons d'être épuisée.

–Oui, mais quand même. Je suis si fière de toi. Au risque de passer pour une tarée complète, j'avoue que je vous traque un peu sur internet, c'est comme une sorte de drogue.

–Fais attention. Tu ne dois pas croire tout ce que tu lis en ligne.

Elle haussa un sourcil.

–C'est amusant que tu dises ça, parce qu'une fois, tu m'as dit de croire tout ce que je lisais.

–Ouais, ben, c'était avant que j'en découvre les côtés obscurs.

–Tu parles de ton mode de vie de célibataire et de tes capacités à faire fondre les petites culottes ?

Je fis la grimace.

– J'espérais que tu n'avais pas lu cet article.

– C'est ça le problème, comme je suis ton admiratrice numéro un, je lis tous les articles.

Rosie avait fini son biberon et je la posai contre mon épaule pour qu'elle fasse son rot tout en continuant à me balancer dans le fauteuil.

– Écoute, Hazel, cet article, c'est un coup de mon agent. Nous ne savions même pas qu'il serait publié comme ça, avant qu'il soit trop tard. J'en ai parlé à Max et je lui ai dit que ce n'était pas cool. Je veux que tout le monde sache pour nous.

Elle secoua la tête.

– Bah, ça ne me dérange pas que ça reste comme ça. Je comprends qu'être une rockstar suppose avoir un sex-appeal qui fait fondre les femmes. Pour reprendre le titre des All-American Rejects[11], ça ne me dérange pas d'être ton « Dirty Little Secret ».

Je grognai.

– Mais je n'ai pas envie que tu sois mon petit secret coquin. Je veux que tu sois ma petite amie coquine *et* officielle.

Un petit sourire suggestif passa sur ses lèvres et elle se pencha vers moi.

– Je peux faire un tas de choses coquines en privé *et* en public.

– Ne dis pas des choses que tu ne penses pas.

– Je les pense, tu peux me croire. Dès que Rosie sera endormie, je vais te montrer.

Bah, la perspective n'était pas si horrible. Alors que je tenais Rosie contre mon épaule, je sentis quelque chose d'humide couler dans mon dos et je compris que le bébé avait vomi par-dessus mon épaule. Je l'éloignai de moi et Hazel la récupéra rapidement.

– Désolée. Bon sang, elle n'arrête pas de vomir après son biberon.

– Ce n'est pas grave. Ce sont des choses qui arrivent. Voilà ce que je te propose. Pendant que tu essaies de la

11. Groupe de rock américain.

rendormir, je vais prendre une douche rapide, j'en ai besoin après ce vol interminable, et ensuite nous parlerons de ces petits secrets coquins que tu as mentionnés tout à l'heure.

Elle hocha la tête en souriant.

– Je t'attends ici.

Je sortis précipitamment de sa chambre et bondis sous la douche. Je me lavai le plus rapidement possible pour aller la retrouver sans perdre de temps, souhaitant, priant et espérant que Rosie dorme déjà.

Je retournai vers la chambre de Hazel, me préparant à faire des choses que je n'avais pu qu'imaginer depuis plusieurs semaines, mais tous mes espoirs s'évanouirent au moment où je la vis allongée sur son lit, profondément endormie alors que Rosie dormait dans son berceau.

Bon, bah, voici un nouvel obstacle à franchir dans la relation de couple.

Sans prendre la peine de la réveiller, je m'allongeai furtivement dans le lit à côté d'elle, et tout naturellement, elle se blottit contre moi, juste comme au bon vieux temps. À ce moment-là, je fus content d'avoir quelque chose qui me donnait la sensation d'être vraiment rentré à la maison.

* * *

– Je me suis dit que cela devrait lui aller, grommela Big Paw debout devant ma porte, la veille de Thanksgiving.

Il tenait à la main une grenouillère en forme de dinde, et il avait l'air super-content, mais le simple fait qu'il tienne une grenouillère dans ses mains le faisait paraître beaucoup moins sévère.

– Je l'ai vue dans le magasin quand je suis allé faire des courses. Je me suis dit que la petite devait avoir son costume de premier Thanksgiving.

– Je ne manquerai pas de le donner à Hazel, je promis en la lui prenant des mains.

Il se gratta la barbe en marmonnant avant de me regarder de nouveau.

– J't'ai vu avec les gars à la télé l'autre soir. Vous étiez bien. Très bien.

C'était quoi, ça ? Un compliment venant de Big Paw ?

La petite Rosie devait l'avoir radouci.

– Mais faudrait pas que ça te monte à la tête. T'es pas si bon que ça, gamin.

Ah bon, je retrouvais le grand-père que je connaissais et que j'aimais.

– Tu devrais venir chez nous ce soir, avec Hazel et Rosie, pour aider Grand-Mère dans ses préparatifs. Et puis, comme t'es rentré, elle a cuisiné pour toi.

– En fait, je suis un peu fatigué, Big Paw. J'espérais en écraser, quelques heures.

– Dis donc, si tu peux jouer pour des étrangers, tu peux aussi bien venir voir ta grand-mère. À tout à l'heure.

Il tourna les talons et s'en alla, sans me laisser le choix. En même temps, il n'avait pas tort. Je n'avais pas eu beaucoup l'occasion de communiquer avec mes grands-parents ces derniers mois.

J'aurais tout le temps de dormir, la famille passait en premier.

Je n'eus aucun mal à convaincre Hazel de m'accompagner et, une heure plus tard, nous y allions. Au moment où je passai le seuil, je retrouvai l'odeur de Thanksgiving. L'atmosphère chaleureuse de la fête emplissait la maison de mes grands-parents, et je la retrouvai avec plaisir. Ils m'avaient manqué. La maison m'avait manqué. Après avoir voyagé et travaillé sans arrêt pendant plusieurs mois, j'avais eu le mal du pays.

– Mon chéri ! dit Grand-Mère, souriant jusqu'aux oreilles, en venant vers moi avec son tablier décoré de la fameuse dinde.

Elle était couverte de farine et se déplaçait un peu plus lentement que dans mon souvenir, mais lorsqu'elle me serra dans ses bras, je sentis tout son amour.

Bon Dieu, comme les embrassades de Grand-Mère m'avaient manqué !

Lorsqu'elle me lâcha, je relevai mes manches.

– Qu'est-ce que je peux faire pour t'aider ?

Elle rigola.

– Oh, mon chou, je pense que c'est plus sûr que tu ne viennes pas dans la cuisine.

Je savais pourtant qu'elle devait être submergée par les préparatifs.

Thanksgiving, à Eres, n'était pas un petit événement pour mes grands-parents. Comme dans tout ce qu'ils faisaient, ils pensaient au bonheur de toute la ville. Par conséquent, la grange était aménagée, avec plus de deux cents sièges pour que les gens viennent pour le repas. En gros, c'était comme une auberge espagnole où chacun apportait sa spécialité cuisinée pour la partager avec les autres.

– Tu es sûre que tu ne veux pas que je fasse mes bons gros burgers ? dis-je pour plaisanter.

Elle frissonna.

– Non, non. On ne fait pas de burgers pour Thanksgiving.

– On pourrait. J'ajouterai même quelques tranches de fromage pour les rendre plus originaux.

Elle rejeta mon offre d'un regard noir.

Quel dommage, une bonne fournée de burgers pouvait faire de l'usage.

À ce moment-là, Hazel passa la tête par la porte.

– Vous avez besoin d'aide, Holly ? Big Paw s'occupe de Rosie pour le moment.

Grand-mère réagit complètement différemment à la proposition d'Hazel. Elle fit un large sourire et lui fit signe d'entrer dans la cuisine.

– Oui, oui, ma puce. Avec plaisir. Je t'en prie, entre.

Hazel entra et Grand-Mère lui donna immédiatement un tas de directives, je me sentis attaqué personnellement.

– Tu rigoles ? Moi aussi, je peux t'aider !

– Va plutôt aider Big Paw, dit Hazel. Il te réclame dans son bureau.

Je me dirigeai vers le bureau de Big Paw et, en entrant, je rigolai doucement en le voyant avec la petite Rosie dans les bras.

– Ce rôle te va bien, Big Paw, dis-je pour plaisanter, mais cela ne le fit pas rire.

D'un signe de tête, il désigna le fauteuil en face du sien.

– Assieds-toi, Ian.

– C'est quoi, ça ? La leçon de morale ? plaisantai-je.

– Pose ton cul, ordonna-t-il.

Je déglutis péniblement en entendant le ton de sa voix et je pris un siège. La sévérité de son expression me fit faire un bond en arrière, vers mes années de lycée quand il me sermonnait parce que je me conduisais comme un petit con.

Tout en berçant Rosie dans ses bras – et franchement, c'était hilarant à voir –, il me regarda en plissant les yeux.

– Quelles sont tes intentions vis-à-vis d'Hazel ?

Je pouffai, complètement pris au dépourvu.

– Pardon ? Qu'est-ce que tu veux dire ?

– Je veux dire exactement ce que j'ai dit, garçon. Quelles sont tes intentions ? Envisages-tu un avenir, quel qu'il soit, avec elle, ou bien est-ce que tu fais le joli cœur quand t'es là-bas, en tournée ? Parce que c'est une fille bien, qui prend son travail au sérieux et qui a pris sa sœur en charge, alors je te jure, si tu lui fais du mal, je te botterai le cul si fort que tu chanteras dans les aigus.

– Qu'est-ce qui te prend, Big Paw ? C'est moi ton petit-fils, pas le contraire. C'est pas plutôt à Hazel que tu devrais faire la morale au sujet de ses intentions vis-à-vis de moi ?

– Je l'ai déjà fait, affirma-t-il, l'air de rien. C'est une fille bien qui envisage son avenir avec toi. Mais je ne tolérerai pas que tu joues avec ses sentiments. C'est une belle personne, un être humain super, Ian. On ne rencontre pas tant de personnes géniales que ça dans ce monde, et elle a déjà traversé beaucoup d'épreuves dans sa courte vie, alors si tu n'es pas sûr de toi dans cette histoire, si ta carrière passe avant pour le moment, il n'y a pas de problème. Mais si c'est le cas, lâche-la avant qu'elle ne s'attache encore plus. Ne la traîne pas derrière toi si tu ne veux pas aller plus loin. Alors, je te le demande encore une fois, quelles sont tes intentions ?

Je croisai les doigts et m'enfonçai dans mon fauteuil, en regardant mon grand-père droit dans les yeux.

– Je veux le même genre de relation que tu as avec Grand-Mère, dis-je.

Je le ressentais profondément dans mes tripes. Je voulais fabriquer des millions de souvenirs avec Hazel. Je voulais que nos petits-enfants soient les témoins directs de notre histoire d'amour lorsque nous vieillirions ensemble, plus tard. Je voulais qu'elle continue à me provoquer jusqu'à la fin des temps.

Je voulais vieillir avec cette fille qui m'avait aidé à ouvrir mon cœur.

– C'est parfait, alors.

Big Paw eut un petit sourire en coin tout en hochant la tête une fois, mais une fois seulement.

– Quels que soient la célébrité et le succès que tu rencontreras, tu resteras attaché à cette fille, d'accord ? Quoi qu'il arrive, tu ne la lâcheras pas.

29
HAZEL

– S'il te plaît, rassure-moi, tu as bien eu droit à la leçon de morale de Big Paw, toi aussi, il ne m'a pas dit ça juste pour la forme ? me demanda Ian alors que nous rentrions à la maison en voiture, tard dans la soirée, après avoir donné un coup de main à ses grands-parents.

– Oh t'inquiète, j'ai eu droit au sermon et aux menaces qui vont avec.

Je me retournai pour jeter un coup d'œil à Rosie qui dormait dans son siège auto. S'il y avait une chose sur laquelle je pouvais compter, c'était que Rosie s'endormirait dès qu'on roulerait en voiture. Ces derniers temps, quand elle était trop agitée, je l'installais dans la voiture et je roulais aussi longtemps qu'il le fallait pour la calmer.

– Les menaces de Big Paw semblent un peu moins effrayantes quand il devient gaga avec Rosie, cependant.

– Il est raide dingue d'elle, hein ? C'est amusant de le voir comme ça. Qui aurait cru qu'un bébé pourrait le rendre aussi doux ? Je pensais qu'il n'y avait que Grand-Mère pour faire ça.

– Il ne se passe pas un jour sans qu'il demande si elle va bien. Je te jure, il vient bien plus souvent au ranch maintenant qu'il y a Rosie. C'est quelqu'un, ma petite sœur.

– Elle doit tenir de toi.

Je lui souris en me laissant aller contre l'appuie-tête.

– Je peux te confier un secret ?

– Tu peux me confier tous tes secrets.

– Je m'inquiète un peu pour tes grands-parents qui continuent de travailler aussi dur à leur âge. Ils en font trop pour les autres, et ils devraient vraiment lever le pied. Holly continue à travailler tous les jours au restaurant de la ferme, et Big Paw dirige pratiquement la ville. Ce n'est sûrement pas bon pour leur santé. Ce soir, dans la cuisine avec Holly, j'ai remarqué qu'elle s'essoufflait vite.

– Je sais. Cela fait plusieurs années que je leur dis de s'économiser, mais ils ne m'écoutent pas. On dirait qu'ils ne savent pas comment faire des pauses. Ils ont déjà tellement fait pour cette ville. Il serait temps qu'ils lèvent le pied. Je ne sais pas ce qui les ferait ralentir un peu. Ils ne sont pas du genre à se faire aider, leur truc, c'est plutôt de donner aux autres.

– Cela me rend triste. Ils ont bien mérité de se reposer, de prendre du temps pour eux.

– Dixit la fille qui ne prend jamais de temps pour elle.

Je me mis à rire.

– Je sais que ça peut paraître dingue, mais je ne me suis jamais sentie autant moi-même que depuis que j'ai commencé à travailler à la ferme. Je n'aurais jamais pensé qu'un jour j'adorerais ce genre de boulot et, pourtant, c'est le cas. Pendant des années, je n'ai pensé qu'à une chose, m'enfuir d'ici, et plus le temps passe, plus je me dis que ce serait sympa de rester et d'apprendre à Rosie le travail de la ferme quand elle sera assez grande.

– Big Paw me parlait justement de la qualité de ton travail. Il ne se laisse pas facilement impressionner, alors tu peux être fière de toi.

– Je le suis. Je veux dire, ce n'est pas facile, surtout avec Rosie, mais je me débrouille pour garder la tête hors de l'eau. Je ne me laisse pas couler.

Il gara le pick-up devant la maison et coupa le moteur.

– J'imagine que le moment serait mal choisi de te demander de m'accompagner en tournée pendant quelques semaines, hein ? Dans ma tête, ça paraissait être une super-idée, mais maintenant que je vois à quel point tu aimes ta vie, j'aurais mauvaise conscience de t'enlever à tout ça.

– Je ne sais pas si l'équipe pourra gérer si je pars pendant un long moment. Depuis que nous avons perdu les Wreckage, on s'efforce de former des nouveaux qui soient aussi efficaces que vous quatre.

Il sourit d'un air narquois.

– Eh ben, bonne chance !

– J'aimerais pourtant te voir en concert. Je voudrais te voir dans ton nouvel univers. Mais cela risque de prendre un peu de temps avant que je puisse le faire, avec Rosie et tout ça.

– Elle sera toujours la bienvenue, tu sais.

– Bientôt, acquiesçai-je en prenant sa main dans la mienne. Je te promets que nous viendrons te voir bientôt.

Juste à ce moment-là, Rosie se mit à pleurer et je lui jetai un coup d'œil.

– Tu crois qu'on pourrait refaire un tour dans les chemins de terre pour la rendormir ?

Ian remit le contact et démarra. En moins de cinq minutes, Rosie s'était rendormie.

– Est-ce qu'un jour tu t'étais imaginé élever un bébé à dix-neuf ans ?

La main de Ian était entrelacée avec la mienne et j'adorais la chaleur que ce contact répandait en moi.

– C'est justement ce contre quoi je me battais, je ne voulais pas que ça m'arrive, et tu vois, on en est là. Honnêtement, je ne regrette rien. Rosie est une des meilleures choses qui me soient arrivées. En même temps, si tu m'avais demandé si je me voyais un jour sortir avec la star montante de la musique pop, je t'aurais dit que t'étais barge, là aussi. Mais j'imagine que c'est ça la vie, les choses arrivent.

Il porta ma main à ses lèvres et l'embrassa, me faisant passer des ondes de réconfort.

Et parfois ce qui arrive dans la vie est mieux que tout ce qu'on aurait jamais pu imaginer.

* * *

Le repas de Thanksgiving fut un grand moment de rires, de larmes et de consolation dans la grange. J'étais assise à la table des Wreckage et Rosie jouait avec l'un des nombreux jouets que les gars lui avaient apportés.

Éric, Marcus et James craquaient complètement pour cette petite fille dans sa grenouillère de dinde, et j'avais l'impression que tout Eres était sous le charme des Wreckage.

– Excusez-moi d'interrompre votre repas de Thanksgiving, mais je me demandais si mon amie et moi pourrions prendre une photo ? demanda une jeune fille toute tremblante en s'approchant de notre table.

Sa copine se tenait en retrait, très intimidée. Elles ne devaient pas avoir plus de quinze ans, et leurs yeux brillaient d'espoir. Quand Ian et les gars acceptèrent de faire la photo, les filles se mirent à sauter de joie. Les photos avec les fans ne s'arrêtèrent plus jusqu'à ce que Big Paw fasse une annonce pour demander à la foule d'arrêter d'importuner les membres du groupe.

– Est-ce que votre vie vous semble bizarre ?

Je leur souris. J'adorais l'attention qu'ils suscitaient, parce que je savais qu'ils avaient travaillé dur pour ça.

– Ouais, c'est bizarre en effet, répondit Marcus en s'empiffrant. Mais au bon sens du terme.

– Si on en juge par les chiffres de nos comptes en banque, c'est vraiment au bon sens du terme, dit Éric avec un sourire fendu jusqu'aux oreilles.

– À propos, dit Ian en mettant la main à la poche de son costume...

Il en sortit une enveloppe qu'il me tendit.

– C'est pour toi, de la part du groupe.

Je haussai un sourcil.

– Qu'est-ce que c'est ?

– Ouvre, tu verras bien, dit James.

J'ouvris lentement l'enveloppe mais, en voyant son contenu, je la refermai aussitôt et la jetai sur la table.

– C'est quoi, ça ?

– C'est un chèque. Ce n'est pas la première fois que tu vois un chèque, quand même ? plaisanta Ian.

– Un chèque avec autant de zéros, si. Et c'est un espace après les deux premiers chiffres ? Normalement, il n'y a pas d'espace après deux chiffres sur les chèques !

Mon cœur battait la chamade dans ma poitrine, simplement de l'avoir tenu en main.

Dix mille dollars.

Les gars m'avaient tendu un chèque de dix mille dollars comme si c'était la chose la plus naturelle du monde. Je me rappelai quelques mois plus tôt Marcus et Éric qui se chamaillaient pour savoir qui paierait les vingt dollars de leur commande au traiteur chinois. Maintenant, ils distribuaient des chèques de dix mille dollars.

C'est drôle de voir la vitesse à laquelle le monde peut changer pour certains.

– Je ne peux pas accepter ça.

Ian ramassa le chèque et me le remit dans la main.

– Tu peux et tu vas le faire. Sans ton aide pour les textes, nous n'aurions jamais été découverts, et plus nous serons connus, plus nous te remercierons. Ça, ce n'est que le début.

– Ian...

– Non. Pas la peine de résister, Haze. Tu le mérites. Tu fais toujours tout pour les autres sans jamais rien recevoir en retour. Il serait temps que tu sois récompensée pour ce que tu fais.

– Et ce n'est pas tout, il y en a encore, hurla Éric, balayant d'un grand geste ce qu'il y avait dans l'assiette de Ian.

Lorsque je réalisai ce que cela signifiait, une vague de réconfort me submergea. Cet argent allait m'aider encore plus qu'ils ne l'imaginaient. Je pourrais faire plus de choses pour Rosie et moi. Je pourrais commencer à économiser pour un avenir que je n'aurais jamais cru possible. Je pourrais respirer plus librement.

– Merci, les gars. Vous n'imaginez pas l'ampleur de ce que cela représente pour moi.

– Bah, vu que t'as pas mal traîné avec notre copain Ian, je suis certain que tu as l'habitude de voir des choses d'une certaine ampleur, plaisanta Marcus en me donnant un coup de coude dans les côtes.

Je devins plus rouge que la gelée que Mary Sue avait faite pour le repas.

– Arrête, tu la gênes, espèce d'idiot! dit Éric en bousculant son frère.

– Quoi? Mais non! Ce n'est pas comme si toute la ville ne connaissait pas la grosse bite de Ian, protesta Marcus. Et puis d'abord, moi je serais aussi heureux qu'un chien à qui on a donné un os de dinde si ma copine était fière de ma grosse bite.

– Arrête de dire « grosse bite », gémit Éric en se frappant le front.

– Grooosse biiite, dit Marcus en traînant sur les voyelles pour essayer de faire sortir son frère de ses gonds.

– Grosse quoi? dit une voix derrière nous.

Nous tournâmes tous la tête et vîmes Holly qui se tenait là, plus douce que jamais, les sourcils levés.

Cette fois, ce fut au tour de Marcus de ressembler à la gelée à la fraise.

– Heu, rien, Grand-Mère, dit-il en secouant la tête.

J'adorais la façon dont tous les gars appelaient Holly « Grand-Mère », comme s'ils étaient ses petits-fils, eux aussi.

Mais à en juger par la façon dont elle se comportait avec tout le monde en ville, c'était comme si elle était la grand-mère de tous les habitants d'Eres.

– Allez, vas-y, répète-lui ce que tu étais en train de dire, insista Éric.

Marcus dut lui donner un coup de pied sous la table parce qu'Éric poussa un cri aussi strident que quelqu'un qui plonge dans l'eau glacée au jour de l'an.

Holly continuait de sourire et agita la main.

– Ah vous, les garçons et votre humour ! La table des desserts est ouverte. Allez vous chercher une part de tarte.

Les yeux de James se mirent à briller à la mention de la tarte.

– Vous avez fait votre tarte aux pommes maison ?

Holly fit un signe de tête affirmatif.

– J'en ai fait une en plus pour que tu en aies une pour toi tout seul. En plus, il y a de la crème à la vanille dans le frigo pour aller avec.

Cela suffit pour que les frères et lui bondissent de leur chaise et partent en courant. Ian continua de regarder sa grand-mère d'un air sombre.

– Et toi, Grand-Mère ? Tu as mangé au moins ?

Elle lui fit un petit signe.

– Oh non. Pas encore. Mais je vais le faire. Je veux juste être sûre que tout le monde a le ventre plein avant.

– Je pense que tout le monde a ce qu'il faut, maintenant. Vas-y, Grand-Mère. Va manger.

Elle le fit taire avant de venir vers lui et de prendre son visage entre ses mains. Puis elle se pencha vers lui et l'embrassa sur le front.

– Je suis tellement contente que tu sois là. Je ne pouvais pas imaginer passer cette fête sans toi. Tu me manques.

Ian lui fit un sourire en coin.

– Toi aussi, tu me manques, Grand-Mère. Et je te demande pardon de ne pas t'avoir appelée plus souvent. Je vais y remédier désormais.

– Cela me fait très plaisir chaque fois que tu m'appelles. Mais ne te sens pas obligé de le faire quand tu as trop de travail. Nous savons que tu es très occupé à devenir le nouvel Elvis.

Leur échange me fit sourire et, quelque part, je les enviai. Je n'avais pas connu mes grands-parents, et en voyant l'amour qui existait entre Holly et Ian, je trouvais ça très beau.

– Bon, allez, va te chercher de la tarte. Je vais faire le tour des tables pour leur dire que c'est prêt, dit Holly.

– Si tu veux, je me lève et je crie à la cantonade que le dessert est servi, proposa Ian, mais elle secoua la tête.

– Non, non. Je préfère saluer tout le monde et leur dire que je suis contente qu'ils soient venus.

Elle tourna les yeux vers moi et me tendit la main. Je la pris dans la mienne et elle m'adressa ce sourire chaleureux qui me faisait du bien.

– Je suis tellement contente que tu sois là, Hazel.

Mes yeux durent s'embuer parce qu'elle m'ordonna de ne pas pleurer avant de partir faire son tour des tables.

– Bon sang, quel amour !

Je reniflai et essuyai les quelques larmes qui roulaient sur mes joues.

– Allez, Hazel, dit Ian en me poussant du coude. Elle t'a dit de ne pas pleurer.

– Je sais, je sais. Mais je suis tellement heureuse. Cette soirée est absolument géniale. Je n'avais pas fêté Thanksgiving depuis des années. Et même quand je le fêtais, c'était surtout toute seule avec ma mère en mangeant un poulet acheté tout cuit au supermarché.

Il haussa un sourcil.

– Mes grands-parents font ça depuis bien avant ma naissance, et c'est gratuit pour tous les habitants de la ville. Pourquoi ne veniez-vous pas ?

– Charlie ne voulait pas qu'on participe aux événements de la ville. Il disait que ça donnerait aux curieux l'occasion de se mêler de ses affaires.

Ian se rembrunit et cela m'embêta. Je détestais quand Ian avait l'air triste à cause de mon passé. Je lui tapotai le genou.

– Mais je suis là, maintenant, et c'est tout ce qui compte.

– Si je pouvais remonter le temps, je ne te traiterais jamais comme je l'ai fait, Haze. Je sais que du temps a passé depuis notre première rencontre, mais bon sang, je m'en veux encore de m'être montré si con avec toi.

Je poussai un petit rire.

– Bah, tu t'es largement rattrapé depuis, pas de doute. Et puis, les dix mille dollars rachètent toutes les réflexions grossières du passé.

Il gardait son air sombre et je regrettai la joie qui avait disparu de ses lèvres.

– Qu'est-ce qu'il y a, Ian ?

– Tu me manques, c'est tout. Tout ça me manque, dit-il en désignant la foule d'un geste de la main. Je n'aurais jamais cru que la maison me manquerait autant.

– Qu'est-ce qui te manque le plus ?

Il souffla un nuage d'air chaud.

– Putain, tout. Les chemins creux, les feux de joie, les animaux de la ferme. Les ruades de Dottie. Toi. Toi, tu me manques.

Je me penchai vers lui et lui embrassai les lèvres.

– Eh bien, je suis là pour l'instant.

– Et je t'en remercie.

– Et moi, je te remercie d'être toi.

Son sourire réapparut sur ses lèvres et il m'embrassa encore une fois. Sans éloigner ses lèvres des miennes, il murmura :

– Est-ce que je peux te faire l'amour jusqu'au petit matin ?

– Oui, répondis-je en mordillant sa lèvre inférieure. Ou du moins jusqu'à ce que je doive me lever pour changer Rosie.

30

IAN

Ce court séjour à la maison passa bien plus vite que je l'aurais souhaité, mais j'étais reconnaissant pour chaque minute que j'avais pu passer avec ma famille et ceux que j'aimais. Quand vint le moment de boucler mes bagages, Big Paw, Grand-Mère et Hazel attendaient devant la maison comme lors de mon premier départ. La seule différence cette fois-ci, c'était Rosie dans les bras de Big Paw.

– Il faut vraiment qu'on arrête de se quitter comme ça, plaisanta Grand-Mère en m'embrassant sur la joue.

– J'espère pouvoir revenir dans pas trop longtemps.

– Pour Noël ? dit-elle, pleine d'espoir.

Je me rembrunis, sachant que nous serions en tournée pour les concerts de fin d'année. De toute ma vie, je n'avais jamais passé un Noël sans mes grands-parents. Peut-être Max nous offrirait-il une sorte de miracle de Noël.

– Je l'espère, Grand-Mère.

Je l'embrassai sur la joue.

Big Paw me repoussa d'un geste de la main et me dit de ne pas remettre ça avec les adieux larmoyants. J'embrassai Rosie sur le front et serrai la main de mon grand-père.

– Travaille bien là-bas, Ian. Puis reviens nous voir.

– Oui, Monsieur.

Ensuite, je m'approchai d'Hazel qui tenait un carton dans les mains. Je redoutais le moment de lui dire au revoir. Une partie de moi aurait voulu la supplier de me rejoindre sur la tournée, mais je savais que ce serait égoïste de ma part. Elle avait organisé sa vie au ranch, et je ne pouvais pas lui demander de renoncer à quelque chose qu'elle adorait, simplement pour que je puisse me réveiller avec elle à mes côtés tous les jours.

Mais, bon Dieu, j'aurais tellement aimé que ce soit possible.

– Tiens, c'est pour toi, dit-elle en me tendant la boîte.

Je haussai un sourcil et l'ouvris. En découvrant ce qu'elle contenait, j'eus l'impression que ma poitrine allait exploser de bonheur. C'était marrant de penser que j'étais parti de chez moi pour trouver le bonheur alors qu'il était juste à côté de moi.

– C'est un morceau de la maison, expliqua-t-elle en fouillant dans la boîte à ma place. Ça, c'est un pot contenant de la poussière du chemin. Il y a une bougie aromatisée au feu de bois et plusieurs photos de nous tous. J'ai même pris des photos des animaux de la ferme. Et puis, Holly a fait une douzaine de tes cookies préférés, et moi j'ai fait quelques gâteaux à la banane. C'est juste des petits trucs pour que tu penses à nous quand tu te sentiras seul.

Je l'aimais tellement, un peu plus chaque jour. Je ne savais pas que l'amour pouvait continuer de grandir, mais chaque fois que j'étais avec Hazel, mon cœur rabougri grandissait de trois tailles.

– Tu es merveilleuse, lui dis-je en reposant la boîte pour l'attirer dans mes bras. On se voit bientôt, ok ?

– Mais pas trop tôt, dit-elle d'un air sévère, ta priorité doit être de réaliser tes rêves.

– Fais-moi confiance, dis-je en l'embrassant sur le front, c'est déjà fait.

– Ian Parker, tu es mon meilleur ami.

– Hazel Stone, tu es ma meilleure amie.

– Pars jouer ta musique et ensuite reviens vers nous, ok ? Ne t'inquiète pas, nous laisserons la lumière du porche allumée pour ton retour, dit-elle en m'embrassant sur la joue.

Je mis la boîte dans mon van de location et dis au revoir pour de bon. Je passai chercher les autres chez eux, puis nous prîmes la direction de l'aéroport. Alors que nous attendions notre vol dans le salon d'attente du terminal, je feuilletai les photos qu'Hazel m'avait données. Il m'apparut clairement que la maison n'était pas un lieu mais des personnes, et j'étais ce bâtard chanceux qui n'avait jamais été sans un toit de toute sa vie.

– C'est Hazel qui te les a données ? demanda James en désignant les photos d'un signe de tête.

– Yep, elle m'a fait un « pack de réconfort », et tu sais quoi ?

– Non, quoi ?

– Cette fille, je l'épouserai un jour, putain !

* * *

Lorsque les gars et moi reprîmes la route, ce fut pour un tourbillon ininterrompu de concerts. On nous avait offert l'occasion de faire les premières parties de mégastars partout dans le pays tout en continuant à préparer la sortie officielle de notre album prévue pour l'année prochaine.

Je me disais souvent qu'Éric allait faire une crise cardiaque en regardant les chiffres de nos followers sur les réseaux sociaux atteindre des hauteurs surréalistes.

– Un million de followers sur Instagram, putain ! s'écria-t-il dans le bus de la tournée alors que nous allions à Richmond, en Virginie, pour un spectacle. On vient juste de dépasser la barre du million de followers.

On se réjouissait comme si on avait remporté un putain de Grammy Award. C'était bon de savoir que les gens nous remarquaient. C'était la première récompense pour moi, que le public se retrouve dans la musique que nous produisions.

On avait l'impression d'être dans une avalanche de succès. À chaque concert, de plus en plus de gens venaient et scandaient nos noms. Des fans découvraient les noms des hôtels où nous nous arrêtions. Cela devint de plus en plus difficile de marcher dans la rue sans être reconnus.

Nous étions en train de devenir ce que ce Putain de Max Rider nous avait promis – nous devenions célèbres, et tout cela arrivait en un clin d'œil.

J'étais heureux d'avoir gardé un lien avec la maison. J'étais heureux de continuer à appeler Hazel parce qu'elle m'aidait à garder les pieds sur terre.

À l'issue d'un concert incroyablement réussi à Richmond, j'enfilai un manteau et sortis prendre l'air et appeler Hazel.

– Vous avez fait la première partie de Shawn Mendes et je n'étais même pas là pour voir ça, j'y crois pas ! soupira Hazel, probablement plus triste d'avoir manqué Shawn que de m'avoir manqué, moi.

– Quelque part, je ne suis pas mécontent que tu n'aies pas été là, parce qu'il est encore plus beau en vrai et il chante encore mieux en vrai, et c'est juste un mec super. Je n'ai pas envie que tu me quittes pour Shawn.

– Tu as raison, je l'aurais sûrement supplié d'être le père de mes enfants.

Je souris.

– Si jamais un mec doit te faire un enfant, ce sera moi et pas un autre...

Je regardai mon téléphone et je pris conscience de ce que je venais de dire.

– Je veux dire, un jour, dans très, très longtemps. Je veux dire, merde. C'était plutôt lourd de ma part. Fais comme si je n'avais rien dit.

– Non, c'est rien. Vraiment. Simplement je ne savais pas que tu voulais avoir des enfants, un jour.

Je me frottai le front. Je suppose que ce n'était pas un sujet que nous avions abordé ensemble.

– Bah, ouais. Un jour. Pas tout de suite, bien sûr. Mais je verrais bien quelques petits Ian Junior gambader autour de nous. Je pense que le fait d'avoir vu Rosie a renforcé cette image. Elle est tellement mignonne, cela m'a donné des idées.

– Elle fait cet effet aux gens.

– Et toi ? demandai-je, l'estomac noué. Tu veux avoir des enfants, plus tard ?

– Ah oui. Deux ou trois, au moins. Même quatre ou cinq. Je veux une grande famille emplie de rires. J'ai grandi pratiquement sans aucun lien familial, à part avec ma mère. J'ai envie de fonder une grande famille.

Moi aussi, Haze.

Je veux fonder cette grande famille avec toi.

Naturellement, je ne le dis pas. Cela aurait pu paraître un peu trop direct.

– Excusez-moi ! Excusez-moi ! Êtes-vous Ian Parker ? dit une voix dans mon dos.

Merde.

Je continuai de marcher. Max nous avait recommandé, si on nous voyait en public et que nous ne tenions pas à être approchés, de continuer à marcher d'un pas normal, sans accélérer, et de nous comporter comme si nous n'étions pas qui nous étions.

– Quelqu'un t'a reconnu ? demanda Hazel.

– Ouais, mais je vais la jouer cool et faire le tour de l'hôtel pour rentrer par l'arrière. C'est rien.

– Excusez-moi ! S'il vous plaît ! Vous êtes bien Ian Parker, non ?

C'était une autre voix. Une voix d'homme, cette fois. La plupart du temps, c'étaient des femmes qui nous interpellaient, donc le ton viril et la voix grave me prirent au dépourvu.

– Nan, je suis pas Ian, répondis-je sans ralentir le pas.

– Mais si, c'est toi, dit la femme. C'est Ian. J'en suis sûre. Ian Carter, c'est nous.

Je m'immobilisai en entendant mon second prénom.

Ça, c'était nouveau. La dernière personne à m'avoir appelé Ian Carter, c'était ma...

Je fis volte-face pour voir les deux personnes qui me suivaient, et j'eus l'impression d'avoir pris un coup de poing dans le plexus solaire en découvrant leurs yeux à tous les deux.

– Je vais devoir te rappeler, Hazel, murmurai-je en raccrochant.

J'entrouvris les lèvres sous le coup de la surprise qui ébranla tout mon être.

– Maman ? Papa ?

Ils avaient l'air cabossés et en vrac, mais c'étaient bien eux. Ses yeux à elle me rappelaient les miens. Les plis de son front à lui se retrouvaient dans mon froncement de sourcils.

Ma mère passa les mains dans ses cheveux clairsemés et m'adressa un sourire radieux. Et là, elle prononça trois mots, comme si elle n'avait pas disparu de ma vie depuis quatorze putains d'années.

– Salut, mon bébé.

31

IAN

Salut, mon bébé.

De tout ce que j'avais pu imaginer entendre ma mère me dire après quatorze foutues années, *Salut mon bébé,* c'était bien la dernière chose. Peut-être *Salut, Ian, désolée de t'avoir abandonné et, oh, je ne sais pas, de t'avoir traumatisé pendant quatorze ans.* Ou bien *Salut mon fils, désolée d'avoir manqué ces quatorze anniversaires.* Ou encore *Salut, fils, t'es toujours fan des Dallas Cowboys ?*

Franchement, j'aurais pensé entendre n'importe quoi, mais ça, jamais, putain.

Sans que je sache comment, nous avons fini par nous retrouver assis dans un restau en bas de la rue. J'avais l'impression d'être en mode pilotage automatique, trop sidéré pour comprendre ce qui se passait exactement devant moi. Ils entreprirent tous les deux de commander pratiquement tout ce qu'il y avait sur la carte et s'empiffrèrent comme s'ils n'avaient pas mangé depuis des années.

Moi, ça me coupait l'appétit.

– On voudrait juste te remercier de passer du temps avec nous, ce soir, fils, dit mon père en se fourrant des frites dans la bouche.

Son pied n'arrêtait pas de taper nerveusement sur le sol carrelé. Il portait un manteau élimé et troué et une casquette fourrée. Il avait une barbe qui n'avait pas été taillée depuis Dieu sait quand, et il n'arrêtait pas de s'agiter. Je me demandai s'il savait qu'il remuait tout le temps, mais il n'arrêtait pas.

Ma mère faisait ça aussi, mais de façon un peu moins intense.

Ils avaient l'air... super mal en point.

Comme s'ils avaient toujours vécu dans la galère depuis qu'ils avaient quitté Eres.

À l'évidence, ils consommaient toujours, et cela me rendit triste. Je m'étais imaginé deux choses qui avaient pu leur arriver depuis qu'ils étaient partis, soit ils avaient fait une overdose et n'étaient plus de ce monde, soit ils avaient trouvé un moyen de vivre une vie heureuse et clean en me reléguant dans le passé.

Apparemment, la deuxième option me permettait de mieux dormir.

Mais découvrir qu'il existait une troisième option – qu'ils étaient toujours aussi bousillés qu'avant – ça, ça me bouleversait.

– Il y a longtemps qu'on avait l'intention de te contacter, mais je doute que Big Paw nous aurait laissés revenir comme ça, dit ma mère qui tremblait comme si elle avait froid, mais qui transpirait en même temps.

J'enlevai ma veste et la lui posai sur les épaules. Elle sourit.

– On dirait qu'ils ont réussi à faire de toi un parfait gentleman du Sud, remarqua-t-elle en donnant un coup de coude dans les côtes de mon père. Je t'avais bien dit qu'il deviendrait génial, hein, Ray ?

– Ça, c'est sûr, tu l'as dit, acquiesça-t-il en sirotant son soda.

– Qu'est-ce que vous faites ici ? Comment vous m'avez trouvé ?

– Oh, ça, c'est pas compliqué. On a vu que tu étais en concert en ville ce soir, et ton visage était partout sur internet, dans les magazines et à la télévision. Je ne sais pas si tu le sais, fils, mais tu fais un tabac dans le coin.

Je lui fis un petit sourire coincé. Si seulement il savait à quel point il me mettait mal à l'aise en m'appelant « fils ».

Cela faisait des années que je n'étais plus leur fils.

– Mais pourquoi vous êtes là ? Qu'est-ce que vous voulez ?

Je vis que ma mère encaissait le coup, mais je ne savais pas comment poser la question autrement. Je m'étais souvent représenté nos retrouvailles, mais malheureusement, j'avais espéré que ça se produirait avant que je devienne célèbre, pas après. À présent que j'étais en passe de réussir dans la vie, cela devenait un peu suspect qu'ils m'approchent pour une réunion de famille.

Ma mère tendit le bras et posa sa main sur la mienne, et putain, c'était bon de tenir sa main. Cela m'embêtait que ce soit si bon. Même si ses mains étaient glacées, son contact suffisait à réchauffer les parties gelées de mon âme.

– On avait envie de te voir, Ian. C'est tout. Pour s'assurer que tu vas bien.

– Vous auriez pu vous en assurer depuis bien longtemps. Mon adresse n'a pas changé. Vous saviez où me trouver.

– Oui, mais on n'avait pas l'argent pour faire le voyage jusqu'au Nebraska, protesta mon père.

– J'imagine que vous n'aviez pas d'argent pour une cabine téléphonique non plus. Big Paw et Grand-Mère ont toujours le même numéro de téléphone depuis les années quatre-vingt-dix.

Mon père fronça les sourcils et une froideur envahit son regard.

– Qu'essaies-tu de nous dire ? Que nous n'avons pas essayé suffisamment de te contacter ?

– C'est exactement ce que j'essaie de dire, dis-je carrément. C'est juste bizarre que vous réapparaissiez après tout ce temps, maintenant que vous m'avez vu à la télé. C'est tordu, putain.

– Surveille ton langage, garçon ! aboya mon père en pointant un doigt accusateur dans ma direction, ce qui attira l'attention des personnes autour de nous.

Ma mère tendit la main et abaissa son bras en disant chut.

– Calme-toi, Ray.

Il grogna.

– C'est juste que je n'aime pas ce qu'il insinue.

– Pourquoi ? Parce que j'ai raison ?

Je sortis mon portefeuille et commençai à compter les billets.

– Alors, de quelle somme on parle ? Combien il vous faut ? Je veux dire, c'est l'argent qui vous intéresse, non ? Il est évident que nous ne sommes pas ici pour renouer des liens et partager des souvenirs.

Ma mère baissa la tête en la secouant.

– On avait vraiment envie de te voir, Ian. Je te le jure, mais c'est juste que... on traverse une mauvaise passe, là, et on se demandait si tu pourrais nous aider.

Le regret que je ressentis d'avoir laissé mon cœur s'emballer après toutes ces années revint me frapper comme une bourrasque. Le problème avec les cœurs qui battent, c'est qu'ils peuvent se briser en un instant.

Je sortis les billets de mon portefeuille et les étalai devant moi. Leurs yeux se mirent à briller de stupeur en les voyant, prouvant par là que c'était exactement l'argent qui les intéressait.

– J'ai cinq cents.

– Arrête tes conneries, dit mon père – non, Ray – brusquement. T'es une putain de superstar. Tu peux nous donner plus.

– Qu'est-ce qui te fait penser que je vous dois quelque chose ?

– Nous sommes tes parents, dit-il, la voix suintant de colère.

Il était probablement défoncé et incapable de se contrôler.

– Vous n'êtes rien pour moi. Voilà ce qu'on va faire. Vous prenez les cinq cents dollars maintenant, ou alors vous ne prenez pas d'argent et nous essayons de voir si nous pouvons rétablir un lien en fin de compte. Mais si nous le faisons, je ne vous donne pas un sou, jamais. Soit vous prenez les cinq cents dollars, soit vous retrouvez votre fils. C'est à vous de choisir.

Je me sentais complètement idiot.

Tandis que les secondes s'égrenaient, mon cœur, mon cœur stupide et cabossé, pleurait comme l'enfant de huit ans que j'avais été, demandant – non, implorant – ses parents de me choisir. Je voulais qu'ils me prennent, qu'ils me choisissent, que ce soit moi qu'ils veuillent.

Ils échangèrent un regard, puis regardèrent l'argent, sans jamais lever les yeux vers moi. D'un mouvement rapide, Ray ramassa les billets et les fourra dans sa poche.

Et mon cœur battant, stupide et cabossé ?

Il se brisa en mille morceaux, putain.

Ils s'en allèrent ce soir-là avec cinq cents dollars en poche pour continuer de rechercher leur défonce, et je me retrouvai seul dans le restau, comme un pauvre imbécile.

***

– Qu'est-ce qu'il y a ? Que s'est-il passé ? demanda Hazel alors que j'étais allongé dans ma chambre d'hôtel, le téléphone collé à l'oreille.

Elle m'avait laissé des dizaines de textos et m'avait appelé un nombre incalculable de fois, m'envoyant des messages où perçait l'inquiétude.

J'avais finalement rassemblé suffisamment de courage pour la rappeler vers une heure du matin.

– Oh rien, des conneries, murmurai-je.

Il m'en fallait beaucoup pour que je sorte le whisky, mais là, je sirotais mon verre, assis dans mon lit. Quand je finis par l'appeler, j'étais ivre et ce n'était probablement pas une bonne idée.

Normalement, le whisky me rendait triste, mais là ce n'était pas un problème, vu que j'étais déjà effondré.

– C'est la personne qui t'a accosté ? Un fan ? Des paparazzis ?

– Non.

Je secouai la tête comme si elle pouvait me voir.

– Pire que ça. C'étaient mes parents.

J'entendis le petit cri étouffé d'Hazel dans le récepteur.

– Oh, mon Dieu, comment ça ?

– J'imagine qu'ils m'ont vu à la télé. Ils voulaient discuter et prendre de mes nouvelles, et quand je dis prendre de mes nouvelles, je veux dire qu'ils voulaient de l'argent.

– Oh, mon Dieu, Ian. Je n'y crois pas. Qu'as-tu fait ?

– Je leur ai donné le choix – cinq cents balles ou renouer une relation avec moi.

Elle soupira, comme si elle avait deviné ce qu'ils avaient choisi.

– Ils ont pris l'argent ?

– Ouais.

Je rigolai, le fond de la gorge en feu à cause du whisky et de la douleur de cette soirée.

– Ils ont pris ce putain d'argent.

– Les imbéciles, murmura-t-elle. Je les hais. Je sais que je ne devrais pas haïr tes parents, mais c'est comme ça. Je les hais vraiment.

– Ouais. Mais ce n'est pas comme s'ils avaient fait le mauvais choix, dis-je d'une voix incertaine en avalant le whisky cul sec, avant d'aller au minibar pour m'en servir un autre. Je ne me serais pas choisi moi-même.

– Ne dis pas ça. Ce n'est pas toi le fautif dans cette histoire, Ian. C'est eux. C'est eux les coupables, pas toi.

Je gardai le silence et posai une main sur le bar pour me stabiliser alors que ma tête tournait à cause de l'alcool et de la souffrance de mon cœur.

– Qu'est-ce qu'il te faut ? demanda-t-elle, la voix attentive et sérieuse. Dis-moi ce dont tu as besoin.

Je déglutis péniblement et m'éclaircis la voix.

– De ma meilleure amie, marmonnai-je. J'ai besoin de ma meilleure amie.

– Ok, j'arrive.

32

IAN

– C'est quoi ce bordel, hurla Max en fondant sur moi dans le hall de l'hôtel le lendemain matin.

Nous devions donner encore deux concerts à Richmond, et je mourais d'envie de rentrer chez moi. Mais selon la formule consacrée, « *The show must go on* ».

Les gars et moi, nous attendions dans le hall d'entrée l'heure de nous rendre à quelques interviews, et la voix criarde de Max fit le même effet sur ma gueule de bois qu'un crissement d'ongles sur un putain de tableau noir.

Je me pinçai l'arête du nez lorsqu'il s'immobilisa devant moi. J'avais chaussé mes chouettes lunettes noires et revêtu une tenue sombre, et tout ce que je voulais, c'était quelques cachets d'Ibuprofène et des aliments frits.

– Quel bordel ? grommelai-je.

Je n'avais nulle envie d'en découdre avec mon manager ce matin-là. Nous avait-il permis de réaliser nos rêves ? Oui. Est-ce qu'il me rendait dingue par moments ? Deux fois oui.

– Celui-ci, dit-il en me fourrant son téléphone sous le nez.

Je regardai l'écran et une boule se forma dans mon estomac. C'était une photo de tabloïd me montrant attablé au restau avec mes parents et on me voyait nettement leur tendre de l'argent. Vu de l'extérieur, cela paraissait glauque au possible.

D'accord, en vrai, c'était glauque, mais les tabloïds rendaient la chose vraiment horrible. Maintenant, je comprenais la panique de Max.

– Qu'est-ce que c'est, demanda James en me prenant le téléphone des mains.

En voyant la photo, il resta bouche bée.

– Putain de merde. C'est… ?

Je hochai la tête.

– Yep.

Max récupéra brusquement le téléphone, ignorant totalement qui était assis en face de moi sur cette photo. Et, à l'évidence, il s'en fichait.

Il s'assit sur la table basse juste devant moi et croisa les mains.

– Tu te drogues ?

– Quoi ? Pas du tout. Je ne me drogue pas.

– Ne me mens pas, putain, Ian. Si c'est le cas, il faut que je sache quel type de produit. La cocaïne ? Ça peut passer. Des ecstas ? D'accord. Quelques cachetons et du sirop à la codéine un samedi soir ? Pourquoi pas ? Mais ça, les gens sur cette photo m'ont tout l'air de prendre de la meth, beugla-t-il, les narines dilatées. Alors, est-ce que tu as rencontré ces deux toxicos pour te joindre à eux ?

James serra les mâchoires et fronça les sourcils.

– Tu ne sais pas de quoi tu parles, Max, dit mon ami.

– Ne le prends pas mal, Yoda, mais je parle à ma vedette, là. Une vedette qui est sur le point de foutre en l'air tout ce qu'on a mis en place pour lui. Alors, s'il te plaît, occupe-toi de tes affaires.

James ouvrit la bouche pour rembarrer Max, mais je levai la main pour l'arrêter. James était rouge de colère et il en fallait beaucoup pour le mettre dans cet état. Je savais que s'il pétait un câble sur Max, il n'y aurait pas de possibilité de retour. Quand James se mettait en colère –ce qui n'arrivait pratiquement jamais –, il se transformait, tel l'Incroyable Hulk, et il avait tendance à fracasser des choses autour de lui. Comme le visage de Max, par exemple.

–Ce sont mes parents, dis-je, conscient qu'il n'y avait aucune raison de mentir. Ils ont disparu de ma vie il y a des années à cause de leur problème de drogue, et lorsqu'ils ont découvert que j'avais réussi, ils ont réapparu pour me demander de l'argent.

Max soupira et se passa la main sur le visage.

–S'il te plaît, ne me dis pas que tu leur en as donné. S'il te plaît ! Tu ne leur as pas donné d'argent, quand même ?

–Si, mais je leur ai dit que ce n'était pas la peine de revenir m'en demander. C'est terminé.

–Bon Dieu de bois ! dit Max en se levant brusquement pour se mettre à tourner en rond en tapant des pieds comme un gamin. Non ! Non ! On ne donne jamais d'argent à des membres de sa famille toxicos. Tu sais pourquoi, Ian ?

–Éclaire-moi, grommelai-je, agacé par mon manager.

–Parce qu'ils ne s'en vont jamais, putain ! Si tu donnes un centime à un junkie, il revient pour t'en demander plus. C'est la merde. C'est la merde, putain.

Max fouilla dans sa banane, en sortit ses médocs et se les jeta dans la bouche. Il respira profondément et s'efforça de se contenir.

–Ok. Ok. C'est bon, je vais arranger ça. Mais d'ici là, ne t'avise pas de redonner de l'argent à n'importe qui, d'accord ? Ta carrière débute tout juste, et vraiment je ne veux pas qu'elle s'arrête parce que des parents accros à la meth décident qu'ils veulent devenir riches rapidement en écrivant un bouquin de révélations au sujet de Ian Parker.

–Ils n'ont rien à révéler. Ils ne m'ont pas vu depuis des années.

–Les gens se fichent de savoir si c'est la vérité ! Ils veulent juste des histoires croustillantes.

Avant que je puisse répondre, il sortit en trombe, tout en passant déjà des coups de fil.

Les gars me regardaient tous, l'air sincèrement désolés. Il était clair qu'ils étaient plus concernés par mon bien-être que Max, mais je n'étais pas d'humeur à en parler.

– Plus tard, les mecs, marmonnai-je en me renfonçant dans mon siège. Là, je ne peux pas en parler.

– Je comprends, mon pote, dit Marcus en me donnant une tape dans le dos. Mais quand tu seras prêt, nous serons là pour t'écouter.

* * *

Ce soir-là, le concert fut un des plus difficiles que j'aie eu à assurer, mais je fis le job, et quand vint le moment de sortir de scène, je me précipitai dans ma loge. Je ne voulais rien tant qu'éviter tout contact avec des êtres humains, aller me pieuter dans ma chambre d'hôtel et m'apitoyer sur mon sort.

En ouvrant la porte de ma loge, je vis une personne de dos, assise devant le miroir.

– Euh... excusez-moi ?

– Vous devriez faire plus attention à la sécurité dans ces loges.

Hazel fit tourner le siège et me balança son sourire. Le sourire qui arrangeait tout.

– Sinon, poursuivit-elle, n'importe quelle admiratrice pourrait entrer et essayer de te mettre la main aux fesses.

Je ne répondis pas à ce commentaire taquin. J'allai tout droit jusqu'à elle et la pris dans mes bras. Je la serrai plus fort que jamais.

– Je suis désolée d'être en retard, murmura-t-elle en blottissant sa tête contre ma poitrine.

– Tu es pile à l'heure. Où est Rosie ?

– Big Paw et Holly la gardent pendant deux jours, avec l'aide de Leah, jusqu'à mon retour.

Elle s'écarta de moi et posa la main sur ma joue. Elle me scruta de ses pupilles dilatées.

– Comment tu vas ?

Je secouai la tête.

– Ça va.

À ce moment-là, la porte de la loge s'ouvrit brutalement et Max entra comme une furie.

– Ian, il faut qu'on...

Il s'arrêta, haussa un sourcil et toisa Hazel de la tête aux pieds.

– Oh. Euh... désolé, je ne savais pas que tu avais de la compagnie.

Je m'écartai d'Hazel et fis un geste de la main vers Max.

– Haze, je te présente Max, mon manager. Max, voici ma petite amie, Hazel.

C'était agréable de la présenter comme ça aux gens, comme ma petite amie.

Max se mit à examiner Hazel de plus près, et pour la première fois depuis que je travaillais avec lui, je le vis comme il était. On aurait dit un rat qui scrute tout ce qui se présente, pour voir s'il peut en tirer quelque chose.

Il se força à sourire, se dirigea vers Hazel et lui tendit la main.

– Max Rider. Enchanté. Alors, c'est vous qui détournez beaucoup l'attention de Ian, hein ?

Hazel sourit.

– Je plaide coupable.

En gardant les lèvres pincées, Max recommença à balader son regard sur Hazel.

– Quel est votre nom de famille, Hazel ?

Elle haussa un sourcil, mais répondit.

– Stone.

Max siffla.

– Hazel Stone et Ian Parker. Ça sonne bien. Bon, je ne vais pas vous embêter plus longtemps. Je tenais juste à te rappeler la fête de ce soir, quelques vedettes seront présentes, Ian.

Je me rembrunis et secouai la tête.

–J'espérais passer la soirée tranquille avec Hazel. Ces dernières vingt-quatre heures ont été démentes.

–À qui le dis-tu ! Je sais. C'est moi qui ai dû m'occuper de limiter les dégâts, je te rappelle.

Hazel haussa de nouveau un sourcil en entendant le ton de Max, et je voyais bien qu'elle ne l'appréciait guère. Elle faisait sûrement un gros effort sur elle-même pour tenir sa langue. J'imaginais aisément les remarques acerbes qui devaient lui traverser l'esprit.

–Oui, je sais. Mais j'ai besoin d'une soirée de repos.

–Pas maintenant, protesta-t-il. Au contraire, c'est le moment de sortir et de montrer que tu ne te drogues pas. De te montrer charmant et spirituel, conforme à l'image du parfait Ian Parker, telle que nous la façonnons.

–Je n'ai pas envie d'être charmant et spirituel.

–C'est pour ça qu'on appelle ça jouer un personnage.

–Je suis musicien, pas comédien.

Il se mit à rire.

–Tous les musiciens sont des acteurs. La seule différence, c'est que les musiciens chantent mieux. Bref, je t'envoie tous les détails par texto.

Il s'empressa de sortir de la pièce et claqua la porte sans me laisser le temps de répondre.

–Alors, c'est ça le génial Putain de Max Rider, hein ? dit Hazel en levant les yeux au ciel si haut que je me demandai si elle pourrait revoir normalement après ça. Mais dis-moi, il est au courant que, si on y pense, c'est lui qui travaille pour toi, non ?

Je souris mollement.

–Je doute qu'il le sache. Désolé que tu aies été témoin de ça. J'espérais que nous pourrions parler et nous détendre, mais je crois que je vais devoir faire une apparition ce soir, pour limiter les dégâts et tout ça.

–Et qui limite les dégâts dans ton cœur ?

Je la pris dans mes bras et l'attirai contre moi.

–C'est toi.

Je posai mes lèvres sur son front.

– Je sais que tu n'as pas fait le voyage jusqu'ici pour aller à une soirée, mais j'adorerais que tu sois avec moi ce soir, pour m'aider à garder la tête froide.

– Où tu vas, je vais. Je suis à ton entière disposition pour les trente-six heures à venir.

33

HAZEL

Ce Putain de Max Rider.

Ce serait plutôt ce Putain de Max Tête de Nœud.

Une telle arrogance chez un homme de si petite taille, j'y croyais pas. Ce type était chauve, probablement dans la quarantaine, mais il s'habillait comme s'il avait vingt ans. Il se donnait visiblement beaucoup de mal pour avoir l'air dans le coup, mais il avait exactement l'allure de ce qu'il était, un homme d'âge mûr qui se donne beaucoup de mal. En plus, il avait une masse de poils sur la poitrine qui sortaient du col de sa chemise.

Si un macho et une gorille avaient un enfant, ce serait ce Putain de Max Rider.

Si ce n'était pas pour Ian et le groupe, j'aurais dit à Max où il pouvait aller se faire voir. Au lieu de cela, je me comportai comme la parfaite belle du Sud. Je souris, fis du charme et gardai pour moi mes réflexions extrêmement désobligeantes sur le bonhomme.

Puis j'allai à l'hôtel avec Ian pour me préparer pour la soirée.

– Je n'ai rien à me mettre pour aller à une soirée, avouai-je en faisant l'inventaire des quelques vêtements qui étaient dans ma valise.

– Tout ce que tu as sera parfait. Tu peux même garder ce que tu portes en ce moment, ça ira très bien, dit Ian.

Je ris et baissai les yeux sur mon sweat à capuche extra-large et mon legging.

– Ah bon ? C'est ça que portent les gens pour rencontrer des célébrités, de nos jours ?

Je me rembrunis, quelque peu démoralisée en voyant la tenue habillée que Ian était en train d'enfiler. Je doutais que les femmes qui tournaient autour des Wreckage tous les jours aient le même look que moi. Elles portaient probablement des robes moulantes et des talons hauts.

Je baissai les yeux sur mes Adidas

Assurément pas des Christian Louboutin.

– Ne fais pas ça, Hazel.

– Je fais quoi ?

– Tu penses que tu dois changer pour t'adapter à ce monde dans lequel j'évolue. Ces soirées, ces vêtements de couturiers, ce n'est pas la réalité.

– Et c'est quoi, la réalité ?

– Les chemins de terre. Les feux de joie. La cuisine de Grand-Mère.

Il sourit et s'approcha de moi pour me prendre dans ses bras.

– Toi. Moi. Nous. Nous sommes authentiques. Tout le reste, ce n'est qu'une façade. Quoi que tu portes, ce sera très bien.

Ces paroles réconfortantes calmèrent mon cœur troublé. Je ne pus faire autrement que tomber encore plus amoureuse de l'homme qui se tenait à côté de moi.

– C'est trop tôt pour que je te demande comment tu vas après cette rencontre avec tes parents ? Ou bien est-ce que tu préfères attendre que cette soirée soit passée ?

– On va déjà se débarrasser de cette soirée, ensuite on aura toute la nuit pour parler.

– Très bien.

– Et... Haze ?

– Oui ?

– Je tiens aussi à ce que tu me dises tout ce que tu penses de Max.

Je ricanai.

– Je te préviens, ce n'est pas joli joli.

– Je sais. C'est pour ça que je veux que tu me dises tout.

* * *

En arrivant au night-club, je me sentis complètement à côté de la plaque. Malgré tout, Ian continuait à me tenir la main alors que nous déambulions dans le club. Les gens étaient serrés comme des sardines. Tout le monde était venu passer la soirée ici, à bavarder, faire de la lèche aux membres des Wreckage et chanter leurs louanges. Cela me faisait tout drôle de voir à quel point les gens aimaient le groupe. C'était... puissant.

Les gars étaient comme des poissons dans l'eau et échangeaient avec tout le monde comme s'ils étaient chez eux ici. Éric était encore mineur, mais il devait y avoir une clause « je suis en passe d'être une vedette » qui lui permettait d'entrer dans le club comme les autres. Quant à moi, on me laissa entrer parce que j'étais au bras de Ian.

– Je fais un saut aux toilettes, dis-je à Ian en lui serrant la main.

Il ne m'avait pas lâchée depuis que nous étions entrés dans la boîte, et j'étais contente de le sentir là. Il me donnait l'assurance dont je n'avais pas pensé avoir besoin.

– Je t'attends ici, dit-il en se postant à côté de la porte des lavabos.

– Tu n'es pas obligé. Je te retrouverai bien.

Il sourit.

– Je t'attends ici.

Je me rendis aux toilettes pour me recentrer, parce que j'avais vraiment l'impression d'avoir mis un pied dans la quatrième dimension.

En entrant, je remarquai deux femmes – des jumelles apparemment – qui se remettaient du rouge à lèvres.

– Tu as vu, Ian Parker est là ?

– Oui, j'ai vu. Punaise, il est vraiment sexy.

– Prem's !

– Tu charries, dit l'autre en faisant la moue. En même temps, le batteur est canon. Je me le ferais bien aussi.

Elle remonta ses nichons et sourit avant de me lancer un regard interrogateur.

– Euh… vous cherchez quelque chose ? me demanda-t-elle en me regardant de la tête aux pieds comme si je n'avais rien à faire là.

Il est vrai qu'elle me regardait peut-être bizarrement parce que je devais avoir l'air chelou à les dévisager comme ça dans les toilettes tout en écoutant leur conversation au sujet de mon petit ami.

– Oh, euh… non. Désolée. Vous faites la queue ? demandai-je en montrant les toilettes.

Des toilettes totalement libres. J'eus envie de disparaître sous terre tellement je me sentis gênée.

– Euh… non, mon chou. Elles sont tout à vous.

J'entrai précipitamment dans la cabine et refermai la porte. Je me frappai le front, me sentant idiote. C'était vraiment humiliant. Après les avoir entendues partir, je pris quelques profondes inspirations et ressortis de la cabine. Je me regardai dans le miroir en essayant d'effacer le souvenir de la beauté de ces femmes.

– Chemins de terre, feux de joie, cuisine de Holly, me dis-je tout bas pour me rappeler ce qui était authentique et qui comptait vraiment.

En ressortant, je fus saisie d'un sentiment de malaise quand je vis que Ian avait disparu. Je parcourus l'espace des yeux à sa recherche et commençai à avancer pour aller le retrouver lorsque j'entendis appeler mon nom. Je me retournai et tombai sur Ce Putain de Max Tête de Nœud vêtu d'un costume hors de prix.

Je haussai un sourcil.

– Oui ?

– Il me semblait bien que c'était vous. Ravi de vous revoir.

– Pareillement, mentis-je en lui adressant un petit sourire hypocrite. Excusez-moi, j'essaie de retrouver Ian, dis-je en commençant à m'éloigner.

Il leva la main et désigna l'autre côté de la pièce.

– Oh, il est juste là, il parle avec les sœurs Romper. Ce sont des chanteuses très prometteuses. Aussi sexy sur scène que les Wreckage.

Je suivis son geste des yeux et je vis les deux beautés rencontrées dans les toilettes. Mon estomac se noua.

Elles flirtaient avec Ian, lui caressaient les épaules, riaient à gorge déployée en rejetant la tête en arrière tandis que Ian, lui, gardait les mains dans ses poches avec un petit sourire gêné.

– C'est moi qui l'ai envoyé faire un brin de conversation avec elles. Le réseautage et tout ça, vous voyez, expliqua Max en enfonçant ses mains dans les poches de son pantalon sur-mesure et en se balançant d'un pied sur l'autre. En fait, je suis content d'être tombé sur vous. J'espérais bien avoir l'occasion d'en savoir plus sur Madame Hazel Stone.

– Il n'y a pas grand-chose à savoir, en réalité.

Il ricana.

– Modeste, hein ? C'est sympa. La modestie n'est pas une qualité qu'on a souvent l'occasion de rencontrer dans ce milieu. Je dois admettre que j'ai presque l'impression de vous connaître déjà, tellement Ian parle souvent de vous. Ça doit faire un temps fou que vous sortez ensemble tous les deux.

– Pas tant que ça, en fait. Notre relation a commencé au cours de l'été, et c'est juste avant que Ian vienne à Los Angeles pour travailler avec vous que nous l'avons officialisée.

– Ah bon ? Ça m'étonne. Donc, ce n'est pas vraiment du sérieux, lui et vous, alors.

Je n'aimais pas sa façon de dire les choses.

–Je ne suis pas d'accord. Nous sommes très liés. Nous représentons tout l'un pour l'autre.

–Ouais, je n'en doute pas. Les amours de jeunesse et tout ça. C'est juste que je m'inquiète de l'impact que ça peut avoir sur le devenir de sa carrière, vous voyez, qu'il soit avec quelqu'un comme vous.

–Pardon ? Quelqu'un comme moi ?

–Vous savez, une mère célibataire. Vous avez *bien* un enfant, je ne me trompe pas ?

Je restai muette, la tournure que prenait son questionnaire me déplaisait souverainement. Visiblement, il avait fait des recherches sur moi.

Il me fit un autre sourire, auquel je ne répondis pas, cette fois.

–Je dois vous le demander, est-ce que cet enfant est de Ian ? C'est juste que d'un point de vue marketing, c'est important de le savoir.

–La réponse est non, mais c'est une question privée et cela ne me convient pas d'en parler avec vous. Maintenant, si vous voulez bien m'excuser...

Je le poussai pour passer devant lui, mais je restai figée sur place lorsqu'il poursuivit :

–Je m'inquiète seulement des titres des journaux que votre relation avec Ian pourrait provoquer. Comme le fait que votre mère est en prison pour avoir dirigé un laboratoire de drogue clandestin.

–Là, vous allez beaucoup trop loin, aboyai-je dans sa direction en revenant à grands pas vers lui. Je ne sais pas comment vous êtes au courant pour ma mère, mais cela ne vous regarde en aucune façon.

–Si, justement. Il suffit d'une recherche rapide sur Google pour trouver tout ce qu'on veut savoir sur tout le monde. D'après vous, quel effet cela va produire quand les gens découvriront que Ian est en couple avec une toxico ?

–Quoi ? Non, mais ça va pas. Je n'ai jamais consommé de drogue. Je n'ai aucun problème. Je ne suis pas ma mère.

– Mais tout le monde s'en fiche. Les réseaux sociaux vous confondront avec votre mère. Ils tordront la vérité et inventeront des histoires de toutes pièces. Ils feront en sorte que Ian passe pour un toxico, lui aussi. Ils éteindront sa flamme avant même qu'elle ait eu le temps de brûler, et pour quoi ? Pour une fille avec qui il n'a eu aucune relation sérieuse avant *environ* le début de l'été ? C'est ça que vous voulez pour lui ? Vous voulez vraiment anéantir sa chance de devenir célèbre pour une histoire d'amour qui pourrait ne pas durer de toute façon ?

J'ouvris la bouche pour répondre, mais aucun son n'en sortit. C'était comme si Max m'avait dépossédée de la moindre once de courage en me regardant fixement. Et ce qui me faisait le plus mal, c'est qu'il n'avait pas tort. Ces pensées me traversaient régulièrement l'esprit depuis des semaines. Quel effet ça ferait si on me voyait au bras de Ian, et surtout maintenant qu'il y avait Rosie dans le tableau ? Que diraient les gens ? Comment nous jugeraient-ils ?

Quelles seraient les conséquences sur sa carrière ?

– Je vois que vous me comprenez. Je vois bien que vous assemblez les pièces du puzzle dans votre tête. Je ne veux pas être le mauvais génie de l'histoire, mais si c'est ce que vous pensez, alors tant pis. Je porterai le chapeau si cela doit assurer à ces garçons les meilleures chances d'avoir une carrière. Je fais ce travail depuis longtemps et je sais reconnaître les personnes qui ont le truc qu'il faut. Ian Parker l'a, en quantité. Tout ce que je vous demande, c'est de ne pas le tirer vers le bas. Vous devez le laisser prendre son envol. Ils sont prêts à décoller. Annoncez-lui la nouvelle le plus tôt possible. Si vous traînez en longueur, ça ne fera que rendre les choses plus difficiles. Je veux dire, je vous comprends.

– Non, certainement pas.

– Croyez-moi, si. Vous venez tous les deux du même milieu. Ses parents sont toxicos, tout comme les vôtres.

– Ce n'est pas ce qui nous a rapprochés. Vous ne connaissez rien.

Les chemins de terre. Les feux de joie. La cuisine de Holly.

– Mais si, c'est ça, mon chou. Vous venez du même monde, mais Ian ? Il est en route vers une toute nouvelle planète. Je veux dire, regardez-le, dit-il en faisant un geste vers Ian en compagnie des sœurs jumelles. C'est ça, son avenir. C'est ça, le genre de femmes dont il a besoin à son bras. Vous devriez déjà vous estimer heureuse d'avoir fait partie de son passé. Cela vous fera une bonne histoire à raconter à vos petits-enfants plus tard. Que vous êtes sortie avec Ian Parker, la superstar, pendant un petit moment.

Je ne dis plus un mot à Max.

Ce Putain de Max Tête de Nœud.

L'homme qui disait la vérité alors même que mon cœur ne voulait pas l'entendre.

Je m'éloignai de lui pour aller directement retrouver Ian. L'angoisse qui m'avait saisie s'amenuisa lorsqu'il tourna les yeux vers moi et m'offrit son sourire. Pas le célèbre sourire de Ian Parker, mais son sourire authentique. Celui qu'il réservait spécialement pour moi.

Ça, c'est authentique. Nous sommes authentiques.

Je me plantai face aux sœurs jumelles, et Ian me tendit la main. Je la pris dans la mienne et je me sentis chez moi de nouveau. C'est sûr, je ne ressemblais pas aux femmes qui l'entouraient, mais Ian me regardait comme si j'étais la plus belle femme du monde.

Il m'attira contre lui et me serra fort. Encore plus de réconfort.

– Erin et Trina, je vous présente Hazel, ma petite amie.

Elles me toisèrent comme si je sortais d'une poubelle, et je ne pus m'empêcher de sourire. Je leur tendis la main.

– Ravie de vous connaître.

– Pareillement, répondirent-elles en chœur.

Ian se pencha vers moi et me murmura à l'oreille.

– On peut se barrer d'ici, aller se mettre en pyjama et commander un room service ?

– Tu m'ôtes les mots de la bouche.

Nous prîmes congé des sœurs jumelles et les plantâmes là, ahuries et décontenancées.

Ian avait une voiture qui nous attendait à l'arrière et quand nous sortîmes, il eut soudain l'air perdu dans ses pensées en observant le ciel.

Je me tordais les doigts en tournant et retournant les paroles de Max dans ma tête. J'aurais voulu les ignorer et laisser mes sentiments pour Ian être ce qu'il y avait de plus fort au monde, mais c'était impossible de ne pas ressentir cette blessure dans mon cœur.

Si Max avait été capable de découvrir ces renseignements sur mon passé en un laps de temps aussi court, j'étais sûre que d'autres pourraient le faire aussi.

Tout était allé si vite entre Ian et moi. Nous n'avions même pas eu l'occasion de nous faire à l'idée d'être ensemble avant qu'il ne parte pour Los Angeles. Et puis, après, il y avait tout ce qui s'était passé avec Rosie, ce qui avait donné un nouveau tour à la situation. Tout était si récent pour nous, la possibilité de notre histoire d'amour était si nouvelle que nous n'avions pas eu l'occasion d'y réfléchir concrètement.

Ian gardait les yeux rivés sur le ciel, et moi les yeux rivés sur lui.

–Tu sais... tous les soirs depuis que je suis parti, je sors pour regarder la lune. Je reste assis un moment à la regarder dans ses différentes phases et je ressens un étrange sentiment de consolation. Los Angeles est différent, Haze. C'est comme un pays en soi, et il y a tellement de monde, mais c'est comme si personne ne se connaissait ou ne s'intéressait à personne d'autre. C'est impersonnel. C'est guindé. Ne te méprends pas, je suis reconnaissant pour ce qu'on m'a offert. Ces opportunités inespérées. Mais je me sens seul et la maison me manque. Alors, lorsque je regarde la lune, je me sens un peu mieux. Parce que je sais que tu la regardes aussi à Eres.

Il ne se rendait pas compte à quel point ses paroles me réconfortaient.

* * *

Nous nous sommes glissés sous les draps après nous êtres bâfrés de plats frits. C'était la première fois que nous avions pu parler de ce qui s'était passé avec ses parents. Je ne voulais pas lui mettre la pression, alors j'étais contente lorsqu'il avait abordé le sujet de lui-même.

– J'aimerais faire comme si cela ne m'avait pas embrouillé les idées, mais si. J'aimerais dire que je n'ai pas souhaité qu'ils me choisissent moi, plutôt que l'argent, mais je l'ai fait. J'aimerais faire comme si je n'avais pas bu pour pouvoir assurer le spectacle ce soir, pourtant je l'ai fait. Je suis paumé, Haze, et les voir dans cet état m'a mis un sacré coup. Je voudrais seulement faire une pause et ne pas être obligé de faire semblant d'être heureux comme j'ai dû le faire ce soir, à cette soirée. Je n'ai pas envie de chanter en concert alors que je suis malheureux, mais je suis obligé de le faire. Si je ne le fais pas, je ne fous pas la merde que pour moi, je fous les gars dans la merde aussi. Ce n'est pas seulement mon rêve, c'est aussi le leur, et je ne peux pas lever le pied parce que cela aurait des conséquences pour beaucoup d'autres personnes que moi.

– Les gars comprendront, Ian. En tout cas, ces trois-là sont ceux qui te comprennent le mieux.

Il fit la grimace.

– Oui, mais il y a aussi Max.

– Celui-là, il peut aller se faire foutre, hurlai-je, les poils hérissés à la seule mention de son nom. Comme je te l'ai dit tout à l'heure, c'est lui qui travaille pour toi. C'est à lui de te faciliter la vie, pas le contraire.

Malgré tout, Ian ne semblait pas convaincu, alors je laissai tomber.

– Bon, au moins ce soir tu n'as pas à faire semblant d'être content ni d'être en forme. Tu peux être comme tu te sens, et je serai là pour toi. Je ne bouge pas d'ici.

– Tu le promets ? murmura-t-il d'une voix brisée.

Il avait l'air si triste.

– Tu me promets que tu ne m'abandonneras pas, toi non plus ?

– Je te le promets.

Il se serra contre moi et donna libre cours à son chagrin ce soir-là.

Je restai assez près de lui pour être sûre de pouvoir ramasser les morceaux. Et lorsque nous fîmes l'amour, j'espérai qu'il éprouve une sensation d'éternité sur mes lèvres.

34
HAZEL

Après avoir atterri dans le Nebraska, le trajet en voiture pour rentrer à Eres ne me prit que quelques heures et je me rendis directement chez Big Paw et Holly pour récupérer Rosie. Je n'étais partie que deux jours, mais comme cette petite fille m'avait manqué. C'était comme un grand vide en moi.

– Merci de l'avoir gardée, dis-je à Big Paw en prenant Rosie dans mes bras.

Holly était juste à côté, affichant ce si gentil sourire sur les lèvres.

– Quand tu veux, dit Big Paw en grommelant. Même si elle m'a vomi dans la figure.

Je me mis à rire.

– Elle a tendance à faire ça. J'espérais pouvoir vous parler de Ian... je m'inquiète un peu pour lui.

Aussitôt ses grands-parents ouvrirent de grands yeux inquiets.

– Qu'est-ce qu'il y a ? demanda Holly. Qu'est-ce qui ne va pas ?

– Il est tombé sur ses parents, c'est pour cela qu'il m'a demandé de venir le voir. Ils se sont servis de lui et lui ont demandé de l'argent. Je crois qu'il ne va pas très bien, toute cette histoire l'a beaucoup perturbé.

– Les enfoirés, gronda Big Paw en retirant sa casquette qu'il claqua contre sa jambe. Tu vois ce que je t'avais dit, Holly. J'étais sûr que dès que ce garçon aurait du succès, ces deux-là allaient venir lui en réclamer une part.

Holly hocha la tête d'un air entendu, le visage grave.

– Et comment va-t-il ?

Je voyais dans ses yeux qu'elle se faisait du souci et je pouvais le comprendre.

– Pas très fort, expliquai-je. Mais il est solide. Ça va s'arranger.

– C'est incroyable qu'ils ne puissent pas le laisser tranquille, souffla Big Paw. Il s'en sortait bien tout seul. Pourquoi ils ont besoin de venir le faire chier ?

– Oui, c'est aussi ce que je pense. Si seulement on pouvait contrôler les choix des autres, la vie serait plus simple.

J'essayai de calmer Rosie qui s'agitait dans mes bras. Big Paw gardait les sourcils froncés.

– Ramène cette petite à la maison et donne-lui un biberon. Et puis, tiens-la un peu plus droite, elle arrêtera de s'agiter comme ça.

Je fis ce qu'il me disait et, comme par magie, Rosie se calma.

Qui aurait pu penser ça ?

Big Paw, le charmeur de bébés ?

Je rentrai à la maison avec Rosie, et après avoir déverrouillé la porte d'entrée, je posai le siège auto sur le sol pour allumer la lampe.

– Oh mon Dieu ! m'écriai-je d'une voix étranglée lorsque la lumière éclaira la pièce.

Garrett était là, au milieu du salon, plié en deux. On l'avait battu et il était couvert d'ecchymoses.

– Garrett, qu'est-ce qui t'est arrivé ?

Je me précipitai vers lui pour l'aider à se relever, mais je m'arrêtai net en entendant une autre voix.

– Il n'a pas obéi, voilà ce qui lui est arrivé.

En me retournant, je découvris Charlie debout à côté du siège auto de Rosie.

Tous mes poils se hérissèrent lorsqu'il se baissa pour la prendre dans ses bras.

– Repose-la, ordonnai-je en marchant vers lui d'un pas décidé.

Il éclata d'un rire sinistre.

– De quel droit tu me dis ce que je dois faire ? siffla-t-il. Après avoir foutu la merde dans ma vie comme tu l'as fait, m'avoir fait enfermer pendant tout ce temps, ce qui a mis le bordel dans mon business, tu crois que tu peux me donner des ordres ?

Je m'efforçai de contrôler mes tremblements, mais en le voyant avec Rosie dans les bras, je sentis une vague de panique s'emparer de moi.

– Tu t'es bâti une petite vie sympa ici, on dirait, commenta Charlie. Une vie de rêve, hein ? Y a des rumeurs comme quoi tu sortirais avec la rockstar d'Eres, en plus. Ça doit être génial.

– Qu'est-ce que tu veux ?

Je voulais qu'il arrête de tourner autour du pot. Rosie se mit à crier, alors Charlie s'assit sur le canapé et commença à la faire sauter sur ses genoux.

– D'après toi ? Je veux récupérer ce qui est à moi. Ce petit tour que tu m'as joué, ça m'a coûté des milliers de dollars. J'ai perdu des clients. J'ai les gros bonnets sur le dos qui me cassent les couilles à cause de toi. Sans ta mère, je serais encore en tôle. Alors je suis venu chercher mon dû. Le moindre centime que tu possèdes est à moi. Tous les salaires que tu perçois avec ton boulot à la con me reviennent. Et ta « happy end » ? L'histoire d'amour avec ta rockstar ? C'est fini.

– Laisse Ian en dehors de tout ça.

– Ah, mais pas du tout. Tu vois, ma moitié va passer deux ans en tôle à cause de toi. Pourquoi t'aurais droit à ton histoire d'amour et pas moi ?

– Tu n'aimes pas ma mère, aboyai-je. Tu ne l'as jamais aimée. Ce que tu aimais, c'était la dominer, comme tu aimes dominer tout et tout le monde. Je veux dire, regarde ce que tu as fait à ton propre neveu !

– Il m'a trahi ! cria Charlie qui se leva tout en faisant des grands gestes vers Garrett d'une main et en portant ma sœur qui hurlait, de l'autre. Ce connard m'a trahi en t'aidant à obtenir la garde de Rosie, et il va payer pour ça tous les jours, jusqu'à ce qu'il m'ait prouvé que je peux de nouveau lui faire confiance.

– Il a fait ce qui était juste.

– Rien à foutre de ce qui est juste ! Est-ce que j'ai l'air de quelqu'un qui se préoccupe de ce qui est juste ?

Il prit une profonde inspiration et alla se rasseoir.

– Désolé. Parfois je me laisse emporter. J'ai suivi un cours de méditation en tôle, je travaille sur ma respiration. Bref, comme je te le disais, tu vas rompre avec ton petit ami.

– Pourquoi faut-il que tu sois si cruel ?

Il ricana.

– Parce que je crois que tu as raison. J'aime bien contrôler les choses.

– Je ne le ferai pas. Je ne romprai pas avec lui.

– C'est dommage. Tu sais ce qui serait dommage aussi ? C'est qu'un incendie détruise ce bon vieux ranch. Ou encore pire, que quelque chose arrive à cette petite sœur que t'as là.

Je savais que c'étaient des menaces, mais je savais aussi qu'avec Charlie, les menaces se transformaient généralement en promesses.

– Alors, voilà ce qu'on va faire. Tu vas me donner de l'argent tous les quinze jours, tu vas rompre avec ta superstar et tu vas vivre une vie misérable, parce que tu ne mérites pas d'être heureuse. C'est clair ?

– Dis oui, Hazel, dit Garrett d'une voix étranglée.

– Quand est-ce que tu vas apprendre à fermer ta gueule, cria Charlie à son neveu. Laisse parler les grandes personnes. Alors, Hazel, qu'est-ce que tu décides ? Marché conclu ?

Je fis oui lentement de la tête alors que des larmes coulaient sur mes joues.

Il vint vers moi et posa un doigt sous mon menton. Il me souleva la tête jusqu'à ce que nos regards se croisent.

– Il me faut un accord verbal, mon chou.

– Oui, marché conclu, dis-je en frissonnant à son contact.

– Alors, sors ton téléphone et appelle ton mec pour lui dire que tout est fini entre vous.

– Quoi ? Je ne peux pas...

Le feu terrifiant qui brûlait dans les yeux de Charlie suffit à arrêter toute velléité de protestation de ma part. Je pris mon téléphone dans ma poche arrière et composai le numéro de Ian.

Je t'en supplie ne réponds pas, je t'en supplie ne réponds pas, je t'en supplie ne...

– Allô ?

– Salut, Ian, c'est moi, dis-je d'une voix mal assurée.

– Cool. T'es bien rentrée ?

– Yep. Je suis là, saine et sauve. Il y a juste un truc... je... euh... je... je...

Mes mots s'entrechoquaient contre ma langue et je mis ma main sur ma bouche pour dissimuler mes larmes.

– Haze ? Qu'est-ce qu'il y a ? demanda Ian, l'air inquiet.

– Crache le morceau, m'ordonna Charlie à voix basse.

– Je... c'était super de te voir, Ian. Vraiment, je te jure, mais après avoir vu l'univers que tu te crées là-bas, je me rends compte qu'il n'y a plus beaucoup de place pour moi.

– Attends... quoi ?

– Je pense seulement que c'est mieux si nous arrêtons maintenant, avant que ta carrière ne décolle vraiment. Je suis désolée. Mais je ne peux plus être avec toi. Je ne peux plus être en couple avec toi.

– Putain, de quoi tu parles, Hazel ? On s'entend bien. On est tellement bien ensemble. On a fait l'amour ce matin, et tout allait bien. Tu es partie en me disant que tu m'aimais. Dis-moi ce qui se passe là-bas ? Ce qui se passe vraiment ?

– Rien. J'ai juste eu du temps pour réfléchir dans l'avion, et il est évident que nous allons dans deux directions différentes. Ma vie est ici, à la ferme, et la tienne est là-bas, dans le monde. C'est mieux que nous arrêtions tout de suite.

– Tu ne peux pas dire ça.

– Raccroche, dit Charlie en me poussant violemment le bras, ce qui me fit trembler encore plus.

Je ne peux pas, dis-je tout bas.

– Raccroche tout de suite ou je me barre en emportant ta sœur, menaça-t-il.

La mort dans l'âme, j'éteignis mon téléphone alors que Ian me suppliait toujours de lui donner des réponses à propos de ce changement soudain.

– C'est bien, murmura Charlie en me passant la main sur la nuque, ce qui me fit courir des frissons dans le dos.

– Tiens, attrape cette petite garce, dit-il en me tendant Rosie à bout de bras. J'ai été ravi de faire des affaires avec toi. Garrett, lève ton cul, on s'en va.

Garrett obéit à son oncle et se dirigea vers la porte d'un pas chancelant. Charlie se retourna vers moi et lança un regard vers la moquette.

– Une cuillerée à soupe d'ammoniaque dans un demi-verre d'eau chaude. Pour enlever la tache de sang sur ton beau tapis.

Sur ce, il s'en alla, me laissant seule, sanglotant contre Rosie. Nos larmes se mélangèrent lorsqu'elle se mit à hurler aussi.

Mon téléphone sonnait sans arrêt, le nom de Ian s'affichant sur l'écran, mais je n'osai pas répondre. Malgré mon envie folle d'entendre sa voix.

* * *

Trois jours plus tard, Ian était de retour à Eres, me faisant face, le regard lourd d'interrogations et de chagrin.

– Est-ce que c'est Max qui t'a dit quelque chose ? Est-ce qu'il a essayé de t'éloigner de moi ? me demanda-t-il alors que nous nous tenions près du cabanon ce soir-là.

Oh Ian...

S'il te plaît, ne rends pas les choses encore plus difficiles.

– Non, ce n'est pas ça. Je pense seulement que nous ne sommes pas faits l'un pour l'autre.

– Il n'y a pas deux personnes autant faites l'une pour l'autre que nous, Haze. Mais je n'y comprends plus rien. J'ai l'impression que tu parles comme si tu ne croyais plus en nous. Comme si tu ne croyais pas que les choses puissent s'arranger.

Je fermai les yeux et secouai la tête.

– C'est parce qu'effectivement je ne le crois pas. Je suis désolée, Ian. Ma vie a pris un autre tournant et je dois apprendre à l'accepter telle qu'elle est devenue. Je me rends compte que ma seule responsabilité à présent, c'est de m'occuper de ma sœur. Et je me rends compte que toi et moi ne pouvons pas...

– Arrête, supplia-t-il en secouant la tête. Ne le dis pas.

– Ian. Nous ne pouvons plus continuer. Je ne peux pas être à toi, et tu ne peux pas être à moi.

– Tu fuis sans même nous donner une chance d'essayer. Je sais que les choses se sont emballées dernièrement et je sais que nous n'avons pas encore trouvé nos marques, mais tu dois nous laisser un peu de temps.

– Tu as raison. Nous avons besoin de temps pour renoncer à cette idée. Tu es une personne formidable, Ian Parker, et tu vas vivre des choses extraordinaires. Mais je ne peux pas accepter d'être celle qui se met en travers de tes rêves. Je sais que tu vas dire que cela n'arrivera pas. Mais moi, je sais que si. Surtout avec Rosie. Alors, j'y mets un terme. Je romps avec toi parce que je tiens beaucoup trop à toi pour continuer comme ça.

– Tu m'avais promis, dit-il en secouant la tête, incrédule. Tu m'avais promis que tu ne partirais pas. Tu m'as promis que tu ne m'abandonnerais pas.

Ce fut comme un coup de poignard dans mon âme. Je connaissais ses angoisses. Je savais à quel point il craignait d'être abandonné, mais est-ce que j'avais le choix ? Je ne pouvais pas être avec lui parce que, non seulement cela mettrait le ranch de sa famille en danger mais cela ferait planer une menace sur la vie de Rosie, et je ne pouvais pas laisser quelque chose lui arriver. Je ne pouvais pas risquer qu'on lui fasse du mal sous le prétexte égoïste que je voulais être avec Ian.

Je ne répondis rien, et ce fut la chose la plus difficile que j'aie jamais eue à faire, parce que ce n'était pas ma décision de l'abandonner. Si j'avais eu mon mot à dire, j'aurais choisi sans problème de l'aimer pour toujours.

Il baissa la tête.

– Je voudrais insister, mais j'ai l'impression que tu as déjà pris ta décision

– En effet, et je suis désolée. Mais c'est mieux comme ça. Je sais que tu ne le vois pas pour l'instant, mais je te jure que c'est mieux. Je te demande pardon si je te fais du mal, mais il vaut mieux le faire tout de suite plutôt que d'attendre que des années soient passées.

Mes yeux s'emplissaient de larmes, mais je fis de mon mieux pour les retenir. Je ne voulais pas les laisser couler, parce que j'étais sûre qu'il voudrait les essuyer lui-même.

Je le vis au moment où cela se produisit. Le moment où sa carapace recommença à durcir. Dans ses yeux, je reconnus la haine qu'il éprouvait pour moi quand nous nous étions rencontrés. Ses mâchoires se serrèrent, et il enfonça les mains dans les poches de son jean...

– Ian... excuse-moi, s'il te plaît, ne me...

Déteste pas.

S'il te plaît, ne me déteste pas.

– Tu peux garder cette fichue maison. Garde le boulot. Garde tout, Hazel. Mais je ne veux plus jamais entendre parler de toi.

Il n'ajouta pas un mot. Alors qu'il s'éloignait, ma tête se mit à tourner tandis que la panique s'installait dans mon ventre. Il partait, il souffrait et il remontait ce mur autour de lui, tout ça à cause de moi.

– Ian, attends.

Il se retourna vers moi et une lueur d'espoir passa dans ses yeux.

Je déglutis avec difficulté.

– On peut peut-être rester amis.

– Amis ?

L'espoir s'éteignit dans ses prunelles et son regard devint froid comme la pierre.

– Va te faire foutre avec ton amitié, Hazel Stone !

35
IAN

On peut peut-être rester amis.

Elle rigolait ou quoi, putain ? Ces mots étaient comme la plus grande claque dans la gueule après tout ce que nous avions traversé.

Elle n'avait même pas essayé de trouver un terrain d'entente pour notre amour. Elle ne m'avait pas donné une seule chance de lui montrer comment on pouvait arranger les choses. Elle avait tout simplement tranché le lien qui nous unissait et avait renoncé sans même essayer. Cela faisait des semaines qu'elle avait décidé que c'était fini, mais elle me tendait la main en disant qu'elle espérait qu'on pourrait rester amis comme si de rien n'était.

Tu parles, putain.

Je ne voyais pas comment je pourrais être encore son ami, et je ne voulais pas être son ami. Je voulais être son amour, toujours.

Du moins, j'avais cru que c'était ce que je voulais quand je croyais encore la connaître. Il s'était avéré qu'elle n'en valait pas la peine. Elle m'avait abandonné, parce que c'était dans l'ordre des choses. Les gens partaient, putain.

J'étais assis à l'aéroport, attendant d'embarquer dans l'avion qui me mènerait à notre prochain concert. Je n'arrêtai pas de consulter le compte Instagram d'Hazel sur lequel elle avait posté des photos d'elle avec Rosie qui souriait jusqu'aux oreilles. Je ne savais pas pourquoi je continuais de regarder ces photos, comme si cela ne me tuait pas un peu plus à chaque seconde, mais c'était plus fort que moi, je ne pouvais pas m'en empêcher.

Elle semblait heureuse.

Comment est-ce qu'elle pouvait avoir l'air si heureuse après m'avoir arraché le cœur et l'avoir piétiné ?

Je ne comprenais pas. J'avais cru que nous partagions quelque chose de réel, quelque chose que nous recherchions tous les deux, le véritable amour.

Mais peut-être avais-je imaginé ces choses. Peut-être qu'il n'y avait rien de vrai entre nous. Nous avions peut-être simplement vécu une histoire d'amour passagère.

J'aurais dû le savoir. Toutes les bonnes choses ont une fin.

– Ça va, mon pote ? demanda James en me donnant un coup de coude.

J'éteignis mon téléphone et le glissai dans ma poche.

– Ouais. Ça va.

Il plissa le front, il n'était pas dupe.

– Tu sais, je ne crois pas qu'Hazel ait fait ça parce qu'elle n'avait pas de sentiments pour toi. Je crois qu'elle essayait sincèrement de te protéger.

Je soufflai.

– Me protéger de quoi ?

– De renoncer à ton plus grand rêve afin de la garder dans ta vie.

– Je n'aurais pas renoncé à mon rêve. Je l'ai fait, non ? J'ai toujours été présent pour jouer et je me suis investi à cent pour cent dans cette musique, James. Alors, ne me sors pas cette excuse. Je ne marche pas. Je lui ai même proposé de venir nous rejoindre avec Rosie. Je me suis démené pour les intégrer dans notre univers.

– Ouais, je sais, mais tu ne peux pas croire que c'est ce qu'il y a de mieux pour elles. Pas vraiment.

– Qu'est-ce que tu veux dire ?

James fit une grimace et me tapota l'épaule.

– Ian, Rosie n'a que quatre mois et Hazel commence tout juste à s'habituer à une certaine forme de normalité. Tu penses vraiment que ce serait raisonnable d'emmener un enfant aussi jeune que Rosie en tournée ? Quel genre de vie ce serait pour elle ? Et pour Hazel ? Tu leur demandes de se déraciner de leur monde pour s'installer dans le tien, et ce n'est pas juste.

Je lui en voulais d'avoir raison, et je m'en voulais d'être aussi égoïste, mais je m'en fichais. Je voulais qu'elles soient là, avec moi, pour qu'Hazel et moi puissions au moins essayer et voir ce que cela donnait. C'était stupide, et je le savais. Je pouvais à peine m'imaginer moi-même en tournée pendant des mois, allant de ville en ville, passant d'un hôtel à l'autre, sans aucun semblant de normalité. C'était tordu de ma part d'avoir même soumis une telle idée à Hazel. Mais quand même... j'avais essayé.

– Merde, murmurai-je en me passant les mains sur le visage.

– Je sais que ça craint, mec, et je sais que tu tiens vraiment à elle, de la même façon qu'elle tient à toi, mais ce que tu as de mieux à faire pour aller mieux, c'est de te concentrer pendant les semaines à venir et de te rappeler la raison pour laquelle tout ça a commencé. Tout ce qui compte, c'est la musique. Ça a toujours été la musique.

Oui, c'était vrai. Le plus important avait toujours été la musique avant même que je sache qu'il y avait autre chose dans le monde.

Je lui fis un semblant de sourire.

– Ça va aller. Ne t'inquiète pas pour moi. Il va juste falloir que je tienne pendant les quelques semaines qui viennent dans cette nouvelle situation, et je redeviendrai moi-même.

Conneries.

Conneries, conneries, conneries.

Il me donna une nouvelle tape dans le dos avant d'aller rejoindre les autres. Probablement pour les informer que je n'allais pas être complètement à côté de mes pompes, et que je réussirais à m'investir dans les mois à venir. Je serais investi, ok. *Pour toujours* gardait tout son sens en ce qui concernait les musiciens de mon groupe, même si j'avais un peu perdu pied ces derniers temps.

Ils se cassaient le cul tous les jours que Dieu faisait et moi, qu'est-ce que j'avais fait ? Je leur avais donné des raisons de douter de notre lancée vers la célébrité parce que mon cœur pleurait quelque chose que je ne pouvais plus avoir ?

Les murs que j'avais eu tant de mal à faire tomber depuis plusieurs mois commençaient à se reconstruire à mesure que la réalité s'imposait à moi – je n'avais jamais su qui Hazel Stone était réellement, putain.

Il fallait que je me referme. Que je renferme mes sentiments, mon cœur, mes émotions.

Je me retirai de ses comptes sur les réseaux sociaux. J'effaçai tous les textos que nous avions échangés. Je renonçai à elle autant que je le pus, et ensuite je montai dans l'avion et trouvai le whisky.

* * *

Je mis un point d'honneur à être capable de m'investir totalement dans nos concerts, sans tenir compte d'à quel point j'avais le cœur lourd. C'était plus facile quand nous nous tenions sous les projecteurs et devant une foule compacte qui reprenait les paroles de nos chansons.

Tous les jours, je remerciais Dieu pour nos admirateurs et pour avoir la possibilité de les rencontrer. De chanter pour eux. Il y avait tellement d'aspects pénibles dans ce boulot, tant de choses que je détestais et que j'aurais voulu ne pas avoir à faire. Les séances de rencontre avec les fans n'en faisaient pas partie. Au contraire, c'était les meilleurs moments de ma carrière. C'était grâce à ces gens que je pouvais mener cette vie. C'était grâce à leur amour inconditionnel et à leur soutien que j'avais la possibilité de faire ce que j'adorais faire, de la musique.

Les files d'attente étaient de plus en plus longues à chaque spectacle, ce qui me semblait surréaliste. Tout arrivait tellement vite. Je me demandais si c'était comme ça pour les boys bands. Un jour, ils jouaient dans les lycées et le lendemain, bam, des millions de fans.

Les fans venaient en masse, des centaines de personnes qui dépensaient beaucoup trop d'argent pour me rencontrer, moi et ma bande, pour le peu de temps que cela me prenait pour gribouiller mon nom et prendre une photo. Cela ne laissait pas beaucoup de temps pour discuter, mais il y avait les larmes.

Le fait que des gens versent des larmes sur moi et mes musiciens me stupéfiait.

Le temps passait comme dans un rêve. Les jours se fondaient dans les nuits et les semaines se transformaient en mois.

Et pourtant, de temps en temps, Hazel Stone traversait mon esprit. J'essayais de la repousser de mes pensées, mais c'était pratiquement impossible. Quand j'appelais à la maison pour bavarder avec Grand-Mère et Big Paw, je devais faire un effort considérable pour ne pas demander comment allait Hazel. Parfois, j'entendais Rosie pleurer en arrière-plan, et cela me donnait envie de rentrer immédiatement pour la prendre dans mes bras.

C'est idiot, me disais-je. *Ce n'est même pas ta fille, et elle te manque.*

Chaque fois que je pensais à Hazel, je laissais cette pensée s'attarder un petit moment avant de passer à autre chose et de me reconcentrer sur la musique. Ce Putain de Max Rider me disait qu'il me suffirait de trouver un mannequin sexy et de la sauter pour effacer Hazel de ma tête, mais c'était la dernière chose que je voulais. Heureusement, Marcus ne demandait pas mieux que me débarrasser des mannequins.

Je n'étais pas parti en tournée pour le sexe, la drogue et le rock'n'roll. Je l'avais fait pour une seule raison, partager ma musique avec le public, et c'était exactement ce que nous faisions.

Pourtant, bizarrement, même quand j'étais entouré de milliers de fans qui scandaient mon nom, jamais de ma vie je ne m'étais senti aussi seul.

Si on m'avait demandé des années plus tôt si Eres me manquerait, j'aurais éclaté de rire. Pourtant, il y avait des jours où j'aurais préféré être dans les enclos à cochons, charriant de la paille, les yeux rivés sur Hazel Stone qui me ferait des aveux.

J'avais beau essayer de fermer mon cœur, je n'y arrivais pas. C'était comme si, une fois qu'Hazel l'avait réveillé, je ne pouvais plus l'éteindre de nouveau. Et cela me faisait mal. Cela faisait tellement mal certains jours que la seule envie que j'avais, c'était de rester au lit et de dormir.

Comme je ne pouvais pas faire ça, je me tournais vers le whisky pour faire face.

Je buvais plus que de raison tous les jours pour empêcher mon cœur de se fracasser. Les gars m'en parlaient de temps en temps quand j'arrivais aux rencontres avec les fans avec des lunettes noires, mais je n'avais pas l'énergie de m'expliquer. J'étais déboussolé et j'avais besoin du whisky pour pouvoir continuer.

Je ne manquais jamais un concert.

C'est ça qui aurait dû les inquiéter, j'étais toujours présent.

Trois mois s'étaient écoulés depuis qu'Hazel et moi avions mis fin à notre relation. Avec le groupe, nous allions retourner officiellement à Los Angeles pour mettre un point final aux morceaux de notre premier album. Après la sortie de l'album, je savais que le rythme de nos vies allait devenir encore plus effréné.

Un soir, après notre dernière rencontre avec les fans avant notre retour à L.A., James me prit à part. Il devait avoir senti le whisky dans mon haleine, comme il l'avait fait tous les autres soirs.

Il fronça les sourcils.

– Réponds-moi franchement, Ian. Es-tu heureux ?

Je ricanai.

– Qu'est-ce que le bonheur vient faire là-dedans ? On est célèbres, remarquai-je non sans sarcasme.

Il voulut protester, mais je l'arrêtai. Après tout, le spectacle doit continuer.

Je n'en revenais pas de constater que même si on peut croire que tous vos rêves se réalisent, ça ne ressemble pas à qu'on avait imaginé.

* * *

Je faisais des cauchemars. Certains impliquant mes parents, d'autres impliquant Hazel. Je ne me souvenais pas de tous les détails, mais ils se terminaient tous de la même façon, je tombais dans ce qui me semblait être un puits sans fond. J'appelais au secours, mais toutes les personnes qui se tenaient autour de moi sur les bords me regardaient tomber en tournoyant et aucune ne me tendait la main pour que je m'y raccroche. Au contraire, je continuais de tomber en chute libre sans espoir de retrouver la terre ferme.

Lorsque je me réveillais, je m'asseyais dans l'obscurité de ma chambre, puis je me rendormais en espérant que les rêves ne reviendraient pas.

36
HAZEL

– James dit que Ian est malheureux, mentionna Leah au cours de notre soirée entre filles, qui était devenue une routine hebdomadaire.

On avait regardé des séries sur Netflix en se faisant des masques de beauté et en mangeant des cochonneries tandis que Rosie roulait dans son parc. Leah était devenue ma meilleure amie et je lui étais incroyablement reconnaissante de venir s'occuper de Rosie quand je devais passer des examens en ligne.

J'étais assise sur le canapé en train de manger du pop-corn et mon cœur se serra. Je n'avais pas envie d'entendre dire que Ian ne se remettait pas de notre séparation. Étrangement, j'avais espéré que le décollage de sa carrière lui permettrait de tourner la page et de plus penser à moi.

– J'aurais préféré que tu me donnes de meilleures nouvelles, marmonnai-je.

J'étais dévorée par la culpabilité qui venait s'ajouter à la solitude. Ian me manquait plus que je n'aurais su le dire. De plus, mon sommeil pâtissait de tout ce qui s'était passé au cours de ces dernières semaines. Mes cauchemars étaient revenus, mais cette fois, c'étaient des rêves dans lesquels Charlie faisait du mal à Rosie, ma plus grande terreur.

Le pire avec ces cauchemars ? Quand je me réveillais, je ne pouvais pas me retourner pour me blottir dans les bras de Ian. Je ne pouvais pas prendre mon téléphone et me calmer en écoutant sa voix. Je ne pouvais pas chercher le réconfort auprès de lui.

Leah fronça les sourcils alors que son masque d'argile commençait à durcir.

– Moi aussi j'aurais préféré avoir de meilleures nouvelles, mais pour le dire franchement, James est plutôt inquiet. En plus, il m'a dit que Ian boit beaucoup. Les gars pensaient que la musique et les concerts l'aideraient, mais il n'a plus le cœur à ça. Tu sais ce que je pense ?

– Non, quoi ?

Elle tendit les bras et posa ses mains sur les miennes.

– Je pense que c'est parce que tu es sa muse et il n'a plus l'inspiration. Tu lui manques, Hazel.

Je baissai la tête en sentant les larmes me monter aux yeux.

– Je sais.

– Et il te manque. Je le vois bien. Tu n'es plus toi-même, toi non plus, et franchement, je ne comprends vraiment pas pourquoi tu as rompu avec Ian. Tous les deux, vous alliez aussi bien ensemble que Big Paw et Holly, vous étiez faits l'un pour l'autre. Je rêve de connaître ce que toi et Ian avez connu. C'est à cause de l'éloignement ? Ou de toutes ces femmes qui tournent autour du groupe ? Parce qu'elles sont là juste pour le buzz.

– Je ne sais pas ce que c'est que le buzz.

Elle se mit à rire.

– Bien sûr que tu ne sais pas, ma douce, douce Hazel. Ce que je veux dire, c'est que Ian ne te trahirait jamais en couchant avec une autre femme, si c'est ça dont tu as peur.

– Si seulement ce n'était que ça, mais c'est beaucoup plus compliqué. Il y a tellement plus de risques si je suis avec Ian, et je ne veux tout simplement pas les prendre.

Elle plissa les yeux et la stupéfaction se lut sur son visage.

– Ça fait vraiment mélo dans ta bouche, plaisanta-t-elle nerveusement. Qu'est-ce qu'il pourrait bien y avoir comme risque à ce que tu sois en couple avec Ian ?

Je déglutis péniblement et secouai la tête alors que mes yeux s'emplissaient de larmes. Le simple fait de penser aux menaces de Charlie me donnait envie de pleurer. La façon dont il avait menacé de causer des problèmes dans le ranch et encore pire, de faire du mal à Rosie, me terrorisait.

– Hazel, soupira Leah, les larmes lui montant aux yeux simplement parce qu'elle voyait mon émotion. Qu'est-ce qu'il y a ?

– Je... je ne devrais pas en parler. Plus il y aura de personnes qui savent, plus le risque d'avoir des ennuis sera grand.

– Je te donne ma parole que je n'en parlerai à personne, juré. Et puis, je ne sais pas ce qui te ronge, mais tu ne devrais pas garder ça pour toi. Hazel, tu as toujours fait tout ce que tu pouvais pour aider les autres. Sérieux, tu n'as que dix-neuf ans et tu élèves ta petite sœur. Tu as besoin qu'on t'aide. Laisse-moi t'aider. Laisse-moi prendre un peu de cette charge qui pèse sur tes épaules.

Je pris une profonde inspiration et les larmes commencèrent à rouler sur mes joues.

– C'est Charlie. Il est de retour en ville.

Elle me regarda d'un air interrogateur.

– Charlie ? C'est qui, Charlie ?

La question suffit à ouvrir les digues, libérant un flot d'informations destinées à mettre Leah au courant de cette folie qu'était ma vie. Plus je lui donnais de détails, plus sa bouche s'arrondissait de surprise et d'horreur. À la fin, elle se laissa aller contre le dossier du canapé, totalement incrédule.

– Punaise. Tu es le mélo incarné, s'exclama-t-elle, complètement bouleversée. Oh là là, Hazel. Et tu as affronté tout ça toute seule ?

– Je n'avais personne à qui en parler. Il a bien fallu que je règle ça moi-même. Je n'avais pas le choix.

– Non, protesta-t-elle en secouant la tête. Avant, peut-être, tu devais gérer les choses toi-même, mais ce n'est plus le cas maintenant. Tu as une famille, à présent. Des gens sur lesquels tu peux compter pour obtenir de l'aide, ou au moins du réconfort.

Je souris faiblement en essuyant mes larmes.

– Merci, Leah.

– Mais bien sûr. Je comprends mieux maintenant pourquoi tu as repoussé Ian. Si cela peut te consoler, j'aurais fait la même chose à ta place, surtout si ce psychopathe menaçait Rosie. Tu as fait le bon choix. Même si je sais que cela t'anéantit.

– C'est horrible, Leah. Je ne fais que penser à Ian et je me déteste de le faire souffrir. Je sais qu'il avait déjà des problèmes d'abandon, et en plus, c'était juste après cette rencontre avec ses parents, ça n'a fait qu'empirer les choses. Si seulement je pouvais tout lui expliquer, mais c'est trop risqué. J'espère juste qu'il réussira à tourner la page et qu'il sera capable d'être heureux de nouveau.

– Je suis certaine que les gars vont tout faire pour ne pas le laisser tomber. Je n'en doute pas un seul instant. Mais en ce qui te concerne, tu peux compter sur moi pour t'aider à retrouver le bonheur, toi aussi. C'est à ça que servent les amies.

Je la remerciai et elle se pencha pour me serrer fort dans ses bras en me promettant que tout allait s'arranger, un jour.

J'aurais aimé pouvoir la croire, mais savoir que Charlie était libre suffisait à me maintenir sur mes gardes. Et s'il pétait un plomb et décidait de nous faire du mal à Rosie et moi, simplement pour le plaisir ? Charlie était un fou qui n'agissait pas toujours de façon logique, bien au contraire. Au moins, Ian était hors de portée et il ne pouvait pas lui faire du mal. Cela me consolait un peu de savoir ça.

Cette nuit-là, je me réveillai d'un cauchemar provoqué par les pleurs de Rosie. Je la pris dans mes bras pour essayer de la calmer et de la rendormir, puis je sortis avec elle dans l'obscurité de la nuit et me balançai en la tenant contre moi dans le rocking-chair du perron. Je levai les yeux vers les étoiles qui scintillaient dans le ciel et je fis plusieurs vœux.

Tout d'abord, je souhaitai que ma sœur soit à l'abri du mal. Si quelque chose devait arriver à cette petite fille, la petite fille qui aurait pu être adoptée par une famille qui n'aurait pas mis sa vie en danger, je ne pourrais jamais me le pardonner.

Ensuite, je souhaitai le bonheur de Ian, priant que d'une façon ou d'une autre, il se trouve une autre muse. Je souhaitai qu'il aille de l'avant et qu'il m'oublie, et que son cœur amoché finisse par guérir avec le temps. Je lui souhaitai de ne pas renoncer à l'amour et de ne pas se refermer sur lui-même. Il avait fait tellement d'efforts pour aller puiser dans ses sentiments, je serais très triste qu'il reperde cette connexion avec lui-même.

Et pour finir, je fis un vœu pour moi-même. Je me souhaitai d'avoir la capacité de rester forte pendant les moments les plus sombres et que mon cœur continue de battre tous les jours, même si chaque battement me faisait de plus en plus souffrir à mesure que le temps passait sans Ian à mes côtés.

Si ces souhaits venaient à se réaliser, je n'aurais plus jamais besoin de faire de vœux en regardant les étoiles.

37

IAN

– Non, mais tu te fous de ma gueule ? explosa Éric au cours de notre réunion dans les bureaux du label.

On restait scotchés, incrédules, en écoutant les membres de l'équipe chargée du lancement de notre premier album.

– Mais comment ça a pu arriver ? Je veux dire, vous avez une solide équipe derrière vous, censée faire en sorte que ce genre de choses ne se produise pas, non ? Je veux dire, on est chez Mindset Record, bon Dieu. Comment c'est possible, une chose pareille ?

Éric était en colère, ce qui ne lui arrivait pas souvent, mais il avait toutes les raisons d'être furax.

Bon sang, on l'était tous.

Notre premier album – celui pour lequel nous avions sué sang, eau et larmes – avait fuité sur internet.

Max était assis à la table de conférence, vérifiant ses deux smartphones alternativement, visiblement occupé à essayer de limiter les dégâts. Donnie Schmitz, le patron de Mindset Records, était assis au bout de la table, les mains crispées.

– On ne va pas vous mentir, c'est une faute majeure de notre part. Et le pire, c'est qu'il reste encore deux mois avant le lancement de l'album. Ce qui veut dire que nous devons opérer des choix. On ne peut pas faire la promo d'un album qui a déjà fuité, donc on doit passer à autre chose. Il nous faut du matériel nouveau et vous renvoyer en studio le plus tôt possible.

– Quoi ? Non, mais vous rigolez ? Ça nous a pris des mois pour réussir ces chansons ! On ne peut pas faire surgir un nouvel album de nulle part.

– Bon, je comprends que la tâche puisse paraître un peu ardue, commença Donnie.

– Je crois que tu veux dire *totalement impossible*, putain, corrigea Marcus avec une grimace.

Donnie poursuivit.

– Mais on a une liste de morceaux qui sont déjà parfaitement au point. Tout ce que vous aurez à faire, c'est entrer en studio et faire opérer votre magie.

– Qu'est-ce que tu veux dire par « morceaux parfaitement au point » ? demanda James.

– On a fait appel aux meilleurs auteurs-compositeurs du métier, coupa Max en hochant la tête vers moi. C'est la meilleure nouvelle de la journée, c'est Warren Lee qui a écrit les morceaux.

Je haussai un sourcil.

– Warren Lee ?

– Oui, acquiesça Max.

Warren était l'un des meilleurs auteurs du métier, sinon le meilleur. Travailler avec lui était synonyme de Grammy Awards et d'argent. Tout ce qu'il touchait se transformait en disques de platine. Mais quel sens le fait d'enregistrer ses chansons avait-il pour nous ?

Ce n'était pas authentique. Ce n'était pas de nous.

– Nous créons notre propre musique, dit Marcus, les mains croisées et l'air déterminé.

– Oui, mais là, vous n'avez pas le temps de faire ça. Tu l'as dit toi-même. Cela vous a pris une éternité pour composer ces morceaux. Alors, on vous a enlevé la partie la plus difficile de votre boulot. Donc, vous vous contentez d'entrer en studio et de faire ce qu'on vous dit.

– On n'est pas des robots, soupira Éric en retirant ses lunettes pour se pincer l'arête du nez. On ne fait pas ces conneries à l'emporte-pièce.

– Ouais, c'est pas ce qu'on t'a dit dès le premier jour, Max ? Qu'on voulait être nous, The Wreckage. Pas n'importe quel groupe produit à la chaîne sans aucune personnalité, ajouta James.

Je restai silencieux, je ne savais pas quoi dire parce que, d'une part, j'étais un peu bourré, et d'autre part, je n'arrivais pas à me faire à l'idée que tous ces mois de travail étaient partis en fumée. Tout ce que nous avions sacrifié pour produire cet album n'avait servi à rien.

Tout ce temps où j'aurais pu être à Eres avec Hazel, faisant épanouir notre relation...

Quoi ?

Non.

Le whisky était censé noyer mes pensées concernant Hazel, pas les raviver.

Mais quand même, tout ce temps perdu à créer de la musique qui débouchait sur rien, ça faisait mal.

Putain. À quoi ça avait servi, tout ça ?

– Oui, mais ça, c'était avant la fuite. Écoutez, les gars, moi aussi je suis furieux. Vous croyez que ça me fait plaisir ? Bien sûr que non. Mais c'est comme ça. On en est là et on peut soit gémir et pleurnicher toute la journée, soit se mettre au boulot, putain. En plus, Warren Lee fait des superstars, et vous deviendrez des superstars si vous vous écartez un peu de vos habitudes.

Dans la pièce, l'ambiance était plutôt au découragement. On aurait dit que mes musicos avaient pris un semi-remorque dans la tronche. Éric répétait en boucle qu'il ne comprenait pas comment une faille aussi énorme avait pu affecter le système de sécurité de la compagnie de disques.

Comment un album entier pouvait-il avoir fuité, bordel ?

– Et si nous refusons d'utiliser les chansons de Warren ?

Donnie retroussa les lèvres et me lança un regard dur.

– Écoute, vous avez signé un contrat avec Mindset Records et, bien sûr, nous savons que vous n'êtes en rien responsables de ce problème, mais pour le dire franchement, vous nous devez de la musique. On n'a pas de temps à perdre et je ne voudrais pas avoir à faire appel à notre service juridique pour régler la question.

Évidemment.

On nous mettait le dos au mur, obligés de produire quelque chose qui n'était pas authentique, qui ne venait pas de nous.

C'était, au sens propre, le pire cauchemar d'un artiste.

Pourquoi avais-je la sensation que le monde s'écroulait autour de nous ? Pourquoi avais-je la sensation que notre rêve se transformait, lentement mais sûrement, en une chose qui nous échappait ?

Nous étions entre les mains d'un label de disques qui avait le pouvoir de contrôler nos moindres mouvements en brandissant la menace de poursuites judiciaires, poursuites que, j'en étais certain, nous perdrions en un clin d'œil.

Je me raclai la gorge.

– Est-ce qu'on peut en discuter cinq minutes entre nous ?

– Bien sûr. Mais ne perdez pas trop de temps à essayer de trouver un moyen de contourner le problème, décréta Donnie en se levant, imité par ses sous-fifres qui lui emboîtèrent le pas, comme les moutons de Panurge qu'ils étaient. On n'a pas de temps à perdre avec les artistes qui jouent les divas.

Des artistes qui jouent les divas.

Je ne savais pas si c'était jouer la diva que de vouloir porter son propre message.

Ils quittèrent tous la pièce et les gars s'installèrent avec moi autour de la table.

Les gars et Max.

Nous le regardâmes, étonnés. Il nous regarda, un sourcil levé.

– Quoi ?

– On espérait parler entre nous, intervint Marcus.

– Je suis votre manager. Je dois être présent à toutes ces réunions.

James secoua la tête.

– C'est plutôt une discussion informelle entre les membres du groupe uniquement. On te fera signe une fois qu'on se sera concertés.

Max soupira et se passa la main sur les lèvres. Il marmonna quelque chose pour lui-même, et je préférai ne pas entendre ce qu'il disait. Il nous traitait probablement de gamins pourris gâtés ou quelque chose du genre.

Il saisit un dossier qu'il fit glisser dans notre direction sur la table.

– Voilà quelques-unes de chansons de Warren pour vous. Jetez-y un coup d'œil. C'est la victoire assurée aux Grammy Awards. Ne soyez pas idiots, les gars. Faites le bon choix.

Sur ce, il sortit en refermant la porte derrière lui. Aussitôt après le clic de la porte, Marcus bondit sur ses pieds.

– Non, mais ils se foutent de nous, là ? s'exclama-t-il en agitant les bras comme un dément.

– Il est hors de question de faire ça, dit Éric en parcourant les chansons. Je veux dire, ces morceaux composés par Warren sont super, mais ce n'est pas nous. Or, nous avons construit toute notre image autour du concept de notre identité. Le public ne veut pas des chansons de Warren, il veut nos chansons.

– C'est impossible de produire tout un nouvel album en si peu de temps. On ne peut pas y arriver, dit Marcus, démoralisé. Et puis, je suis sûr qu'ils nous baiseraient avec les frais de justice, et on finirait encore plus fauchés qu'avant de partir d'Eres.

– On peut toujours essayer, proposa James. On peut essayer de faire notre propre musique pendant les mois qui viennent. Je sais que ce sera vachement difficile, mais on peut se bouger le cul pour que ça marche.

Ils se mirent à arpenter la pièce en discutant de ce qui marcherait et ce qui ne marcherait pas. Plus ils se disputaient, plus j'éprouvais cette sensation de brûlure dans la poitrine.

Je ramassai les feuilles sur la table et entrepris de parcourir les chansons que Warren avait écrites.

Je décrochai en lisant les paroles. Des paroles qui n'avaient aucun sens pour moi. Des paroles écrites à la va-vite et interchangeables. Des textes qui appartenaient à quelqu'un d'autre.

Et j'allais être obligé d'interpréter ces chansons.

– On prend les chansons de Warren, dis-je en me levant péniblement.

– Quoi ? Non, mec. On peut pas faire ça. On peut pas se renier comme ça, dit James.

– Il a raison, Ian. Je sais qu'on est dans une position difficile, mais on ne peut pas envoyer balader tout ce pour quoi on a tant travaillé, renchérit Marcus.

– Noter temps est limité, et on ne peut pas en perdre à essayer d'écrire de nouvelles chansons.

– Mais... soupira Éric, sans toutefois aller jusqu'au bout de sa pensée.

Sans doute parce qu'il savait que j'avais raison.

– Je ne peux pas nous engager dans des dettes importantes et des poursuites judiciaires à cause de ça, les mecs. On ne peut pas faire marche arrière. On doit aller de l'avant.

– Même si cela suppose vendre notre âme en faisant de la musique commerciale ? demanda Marcus.

– Soyons honnêtes, on a vendu notre âme au moment où on a signé ces contrats. Si on voulait rester petits, on aurait dû tourner les talons dès le début. Nous avons signé un contrat, les mecs, et il n'y a pas moyen de sortir de là. Je vais dire à Max qu'on prend les chansons de Warren, et on ira en studio demain pour s'y mettre.

Je sortis de la pièce et ne m'arrêtai pas avant que James me coure après.

– Ian, attends. Qu'est-ce qui t'arrive, mec ?

– Qu'est-ce que tu veux dire ?

Il plissa les yeux comme s'il regardait un inconnu.

– Tu ne veux même pas te battre pour continuer de créer notre propre musique ? Tu ne veux même pas essayer ?

– J'ai essayé toute ma vie, James. J'ai essayé avec mes parents, J'ai essayé avec Hazel et j'ai essayé avec notre musique. Ça ne marche pas. Alors, autant faire ce qu'ils veulent. Ce sera plus facile.

– Ce n'est pas parce que c'est facile qu'on a raison de le faire. Tu ne penses pas ce que tu dis. Tu es démoralisé, mais tu ne dois pas laisser ta tristesse te tirer vers le bas.

– Je ne ressens aucune tristesse, dis-je en haussant les épaules. Je ne ressens rien du tout.

– Et tu trouves ça normal ?

Peut-être que non.

Mais j'étais trop fatigué pour ne pas m'en foutre.

* * *

J'étais allongé dans une obscurité totale. Même quand j'ouvrais les yeux, j'avais l'impression de regarder l'intérieur de mes paupières. Depuis combien de temps étais-je couché dans les ténèbres ? Depuis combien de temps étais-je dans cet état ? Je remuai légèrement et je ressentis une douleur dans le bas du dos. Tout mon corps me faisait mal de la tête aux pieds, comme si j'avais été percuté par un semi-remorque. Qu'est-ce que j'avais foutu la veille, bon sang ? Couru un marathon ? Boxé un grizzly ?

Ah oui, je m'étais soûlé à mort à la suite de la réunion dans les bureaux de Mindset Records.

Je me frottai les yeux de la paume de mes mains, complètement déphasé et abruti, tout en essayant de me remémorer les dernières heures.

Bon Dieu, Ian ? Comment en es-tu arrivé là ?

Ce n'était pas une interrogation philosophique super-profonde. Je me demandais vraiment comment j'avais atterri ici. Et où, exactement, se trouvait cet *ici* ?

Ma tête tournait à une vitesse qui me donnait envie de vomir et j'essayai de repousser le souvenir humiliant de la réunion chez Mindset Records.

Je me pinçai l'arête du nez, mais alors que j'allais me redresser pour prendre la position assise, deux paires de bras se saisirent de moi dans l'obscurité.

Deux paires de gros bras costauds qui me soulevèrent de mon lit.

J'allais hurler, mais quelqu'un me couvrit la bouche d'une main et les yeux de l'autre tandis que les gros bras me transportaient. Je me mis à donner des coups de pied et à tenter de crier pendant qu'on me transportait vers le hall de l'hôtel, complètement paniqué.

Est-ce que c'était un kidnapping de fan ? Est-ce que quelqu'un s'en prenait à moi pour mon argent ?

Je mordis la main posée sur ma bouche et entendis un cri de douleur.

– Hé mec ! C'est quoi ça ?

– Ferme-la, putain, siffla l'autre.

– Mais il m'a mordu, bordel !

Cette voix... c'était... Éric ?

– Je m'en fous qu'il t'ait mordu ? On n'est pas censés parler.

– Ouais, ben, c'est pas toi qu'as été mordu !

– Je t'avais dit de le bâillonner avec du ruban adhésif.

– Je ne suis pas un putain de psychopathe ! J'allais pas le bâillonner avec du ruban adhésif !

– Ben, c'est pour ça qu'il t'a mordu, espèce d'imbécile !

Éric et Marcus ?

Je reconnaîtrais ces chamailleries à des kilomètres.

– Mais qu'est-ce que vous foutez, bordel ? hurlai-je, à présent que ma bouche était découverte.

Ils me laissèrent tomber sur le sol du couloir, et quand je pus regarder, je vis mes trois copains vêtus tout en noir comme des putains de Ninjas. Mais c'était quoi, ce bordel ?

– Mais qu'est-ce qui se passe, bon Dieu ? balbutiai-je en me frottant l'arrière du crâne qui avait violemment heurté le sol.

– Désolé, Ian, on était... euh... on pensait... commença James, l'air coupable.

– On te kidnappe, mec, expliqua Marcus sans le moindre soupçon de culpabilité dans la voix.

– Pardon ?

Sans me donner plus d'explications, il me désigna d'un signe de tête.

– Allez, les gars, attrapez-le.

Mes musiciens suivirent les instructions de Marcus et sans me laisser le temps de crier, Éric sortit un rouleau de ruban adhésif et m'en colla un morceau sur la bouche.

– Désolé, Ian. Mais c'est pour ton bien.

Mais enfin ? Mais où était la sécurité ? Ils ne voyaient pas sur les écrans de surveillance que j'étais traîné hors de ma chambre d'hôtel par trois hommes en noir. À l'air on ne peut plus louche ?

Lorsque nous sortîmes de l'hôtel en passant par l'entrée de service, il y avait un van noir garé tout près. Ils m'y conduisirent précipitamment, me jetèrent sur le siège arrière et s'engouffrèrent à l'intérieur eux aussi.

Marcus sauta derrière le volant et démarra.

J'arrachai l'adhésif de ma bouche et beuglai.

– Non, mais vous êtes complètement tarés ou quoi ?

– Désolé, mon pote, dit James en attachant calmement sa ceinture de sécurité. On a juste pensé que tu ne nous suivrais pas de ton plein gré. Mais pour être tout à fait clair, l'enlèvement à la Ninja, c'était une idée de Marcus.

– Et c'était une super-idée si vous voulez mon avis. J'ai toujours eu envie de faire un kidnapping, genre dans un souterrain. Pour le fun, bien sûr, je ne suis pas complètement dingue. Et tout se passait très bien jusqu'à ce que Bozo le Clown, là, se mette à hurler.

– Mais il m'a mordu, putain ! s'écria Éric encore une fois. Je crois que je saigne. Il a touché une veine.

– Arrête de faire le bébé ou je demande à maman de recommencer à te mettre des couches.

– Je t'emmerde, Marcus !

– J't'emmerde aussi, petit frère.

– Je vous emmerde tous les deux ! ajoutai-je, toujours étourdi, déphasé et soûl comme une bourrique. Vous allez me dire ce qui se passe, oui ou non ?

James passa le bras devant moi et boucla ma ceinture, tel le gentil petit gars attentionné qu'il avait toujours été. Je l'aurais bien remercié s'il ne venait pas de me kidnapper.

– Écoute, Ian. Je ne me suis pas couché de la nuit afin de faire quelques recherches approfondies sur internet, expliqua Éric. J'avais du mal avec l'idée que notre album avait fuité, d'une façon ou d'une autre, sans que la compagnie de disques ne sache comment c'était arrivé. Alors j'ai cherché. Et tu ne vas pas croire ce que j'ai découvert. C'était...

– Ce Putain de Max Rider ! explosa Marcus qui conduisait.

– Mais merde, mec ? râla Éric en frappant son frère sur le bras. C'était ma révélation énorme.

– Tu veux bien te reprendre et continuer l'histoire, ordonna Marcus.

Éric poussa un soupir en direction de son frère et se passa la main dans les cheveux.

– C'est ce Putain de Max Rider. J'ai retracé le piratage jusqu'à un serveur qui nous a menés directement à son ordi. Ensuite, pour être complètement sûr, parce que quand t'es un geek, t'es un geek et tu vas jusqu'au bout, j'ai piraté ses mails et ses réseaux sociaux et tout ça. Il a échangé des mails avec Donnie il y a des semaines. Ils n'arrêtaient pas de répéter que la musique que nous faisions n'était pas assez commerciale et qu'ils allaient devoir opérer un grand changement avant la sortie de l'album.

Quoi ?

– Ils nous ont piégés, mec ! dit Marcus. Ils nous l'ont mis bien profond et puis ils se sont assis en face de nous et nous ont traités de divas parce qu'on n'était pas contents.

– Putain de merde, marmonnai-je en me renfonçant dans mon siège, laissant finalement le choc d'être kidnappé céder la place au choc de m'être fait baiser.

– Mais pourquoi ils feraient ça ?

– Pour le fric, probablement. Il n'est question que de fric avec ces mecs-là, James. Et tu te rends compte la pub que ça nous fait que nos morceaux aient fuité ? Maintenant, les gens nous suivent d'encore plus près pour savoir ce que nous allons faire ensuite.

C'était cohérent.

– C'était tordu, mais de leur point de vue malsain, c'était cohérent.

– Ça ne change rien au fait que nous sommes quand même coincés par les contrats qu'on a signés. On est baisés.

– Peut-être, mais au moins on ne sera pas à Los Angeles. Surtout avec toi qui es complètement dans le coaltar, dit James.

– Ça veut dire quoi, ça ? On va où ?

– Écoute, Ian. On sait que ces derniers mois ont été difficiles pour toi. Entre tes parents, Hazel, et maintenant cette histoire de disque foutu. Mais nous, tes meilleurs potes, on ne veut pas te laisser perdre ton aura. Tu ne peux pas renoncer à tout.

– Je n'ai pas renoncé à tout.

C'était tout qui avait renoncé à moi.

Putain, est-ce que je m'entendais ? Est-ce que je pouvais devenir encore plus nombriliste ?

– Sans vouloir te vexer, mon pote, t'es tout le temps bourré, dit Marcus d'une voix basse et soucieuse. Mais je ne te reproche rien, parce que je serais dans le même état si je traversais la moitié de la galère que tu as connue. C'est pour ça qu'on n'a pas réagi plus tôt. Ce qui t'est arrivé était merdique, mon pote. Tu as reçu des cartes de merde et tu les as jouées du mieux que tu pouvais, mais il est temps que tu te rendes compte que tu n'es pas obligé de jouer tout seul. On est tes meilleurs potes.

Alors, on t'a kidnappé pour t'offrir la désintox dont ton corps et ton âme ont besoin.

– Désintox ? Et où cette fameuse désintox va-t-elle se faire ? aboyai-je toujours aussi contrarié d'avoir été enlevé brutalement à mon brouillard alcoolisé et flanqué par terre dans un hall d'hôtel.

– À Eres, dit Éric en me jetant un coup d'œil depuis le siège passager. Alors, laisse-toi aller, détends-toi et profite des vingt heures de trajet. On te ramène à la maison, Ian.

38

IAN

Les gars me forcèrent à passer les vingt heures en voiture avec eux. Quand on s'arrêtait, je ne voyais même pas comment j'aurais pu m'échapper pour retourner à Los Angeles. Ils ne m'avaient laissé ni mon téléphone ni mon portefeuille. Je n'avais aucun moyen d'échapper à mes potes qui me kidnappaient.

Quelle situation étrange !

Je n'arrêtais pas de penser à ce qu'Éric avait découvert au sujet de ce Putain de Max Rider et cet Enfoiré de Donnie Schmitz. J'aurais aimé pouvoir dire que j'étais surpris, mais visiblement les rêves ne venaient pas sans leurs trains de problèmes. Depuis le début, le comportement de Max aurait dû nous alerter, mais nous avions choisi de l'ignorer, parce que notre désir de vivre notre rêve était si intense qu'il nous faisait oublier la raison.

Maintenant, on se retrouvait dans la merde parce qu'on avait fait confiance à de mauvaises personnes. Nous avions fait confiance à des gens qui se fichaient pas mal de nous en tant qu'individus. La seule chose qui comptait pour eux, c'était que l'argent rentre sur leur compte en banque.

Aussitôt que nous nous engageâmes sur les vieux chemins de terre d'Eres, je sentis ma gorge se nouer. Les gars me conduisirent chez moi – correction, maintenant chez Hazel – et sans me laisser le temps de protester, me larguèrent devant la porte et s'en allèrent avec la voiture.

C'était le milieu de la nuit et je n'avais aucunement envie d'entrer et de voir Hazel.

Ok, ce n'était pas vrai. J'en avais très envie, mais je ne le fis pas. Au contraire, en râlant comme un gamin, je fonçai vers le cabanon.

J'allais dormir là jusqu'au lever du jour et ensuite j'irais chez mes grands-parents, je demanderais à Big Paw de me prêter un lit pour dormir quelques heures avant de trouver un moyen de retourner à Los Angeles et d'affronter la réalité.

* * *

Je grognai dans mon sommeil en me tournant et me retournant dans le lit. Je faisais ce mauvais rêve une fois de plus. Je tombais de plus en plus profondément dans ce puits sans fond, criant pour que quelqu'un me tende la main. Appelant à l'aide. Mes parents tendaient la main et juste au moment où j'allais les attraper, ils retiraient leurs mains brusquement et éclataient d'un rire hystérique en me regardant. Puis tout le monde se mettait à rire. Big Paw, Grand-Mère, les gars. Tout le monde me montrait du doigt en riant comme des fous, alors que je tombais de plus en plus bas.

Tout le monde sauf Hazel.

Elle plongeait ses yeux dans les miens et bougeait les lèvres pour parler. Mais je ne l'entendais pas.

– Quoi ?

Elle continuait à bouger les lèvres.

– Quoi, criai-je plus fort.

– Réveille-toi, murmurait-elle.

– Je ne t'entends pas !

– Allez, disait-elle. Réveille-toi, réveille-toi, réveille-toi !

Je sortis brusquement de mon cauchemar, trempé de sueur et en panique. Les yeux exorbités, je regardai autour de moi, essayant de comprendre où j'étais, et en regardant sur ma gauche, je me figeai.

Ces grands yeux verts me transperçaient.

Ces yeux qui m'avaient manqué.

Ces yeux que je continuais à aimer, comme un idiot.

Ces putains d'yeux verts.

– Qu'est-ce que tu fais là ? demandai-je brutalement, complètement déstabilisé et déconcerté.

J'avais l'impression que j'étais encore pour moitié dans mon rêve alors que l'autre moitié était éveillée et voulait prendre Hazel dans ses bras et la supplier de m'aimer encore.

Je ne le fis pas.

Je restai aussi impassible qu'un mur de briques.

– J'ai entendu des cris qui venaient d'ici et je suis venue voir ce que c'était.

Elle inclina la tête, l'air étonnée.

– Comment ça se fait que tu es retour ici, Ian ?

Je me passai la main sur la tempe en gémissant.

– Je me pose la même question, bon Dieu. Ne t'inquiète pas, je m'en vais, je ne vais pas t'embêter plus longtemps.

Je me levai et elle dansa d'un pied sur l'autre.

Ses pieds dans ces Adidas noires.

Seigneur, je détestais l'idée qu'elle porte encore ces Adidas noires, et par *détestais* je voulais dire *adorais*, et putain de merde, ce qu'elle m'avait manqué.

– Attends, non. Tu ne m'embêtes pas. Tu es... je suis juste... te voir ici...

Elle bafouillait et les mots se bousculaient contre sa langue.

– Comment tu vas ?

Après tous ces mois de silence, elle n'avait rien d'autre à me dire ? Tout ce qu'elle trouvait c'était *Comment tu vas ?*

Un peu court à mon avis.

Je tournai les talons et sortis du cabanon dans le soleil du matin.

Je n'étais pas d'humeur à aller à pied jusque chez Big Paw, mais je ne voyais pas où je pourrais aller sinon.

Je me passai la main sur le front et me tournai vers Hazel.

– Tu peux me prêter ton téléphone ?

Elle hésita comme si j'avais dit la chose la plus incompréhensible qui soit.

– Je... euh... tu... euh...

– Des phrases, Hazel. Fais des phrases, dis-je en ronchonnant.

– Je ne peux pas te prêter mon téléphone.

– Ah bon ? Et pourquoi ?

– On m'a donné la consigne de ne pas te le prêter.

Je haussai les sourcils.

– Qui « on » ?

– Tes amis.

Génial.

Tant pis, j'allais utiliser celui du bureau.

Je me mis en marche, plus énervé que jamais, quand j'entendis Hazel me rappeler.

– Attends, Ian. Ce n'est pas la peine d'aller au bureau. Le téléphone est débranché.

C'était quoi, ce délire ?

– Et pourquoi ?

– Pour t'empêcher d'appeler pour qu'on vienne te chercher.

– Non, mais tu crois que j'ai envie de rester dans cette foutue ferme, hein ? Pourquoi est-ce que je devrais rester ici, bordel ?

J'avais vraiment l'air d'un con à hurler comme ça, mais je ne pouvais pas faire autrement, parce que malgré mes tentatives pour barricader mon cœur, il continuait de battre et de se briser, chaque jour depuis que mes parents et Hazel l'avaient piétiné, et cela faisait mal. Cela faisait tellement mal d'être là à côté d'elle, putain.

Cela faisait tellement mal de partager le même espace qu'elle. Cela faisait tellement mal que j'aurais voulu l'arracher de ma poitrine afin de ne plus jamais rien ressentir.

J'aurais voulu n'avoir jamais recommencé à éprouver des sentiments.

– Parce que c'est ta maison, dit-elle.

L'emploi de ce mot me déconcerta. Voulait-elle dire qu'elle était ma maison ou que le ranch était ma maison ?

Peu importait. Je m'en allais de toute façon.

– Bon, ben alors, je vais aller chez Big Paw pour téléphoner, marmonnai-je en me remettant en marche.

– Ça ne servira à rien, vu que Big Paw et Holly t'attendent ici. Ils sont à l'intérieur de la maison avec le groupe.

– Mais qu'est-ce qu'ils font là-bas ?

– Ils veulent te parler. Ils veulent s'assurer que tu vas bien.

– C'est, genre, un conseil de famille ? J'suis pas intéressé.

– Ian, tu ne vas pas bien...

– *Je vais très bien*, répondis-je d'un ton tranchant.

– Non, répliqua-t-elle, plus calme que jamais.

– Et qu'est-ce que tu sais de moi exactement, Hazel Stone ?

– Tout, dit-elle, si posément que cela me donna envie de me rouler en boule et de pleurer comme un chiot.

Elle me fit un petit sourire et haussa les épaules.

– Je sais tout, Ian. Tu es mon meilleur ami.

– Alors, pourquoi tu m'as quitté ? demandai-je, désespéré.

Un éclair de tristesse passa sur son visage. Je secouai la tête et me tournai vers la maison.

– Non, ne réponds pas.

Je n'avais pas besoin de la réponse, parce que l'important n'était pas pourquoi elle m'avait quitté, l'important c'était tout bonnement le fait qu'elle m'ait quitté – aussi simple que ça.

Depuis tout ce temps, j'aurais dû apprendre que quand les gens vous laissent tomber, il vaut mieux ne jamais leur demander pourquoi. On est toujours déçu par leurs explications.

En entrant dans la maison du ranch, je sentis mon angoisse monter dans les tours. Ils étaient tous assis dans le salon, avec des têtes d'enterrement, comme s'ils avaient perdu leur meilleur ami, et c'était plus fort que moi, je trouvai ça ridicule.

– C'est quoi ce délire ? Pourquoi vous me retenez en otage ici, les gars ?

– Ne le prends pas sur ce ton, garçon. Rien ne te donne le droit d'être désagréable avec des gens qui s'inquiètent pour ton bien-être, dit Big Paw d'un ton tranchant. Maintenant, ramène tes fesses et assieds-toi.

J'aurais voulu protester, mais je savais que cela ne donnerait rien de bon. Je m'assis dans le fauteuil, mécontent de la tournure que prenaient les choses.

– Bon, alors. Qu'est-ce que vous voulez ?

– On veut que tu arrêtes de te conduire comme un gamin caractériel, hurla Big Paw.

– Harry, doucement, dit Grand-Mère en posant la main sur son genou.

– Non, ça ne sert à rien d'y aller doucement avec cette tête de bois. On est obligé d'employer la manière forte. Ian, tes copains m'ont dit que tu te soûlais tous les soirs. Est-ce que c'est vrai ?

Bande de balances !

– Ça a pu m'arriver de boire quelques verres, murmurai-je en me redressant dans mon fauteuil.

– Ça fait plus d'un mois qu'il est bourré tous les soirs, ajouta Marcus.

Quel connard, putain !

– J'ai fait mon boulot, dis-je. J'ai toujours été présent, je n'ai jamais manqué un concert, alors qu'est-ce que ça peut faire si je bois un verre ou deux...

– Ou cinq, railla Éric, ce qui fit monter la colère en moi.

Ils se prenaient pour qui, ces deux-là, pour parler de moi comme ça ? J'étais censé être leur ami, et c'était comme ça qu'ils me manifestaient leur affection ?

J'emmerde l'amour et ses contes de fées tordus.

– Ce n'est pas toi, ça, Ian, dit Grand-Mère avec tendresse.

Elle m'avait manqué. J'avais fait l'impasse sur ma promesse d'appeler toutes les semaines, et la voir me fit culpabiliser instantanément. Je n'avais pas été un bon petit-fils ces derniers temps, mais cela ne me surprenait pas tant que ça.

Je n'avais pas été une bonne personne tout court ces derniers temps.

– Les gens changent, Grand-Mère. C'est peut-être ce que je suis, maintenant.

– Non, dit Big Paw en secouant la tête. Ce n'est pas toi, bon sang. Tu n'es pas un de ces ivrognes.

Je haussai les épaules.

– Mes parents n'ont pas toujours été les accros à la meth qu'ils sont devenus. Ils ont changé eux aussi. Peut-être que je tiens de mes parents, un peu plus que la moyenne.

– Tais-toi, bougre d'imbécile ! cria Big Paw en bondissant de son fauteuil.

Il se mit à arpenter la pièce de long en large, en frappant des mains de colère ou peut-être de déception ? De tristesse ?

Lorsqu'il releva sur moi des yeux pleins de larmes, mon cœur cabossé se fêla un peu plus. De toute ma vie je n'avais jamais vu Big Paw pleurer, et le voir là devant moi, avec les larmes qui roulaient sur ses joues, me donna envie de me foutre des coups de pied pour lui avoir fait de la peine.

– Tu ne sais pas ce que c'est, murmura-t-il, la voix brisée. Tu ne sais pas ce que ça fait de perdre tout, autour de toi. Tu ne sais pas ce que nous avons traversé ici, Ian, et tu as le culot de foutre ta vie en l'air comme si ça n'avait pas d'importance. Tu es égoïste, tout comme tes parents. Tu es un foutu égoïste qui ne peut se sortir la tête du cul pour voir que ses actes font du mal aux autres.

Grand-mère se leva et s'approcha de Big Paw.

– Harry, calme-toi...

– Non, j'en ai marre. Si ça lui plaît d'être un ivrogne, qu'il le fasse après tout. Meurs aussi misérablement que mon père. Mais ne le fais pas ici. Si tu veux te détruire, retourne à L.A. et fais-le entouré de gens qui n'en ont rien à faire de toi. Je refuse de regarder une autre personne que j'aime se perdre. C'était trop dur la première fois, et je suis fatigué.

Il essuya ses larmes et sortit à grands pas de la maison. Grand-mère courut pour le rattraper, me laissant seul avec mes potes, qui avaient tous l'air plus coupables que jamais.

Je me passai les mains sur le visage et poussai un soupir éloquent.

James fit une grimace.

– Je n'avais jamais vu Big Paw pleurer, marmonna-t-il.

– Moi non plus.

Marcus se passa les doigts dans les cheveux.

– Écoute, Ian. Ne pense pas qu'on voulait se liguer contre toi en te ramenant ici. Je sais que tu traverses une période merdique et j'ai pensé que te retrouver à Eres où nous sommes tombés amoureux de la musique, cela t'aiderait. Le retour à nos sources. Mais si tu tiens à retourner à L.A. et enregistrer ces morceaux écrits par Warren Lee, pas de problème, on le fera. Parce que quand nous disions « pour toujours », cela ne voulait pas dire tant que tout irait bien. Ça voulait dire pour toujours, putain. Toujours. On est de ton côté, dans tous les cas.

J'avais du mal à croire que j'avais pu être aussi con, dernièrement. Je n'en revenais pas de m'être perdu comme ça sur la route du succès et d'avoir laissé mon cœur prendre le dessus sur tout le reste. Je ne voulais pas être comme ça. Je ne voulais pas être aussi amoché, mais je ne pouvais rien y faire. Je me noyais et ma famille et mes amis faisaient tout ce qu'ils pouvaient pour me tirer hors de l'eau.

Contrairement à ce qui se passait dans mon rêve, ils me tendaient la main. J'étais simplement trop buté pour l'attraper.

– Je suis désolé, les mecs, pour... pour tout. Je n'ai pas la grande forme après tout ce qui m'est tombé dessus. Je vais faire un effort et faire ce qu'il faut pour me remettre en selle. Je sais qu'il faut qu'on prenne une décision en ce qui concerne la musique, et que vous attendez des réponses sur ce qu'il convient de faire, tôt ou tard.

– Prends la journée de demain pour te rassembler et te concentrer sur toi-même, mec. Sans la gnôle, bien sûr, dit Éric, après on fera une réunion et on votera.

– Bien qu'on ait déjà voté, donc si on est réalistes, quoi que tu décides, on y mettra notre veto. Non, je déconne, dit Marcus. Non, en vrai, prends ton temps, Ian. On sera dans le coin pour rendre visite à nos familles et tout ça. T'auras qu'à nous appeler.

Les gars sortirent et je soupirai en me prenant la tête dans les mains. Je me sentais épuisé, à tous les niveaux, physiquement, moralement et émotionnellement au bout du rouleau.

Quand j'entendis frapper à la porte, je me levai pour aller ouvrir et me retrouvai nez à nez avec Hazel.

– Tu frappes à la porte de ta propre maison ?

– C'était ta maison avant d'être la mienne.

Je ne savais pas quoi lui dire d'autre, même s'il y avait un million de choses que je jugeais nécessaire de dire.

Je me grattai la tête.

– Ne t'en fais pas, je dormirai de nouveau dans le cabanon cette nuit. Tu n'as pas à craindre de me trouver sur ton chemin.

– Je ne m'inquiète pas pour ça. Je...

Ses yeux s'embuèrent et j'eus l'impression qu'elle aussi avait un million de choses à dire.

Parle, Haze. Putain, parle-moi et je te dirai moi aussi ce que j'ai à dire.

Ses lèvres roses s'entrouvrirent et je fus tenté de me pencher pour les goûter. Mais elle les referma. Les scella fermement et me fit un sourire pathétique qui n'était pas un sourire du tout.

Ses lèvres avaient beau s'incurver, je vis de la tristesse dans cette courbe.

– Je... euh... tu devrais probablement aller voir comment vont tes grands-parents, dit-elle en détournant le regard comme s'il lui était trop pénible de me regarder droit dans les yeux. Ils ont eu quelques moments difficiles et seraient sans doute contents de t'avoir auprès d'eux.

– Quel genre de moments difficiles ?

– Juste... ils ont besoin de toi, Ian.

La façon dont elle dit cela me serra l'estomac d'angoisse.

– Je peux prendre ton camion pour y aller ?

Elle me lança les clés.

– En réalité, c'est ton camion, je n'ai fait que l'emprunter.

Je fis un signe de tête, puis tournai les talons et me dirigeai vers le van.

Je me demandai quand j'en aurais fini avec ce désir de tourner la tête en espérant qu'Hazel me regardait partir.

Lorsque je jetai un coup d'œil par-dessus mon épaule et que je la vis continuer à me regarder, je faillis sourire. Puis je me rappelai qu'elle avait brisé mon cœur, putain, alors je gardai mon sourire pour moi.

***

– Ton grand-père est sorti pour se changer les idées. Entre. Je vais te préparer un sandwich. J'ai l'impression que t'es pas bien gras, ces temps-ci.

– La tournée et les concerts, ça fait ça souvent.

– Quand même, tu devrais manger plus. Allez, va dans la cuisine.

Grand-mère me fit signe d'entrer. Elle se déplaça lentement vers la cuisine et je la suivis.

Je m'assis sur le tabouret devant l'îlot central, les doigts croisés.

– Je ne l'ai jamais vu aussi contrarié, dis-je en parlant de Big Paw.

Elle hocha la tête en sortant des trucs du frigo.

– Il a eu des moments difficiles dernièrement et il s'inquiète pour toi après tout ce qui est arrivé avec tes parents et Hazel. On s'inquiète tous les deux, mon chéri. On s'inquiète de ton bonheur.

Je haussai les épaules.

– Je vais bien.

– Tu n'es pas heureux.

Je ne répondis pas, parce que j'étais incapable de mentir à Grand-Mère. Elle pouvait reconnaître un mensonge à un kilomètre.

– Tes rêves sont censés te rendre heureux, remarqua-t-elle.

– Je crois que, quelque part en cours de route, les rêves que je faisais se sont transformés en autre chose.

– Et quels sont tes véritables rêves ? Qu'est-ce que tu veux vraiment ?

Je fis la grimace.

– Je crois que c'est Hazel, mon rêve.

– D'accord. Alors va la chercher.

– Ce n'est pas si facile, Grand-Mère. Je ne peux pas avoir quelqu'un qui ne veut plus de moi.

– Oh, Ian, dit-elle d'une voix apaisante en posant deux tranches de pain sur une assiette, tu sais bien que cette fille t'adore.

– Non, je n'en sais rien. Elle a rompu, Grand-Mère, juste après les moments les plus difficiles de ma vie où j'avais vu mes parents. Ce n'est pas de l'amour.

– La connaissant comme tu la connais, est-ce que ça lui ressemble ou pas ? De faire une chose pareille ?

Bien sûr non, cela ne lui ressemblait pas.

J'avais été aveuglé par son attitude. On avait fait l'amour le matin de son départ, et cela m'avait semblé l'expérience la plus authentique, la plus puissante de toute ma vie, et soudain, j'avais reçu comme un coup de fouet, lorsqu'elle avait décrété qu'elle ne voulait plus sortir avec moi.

– Elle t'aime, Ian. Mais il s'est passé quelque chose qui l'empêche de te montrer son amour. J'en suis sûre. Alors, je t'en prie, bats-toi pour la garder. Insiste. Pousse-la dans ses retranchements. Oblige-la à s'ouvrir à toi. J'ai le sentiment qu'elle a autant besoin de toi que tu as besoin d'elle. Elle a peur de quelque chose, alors fais en sorte qu'elle sache qu'elle n'a plus à avoir peur d'être seule. Tu crois que ton grand-père et moi avons tenu si longtemps sans jamais avoir peur ? Évidemment que non. J'ai eu si peur que je l'ai repoussé, mais il s'est montré trop obstiné pour me laisser faire. Tu sais ce que j'ai appris avec le temps ?

– Non, quoi ?

– Les choses qui comptent le plus pour nous méritent qu'on se batte pour elles. Sans écouter notre peur.

Elle posa mon sandwich devant moi et prit place sur le tabouret à côté de moi. Je la remerciai pour le sandwich, mais je ne le pris pas.

– Tout va bien ici ? Vous allez bien tous les deux ? Pardonne-moi, j'ai pas assuré ces derniers temps, je ne vous ai pas appelés toutes les semaines comme je l'avais promis.

– Oh, ce n'est rien, mon chéri. Je sais que tu avais du travail.

– Non. Je suis égoïste, c'est tout. J'aurais dû vous appeler plus souvent. Mais vous allez bien ?

Elle me fit un petit sourire pincé, posa la main sur la mienne et la tapota.

– Peu importe. Quoi qu'il arrive, tout va s'arranger.

Qu'est-ce que ça voulait dire ? Je plissai les yeux et inclinai la tête.

– Grand-mère, dis-je en serrant ses mains dans les miennes. Qu'est-ce qui se passe ?

39
HAZEL

Plus tard dans la soirée, en jetant un coup d'œil par ma fenêtre, je vis une personne debout au bout de l'allée, qui regardait le ciel sous la pluie battante. En ouvrant la porte, je découvris que c'était Ian. Il me tournait le dos, mais je le connaissais suffisamment pour savoir que c'était lui.

– Ian ?

Il se retourna. Son tee-shirt blanc trempé par la pluie collait sur sa poitrine, mais l'eau qui coulait de ses yeux n'était pas de la pluie. On aurait dit que son âme avait été privée de la moindre parcelle de bonheur.

– Ian, qu'est-ce qu'il y a ?

L'inquiétude me vrilla les tripes lorsque je descendis les marches du perron.

– Elle est malade, dit-il d'une voix étranglée.

Il grelottait. Tout son corps était secoué de tremblements de froid et de nervosité. Il baissa la tête et glissa les mains dans ses poches.

– Grand-mère est malade, Haze.

Dès que j'entendis ça, je descendis sous la pluie, allai vers lui et le pris dans mes bras. Il se fondit en moi comme si nos corps avaient toujours été destinés à ne faire qu'un, et il s'effondra alors que je faisais tout mon possible pour rattraper les morceaux épars.

La pluie martelait nos corps comme la tristesse de Ian martelait mon cœur.

* * *

Une fois qu'il parvint à contrôler ses émotions, je le fis entrer.

– Tiens, voilà des serviettes pour te sécher et, bien sûr, il y a toujours des vêtements à toi dans ta chambre, si tu veux te changer.

– Merci, murmura-t-il, les yeux baissés sur ses mains crispées.

– Comment tu te sens ?

– Perdu.

Il se passa les doigts dans les cheveux.

– C'est ironique, tu sais ? Grand-mère a le plus grand cœur du monde. Elle se donne sans compter à tous ceux qui sont dans le besoin. Elle ne fait jamais de reproches, ne porte aucun jugement, n'éprouve aucune rancœur. Et pourtant, elle se retrouve avec un cœur malade. Comment est-ce que c'est possible ? Comment la femme la plus gentille de cette terre peut-elle avoir un cœur qui ne fonctionne pas correctement ?

– La vie est injuste.

– Elle a peut-être donné trop d'amour.

– Ça, c'est impossible. Le monde entier devrait se battre pour être capable d'aimer comme Holly Parker. Nous avons besoin de davantage d'êtres humains comme elle.

– C'est elle dont nous avons besoin.

Il soupira et appuya la paume de ses mains sur ses yeux.

– Je ne sais pas ce que je ferais sans elle.

– Heureusement, elle est encore là. Tant qu'elle est là, nous devrions continuer à lui en être reconnaissants.

– Tu le savais ? Tu savais qu'elle était malade ?

Je le regardai et la culpabilité m'envahit.

– Oui.

– Et tu n'as pas jugé utile de me le dire ?

– Je voulais le faire, Ian. Je t'assure, mais tes grands-parents m'ont fait promettre de ne rien dire tant qu'ils ne seraient pas prêts. Ils ne voulaient pas te culpabiliser ou que tu te sentes obligé de rentrer pour t'occuper d'eux.

– Je serais rentré, marmonna-t-il en s'enveloppant dans une serviette.

Puis il se prit la tête dans les mains et soupira.

– Je n'ai pas téléphoné assez souvent pour prendre de leurs nouvelles.

– Ils ne t'en veulent pas. Ils savent que tu étais très occupé.

– Occupé à me conduire comme une petite merde.

– Ian, ils t'aiment beaucoup, ils ne te font aucun reproche. Crois-moi, ils t'aiment. Simplement, ils ne voulaient pas détruire ta carrière au moment où elle démarrait.

– J'ai l'impression que tout le monde croit que cette carrière de merde compte plus pour moi que les vraies personnes de ma vie. C'est pas à cause de ça que tu as rompu, après tout ? À cause de mon boulot ?

J'hésitai à répondre. Je voyais la tristesse dans son regard, et la difficulté qu'il avait à gérer toutes ces questions sans réponses. J'aurais voulu lui dire la vérité. Lui parler de Charlie et des menaces qu'il avait proférées contre moi. J'aurais voulu lui dire à quel point je souffrais de ne pas pouvoir être avec lui. J'aurais voulu lui dire que je l'aimais, qu'il me manquait, que je me faisais du souci pour lui chaque jour depuis que nous étions partis chacun de notre côté.

Mais rien n'avait changé. Charlie représentait toujours une menace pour moi, pour Rosie et pour le ranch de la famille de Ian, et je ne pouvais imaginer mettre plus de pression ou de douleur sur Grand-Mère et Big Paw, sachant qu'ils en avaient déjà suffisamment comme ça. Il n'aurait plus manqué que Charlie vienne détruire tout ce qu'ils avaient consacré leur vie entière à bâtir.

– Ce n'est pas aussi simple que ça, Ian.

Il alla s'asseoir sur le canapé.

– Ça semblait pourtant simple avant que tu me rejettes.

– Je sais.

Je baissai la tête et vins m'asseoir près de lui.

– Je sais que ça paraît incompréhensible, si on y pense. Tout semblait aller si bien entre nous. Je sais que je t'ai probablement déstabilisé et que la rupture est sortie de nulle part. Je voudrais pouvoir tout t'expliquer.

Il inclina la tête vers moi et me regarda d'un air plein de sincérité.

– Eh bien, explique-moi, alors.

J'ouvris les lèvres, mais ma gorge se dessécha. Je ne savais pas quoi dire, quoi faire, comment réagir. Il ne dut pas s'en apercevoir, parce qu'il prit mes mains dans les siennes et leur donna une légère pression.

– Est-ce que tu m'aimes encore ?

Son murmure était comme une douce brise passant sur mon cœur.

– Oui.

Je savais que j'étais totalement incapable de lui mentir sur ce point.

– Alors, pourquoi sommes-nous séparés ?

– Parce que nous ne pouvons pas être ensemble.

– Mais pourquoi ?

Je déglutis avec difficulté et regardai nos mains si parfaitement entrelacées.

– Parce que je te ferais du mal.

– Rien de ce que tu pourrais faire ne pourrait me blesser de façon irréparable, Haze.

Je hochai la tête.

– Oui, mais cela ne ferait pas du mal seulement à toi, cela en ferait à ta famille et à la mienne. Cela...

Je fermai les yeux et pris une profonde inspiration.

Il m'attira contre lui, posa ses lèvres contre mon oreille et parla doucement.

– De quoi as-tu aussi peur ?

– De tout perdre.

– Cela m'est arrivé. Je connais cette peur. Je la ressens en ce moment et c'est pour ça que je ne veux pas te perdre toi non plus, Hazel. Toute ma vie, j'ai construit un mur pour tenir les autres à distance. Je faisais tout pour cela, et tu as eu le cran de le faire tomber. De m'apprendre à aimer. Alors, s'il te plaît, supplia-t-il, son souffle chaud sur ma peau m'envoyant une onde d'énergie dans le creux de l'estomac, ne me quitte pas.

Je sentais ses larmes couler sur ma peau, et j'étais certaine qu'il sentait les miennes sur la sienne. Je me mis à pleurer plus fort en m'accrochant à son tee-shirt.

– Je suis désolée, je suis désolée.

– Qu'est-ce qui te fait du mal, Haze ? demanda-t-il doucement. Qu'est-ce qui te fait ça ?

Il m'entoura de ses bras et me serra plus fort.

– Tout va bien, je te tiens. Je te tiens.

Je m'en voulais de m'effondrer ainsi alors que c'était lui qui aurait dû être malheureux après avoir appris la vérité au sujet de Holly. Et pourtant j'étais là, me raccrochant à lui en pleurant comme s'il n'était qu'un rêve qui disparaîtrait si jamais je le lâchais.

Il me serra contre lui aussi longtemps qu'il put, jusqu'à ce que la réalité me rattrape et me dise que je ne pouvais pas faire cela. Je ne pouvais pas le tenir si près de moi. Si Charlie venait à le découvrir...

Je m'écartai. En reniflant, je me frottai les yeux.

– Je devrais aller voir si Rosie va bien.

Il sembla déconcerté par mon changement d'attitude, mais il se leva et me fit un signe de tête.

– Bien sûr.

– Je suis vraiment désolée, Ian... pour Holly.

Il me fit un petit sourire triste.

– Elle est toujours là. Alors, je vais être reconnaissant de ça.

Bien.

– Ok. Bon, ben, bonne nuit. Appelle-moi si tu as besoin de quelque chose.

– De toi, répondit-il si vite que je n'étais même pas sûre d'avoir compris.

– Pardon ?

– J'ai besoin de toi.

Il enfonça les mains dans les poches de son pantalon mouillé et se racla la gorge.

– Je comprends. Il s'est passé quelque chose et tu as peur. Tu as peur de me dire ce qui t'est arrivé, et je le comprends, mais ça ne veut pas dire que je n'ai plus envie ou besoin de toi, Hazel. Je pense que tu as besoin de moi, toi aussi. Tu sais, quand Grand-Mère t'a fait promettre de ne pas me dire ce qui se passait ?

– Oui.

– Eh bien, elle m'a demandé de lui promettre quelque chose aussi. Elle m'a fait promettre de me battre pour garder ce que j'aime, alors, quoi qu'il en soit, je me battrai pour te garder. Je ne m'enfuirai pas, Hazel. Je ne vais pas rebâtir ce mur autour de moi. Je vais rester en ville, et non seulement je vais travailler sur moi-même mais je vais travailler sur nous deux. Même si cela implique que je serai trop présent dans tes affaires. Je vais me battre pour te garder, que tu le veuilles ou non, Hazel Stone. Notre chanson d'amour n'est pas terminée. Nous en sommes juste au refrain, et je vais chanter pour toi, pour nous, pour toujours.

* * *

Ian ne plaisantait pas, il resta en ville et devint très présent sur mon lieu de travail.

Lui et son groupe ne reprirent pas l'avion pour rentrer à Los Angeles y enregistrer un album fait à la va-vite. Au contraire, ils revinrent aux fondamentaux qui consistaient à enregistrer leurs propres morceaux dans la grange tout en projetant d'attaquer leur maison de disques.

Je me demandais comment ils allaient réussir à pondre un album complet en un temps aussi court, mais je savais aussi que si quelqu'un pouvait le faire, c'était les Wreckage. Ils étaient bien décidés à prouver à ce Putain de Max Tête de Nœud qu'il ne pouvait pas les contrôler.

Lorsque Ian n'était pas avec ses grands-parents ou en train d'enregistrer avec le groupe, il était à la ferme et me donnait du fil à retordre.

Big Paw me chargea de distribuer ses tâches à Ian, et c'était comme si on avait bouclé la boucle.

Un jour, alors qu'il nettoyait les enclos à cochons, je m'y arrêtai en passant pour vérifier s'il s'en sortait. En fait, j'aimais venir contrôler son travail parce que j'avais envie d'être près de lui, c'était plus fort que moi.

– Comment ça va ?

– Curieusement, ce n'est pas si terrible. Toute cette merde, au sens propre du terme, ça m'a manqué, dit-il en posant sa fourche. Je suis un peu plus lent qu'avant.

– Oui, je vois ça, dis-je pour plaisanter.

Je tapai dans mes mains.

– Allez au boulot, sinon tu vas en avoir pour toute la nuit.

– Ah, si seulement j'avais quelqu'un pour m'aider.

Il sourit. Bon sang, j'adorais ce sourire.

– Si seulement.

– Allez, Haze.

De la main, il désigna une autre fourche et un des enclos à nettoyer.

– Un petit dernier en souvenir du bon vieux temps.

Je plissai les yeux.

– T'essaierais pas de tirer au flanc, par hasard ?

– Non. C'est simplement parce que j'aime être avec toi.

Les papillons.

Tous ces papillons.

J'inspirai profondément et expirai par la bouche. Quand bien même Charlie arriverait et nous verrait, ce n'était pas comme si nous faisions quelque chose qui sorte de la norme. On travaillait, c'est tout.

Du moins, c'était tout ce que j'avais dans la tête.

Alors que je commençais à charrier la paille souillée, Ian me dit:

– Des aveux?

Je fis non de la tête.

– Je ne suis pas sûre d'en avoir envie.

Il plissa les yeux.

– Pourquoi? T'as peur de ce qu'on pourrait dire?

– Exactement.

Mais il ne renonça pas

– Aveu: tu me manques.

– Ian...

– Aveu: tu es ma meilleure amie.

– S'il te plaît, arrête.

– Aveu: si tu m'en donnais la chance, je t'aimerais éternellement.

La gorge serrée, je le regardai venir vers moi. J'étais debout au beau milieu d'un tas de fumier de cochon, faisant le boulot le plus dégoûtant possible, l'air de ne pas avoir fermé l'œil depuis des nuits et des jours, et Ian Parker me disait qu'il voulait m'aimer pour toujours.

Il poursuivit.

– Aveu: tu es mon soleil, ma lune et mes étoiles. Aveu: quelle que soit la nature de ce qui te fait souffrir, nous pouvons régler le problème ensemble. Aveu: je ne renoncerai jamais à ça.

Je ne sais pas comment c'est arrivé. Je ne sais pas comment mes mains trouvèrent les siennes ni comment nos corps se retrouvèrent serrés l'un contre l'autre. Je ne sais pas comment son front vint appuyer contre le mien ni pourquoi les battements de mon cœur se mirent à accélérer de façon totalement erratique.

Je ne sais pas comment ses lèvres arrivèrent si près des miennes que ses expirations devinrent mes inspirations.

Mais on en était là, à une fraction de seconde de presser nos bouches l'une sur l'autre, et pour moi de sombrer dans une ivresse dont je ne serais jamais capable de me remettre. Si je commençai à embrasser Ian, je savais que je ne serais jamais capable de m'arrêter.

Il était ça pour moi.

Il était l'intro, le refrain et la mélodie.

– Je le sens dans les tremblements de ton corps, souffla-t-il. Je le sens lorsque je te tiens contre moi. Je sens l'amour qui est là, alors dis-moi, Hazel. Dis-moi ce qui nous empêche d'être tous les deux. Avoue-le, et je ferai ce qu'il faudra pour le neutraliser.

– Charlie, murmurai-je d'une voix mal assurée en me demandant si j'avais raison de le faire. C'est Charlie.

Il s'écarta de moi et haussa un sourcil.

– Qu'est-ce que tu veux dire, c'est Charlie ?

Avec un sentiment de crainte pesant horriblement sur ma poitrine, je me mis à tout déballer. Je lui expliquai que Charlie était sorti de prison, qu'il m'avait menacée et obligée à rompre. Qu'il avait menacé de mettre le feu au ranch. Qu'il avait menacé de faire du mal à ma petite sœur.

– Il a dit qu'il ferait du mal à Rosie. Tu vois, je n'avais pas le choix. J'étais obligée de rompre avec toi, Ian. Il m'a mise dos au mur, et je n'avais pas le choix.

Ian devint tout rouge et serra les poings.

– Il a dit qu'il s'en prendrait à Rosie ?

– Oui.

Le souvenir de Charlie avec Rosie dans ses bras, qui me revint brusquement, me révulsa.

– Il va mourir pour ça. Je vais le tuer, putain.

Je secouai la tête.

– Non, tu ne peux pas faire ça. Tu ne peux pas t'en prendre à lui, Ian. Tu ne peux pas. Personne ne s'en prend à Charlie. C'est lui qui s'en prend aux autres. Tu peux me croire, j'ai essayé de le faire arrêter, et ça s'est retourné contre moi. Et puis toi, tu es une personnalité en vue. Max avait raison à ce sujet, tu ne peux pas te retrouver impliqué dans mes histoires alors que tu es sur la route d'un méga-succès.

– Max aussi t'a dit quelque chose ? siffla-t-il, les narines dilatées. C'est quoi ce bordel ?

– C'est pas grave, je te jure. Il était inquiet pour ton image et les conséquences que ça pourrait avoir si tu étais avec quelqu'un dont le passé est si moche. J'ai trouvé qu'il n'avait pas complètement tort.

– Non, mais c'est des conneries, ça. J'emmerde Max. Et j'emmerde Charlie. Eh merde !

Il se mit à arpenter la grange de long en large.

– On ne peut laisser Charlie s'en sortir comme ça. Tu ne vas pas passer le reste de ta vie à lui obéir comme une esclave.

– Je n'ai pas le choix.

– On a toujours le choix, il y a toujours un moyen.

J'aurais voulu le croire, mais je savais comment Charlie fonctionnait. Je me rappelai le nombre de fois où il avait forcé ma mère à revenir dans son univers de désespérance. Je savais qu'il pouvait détruire ma vie et celle de Rosie d'un claquement de doigts. Ce dingue était la seule personne dont j'aie jamais eu peur. Charlie était un monstre, et il piétinait quiconque se mettait en travers de son chemin destructeur sans le moindre état d'âme.

– Je suis désolée, Ian. C'est juste que je... nous... nous ne pouvons pas être ensemble.

– Je n'accepte pas ça.

– Eh bien, tu devrais. C'est impossible que ça marche.

– Attends, tu vas voir, promit-il en prenant mes mains dans les siennes pour en embrasser les paumes. On l'aura, notre avenir radieux. Mais d'abord, permets-moi de foutre en l'air la vie de cet enfoiré.

40

IAN

J'avais passé toute la nuit à essayer de trouver le moyen de venir en aide à Hazel, et quand cela devint trop difficile et que j'eus l'impression de tourner en rond, j'allai voir la seule personne à qui je pouvais demander de l'aide. La personne vers laquelle je me tournais toujours dans les moments les plus difficiles.

Big Paw était assis dans son bureau, et ses rides se creusèrent quand il fronça les sourcils en m'entendant raconter tout ce qu'Hazel m'avait confié la veille au soir.

– J'ai toujours détesté ce Charlie Riley. C'est un personnage toxique pour cette ville, et il est grand temps que nous nous débarrassions de lui.

– Mais comment ? Hazel dit que c'est impossible. Que son influence ici est trop grande, et même lorsque quelqu'un ose avancer d'un pas contre lui, il le fait reculer de deux.

– Pas cette fois. Je lui interdis de mettre les gens que j'aime dos au mur et de les menacer.

– Mais c'est ce qu'il fait, et il n'y a pas moyen de le repousser.

– Si, il y en a. Quand tu es dos au mur, tu enfiles tes gants de boxe et tu rends les coups. Tu crois que je n'ai jamais traversé de périodes difficiles ? Bien sûr que si, mais tu sais comment j'ai fait pour les surmonter ?

– Comment ?

– Je n'ai jamais renoncé, j'ai continué à me battre et quand j'étais trop en difficulté, j'ai tendu la main à d'autres pour qu'ils viennent m'aider. On n'est pas obligé de mener toutes les batailles, seul. Parfois... toujours... on est plus forts à plusieurs.

Il tendit le bras et posa sa main sur la mienne.

– Je suis heureux que tu sois venu me voir pour ça. Maintenant, va travailler aujourd'hui et sois là tôt demain matin. Nous aurons un long trajet à faire demain.

– Un trajet pour où ?

– Pour aller voir la seule personne qui constitue le point faible de Charlie. On va aller voir la mère d'Hazel.

– Quoi ? Mais comment ? Elle est en prison et elle refuse même de voir Hazel. Elle ne l'a pas vue depuis des mois.

– Elle n'aura pas à voir Hazel. C'est moi qu'elle doit voir, et étant donné que je suis déjà sur sa liste de visiteurs, ça ne devrait pas poser beaucoup de problèmes. J'avais l'intention d'y aller demain, de toute façon. La seule différence, c'est que je t'emmène avec moi, cette fois-ci.

J'avais tellement de questions à lui poser. Comme, par exemple, pourquoi il était allé voir la mère d'Hazel à la prison. Ou pourquoi nous allions la voir demain et comment elle pourrait nous aider à résoudre le problème Charlie. Des questions à propos de... tout.

Mais le sourire de Big Paw me dit que j'étais censé me contenter de lui faire confiance.

Ce que je fis, par conséquent.

* * *

Sur le trajet de la prison, j'avais l'estomac noué à l'idée de voir Jean, la mère d'Hazel. Quand vous vous préparez à rencontrer la mère de votre petite amie, vous n'imaginez pas que ce sera dans une prison. Il y a plus conventionnel, dans le genre.

– Bon, tu me laisses parler en premier pour lancer la conversation, ordonna Big Paw. Je ne veux pas que tu crées des problèmes en disant un truc de travers.

Après être entrés, on nous fit passer par toutes les procédures de sécurité avant de nous faire asseoir à une table pour attendre Jean.

Lorsqu'elle arriva, elle eut l'air étonnée de me voir là avec Big Paw.

– Tu as amené un invité, dit-elle, et elle me regarda droit dans les yeux en s'asseyant. Où est Holly ?

Attends ? Quoi ?

Jean connaissait Big Paw *et* Grand-Mère ? Comment était-ce possible ?

– Elle n'était pas très en forme aujourd'hui. Elle n'aurait pas supporté le trajet en voiture.

Je m'agitai sur mon siège, m'efforçant de me sentir à l'aise, tout en sachant que c'était impossible. Jean dégageait une intense impression de tristesse. Rien qu'en la regardant dans les yeux, on pouvait voir qu'elle avait traversé beaucoup de moments difficiles dans sa vie. Elle me fit un sourire en coin qui disparut aussi vite qu'il était venu et baissa les yeux sur ses mains crispées.

– Je t'ai apporté de photos, dit Big Paw en sortant une pile de clichés.

Il les lui présenta l'une après l'autre et en regardant les photos de Rosie que Big Paw lui montrait, elle se mit à pleurer.

– Comme elle a grandi, remarqua-t-elle.

– Oui, acquiesçai-je. Elle vous ressemble beaucoup.

– Elle ressemble à Hazel, corrigea-t-elle, en se tordant les mains. Quand Hazel était bébé, elle avait des grands yeux comme ça, elle aussi.

– Attendez, comment est-ce que vous vous connaissez avec Big Paw ? demandai-je, intrigué.

– Holly et moi lui avons rendu visite un certain nombre de fois au cours des derniers mois.

– Ouais, il arrête pas de venir me faire chier, plaisanta Jean.

– C'est plutôt toi qui n'as pas arrêté de faire chier toutes ces années.

– Ces années ? demandai-je.

Jean hocha la tête.

– Nos chemins se sont croisés il y a beaucoup de lunes de ça, quand j'étais ado. J'attendais Hazel et j'étais toute seule quand je suis arrivée à Eres. J'avais fui une enfance troublée, et quand je suis arrivée ici, Holly et Big Paw m'ont accueillie à bras ouverts.

– J'ai l'impression que c'est une habitude chez eux.

– Ouais, mais je ne leur ai pas rendu la vie facile. J'ai fait la connaissance de ton père et ta mère, et j'ai fait quelques choix que je n'aurais pas dû faire après la naissance d'Hazel. J'ai commencé à traîner avec Sarah et Ray, c'est eux qui m'ont présenté Charlie, et on sait tous comment ça s'est terminé, dit-elle en faisant un geste de la main autour d'elle en fronçant les sourcils.

Depuis tout ce temps, j'en avais voulu à la mère d'Hazel à cause de cette brute de Charlie, mais il s'avérait que c'étaient mes parents qui étaient responsables du fait que Charlie et Jean étaient ensemble.

– Ça ne peut pas devenir pire, à partir de maintenant vous ne pouvez que remonter la pente, dis-je espérant lui donner une lueur d'espoir.

Elle frottait ses mains le long de ses bras nerveusement.

– Je veux faire ce qui est bien, c'est tout.

– Et c'est pour cette raison que nous sommes là, dit Big Paw. Nous avons besoin de ton aide.

Elle ricana.

– Sans vouloir te vexer, Big Paw, je ne suis pas vraiment en position d'aider qui que ce soit en ce moment.

De nouveau, elle fit un geste de la main autour d'elle.

– Mais tu peux faire ton possible depuis l'endroit où tu te trouves, dit-il. Charlie a menacé tes filles.

Jean ouvrit de grands yeux, et lança à Big Paw un regard angoissé.

– Comment ça ?

– Il oblige Hazel à lui donner tout ce qu'elle gagne, il contrôle ses relations et il l'a menacée de mettre le feu au ranch et de lui faire du mal à elle et à Rosie si elle ne lui obéissait pas. Il a aussi roué Garrett de coups, et pas pour rire.

Jean secoua la tête et ses yeux s'emplirent de larmes.

– Je l'ai mise dans une situation horrible. Je n'aurais jamais dû fréquenter Charlie. Il ne devrait pas avoir la possibilité de faire du mal à ma fille, mais c'est comme ça.

Elle essuya quelques larmes et déglutit avec difficulté.

– Je ne vois pas ce que je peux faire.

– C'est simple, dit Big Paw. S'il y a une personne qui connaît Charlie, c'est toi. Tu sais comment fonctionne son esprit tordu. Tu connais ses plans, ses lieux de deal, ses... tout ça. Alors, je voudrais que tu nous donnes quelques informations afin de nous aider à l'attraper. On doit le faire mettre sous les verrous, et cette fois, il n'aura personne pour porter le chapeau à sa place. Cette fois, il est tout seul, et nous ferons en sorte qu'on ne le relâche pas.

Jean fronça les sourcils et garda le silence. Elle croisa les mains et hocha la tête.

– Je vais vous dire tout ce que vous voulez savoir.

Et elle le fit.

Elle nous dit tout ce qu'elle savait jusqu'à ce qu'on vienne la chercher. Lorsqu'elle se leva de sa chaise, elle me regarda.

– Tu aimes ma fille ?

– Oui, Madame.

– Peux-tu me rendre service et être gentil avec elle ? Elle mérite d'avoir quelqu'un qui la traite bien.

– Je vous le promets. Et merci de votre aide. Vous n'avez pas idée de ce que cela représente pour nous.

– J'ai été une très mauvaise mère. J'ai été plus souvent défoncée que clean, mais le fait de m'être désintoxiquée ici m'a aidée à y voir plus clair. Je veux faire ce qui est bien. Si je peux vous aider, je ferai tout mon possible.

Si cela assure la sécurité de mes filles, je ferai n'importe quoi. Si tu pouvais dire à Hazel que je suis désolée – pour tout –, ce serait très important pour moi.

– Vous aimez vos filles, en fait ?

– Oui. Je n'ai jamais été une bonne mère, mais j'ai toujours eu la fille la plus géniale qui soit. C'est juste que je ne m'en rendais pas compte tellement mon esprit était embrumé. S'il te plaît, dis-lui que je regrette.

– Vous devriez le lui dire vous-même.

– Je doute qu'elle veuille renouer avec moi après que j'ai coupé les ponts il y a si longtemps.

– Vous vous trompez, elle le fera. C'est Hazel après tout... elle aime sans conditions.

Jean hocha la tête avant de tourner les yeux vers Big Paw.

– S'il te plaît, dis à Holly que je pense à elle. Je suis navrée de ce qui lui arrive, et que tu sois à la peine toi aussi.

En sortant avec Big Paw, je lui posai la question qui me trottait dans la tête pendant tout ce temps.

– Est-ce que tu t'en veux de ce qui lui est arrivé ? Comme si le fait d'habiter chez vous était à l'origine de sa rencontre avec Charlie ?

– Tous les jours, sans exception.

– Et c'est pour ça que tu as tenu à donner ce boulot à Hazel l'année dernière.

Il hocha la tête.

– Je voulais me racheter, dans une certaine mesure.

– Crois-moi, Big Paw. Tu t'es racheté.

* * *

Aussitôt arrivés à Eres, je dévoilai notre plan à Hazel. Malgré une certaine réticence de sa part, je vis une lueur d'espoir dans ses yeux.

J'aimerais pouvoir dire que le moment où Big Paw et moi avons réussi à piéger Charlie était digne de figurer dans une superproduction cinématographique, mais ce ne fut pas le cas. Il se fit prendre dans un de ses lieux de deal, et arrêter une fois de plus. Mais cette fois, il ne ressortirait pas, parce qu'il ne pouvait plus compter sur Jean pour porter le chapeau à sa place. En plus, il avait fait tellement d'allers et retours en prison qu'il n'aurait plus la possibilité d'être libéré aussi facilement.

Dès que j'appris par Big Paw que Charlie était sous les verrous, j'allai tout de suite voir Hazel. Lorsque j'arrivai, elle était déjà couchée et je la sortis de son demi-sommeil.

– Salut, chuchota-t-elle en se frottant les yeux. Qu'est-ce qui se passe ?

– C'est fini.

Je n'en dis pas plus, mais cela suffit à la réveiller complètement. Elle se redressa dans son lit.

– C'est fini ? Vraiment ? Ils ont eu Charlie ?

– Oui, et il n'est pas près de sortir. Garrett a même dit qu'il témoignerait contre lui au tribunal. C'est vraiment fini, Haze. C'est terminé.

Elle poussa un énorme soupir de soulagement et tomba dans mes bras.

– C'est fini, murmura-t-elle.

Cette nuit-là, je fis l'amour à mon amour, et tout fut parfait.

41

IAN

– C'est parfait, absolument parfait !

Hazel applaudit, assise avec le groupe et moi dans la grange où elle nous aidait à mettre en forme les textes de certains des morceaux que nous avions écrits récemment.

On avait travaillé jour et nuit pour essayer de produire cet album, et à mesure que les jours avançaient, cela nous semblait de plus en plus improbable.

Ces derniers temps, tous nos téléphones explosaient des dizaines de textos que Max nous écrivait, nous ordonnant de rentrer le plus tôt possible pour enregistrer l'album avec les morceaux de Warren Lee.

– Ne réponds pas, me disait Éric. Cet Enfoiré de Max Rider va se calmer. Notre plus grand souci pour l'instant, c'est notre musique, pas lui.

Je le remerciai de me rappeler ce qui était important.

– Je les trouve magnifiques, dit Hazel en souriant jusqu'aux oreilles.

Elle avait vraiment été un atout pour ces chansons, s'emparant de ma vision et la faisant se déployer. Nous travaillions ensemble si naturellement, et j'étais heureux de revenir aux basiques de la musique. Je recommençais à y prendre du plaisir.

Leah assistait à nos répétitions avec Hazel, et j'étais content qu'elle ait pris une part si importante dans sa vie. Hazel avait besoin d'avoir une amie, et je savais que Leah était une amie loyale et sincère. C'était génial de les voir devenir de plus en plus proches.

– Je ne voudrais pas faire enfler vos ego plus qu'ils ne le sont déjà, mais c'était super-génial, dit Leah. Et vous pouvez me croire, ça me défrise de faire des compliments à mon frère, mais c'était magique.

– Je suis d'accord avec Hazel, c'était magnifique! s'écria Grand-Mère, depuis son fauteuil à côté de Big Paw.

Puisqu'il n'était plus question de nous produire en concert ni de poster quoi que ce soit concernant nos nouvelles créations, les seules personnes avec qui nous pouvions partager les morceaux étaient celles en qui nous pouvions avoir réellement confiance.

– Je pense que vous êtes réellement allés puiser dans...

Sans terminer sa phrase, Grand-Mère se leva de son fauteuil. Elle porta la main à sa poitrine et prit de longues inspirations. À partir de cet instant, j'eus la sensation que tout se mettait à tourner au ralenti. En voyant les jambes de Grand-Mère se dérober sous elle, je lâchai le micro que je tenais à la main. Big Paw bondit de son siège, Hazel se rua vers elle et mes potes se précipitèrent aussi.

Mais c'était trop tard. Grand-mère s'écroula au sol avec un grand bruit, et en un instant, j'avais oublié comment on respirait.

* * *

Nous allâmes directement de la grange à l'hôpital. Une ambulance vint chercher Big Paw et Grand-Mère et tout le monde la suivit de près. La majeure partie du trajet se fit dans le plus grand silence. Finalement, Marcus prit l'initiative d'allumer la radio. Après deux chansons, les nôtres vinrent à l'antenne et sortirent à fond des haut-parleurs.

– Punaise, soupira James en secouant la tête. Je ne m'y habituerai jamais. Je ne me ferai jamais à l'idée que nous passons à la radio.

– C'est dingue la vie, marmonnai-je en me mordillant l'ongle du pouce tout en regardant fixement les chemins de terre dont nous approchions.

On gara la voiture devant l'hôpital et j'en descendis à toute vitesse pour me précipiter à l'intérieur. Je me dirigeai vers l'accueil pour me renseigner au sujet de Grand-Mère, mais je fus interrompu.

– Ian.

Je me retournai, Big Paw se tenait derrière nous.

– Alors, qu'est-ce qui se passe ?

– Ils disent qu'il va peut-être falloir lui implanter un pacemaker. Mais d'abord, ils doivent réparer un vaisseau. Ils la préparent pour l'opération.

L'opération ?

Putain.

– Tu y crois, toi? grimaça Big Paw. Ces fils de p... veulent charcuter le cœur de ma Holly.

Sa voix se brisa et des larmes roulèrent sur ses joues.

– C'est pas scandaleux, un truc pareil ?

J'allai vers lui et lui donnai de petites tapes dans le dos.

– Ne t'inquiète pas. Tout va bien se passer.

– Qu'est-ce que t'en sais ? Tu ne peux pas en être sûr, protesta-t-il.

– Oui, je sais. Mais c'est ce que Grand-Mère dirait, non ? Elle dirait que tout finit par s'arranger. Si ça ne s'arrange pas, c'est que l'histoire n'est pas finie.

Il souffla en s'essuyant le visage de ses mains parcheminées.

– C'est juste son charabia à la con. Cette femme veut ma mort. J'y crois pas qu'elle me fasse ça.

Ses larmes redoublèrent.

– Comment elle peut aller là-dedans et laisser ces gens lui charcuter le cœur ?

– Je ne pense pas qu'elle ait le choix, Big Paw ! Mais je suis sûr que ces médecins connaissent leur travail. Ils savent ce qu'ils font. Ils vont bien s'occuper de Grand-Mère, j'en suis sûr. Tu dois juste avoir un peu la foi.

– Je ne peux pas. C'est Holly qui a la foi. Moi, je suis le vieux schnock qui ne croit pas à toutes ces conneries. C'est drôle, en fait, dit-il l'air sombre. Ils vont couper dans son cœur, mais c'est le mien qui se brise.

Je le pris dans mes bras et le serrai fort, essayant de soulager son cœur perturbé, mais je savais que rien ne pourrait l'aider jusqu'à ce que l'amour de sa vie ressorte de la salle d'opération.

***

Nous sommes tous restés dans la salle d'attente pendant que Grand-Mère était avec les chirurgiens. Mes potes et moi avions éteint nos téléphones, parce que les messages de Max qui arrivaient non-stop allaient nous rendre dingues. La vie de ma grand-mère était en jeu, et tout ce qui comptait pour Max, c'était les chiffres et le nombre de dollars qu'il perdait. C'était comme si nous n'étions rien de plus que des robots dans sa machine à faire du fric.

J'étais assis, mains croisées, tapant du pied sur le sol moquetté, incapable de contrôler mes mouvements. L'idée que la chirurgie pourrait ne pas marcher et que Grand-Mère pourrait ne pas s'en sortir me bouleversait jusqu'au plus profond de mon être. Je n'arrêtais pas de penser à tout ce temps que j'avais passé loin de la maison, à la poursuite d'un rêve, pendant que la santé de ma grand-mère déclinait.

Qui savait combien de temps il me restait à passer avec eux ? J'aurais dû être présent. J'aurais dû être là pour les aider à la ferme. Bon Dieu, Big Paw ne devrait même pas continuer à travailler.

Rosie était assise dans son siège bébé, endormie, et j'étais jaloux de la sérénité de ce bébé. J'aurais aimé que la vie soit aussi simple et tranquille. Une main vint se glisser sur la mienne, et en levant les yeux, je vis Hazel debout à côté d moi. Elle m'adressa ce petit sourire que j'aimais tant et vint s'asseoir sur la chaise à mes côtés. Elle me tint la main sans que j'aie besoin de lui demander de le faire. Elle la tenait serrée, et je lui en étais reconnaissant. J'avais besoin d'une main à serrer. J'avais besoin de quelque chose pour calmer mon angoisse et l'empêcher de m'envahir totalement, et le simple contact de cette femme apaisait les appréhensions les plus folles de mon âme.

– Merci, murmurai-je si bas que je n'étais même pas certain qu'elle m'ait entendu.

À ce moment-là, elle serra plus fort.

Lorsque le médecin entra, il n'avait pas l'air aussi emballé par l'opération que nous l'aurions souhaité. Nous bondîmes tous sur nos pieds, Big Paw plus vite que tout le monde, et nous nous approchâmes de lui.

– Qu'est-ce qui se passe, aboya-t-il en direction du médecin, plus grincheux et plus agacé encore qu'avant. Je ne comprends pas pourquoi personne n'est venu nous informer de l'état de ma Holly ! C'est quoi cet endroit, bon Dieu ? C'est dirigé par des abrutis incompétents ? C'est de la folie.

Je m'approchai du praticien qui semblait pris de court par cette attaque virulente de Big Paw. Je lui fis un petit sourire.

– Bonjour, désolé pour ça, mais mon grand-père est inquiet au sujet de sa femme.

Le médecin fit un effort pour rester calme, même si je ne doutais pas qu'il ait en réserve quelques répliques bien senties à l'intention de Big Paw.

– Ça va. Il y a eu quelques soucis avec l'opération et nous n'avons pas pu pénétrer de la façon dont nous l'espérions. Elle avait beaucoup de liquide autour des poumons, et nous n'avons pas voulu prendre le risque d'opérer avant d'avoir pu en drainer une partie.

– Non, mais vous vous foutez de moi ? souffla Big Paw. Vous êtes en train de me dire que pendant tout ce temps vous n'avez rien fait ?

– Je suis désolé, Monsieur Parker, mais il nous a fallu déterminer la meilleure marche à suivre pour garantir la sécurité de votre femme. Nous ne voulions pas causer plus de dommages en l'opérant alors qu'elle n'était pas suffisamment forte pour le supporter. Nous allons tout mettre en œuvre pendant les jours qui viennent pour la stabiliser et, ensuite seulement, nous reconsidérerons l'option d'avoir recours à la chirurgie.

– Merci, dis-je d'un ton bref avant que Big Paw ne recommence à prendre le médecin à partie.

À en juger par les éclairs que lançaient ses yeux, il avait lui aussi quelques insultes de choix qu'il aurait probablement utilisées.

– Est-ce qu'on peut la voir ?

– On est en train de la reconduire dans sa chambre. Une infirmière vous préviendra quand vous pourrez y aller.

Je le remerciai de nouveau, mais il restait là, l'air de tomber des nues. Je haussai un sourcil interrogateur.

– Il y a autre chose... ?

– Euh... ben, oui et non. Ça ne concerne pas votre grand-mère, mais...

Il se gratta la tête.

– Vous êtes bien Ian Parker ? Vous êtes les Wreckage, c'est ça ? Ma fille est votre plus fidèle admiratrice. Est-ce que ce serait totalement déplacé de vous demander une photo ?

– Oui, intervint Hazel en passant devant moi, faisant bloc entre le praticien et moi comme si elle était mon garde du corps. Ce serait hautement déplacé et extrêmement peu professionnel.

Le chirurgien fit une grimace et s'en alla.

– Quel phénomène, celui-là ! s'exclama Big Paw en secouant la tête. Ce que ces gens font subir à Holly me rend dingue, dit-il en retournant s'asseoir. Tout ce que je veux, c'est la ramener à la maison.

Cela me fendait le cœur de voir Big Paw aussi affecté. C'était comme s'il était incapable d'exister sans Grand-Mère à ses côtés. Sans elle, c'est tout juste s'il parvenait à respirer.

– Ça va aller, Big Paw, dis-je une fois de plus en espérant que je disais vrai.

Mais je savais que c'était ce que Grand-Mère aurait voulu que je dise.

Tout va s'arranger.

42

IAN

–Tu veux que je te rapporte quelque chose, me demanda Hazel qui tenait Rosie dans les bras.

C'était fou ce que cette petite fille avait grandi au cours de ces quelques mois.

–Je vais à la cafétéria voir si je peux trouver du café ou quelque chose.

Je fis une grimace.

–Non, c'est bon.

James se racla la gorge.

–Tu pourrais peut-être l'accompagner, Ian, et nous rapporter quelque chose à manger. Je meurs de faim. Hazel, on peut s'occuper de Rosie si tu veux.

Il me lança un regard qui semblait se demander si j'allais rester aussi abruti pour le restant de mes jours.

–T'es sûr? demanda Hazel. Elle n'est pas de tout repos, tu sais.

–Ça tombe bien, je suis suffisamment reposé.

Il se leva pour prendre Rosie dans ses bras et Hazel le remercia pour son aide. Je me levai de ma chaise, enfonçai les mains dans mes poches et me mis en marche dans le couloir avec Hazel. Bon Dieu, même après tout ce temps, elle me faisait toujours autant d'effet quand elle était près de moi. Mon cœur s'emballait chaque fois qu'elle posait les yeux sur moi. Et je le remarquai toujours, parce que je n'étais pas capable de détacher mon regard d'elle.

Nous étions silencieux tous les deux, mais je sentais son angoisse qui emplissait l'espace. Ou peut-être était-ce ma propre nervosité ? Je n'arrivais plus à faire la différence entre ses sentiments et les miens. Ses mains montaient et descendaient sur ses bras lorsqu'elle me fit un petit sourire.

– Je sais que tu es probablement très inquiet au sujet de ta grand-mère, mais tu ne dois pas l'être. C'est une battante. Et tu avais raison en disant à Big Paw que tant qu'il y a de la vie, il y a de l'espoir. Je pense qu'il avait envie d'entendre ça. Et je pense que c'est vrai.

Je croisai et décroisai les doigts sans arrêt tout en marchant dans le couloir. Bon sang, où était cette cafétéria ? À l'autre bout du monde ?

– Est-ce qu'on pourrait parler d'autre chose que de Grand-Mère là, tout de suite ? C'est trop dur et trop triste.

Elle hocha la tête.

– De quoi veux-tu qu'on parle ?

– De nous. Parlons de nous deux. Qu'est-ce qui était le plus difficile à supporter pour toi quand nous étions séparés ?

– Le plus difficile de tout, c'était de ne pas pouvoir t'appeler quand j'avais eu une mauvaise journée. Ou de ne pas pouvoir te raconter quand les choses allaient bien. Tu me manquais tellement, Ian, mais pendant longtemps, j'ai voulu me convaincre que c'était à sens unique. J'ai voulu me convaincre que tu étais heureux et que tu réalisais tes rêves à fond. J'avais besoin de ça pour m'empêcher de t'appeler. Mais je t'ai écrit des milliers de messages dans mon carnet de notes, pour te tenir au courant, te raconter ce qui se passait dans mon univers.

– Je veux toujours tout savoir, et cette fois, je ne te laisserai pas partir. Nous aurons nous aussi notre histoire d'amour éternel. Le genre d'amour que partagent Big Paw et Grand-Mère. Je vais vieillir avec toi, Hazel Stone.

Elle restait là, totalement immobile, les lèvres entrouvertes, comme si elle était stupéfaite de ce que je venais de dire. Je savais qu'il lui faudrait probablement un peu de temps pour se faire à cette idée. Je savais qu'il faudrait du temps pour qu'elle la laisse s'installer, mais cela m'était égal.

Elle serait ma « happy end » et je serais la sienne. Je n'avais aucune intention d'aller nulle part de sitôt.

– Hé, vous deux, dit une voix, nous tirant brusquement de notre conversation.

En regardant dans le couloir, nous vîmes James qui portait Rosie endormie dans ses bras.

– Holly est réveillée, si vous voulez aller la voir.

– Ok.

Je hochai la tête et avant que nous allions voir Grand-Mère, je posai légèrement la main sur l'avant-bras de Hazel.

– Juste pour être clair. Tu es belle, Hazel. Tu es si belle que ma poitrine me fait mal. Je t'aime, Hazel. Totalement, éperdument et follement.

Ses lèvres s'entrouvrirent, et un petit son s'en échappa.

– Je t'aime aussi.

* * *

– Je vais bien, répétait Grand-Mère alors que nous nous tenions tous autour de son lit d'hôpital.

Elle avait l'air si faible et fatiguée. Cela me rendait infiniment triste de la voir dans cet état. Mais les infirmières nous informèrent que c'était bon signe qu'elle parle. Même si elle s'assoupissait par intermittence.

– Tu n'as pas besoin de mentir. Si tu ne te sens pas bien, il faut le dire, et je ferai en sorte que ces foutus docteurs fassent leur boulot, grommela Big Paw en s'asseyant près du lit et en prenant ses mains dans les siennes.

Grand-mère eut un petit sourire narquois et me regarda.

– S'il te plaît, ne me dis pas que ce vieux machin n'a pas arrêté d'embêter le personnel de l'hôpital, qui est si gentil avec moi.

– Tu connais Big Paw. Il aboie beaucoup, mais il mord peu.

– Bon. J'ai entendu l'infirmière dire que vous étiez restés ici toute la journée. Rentrez à la maison pour manger un morceau et vous reposer. Dieu sait que vous avez l'air fatigués.

– Je ne bouge pas d'ici, Holly Renee, protesta Big Paw.

– Si, tu vas y aller. Rentre à la maison te reposer. Je vois bien à ta tête que tu n'as pas dormi depuis des jours. Et prends une douche, bon sang. Je pouvais te sentir depuis le couloir, tout à l'heure, plaisanta-t-elle.

Mais alors, elle eut une quinte de toux et tout le monde s'inquiéta.

– Vraiment, les enfants. Je suis entre de bonnes mains ici. Allez vous reposer. Faites-moi plaisir. Cela m'aidera à aller mieux. Je ne peux pas me rétablir si je m'inquiète au sujet de la santé d'Harry.

Il fronça les sourcils et posa ses lèvres sur sa main.

– Tu es trop bonne pour ce monde, Holly. Trop bonne pour moi.

– Je sais.

Elle sourit.

– Maintenant, écoute ta femme et rentre à la maison.

– Éric et moi, on peut rester auprès d'elle pendant que vous allez vous reposer un peu, proposa Marcus.

– Je vais rester aussi, ajouta James.

Ces trois-là étaient comme des petits-fils pour Grand-Mère. J'étais sûr qu'ils allaient proposer de rester auprès d'elle.

– Tu vois, Harry ? J'ai une foule de gens qui s'occupent de moi. Va te reposer et reviens demain matin.

– Je... commença-t-il en se penchant pour frotter son nez contre le sien.

–... t'aime, acheva-t-elle en frottant son nez contre le sien aussi.

Hazel et Rosie revinrent chez Big Paw avec moi. Une fois rentrés, Hazel prit les choses en main, s'assurant que nous ayons tous à manger et que Big Paw prenne sa douche avant d'aller se coucher. Ce rôle maternel lui allait si bien. Il lui venait si naturellement, tout comme il venait à Grand-Mère.

Nous avons dormi dans la chambre d'amis de Big Paw ce soir-là, parce que je ne voulais pas le laisser seul. Un berceau avait été installé dans la chambre pour Rosie qui était maintenant endormie pour la nuit.

Après avoir pris une douche à mon tour, je retournai dans la chambre où je trouvai Hazel assise au bureau en train de travailler.

–Quand est-ce que tu t'arrêtes ?

Elle ricana en bâillant.

–D'étudier ou de vivre ? Parce que la réponse à ces deux questions est : jamais.

–Tu vas peut-être faire une petite pause maintenant ?

Elle me regarda et se mordilla la lèvre inférieure.

–D'accord.

–Viens me rejoindre dans mon ancienne chambre pour que nous puissions parler sans réveiller Rosie.

–Ok. Je prends le babyphone et j'arrive.

–D'accord. Et... Hazel ?

–Ouais ?

–Va voir sur Instagram.

43
HAZEL

Aussitôt Ian sorti de ma chambre, je me précipitai sur mon téléphone pour aller sur Instagram. Mon cœur se mit à battre à une vitesse supersonique, alors que je me demandais ce que j'allais découvrir sur le site. Et c'est là que je le vis. Le dernier post de Ian.

Une photo de moi.

Une photo que je n'avais jamais vue auparavant. Il devait l'avoir prise à mon insu quand Rosie était en réanimation pédiatrique. On me voyait la regarder avec un sourire immense. C'était un cliché ordinaire. Rien de fantastique, mais une chose en particulier ressortait de cette photo, l'amour. Il y avait tant d'amour qui transparaissait dans ma façon d'observer les battements de cœur de ma petite sœur.

Le nombre de likes sous la photo grimpait en flèche sous mes yeux. Des centaines. Puis des milliers. Puis des centaines de milliers. Le post devenait officiellement viral sur la page Instagram de Ian.

Je portai les mains à ma poitrine lorsque j'entrepris de lire la légende qui accompagnait la photo.

Cette femme contrôle tous les battements de mon cœur. Toutes les paroles d'amour que je chante tous les soirs lui sont dédiées. Toutes les mélodies cherchent à atteindre son cœur, et chaque refrain est une supplique pour gagner son amour. Il est venu à mon attention que certaines personnes appartenant à mon équipe de production avaient décidé d'approcher l'amour de ma vie pour lui dire qu'elle ne faisait pas de bien à mon image. En raison de son allure et d'un passé familial dont elle n'est pas responsable, on lui a dit qu'elle n'était pas assez bien pour moi. Il est vrai que nous avons passé notre enfance dans la même ville, mais cela ne veut pas dire que nos vies familiales respectives ont été bâties sur les mêmes fondations. J'ai eu assez de chance pour n'avoir jamais eu à me battre. Cette jeune femme a dû se battre bec et ongles pour obtenir ce qui aurait dû lui être offert naturellement. Elle a sacrifié sa jeunesse, parce qu'elle ne voulait pas laisser sa petite sœur partir dans une famille d'accueil. Elle a renoncé à son amour pour me laisser partir à la poursuite de mes rêves. Elle donne et donne encore afin de rendre les autres heureux parce qu'elle est comme ça.

C'est l'être humain le plus merveilleux qui soit, et que certains – surtout des gens censés être dans mon camp – se permettent de dire autre chose me révolte jusqu'au plus profond de moi-même. Je ne suis pas une machine. Je souffre, j'aime et je pleure. Et cela m'attriste de devoir vivre dans un monde où je devrais avoir peur de montrer qui je suis réellement afin de gagner des followers.

Donc, si cela ne vous plaît pas de savoir que je ne suis pas célibataire et que je suis éperdument amoureux, tant pis. Si ce post me fait perdre des fans, cela ne me dérange pas. À partir de maintenant, je ferai tous les sacrifices nécessaires pour prouver pleinement mon amour à la femme qui m'a donné bien plus qu'elle n'aurait dû. Je t'aime, Haze. De la nouvelle lune jusqu'au dernier quartier. Maintenant et « à jamais ».

Il m'avait fait une déclaration d'amour publique. Il avait fait un doigt d'honneur énorme à son manager devant tout le monde. Les mains tremblantes, je relus une dizaine de fois ce qu'il avait écrit. Puis je l'entendis qui m'appelait.

– Haze ? Tu viens ?

Je pris une profonde inspiration et cliquai sur « like » avant de reposer mon téléphone sur la commode.

– Oui, j'arrive.

Aussitôt entrée dans sa chambre, je ne lui laissai pas l'occasion de dire quoi que ce soit. Mes lèvres atterrirent sur les siennes et il me prit dans ses bras. Notre baiser fut plus intense que jamais. C'était comme si nous rattrapions le temps perdu, et tous les baisers que nous avions manqués à cause de Charlie.

Sa langue dansait avec la mienne, et je suçai goulûment sa lèvre inférieure dès qu'il m'en donnait l'occasion. Nous avons fait l'amour cette nuit-là, balançant nos corps sur un rythme commun, en emboîtant chaque partie à la place qui lui revenait. Il prit possession de chaque centimètre de mon corps et de chaque morceau de mon âme. Chaque fois qu'il me pénétrait, je gémissais encore. Chaque fois qu'il s'enfonçait plus profondément, je plantais mes ongles dans son dos.

– Pour toujours, murmura-t-il dans mon cou avant de faire glisser sa langue sur ma peau.

– Pour toujours, soufflai-je, en arc-boutant mes hanches vers lui.

Nous fîmes l'amour encore trois fois cette nuit-là, chaque fois plus passionnément que la précédente. Et quand je m'endormis dans ses bras, je sus que j'étais rentrée chez moi.

* * *

Je fus réveillée par de lourds coups de marteau. Je me redressai dans mon lit, regardant autour de moi, perdue.

Bang, bang, bang !

C'était quoi, ça ?

Je jetai un coup d'œil vers le côté gauche du lit où Ian s'était couché, mais il n'y était plus. Je passai la main sur le drap et un frisson me parcourut parce que sa chaleur me manquait.

Bang, bang, bang !

Je bondis hors du lit et attrapai mon peignoir que j'enfilai prestement. Je vérifiai que Rosie allait bien et, Dieu merci, elle dormait toujours paisiblement.

Je descendis rapidement les escaliers et marquai une pause juste avant d'arriver en bas. Un grand désordre régnait dans le salon où les lattes de parquet avaient été arrachées. Big Paw tapait dessus à coups de marteau et Ian, à côté de lui, lui prêtait main-forte.

Il faisait encore nuit noire et je n'arrivais pas à décider si je rêvais ou pas.

– Qu'est-ce qui se passe ?

Big Paw ne leva pas la tête. Il continuait à frapper le sol à coups de marteau sans s'arrêter.

Ian leva les yeux vers moi et me fit un petit sourire désolé.

– Ça fait vingt-cinq ans qu'il promet à Grand-Mère de réparer ce plancher. Je suis descendu et je l'ai trouvé en train de donner des coups de marteau, alors j'ai décidé de l'aider.

– Il ne faut pas qu'en rentrant elle retrouve ces lattes qui grincent, murmura Big Paw en essuyant les larmes qui roulaient sur ses joues. Quel connard j'ai été de ne pas le faire lorsqu'elle me le demandait !

Il s'accablait de reproches parce qu'il avait peur pour sa femme. Il devait être terrorisé à l'idée qu'il ne pouvait rien faire pour qu'elle aille mieux. Alors, il faisait ce qu'il avait passé les quatre-vingts années de sa vie à faire, du travail manuel pour prouver son amour. Il frappait le sol à coups de marteau, et Ian se tenait directement à côté de son grand-père, comme le roc qui le stabilisait. Travaillant aussi dur qu'il le pouvait pour l'aider à arracher le plancher. Je n'étais pas certaine que ce qu'ils faisaient fût vraiment utile. Peut-être était-ce juste un exutoire, une façon de soulager leur âme de leurs inquiétudes.

En réalité, la raison pour laquelle ils faisaient ça n'avait pas d'importance. Tout ce qui comptait, c'était qu'ils le faisaient ensemble.

J'attrapai un marteau et me joignis à eux, parce que c'est ce qu'on fait quand on est une famille. On s'épaule les uns les autres pour traverser les hauts et les bas de l'existence.

* * *

Une semaine plus tard, les poumons de Holly allaient mieux, et les chirurgiens purent lui implanter un pacemaker. Heureusement, l'opération fut rapide et sans aucune complication. La guérison demanderait beaucoup de soins et d'attentions, mais elle avait une bonne armée derrière elle pour assurer que tout se déroule le plus sereinement possible. Tous mes potes donnèrent un coup de main pour finir le plancher du salon avant le retour de Holly.

– Notre plus grand souci, c'est d'être sûr que Holly va bien, dit Éric un soir, alors que nous étions tous réunis dans la grange. Mais la musique est au point mort.

– Je suis embêté à ce sujet, les gars. Max nous met encore plus la misère depuis que j'ai posté ce message concernant Hazel, et je m'en veux de ne pas vous en avoir parlé avant, dit Ian.

– Putain, tu rigoles ou quoi ? Cet Enfoiré de Max Rider a dépassé les bornes en disant ça à Haze ! Il est drôlement gonflé, et si je l'avais su, je ne l'aurais jamais laissé passer. Je suis content que tu aies posté ce truc. Il était temps que quelqu'un dise la vérité, s'exclama Marcus. Et autre chose, il nous a aussi baisés avec notre album ! Cet Enfoiré de Max Rider peut aller se faire mettre, bien profond.

James était assis sur la scène sur laquelle le groupe se produisait dans le temps. Il passa les doigts sur le bois de l'estrade et un sourire nostalgique effleura ses lèvres.

– Cet endroit me manque. Je n'aurais jamais pensé dire ça un jour, mais c'est le cas. La façon dont nous jouions cette musique que nous aimions me manque. Ne vous méprenez pas, je sais que nous avons de la chance et je ne renoncerais à cette vie pour rien au monde, mais les choses nous échappent tellement, parfois, et j'ai l'impression que si nous ne mettons pas un frein à certaines de ces exigences complètement folles, nous allons nous perdre au bout du compte.

– Je propose de voter, dit Éric en laissant ses doigts courir sur son clavier. Que tous ceux qui sont pour s'asseoir autour d'une table avec Max et Donnie et avoir une vraie discussion sur qui nous sommes et ce que nous voulons faire de cette carrière qui est la nôtre, disent oui.

– Oui.

La pièce renvoya l'écho de leur réponse commune et je leur souris. Je souris aux quatre garçons qui reprenaient le contrôle de leurs rêves.

Ian leva une main.

– Pour toujours.

Chacun des gars alla le rejoindre et posa une main sur la sienne.

– Pour toujours.

Ils se tournèrent tous les quatre vers moi en levant un sourcil interrogateur.

– Oh, excusez-moi. Je ne voulais pas taper l'incruste. Je peux vous laisser les gars...

– Hazel, si tu ne viens pas poser la main de ton plein gré ici tout de suite, je vais devoir t'y contraindre par la force, menaça Marcus.

En riant, je les rejoignis et posai ma main sur les leurs.

– Pour toujours, acquiesçai-je.

– À propos de Max et Donnie – Éric fit un grand sourire en se passant le pouce sur l'arête du nez –, je crois que j'ai une idée de la meilleure façon d'aborder le problème.

– Et c'est quoi ? demanda Ian.

– Laissez-moi vous montrer quelque chose.

Éric s'approcha de son sac à dos posé près de son clavier et en sortit son ordi. Comme il l'allumait, nous vînmes tous autour de lui.

– Vous savez tous que je suis expert à toujours enregistrer des vidéos et des trucs, même quand les gens ne le savent pas.

– Ouais, bon, accouche, râla Marcus.

Éric cliqua sur une vidéo.

– J'ai fait un montage vidéo sympa de situations avec Max et Donnie depuis que nous les avons rencontrés. Des moments où nous sommes dans des fêtes et où Max avale des cachetons ou se fait des lignes de coke. Des moments où ces deux hommes mariés s'affichent avec des femmes à leur bras. Des conversations agressives. Tout. On a ce qu'il faut pour épingler ces enfoirés.

– Sauf qu'on ne peut pas l'utiliser. Ça ne tiendra jamais devant un tribunal, protesta James. Elle a été enregistrée illégalement.

– Ce n'est pas la question. Nous n'aurons même pas besoin de la montrer à un tribunal. Le truc, c'est qu'on menace de la montrer à leurs femmes à moins qu'ils nous autorisent à mettre un terme à notre contrat foireux.

– Tu crois que ça servira à quelque chose de la montrer à leurs femmes ? C'est des connards, Éric. Ils se fichent pas mal des sentiments de leurs femmes.

– Oui, tu as raison. Mais je suis sûr qu'elles, ça les intéressera de voir ce que leurs hommes font. De plus, ils se sont mariés avant de connaître la célébrité. Et vous savez ce que cela signifie ?

– Non, quoi ? demanda Ian.

– Pas de contrat de mariage. Ce qui veut dire que si leurs femmes les quittaient, elles partiraient avec au moins la moitié de tout ce qu'ils possèdent.

Un petit sourire apparut sur le visage de tout le monde lorsque la vérité se fit jour. Le plan était malin et pourrait bien marcher. J'étais certaine que les gars allaient le peaufiner avant de le mettre en œuvre auprès de Max et Donnie, mais il semblait bien qu'il y ait une lueur au bout d'un tunnel très long et très sombre pour les Wreckage.

Nous passâmes le reste de la soirée dans la grange avec Rosie qui vint nous rejoindre quand elle se réveilla de sa sieste, et les gars jouèrent leur musique avec tout leur cœur et toute leur passion. Ils revinrent à leurs racines et jouèrent mieux qu'ils ne l'avaient jamais fait. Cela me faisait très plaisir de voir qu'ils n'avaient pas peur d'exprimer leurs désirs, leurs besoins en tant que musiciens. Cela ne devait pas être simple de s'opposer à des hommes comme Donnie et Max, mais ils n'étaient pas seuls pour le faire. Ils se présenteraient à cette réunion la tête haute et comme un ensemble soudé.

Peu importait ce qui arriverait lorsqu'ils affronteraient le label, je savais que tout allait se passer exactement comme il fallait. Les Wreckage finiraient par faire exactement ce qu'ils devaient faire, parce qu'ils se soutenaient mutuellement. Il ne faisait aucun doute que lorsqu'ils disaient « pour toujours », ils le pensaient sincèrement.

Je restai avec eux pour écouter ces textes chantés par Ian, sa voix pénétrant chaque recoin de mon âme. Et, ce soir-là, je sus que ces textes étaient chantés uniquement pour moi.

44
IAN

– Non, mais vous rigolez là, toutes vos exigences sont totalement irréalistes. De plus, disparaître sans laisser de traces comme vous l'avez fait sans donner de nouvelles pendant aussi longtemps, c'est un manque absolu de professionnalisme. Vous avez manqué un nombre incalculable d'heures d'enregistrement et, donc, vous n'avez pas le plus petit album à présenter. Et malgré ça, vous avez le culot de venir vous asseoir à la table de conférence du plus grand label, avec Donnie Schmitz, le PDG de Mindset Records, pour nous dire que nous vous devons des putains d'excuses ? vociféra Max qui n'en croyait pas ses oreilles.

C'était amusant de voir à quel point les choses avaient changé depuis la première fois où nous nous étions assis en face de Max. Nous étions si naïfs à l'époque, et heureux simplement parce qu'on nous donnait notre chance. Nous étions tellement contents qu'une personne aussi importante que Max nous ait remarqués que nous ne nous étions même pas interrogés sur la signification du fait que précisément quelqu'un comme lui nous ait remarqués.

– Vous n'allez pas couper à des poursuites judiciaires, grommela Donnie, le visage menaçant, en croisant les mains.

Je croisai les mains de la même façon et me redressai sur mon siège.

– Je doute que nous ayons besoin d'avoir recours aux avocats. Nous voulons simplement obtenir certaines choses de vous et, ensuite, nous vous laisserons tranquilles.

Donnie s'esclaffa.

– Vous voulez quelque chose ? Nous vous avons déjà tout donné !

– Oui, et tous les deux, vous nous avez même fait une fleur en faisant fuiter notre album en avance afin de nous obliger à jouer votre musique commerciale.

Donnie et Max échangèrent un regard avant que Max secoue la tête.

– De quoi tu parles, bon Dieu ?

– Nous avons notre propre brigade geek, dit James en faisant un signe de tête en direction d'Éric. Il a découvert d'où provenait la fuite. Ne prenez pas cet air ahuri, ça ne vous va pas du tout.

Donnie fit une grimace en passant les mains dans ses cheveux gris.

– Oui, eh bien, si vous avez piraté nos mails, ça ne va pas arranger vos affaires. C'est une action illégale.

– Oui, et c'est pour cette raison que nous n'allons pas montrer ces mails à la police. À la place, nous allons envoyer ces vidéos à vos épouses, dit Marcus le plus naturellement du monde.

Il sortit son téléphone et envoya un mail à Donnie.

– Monsieur Schmitz, si vous voulez bien vous donner la peine de regarder votre boîte mail.

En ouvrant son mail, Donnie découvrit une vidéo très, très choquante. Après qu'Éric nous avait révélé son plan, nous avions pu joindre certaines des jeunes femmes qui apparaissaient dans ces vidéos aux côtés de Max et Donnie et qui étaient fans de notre musique. Elles s'étaient empressées de nous envoyer des vidéos de leurs aventures privées avec Donnie et Max, et disons seulement qu'un tas de choses bizarres s'y passaient entre eux.

Max se précipita à côté de Donnie pour voir de quelle vidéo il s'agissait et j'observai le moment précis où toute couleur disparut de son visage.

Donnie se redressa sur son siège.

– Où vous êtes-vous procuré ça ?

– Peu importe. En tout cas, si vous étiez plus malins, vous auriez fait signer des accords de confidentialité à ces jeunes femmes. Mais comme vous ne l'avez pas fait, je me demande si vos épouses aimeraient voir ça. Et, toujours si vous aviez été plus malins, vous auriez probablement fait établir des contrats de mariage. Mais là encore, ce n'est pas le cas et il semble bien que vos femmes auront la possibilité de vous prendre une bonne partie de votre pognon.

– Ils bluffent, dit Max d'un ton méprisant. Je les connais, ces mecs, ils n'ont pas les couilles de...

– Ta gueule, Max, aboya Donnie, ce qui réduisit instantanément Max au silence.

Donnie plissa le front et baissa les yeux en repassant la vidéo. Ses lèvres étaient tellement pincées qu'on voyait battre sa veine jugulaire.

Après avoir tout regardé, il finit par poser son téléphone et me regarda droit dans les yeux.

– Qu'est-ce que vous demandez ?

– T'es pas sérieux, là? soupira Max. Tu ne vas pas vraiment...

Donnie leva une main et Max se tut immédiatement.

Bon toutou.

– Nous exigeons un délai de trois mois supplémentaires pour créer un nouvel album. Vous repousserez la date de sortie. Nous sortirons notre musique – notre vraie musique, putain – et ensuite, une fois que ce sera fait, nous serons libérés de nos engagements. Nous ne vous devrons aucun autre album et tout ce que nous avons signé précédemment devient nul et non avenu. Nous serons libres de partir, les mains propres, après la sortie de cet album.

L'atmosphère de la pièce s'alourdit alors que Donnie envisageait les choix qui se présentaient à lui. Il s'éclaircit la voix.

– Je vais faire rédiger un nouveau contrat dans les jours qui viennent.

– Non, mais tu rigoles ? beugla Max. Tu vas vraiment te laisser dicter ta conduite par ces petits branleurs de province ?

Donnie se pencha vers le téléphone de la salle de réunion et pressa un bouton.

– Laura, je vous prie, demandez à la sécurité de venir ici afin de raccompagner Max Rider vers la sortie.

– Pardon ? Quoi ? Tu rigoles, j'espère ? dit Max l'air affolé. Tu ne peux pas me flanquer à la porte !

– Si, je peux et je le fais. Je n'aurais jamais dû t'écouter quand tu as suggéré de faire fuiter cet album, et c'est une chose avec laquelle je vais devoir vivre. Mais à partir de cet instant, tu n'es plus autorisé à pénétrer dans les locaux de Mindset Records.

– Tout ça, tout ça, c'est de votre faute, bande de connards ! hurla Max en nous désignant de la main, le groupe et moi. Vous venez de signer l'arrêt de mort de votre carrière, espèces d'imbéciles. C'est moi qui vous ai découverts ! C'est moi qui ai fait de vous ce que vous êtes, bordel ! Vous venez de vous tirer une balle dans le pied. Vous êtes stupides et vous accumulez les erreurs. Le fait que tu restes avec cette fille, c'est un scandale en puissance. Votre musique indépendante à la con, c'est un désastre. Vous ne décollerez jamais sans moi. Vous savez qui je suis ? Je suis ce Putain de Max Rider ! C'est moi qui fais les stars !

Il hurla ces dernières répliques en boucle alors que la sécurité le traînait de force hors de l'immeuble.

Alors que nous rassemblions nos affaires, Donnie nous regarda en faisant une grimace.

– Bon, au sujet de cette vidéo. Vous pensez que vous pouvez la détruire ?

Je secouai la tête.

– Oh, Donnie. Je crois que nous savons tous les deux que nous ne pouvons pas l'effacer tant que les nouveaux contrats ne seront pas signés.

Il hocha la tête d'un air compréhensif.

– C'est de bonne guerre. Max disait que vous, les mecs de la petite ville, vous n'étiez pas très malins, mais visiblement vous nous avez prouvé qu'il se trompait. J'ai bien l'impression que vous êtes tout à fait capables de vous défendre. Je vous contacte rapidement.

Après avoir acquiescé, nous avons tourné les talons et juste au moment où nous sortions, Donnie dit :

– Ces trucs avec les filles, ça valait vraiment le coup. Ce qu'elles m'ont fait avec leur bouche sur ma queue, c'était super.

Marcus grogna en sortant de la salle.

– Je vais avoir du mal à effacer ces images de mon esprit.

Je n'étais pas très à l'aise concernant le choix que nous avions fait dans cette salle de conférences cet après-midi-là, pourtant je savais que c'était le bon. Nous aurions la possibilité de sortir notre album et notre musique en fixant nos propres conditions. Bien sûr, nous ne serions peut-être jamais en mesure d'accéder au rang de superstars comme nous l'avions rêvé sans le soutien d'une énorme maison de disques, mais au moins nous jouerions notre musique, ce qui était notre objectif depuis le début.

Éric me donna une série de petites tapes dans le dos.

– Bien joué, chef.

– Ouais, c'était super et tout ça, mais pourquoi est-ce que j'ai l'impression d'avoir une boule au ventre et envie de vomir ? plaisanta Marcus à demi. Est-ce qu'on vient juste de dire à ce Putain de Max Rider, et au patron de Mindset Records, d'aller se faire foutre ? Est-ce que c'est la fin de notre carrière ?

– Nan, je crois que tout va bien se passer. Tu sais ce qu'on dit : si ce n'est pas ok, c'est que l'histoire n'est pas finie. Je crois que les Wreckage ont de beaux jours devant eux, dit James. Et si ce n'est pas le cas, je suis certain que nous pourrons toujours retrouver nos jobs à la ferme.

Retourner aux enclos à cochons et à Hazel Stone.

Ce n'était pas si terrible à mes yeux.

En même temps, je savais que nous ne pouvions pas renoncer à la musique. Nous allions bien trouver un moyen de continuer. Mais cette fois, nous le ferions à notre manière.

***

– Et donc vous avez menacé ce Putain de Max Rider et le patron de Mindset Records, et vous avez survécu, dit Hazel alors que nous étions assis dans le cabanon et que le soleil commençait à se coucher.

Cela faisait environ une demi-heure que les gars et moi étions de retour à Eres, et je n'avais pas attendu pour aller retrouver Hazel dans le cabanon afin d'admirer le ciel.

– Oui, je crois que nous avons survécu. On verra ça après que l'impression de nausée aura disparu, plaisantai-je. Je ne sais pas ce qui va se passer maintenant, mais je pense que nous allons commencer par chercher un nouveau manager. Nous avons une réunion dans les bureaux du label la semaine prochaine pour voir le nouveau contrat. On va demander à nos avocats de le lire avec attention pour s'assurer que Donnie n'essaie pas de nous la faire à l'envers.

Elle rigola.

– Vos avocats. Ça paraît dingue de dire ça. Vous avez vos propres avocats. Qui aurait pensé que votre vie allait prendre cette tournure ?

– C'est fou, non ?

– Mais dans le bon sens du terme. Moi, déjà, je pense que vous faites le bon choix en cherchant un nouveau producteur. Pas seulement parce que je déteste Max mais aussi parce qu'il vous faut quelqu'un qui croie dans les mêmes choses que vous. Quelqu'un qui croie en vos rêves et qui vous aidera à les réaliser. Quelqu'un qui vous défendra. Je suis sûre que cette personne existe. Il faut juste prendre le temps. Vous trouverez.

– Tu le crois ?

– Je le sais.

Elle posa la tête sur mon épaule, et nous levâmes les yeux vers le ciel qui s'assombrissait. La lune était pleine, et quelque part j'eus envie de hurler dans sa direction.

Je me penchai vers Hazel et l'embrassai sur le front.

– Tu sais à quoi j'ai pensé ?

– Non, à quoi ?

– Tu devrais probablement m'épouser un de ces jours. Bientôt.

Elle releva la tête et la tourna vers moi.

– Quoi ?

Je rigolai.

– Ne t'inquiète pas, je ne te le demande pas maintenant, mais j'ai bien l'intention de le faire un de ces jours, et quand je le ferai, j'espère que tu diras oui. Parce que l'idée que tu sois à moi pour toujours compte plus pour moi que tout ce que tu peux imaginer.

Elle se pencha vers moi en souriant et m'embrassa sur les lèvres.

– Je dirai oui, tu sais. Encore et encore, oui.

Ma poitrine se serra quand je pris la pleine mesure de sa réponse. J'étais amoureux d'une jeune femme qui m'aimait en retour. Qu'y avait-il de plus génial que ça ? Ni la célébrité ni la fortune. Rien. Nous avions la chance de nous être trouvés, la chance de ne pas avoir renoncé lorsque les choses étaient devenues plus compliquées.

Hazel Stone m'avait transformé. Elle m'avait montré à quoi ressemblait la véritable force. Elle m'avait témoigné un amour inconditionnel et j'espérais faire la même chose pour elle pendant le reste de notre vie.

Alors que nous étions allongés dans le cabanon et que nous regardions le ciel, une sensation de plénitude m'envahit.

Hazel Stone était ma meilleure amie, ma chérie, ma mélodie, ma chanson.

Et bon Dieu...

Quelle belle musique c'était !

ÉPILOGUE
HAZEL

Un an plus tard

La grange était bondée de gens qui dansèrent en rond toute la soirée. Rosie était sur le dancefloor avec Marcus et ils sautaient en l'air tous les deux comme des fous sur une chanson de Bruno Mars qui sortait des haut-parleurs poussés à fond. On avait dressé des tables au centre desquelles trônaient de superbes bouquets de roses et les personnes assises à ces tables se régalaient de gâteaux les plus appétissants que l'on puisse imaginer.

Je me tenais en retrait de toute cette agitation, observant de loin le bonheur qui irradiait tout Eres.

Un bras passa autour de ma taille et Ian m'attira contre lui. Ses lèvres effleurèrent le lobe de mon oreille lorsqu'il murmura :

– Comment va Madame Parker ?

Il m'embrassa délicatement dans le cou. Je gloussai.

– Je t'ai déjà dit que tu n'es pas autorisé à m'appeler comme ça tant que nous ne serons pas effectivement mariés.

En vérité, les festivités auxquelles nous participions ne nous étaient pas destinées, bien que Ian m'ait fait sa demande un peu plus d'un an auparavant, dans le cabanon, alors que nous admirions la lune.

Nous n'en étions encore qu'au stade du projet, et ce ne serait que quelques années plus tard qu'il me conduirait officiellement à l'autel. Les Wreckage venaient juste de sortir leur second album qui avait immédiatement battu des records au box-office et leur avait assuré leur premier album Numéro Un. Après la rupture avec Max, ils avaient trouvé un producteur nommé Andrew Still qui comprenait leurs rêves et qui était partant pour faire tout ce qu'il fallait pour qu'ils se réalisent. Ils se préparaient à partir pour la première étape de leur nouvelle tournée dans une semaine. Il allait beaucoup me manquer, mais Rosie et moi avions déjà projeté de les accompagner pour quelques concerts en Europe pendant l'été, une fois que mes cours seraient terminés.

Je terminais ma deuxième année d'école de commerce, et je n'aurais pas pu être plus fière de moi. Je savais que je n'aurais jamais pu le faire sans l'aide de la famille de Ian.

– Tu ne veux vraiment pas qu'on fasse une fugue à Las Vegas ? J'ai entendu dire que Elvis est toujours vivant et tout à fait partant pour nous unir pour la vie, proposa Ian pour la énième fois.

Je me mis à rire et me tournai vers lui.

– Il n'y a pas d'urgence. Nous avons toute la vie pour être ensemble.

– Je sais, mais j'ai envie de ça, dit-il en désignant la piste de danse d'un signe de tête.

L'événement que nous célébrions, c'était le soixante-cinquième anniversaire de mariage de Big Paw et Holly. Ils étaient là tous les deux, chaloupant d'avant en arrière, gloussant comme des ados amoureux pour la première fois.

– On l'aura, je le jure. On dansera à tous les mariages et on sera le dernier couple à rester debout.

– En parlant de danser, dit Ian en me tendant la main.

Je posai ma main dans la sienne, et nous nous dirigeâmes vers la piste de danse. Et nous nous mîmes nous aussi à nous balancer l'un contre l'autre, sa main posée sur mes reins et ma tête sur son épaule.

Je m'émerveillais de voir le chemin que nous avions parcouru. Comment notre amour avait grandi pour devenir aussi fort. J'avais dix-neuf ans lorsque j'avais su que mon cœur battait pour Ian Parker, et bien après mes quatre-vingt-dix ans, il battrait toujours pour cet homme.

En dépit de notre jeune âge, je savais que l'avenir serait radieux pour nous. Nous allions mettre des enfants au monde, nous mettrions nos talents à profit pour faire le bien, nous serions charitables avec les personnes dans le besoin. Nous allions nous aimer et entretenir cet amour année après année.

Et quoi qu'il arrive, nous allions passer le reste de notre vie à danser sous la lune.

* * *

Trois ans plus tard

– Tu es sûre que tu ne préfères pas travailler au restaurant ? demandai-je, assise à mon bureau.

En face de moi se trouvait ma mère, sur son trente-et-un. Elle était tellement plus en forme que toutes ces années auparavant. Et la voir sourire comme ça faisait de moi la fille la plus heureuse au monde.

À une époque, il y avait longtemps, je croyais l'avoir perdue pour de bon. Une époque de ma vie où j'avais pensé qu'elle était partie trop loin avec ses démons.

Après être sortie de prison, elle avait eu peur de retomber dans ses vieilles habitudes, alors quand Ian lui avait offert une chance d'aller dans un centre de désintoxication génial, elle avait sauté sur l'occasion. Maman avait fait les efforts nécessaires pour reprendre sa vie en main, et pendant tout ce temps, Ian et moi avions toujours laissé la lumière du porche allumée, pour le cas où elle voudrait revenir vers nous.

Quand elle s'était sentie prête, elle était revenue, et maintenant elle voulait travailler à la ferme.

– Oh, non, non. Tu sais bien que je ne suis pas à ma place dans une cuisine. Mais je pense que je peux me rendre utile ici, même si c'est juste pour faire du nettoyage. Je veux dire, si tu penses qu'il y a de la place...

En se tortillant les doigts, elle me fit un timide sourire.

– Je ferai n'importe quoi pour m'occuper. Et en plus, Rosie a dit qu'elle voulait que je travaille auprès des chevaux avec elle.

– Cela me semble une bonne idée.

Ma petite sœur adorait Dottie autant que moi. Si jamais on ne savait pas où elle était, il suffisait d'aller voir dans les écuries.

– On peut te faire commencer lundi. Mais ne t'imagine pas que je vais te faciliter les choses parce que tu es ma mère, dis-je sévèrement.

Elle hocha la tête.

– Je n'attends pas de traitement de faveur de ta part. Je vais travailler dur, Hazel. Je te promets que je ne te décevrai pas.

– Il y a une condition pour obtenir cet emploi, maman.

– Laquelle ?

– Tu dois reprendre tes études.

Elle pâlit légèrement et secoua la tête.

– Ah non. Non. Je ne peux pas, Hazel. Je n'ai même pas le GED[12]. Les études, ce n'est pas pour moi.

– Il y a longtemps, Big Paw m'a dit que dans le temps tu rêvais d'aller à l'université. Ce n'est pas vrai ?

Elle se tordit les doigts, l'air gênée.

– Si, mais c'était il y a très longtemps. Je ne suis pas assez intelligente pour ça, et puis je suis vieille et usée...

– Tu es intelligente, maman. Tu l'as toujours été, et puis d'abord, je ne te laisse pas le choix. On va t'obtenir le GED et ensuite on fera les démarches pour t'inscrire

12. General Eductaion Diploma, certificat attestant d'un niveau de baccalauréat.

dans un cycle d'études supérieures. On n'est jamais trop vieux pour accomplir ses objectifs. Tu peux le faire.

Lorsqu'elle leva les yeux vers moi, je vis qu'ils étaient pleins de larmes.

– Tu le crois vraiment ?

– Je le sais. On réglera tous les détails plus tard. Mais bon, pour l'instant, on a autre chose à faire, dis-je en me levant avec le sourire. On nous attend pour le repas de Thanksgiving. Allons-y, sinon Big Paw va nous faire un scandale. Tu commences lundi prochain.

Elle avait les larmes aux yeux lorsque je la pris dans mes bras et la serrai fort contre moi.

– Merci, Hazel.

– Je t'aime, maman, et je suis tellement fière de tout ce que tu as fait pour reprendre ta vie en main.

– Tu vas faire de moi une bonne mère, remarqua-t-elle en posant les mains sur mon ventre qui s'arrondissait.

Dans quelques semaines, j'allais mettre au monde mon premier enfant, et inutile de le dire, j'étais terrorisée.

Je n'étais même pas censée continuer à travailler, les médecins ayant jugé que je devais rester alitée, mais je ne pouvais pas laisser quelqu'un d'autre faire l'entretien d'embauche de ma mère. Même si j'avais dit qu'elle n'aurait pas de traitement de faveur, je savais qu'elle aurait un traitement de faveur.

Les avantages liés à la famille, et tout ça.

Depuis sa naissance, Rosie vivait avec Ian et moi, et depuis que maman s'était reconstruite, elle était venue vivre chez nous, elle aussi. Je savais que c'était important pour Rosie et elle de tisser des liens le plus tôt possible. Elle n'avait peut-être pas été capable d'être présente pour Rosie dans les premiers temps, mais elle espérait bien qu'elle serait là jusqu'à la fin. Même Garrett passait voir Rosie de temps en temps. Il ne s'était jamais considéré comme une figure paternelle, et il pensait que c'était mieux que Rosie ne le voie pas comme ça, mais la petite fille adorait lui grimper dessus et l'appeler son ami.

Nous marchâmes vers la grange – enfin, maman marchait, moi je me dandinais – où le repas de Thanksgiving allait se tenir, et je souris en voyant la foule dans la pièce. C'était la deuxième année que la responsabilité des festivités de Thanksgiving m'incombait, et j'étais très reconnaissante aux habitants de la ville de m'avoir aidée à faire de cet événement un moment magique. J'espérais que Grand-Mère nous regardait depuis son paradis, avec un grand sourire, en voyant comment tout s'était passé.

Elle nous avait quittés un peu plus d'un an auparavant, mais elle avait vécu à fond les dernières années de sa vie. Elle et Big Paw avaient fini par prendre du temps pour eux loin du travail et avaient passé les derniers jours de Grand-Mère en s'aimant tendrement.

Big Paw avait mis du temps à l'accepter, mais on pouvait compter sur sa bonne étoile, Rosie, pour le maintenir en forme. Il souriait tout le temps grâce à ma petite sœur, et il disait que c'était pour elle qu'il était encore parmi nous.

– Elle ne peut pas faire des bêtises toute seule. Elle a besoin de moi pour les faire avec elle.

Bien que Grand-Mère soit partie, Big Paw laissait toujours la lampe du porche allumée afin que son esprit trouve son chemin vers lui tous les matins et tous les soirs.

– Maman ! Maman ! hurla Rosie en se précipitant vers nous.

Elle tira maman par le bras.

– Maman, nos places sont là-bas ! Viens ! Vite, avant que Big Paw mange toute la tarte !

– Je vais pas manger toute la tarte, espèce de petite cafteuse ! lança Big Paw en fusillant Rosie du regard.

Rosie lui tira la langue et il lui fit la même chose. Alors, elle se précipita sur lui et le serra dans ses bras et il lui embrassa le front. Cela résumait parfaitement leur relation.

Maman se dépêcha de rejoindre Rosie et Big Paw. Voir maman avec Rosie était un cadeau pour nous tous. Elle était définitivement clean et assez claire dans sa tête pour être la mère que Rosie méritait, et moi j'étais incroyablement contente d'assumer mon rôle de sœur.

De plus, j'avais mon propre petit rayon de soleil qui n'allait pas tarder à pointer son nez.

– Prête pour les brûlures d'estomac ?

Deux bras entourèrent ma taille par-derrière, et je me blottis contre Ian avec délectation.

– Ah oui ! À moi les cochonneries interdites et les antiacides, plaisantai-je.

Il me fit pivoter afin de lui faire face et m'embrassa sur le front et ensuite sur le ventre. S'il y avait une personne encore plus excitée par ma grossesse que moi, c'était Ian. Il méritait déjà d'être nommé papa du siècle tellement il était aux petits soins pour moi et pour notre futur enfant. Tous les soirs, même lorsqu'il était en tournée, il me demandait de poser mon téléphone sur mon ventre pour pouvoir chanter des berceuses au bébé.

Je ne savais pas que je pourrais continuer à l'aimer encore plus chaque jour.

– Tout va changer une fois qu'elle sera là, tu ne crois pas ?

– Certaines choses oui, mais nous aurons toujours tout ça, dit-il en faisant un geste de la main. Nous aurons encore nos chemins de terre, notre ferme et notre amour pour l'éternité. Et je t'aurai et tu m'auras pour toujours. Nous ne faisons qu'ajouter un peu d'amour à notre chanson, et je ne vois pas ce que j'aurais pu rêver de plus.

J'étais impatiente que notre bout de chou vienne nous rejoindre.

Holly Renee Parker, on allait lui donner le nom de notre ange préféré.

Ian effleura mes lèvres des siennes et m'embrassa délicatement.

– Je t'aime, ma chérie.

Je t'aime aussi, mon meilleur ami. Pour toujours.

Et à jamais.

FIN

REMERCIEMENTS

Tout d'abord, je tiens à remercier tous les lecteurs et lectrices qui ont pris le temps de lire l'histoire de Ian et Hazel. J'espère qu'ils vous ont fait sourire autant qu'ils ont élevé mon cœur. Sans vous, tous mes lecteurs, je ne suis qu'une femme avec des mots couchés sur le papier. C'est grâce à vous que ces mots prennent leur envol.

Ensuite, merci à ma formidable équipe chez Montlake Publishing. Sans le soutien extraordinaire de mes éditrices, Alison et Holly, ce livre n'aurait pas la magie qu'il possède aujourd'hui. Merci pour tout le travail et le dévouement que vous avez consacrés à ce projet. À l'équipe merveilleuse qui a aidé à donner forme à cette histoire – des auteurs de la couverture jusqu'aux correctrices – MERCI ! Aux attachées de presse et à l'équipe en charge des réseaux sociaux, MERCI ! Toute l'équipe de Montlake se donne corps et âme pour que nos rêves d'auteur se réalisent, et je ne saurais jamais assez leur exprimer ma gratitude.

À Flavia, mon exceptionnelle agente, de Bookcase Agency : merci d'être toujours de mon côté et de pousser mes rêves afin qu'ils deviennent réalité. Tu es un ange pour moi. Je suis honorée de travailler avec une personne à l'esprit si brillant.

À maman : merci d'avoir toujours poussé tes enfants à poursuivre leurs rêves et de ne m'avoir jamais retiré ta confiance quand je perdais mon chemin. Tu es ma meilleure amie et sans ton amour, je ne pourrais pas vivre.

À papa, merci d'avoir instillé chez tes enfants la notion de l'importance du travail et de l'investissement dans nos métiers. Tu es l'illustration même de l'homme travailleur.

À mes frères et sœurs, vous êtes ma source d'inspiration. Je suis si fière de l'image que vous montrez à ce monde, et je serai toujours votre plus grande supportrice.

À mon amour, merci de m'avoir tenu la main pendant tous les hauts et les bas de cette folle équipée. Ton soutien, ton amour et tes encouragements me poussent à avancer chaque jour.

Encore une fois, merci à toutes les lectrices, à tous les lecteurs qui continuent à être présents pour moi et mes écrits jour après jour. Je suis honorée d'avoir la chance de partager mes histoires avec vous de cette façon extraordinaire.

Pour toujours et à jamais,
B. Cherry

À PROPOS DE L'AUTEURE

Brittainy Cherry est tombée amoureuse des mots à la naissance. Elle est sortie de l'université Carroll avec, en poche, une licence en arts du théâtre et un diplôme de Creative Writing. Elle adore prendre part à l'écriture de scénarios, jouer et danser – médiocrement, évidemment. Le café, le thé Chai et le vin sont trois choses qu'elle considère comme indispensables à son bonheur.

Brittainy vit à Milwaukee, Wisconsin, avec sa famille. Quand elle n'est pas occupée à courir partout ou à imaginer des histoires, elle joue probablement avec ses adorables animaux de compagnie.

DÉCOUVREZ LES AUTRES TITRES DE LA COLLECTION HUGO NEW ROMANCE®

NEW ROMANCE®
TOME 1
CAN'T HELP FALLING IN love
Alicia Garnier
Hugo Roman
EN LIBRAIRIE 10.11.2021